HEYNE<

Utta Danella

Begegnung in der Nacht

Roman

WILHELM HEYNE VERLAG
MÜNCHEN

Penguin Random House Verlagsgruppe FSC® N001967

2. Auflage
Originalausgabe 05/2020
Copyright © 2020 dieser Ausgabe
by Wilhelm Heyne Verlag, München,
in der Penguin Random House Verlagsgruppe GmbH,
Neumarkter Str. 28, 81673 München
Redaktion: Birgit Bramlage
Printed in Germany
Umschlaggestaltung: Nele Schütz Design
unter Verwendung von shutterstock.com
(Sanmongkhol, Dang Thach Hoang, Ganni)
Satz: Buch-Werkstatt GmbH, Bad Aibling
Druck und Bindung: GGP Media GmbH, Pößneck
ISBN: 978-3-453-42446-3

www.heyne.de

Vorwort

Was Sie vorneweg interessieren könnte...
Ein neues Buch von Utta Danella? Das wundert Sie möglicherweise und Sie graben in Ihrer Erinnerung. Wie soll das gehen, ist sie nicht längst gestorben? Und Sie haben Recht. Utta Danella ist 2015 gestorben und es ist eine Überraschung, dass wir noch ein neues Buch herausbringen können. Das Buch, das Sie in Händen halten, ist ein Fundstück, quasi aus einer Schatzkiste gefischt, auf die man unverhofft stößt. Sie denken jetzt sicher: Nun kommt die Sache mit dem Karton auf dem Dachboden. Ja, fast genauso ist es. Da stand noch dieser große, verstaubte Umzugskarton unter vielen anderen Kartons, die ich aus Uttas Nachlass in meinen Keller verfrachtet hatte. 5 Jahre nach ihrem Tod in der Schwabinger Jugendstilwohnung in München, in der sie seit den Siebzigerjahren gewohnt hatte, tauchte dieses Manuskript auf, eng beschrieben, auf leicht vergilbten Seiten, mit Schreibmaschine getippt, übrigens praktisch ohne Tippfehler.

Wir wollten es den Lesern nicht vorenthalten, vor allem nicht Uttas Fans, die ihr immer noch die Treue halten. Und der Anlass passt perfekt: Utta Danella wäre 2020 100 Jahre alt geworden.

Sie würde mich jetzt tadelnd anschauen, denn ihr tatsächliches Geburtsdatum hielt sie ihr Leben lang unter Verschluss. Über Jahrzehnte stand sie im Rampenlicht, immer elegant gekleidet, selbstbewusst und attraktiv, die Grande Dame der Belletristik, die in jedem Mann den Kavalier weckte. Eine charmante Gesprächspartnerin, eloquent und mit scharfem Verstand hinter strahlend blauen Augen, die sich alles zu merken schienen. Sie schrieb sich in die Herzen von Millionen meist weiblicher Leser. Kistenweise Leserbriefe zeugen noch heute davon.

Hier präsentieren wir Ihnen, posthum, eine tatsächlich neue Danella, die vielleicht für einige ihrer begeisterten Leser zu spät kommt. Veröffentlicht zu ihrem hundertsten Geburtstag, um an eine der erfolgreichsten Autorinnen Deutschlands zu erinnern und an die Zeit, in der für sie alles seinen Anfang nahm, in den Dreißigerjahren. Schon als Teenager begann sie mit dem Schreiben und hörte erst mit über 80 Jahren wieder damit auf. Dieses Buch ist eine Begegnung mit einer anderen, unbekannten Danella. Es ist kein dicker Roman, der sich erzählerisch in aller Tiefe das menschliche Schicksal vornimmt, nein. Hier stellt sie ihr Können in einem anderen Genre unter Beweis. Es ist ein

Kriminalroman, der in den Dreißigerjahren des letzten Jahrhunderts spielt, soviel will ich verraten.

Gerne würde ich Utta fragen, wieso er nicht veröffentlicht wurde. Ihre verblüffte Antwort wäre vermutlich gewesen: »Ich wusste gar nicht mehr, dass ich den geschrieben habe. Sieh mal einer guck!« Ein typisch berlinerischer Ausdruck Uttas, den ich seit meiner Kindheit von ihr kenne.

Sie hat sogar regelrecht herumexperimentiert mit dem Stoff dieses Romans, wie wir heute wissen. In besagtem Karton fanden sich außer dem Romanmanuskript diverse, inhaltlich leicht veränderte Exposés und sogar eine unseres Wissens nach unveröffentlichte Hörspielfassung davon.

Nach mehr als 40 Romanen, die in den Sechzigerjahren bereits eine Millionenauflage und in den Neunzigern weltweit eine Auflage von rund 80 Millionen erreicht hatten, verlor Utta manchmal den Überblick über das, was sie in all den Jahren geschrieben hatte. Oft saß sie auf der Samtcouch mit einem Glas Wein und las mit großem Interesse ihre eigenen Bücher. Da hatte sie die 90 bereits überschritten und sich aus dem Literaturbetrieb, den Lesereisen, Interviews endgültig zurückgezogen. Sie lebte mit ihrem Hund in ihrer geräumigen Wohnung und tat, was sie zu Hause am liebsten tat: lesen.

Ihre schriftstellerische Leistung ist einzigartig in der Literaturgeschichte Deutschlands. Ihre Bücher, die auch digital verfügbar sind, teilweise verfilmt wurden und nach wie vor, in TV-Romanzen verwandelt, im Fernsehen ausgestrahlt werden, erinnern an ihr unermüdliches Schaffen. Sie wurde in der zweiten Hälfte des letzten Jahrhunderts zum Star der Unterhaltungsliteratur, die elegante und eloquente Bestsellerautorin, geschätzt und auch gefürchtet als Interviewpartnerin, weil sie nie ein Blatt vor den Mund nahm. Sie sagte jedem, ohne Rücksicht auf Rang und Ansehen, ihre Meinung – charmant, humorvoll, intelligent und schlagfertig. Eine Selfmade-Frau, die in einer Zeit, als die Männer noch über das Schicksal einer Frau bestimmten, ihren »Mann« stand, auf höchst frauliche Weise: einerseits ganz die alte Schule, andererseits modern und unabhängig. Sie lebte ein durch und durch emanzipiertes Leben, quasi bevor die Emanzipation in den Siebzigern neu erfunden wurde.

Unabhängig sein, das wollte sie schon immer. Sie war eine selbstbewusste und trotz des Krieges unerschrockene junge Frau, die in Berlin ausgebombt wurde, nach München kam und bei der Tante mit ihrer verwitweten Mutter und ihrem 9 Jahre jüngeren Bruder aufgenommen wurde. Es war eng im Haus, das Geld war knapp und Utta fand nur auf dem Dachboden Ruhe zum Schreiben. In München begann ihr kometenhafter Aufstieg und dort blieb sie bis zu ihrem Tod. Sie schrieb schon in den Kriegsjahren in Berlin heimlich und allein, auf einer Parkbank sitzend und erträumte und erschrieb sich eine bessere Welt. In München vollendete sie auch ihren ersten Roman »Alle Sterne vom Himmel«. Gleichzeitig schrieb sie unter verschiedensten Pseudonymen Theaterstücke, Kurzgeschichten für Zeitungen, Zeitschriften und den Rundfunk. Sie las alles, was sie in die Finger bekam, ging ins Theater und ins Kino. Sie bewarb sich sogar als Sekretärin und lebte das Nachkriegsleben einer jungen Frau, die selbst für ihr Auskommen sorgen musste. Sie heiratete schließlich, weil es sich so gehörte und ihr Leben vereinfachte, aber ihre Ehe hielt nicht lange. Sie fand einen Mäzen und Verleger, der ihre Karriere in Schwung brachte – Franz Schneekluth. Sie schrieb sich in den folgenden Jahren in die Bestsellerlisten.

Das Schreiben ist ein Beruf, der viel Disziplin erfordere, wie sie stets sagte, und sich mit einem Ehemann oder gar Kindern nicht vereinbaren lasse. Ihre Bücher, ihr Hund und ihr Pferd, das waren ihre Kinder. Sie liebte ihre Unabhängigkeit und unsere Familie und eine Handvoll Freunde genügten ihr vollauf. Sie erzog mich kräftig mit und prägte mein Leben von klein auf. Seit ich lesen kann, las ich alles, was sie schrieb und freue mich, dass ich 2020 zu ihrem hundertsten Geburtstag mit diesem späten Fund an sie erinnern kann. Kein Grab erinnert an sie, so war es ihr Wunsch. Ihre Bücher tun es, veröffentlicht unter Sylvia Groth, Stephan Dohl und hauptsächlich unter dem (ihrem Mädchennamen, Denneler, entlehnten) Pseudonym Utta Danella.

Ich wünsche Ihnen viel Vergnügen beim Lesen.

Mein persönlicher Dank:

An dieser Stelle möchte ich mich bei der Literaturagentur AVA, insbesondere bei Herrn Hocke und Herrn Michalek bedanken, die das Buch mit auf den Weg gebracht haben. Mein Dank gilt auch dem Münchner Heyne Verlag, der dieses letzte und vielleicht erste Buch von Utta Danella verlegt. Dort sind im Laufe der Jahre alle Taschenbücher von ihr erschienen, teilweise als Originalausgabe, wie auch dieser Jubiläumsband. Rolf Heyne, der im Jahr 2000 verstorben ist, war ihr langjähriger Verleger und guter Freund. Er hätte sich darüber sicher sehr gefreut.

Katja Sauermann
Nichte und Nachlassverwalterin von Utta Danella

1

Shanghai, späte Dreißigerjahre

In erstaunlich hohem Tempo steuerte William den Wagen durch den dichten Verkehr, scherte aus stockenden Autoschlangen aus, schlug einen Bogen und fädelte sich ein Stück weiter vorn wieder ein.

Sie sprachen kein Wort auf dieser Fahrt zum Hafen. Mit einem anderen Menschen zu schweigen konnte zur Herausforderung werden, aber mit William war es einfach und vertraut.

Frank starrte stur vor sich hin wie ein Pferd mit Scheuklappen. Kein Abschiedsblick nach links oder rechts streifte die vertrauten Straßen. Das bunte, atemberaubende Bild dieser Stadt, einst erträumt, dann bestaunt und bewundert, war ihm längst gleichgültig und zur Selbstverständlichkeit geworden. In letzter Zeit hatte er nur noch Überdruss empfunden, wenn er gezwungen gewesen war, in einem der Viertel unterwegs zu sein.

Eine Stadt wie andere auch, hatte er gedacht, *sonst nichts.* Womöglich war diese sogar noch gefräßiger, unbarmherziger und verlogener als andere. Glanz und

Elend drängten sich wie ungleiche Zwillingsbrüder aneinander, verschwenderischer Luxus protzte ungeniert neben bitterster, lebensbedrohlicher Armut. Wem es nicht gelang, sich hier einen Platz an der Sonne zu erobern und sich auf ihm zu halten, der glitt ab und geriet unaufhaltsam in Not.

In gewisser Weise war ein Europäer, der seine privilegierte Stellung verloren hatte, sogar noch übler dran als ein Chinese, denn der gefallene Einwanderer wurde von beiden Seiten verachtet – von der Bevölkerung ebenso wie von den anderen Einwanderern. Zum wirtschaftlichen Niedergang gesellte sich der gesellschaftliche und menschliche Ruin. Kein Europäer wollte einen solchen Unglücksvogel mehr kennen, die Einheimischen verhöhnten ihn hinter vorgehaltenen Händen, und einen Weg zurück gab es nicht.

Unwillkürlich versteifte sich Franks Nacken. Nun, wenigstens ganz so weit hatte er es nicht kommen lassen. Nicht einmal in seinem engsten Bekanntenkreis hatte auch nur ein Mensch von der Ausweglosigkeit seiner Lage gewusst. Er hatte sein Gesicht gewahrt, wie die Chinesen sagten, und jetzt war er also wieder unterwegs, um von vorne anzufangen.

Zum wievielten Mal eigentlich schon? Er war nicht mehr in der Lage, die einzelnen Neuanfänge zu zählen, die sich in der Erinnerung kaum voneinander zu unterscheiden schienen. Nur war er inzwischen so unendlich müde geworden, hatte die Hoffnung verloren, die ihm in jüngeren Jahren so viel Schwung verliehen hatte, und verspürte meist nichts mehr als lähmende Gleichgültigkeit.

Das war das Schlimmste – die Gleichgültigkeit und das Fehlen jeglicher Hoffnung. Er hatte keine Wünsche und erst recht keine Träume mehr, und alles, was ihm einst Freude bereitet hatte, ja Lebensinhalt war, schien jetzt nicht länger der Mühe wert: seine Arbeit allem voran, seine Freunde, die Liebe einer Frau. Nichts davon kam ihm wichtig genug vor, um sich danach umzublicken. Er ließ all das hinter sich. Wie ein krankes Tier hegte er kein anderes Verlangen mehr, als sich in der Einsamkeit irgendeiner Höhle zu verkriechen.

Hätte ihn jemand gefragt, was er durch diesen Neuanfang zu finden hoffte, so hätte er über die Antwort nachdenken müssen. Eine Tätigkeit, die Gefühle und Gedanken betäubte, vielleicht. Ansonsten nichts als Ruhe und Leere. Das Wichtigste war ihm, dass er rasch genug von hier fortkam, dass er nicht endgültig zu Boden ging, ehe er den neugierigen, spöttischen Blicken all dieser Leute, die ihn zu kennen glaubten, entronnen war.

Dieselben Blicke hatten seinen rasanten Aufstieg und sein Glück verfolgt. Frank machte sich nichts vor: Er war sich stets bewusst gewesen, wie schnell sich die Haltung seiner Umwelt ihm gegenüber veränderte und neuen Verhältnissen anpasste. Auf kühles, distanziertes Abwarten war verhaltene Anerkennung gefolgt, schließlich echte Achtung vor seinen Fähigkeiten und vor seiner Persönlichkeit. Ein Hauch davon mochte selbst dann noch erhalten geblieben sein, als sein Glück ihn verließ. Schließlich war für jeden, der ein wenig Einblick hatte, klar ersichtlich, dass er seinen Ruin nicht selbst verschuldet hatte.

Im Grunde könnten sie mir ruhig ein bisschen Bewunderung zollen, dachte er. *Ich habe mich zwar weder geschäftlich noch privat darauf verstanden, das verdammte Glück festzuhalten, aber ich trage mein Päckchen immerhin, ohne öffentlich in die Knie zu gehen.*

Deshalb verließ er Shanghai. Damit niemand zu sehen bekam, wie er unwiderruflich stürzte und ihn mit Mitleid oder Spott bei dem Versuch beobachten konnte, seinen Kopf über Wasser zu halten. Es gab eine Handvoll Leute, die ihm Hilfe angeboten hatten, doch er hatte sie alle abgewiesen. Wenn jemand ihm half, dann er sich selbst. Dazu musste er fort von hier, irgendwohin, wo er allein sein konnte.

Von dem, was er vorhatte, wusste kein Mensch außer William, der mit ruhiger Souveränität den Wagen aus der Enge der Stadt lenkte. Jeder andere hätte ihm händeringend davon abgeraten, und auch William hatte anfangs keinen Hehl daraus gemacht, dass er von dem Plan nichts hielt. Wie es aber seine Art war, hatte er sein Missfallen ein einziges Mal in klare Worte gefasst und anschließend zu dem Thema geschwiegen. Mit derselben Konsequenz hatte er zu der ganzen Affäre nichts gesagt. So war eben das Holz beschaffen, aus dem dieser Kerl geschnitzt war: William war für Frank da, ganz egal, ob ihm gefiel, was dieser tat oder ließ.

Dass er auch jetzt noch für ihn da war, glich einer Wohltat. *Flucht in die Wüste* hatte er den Aufbruch seines Freundes genannt, doch das bedeutete nicht, dass er ihm Steine in den Weg gelegt hätte. Im Gegenteil. Wie eh und je saß er fast reglos hinter dem Steuer, eine stumme Präsenz, ohne die Frank womöglich den Verstand verloren hätte.

»Ich fahre, weil ich mir von der Einsamkeit, Ruhe und Arbeit Hilfe verspreche«, hatte Frank sich ihm zu erklären versucht. »Hilfe und vielleicht sogar eine Art von Heilung.«

»Du bist mir keine Erklärung schuldig«, hatte William erwidert. »Wenn du meinst, du musst fahren, dann bringe ich dich ans Schiff.«

Somit waren sie jetzt unterwegs – ein jeder für sich, nicht gezwungen, Worte auszutauschen, und doch nicht mutterseelenallein.

Noch nicht.

Flüchtig schob Frank eine seiner unsichtbaren Scheuklappen zurück und sandte dem anderen einen Seitenblick. Williams Mundwinkel, der sich zu einem halben Grinsen verzog, gab ihm Antwort. Eine Welle von Wärme durchwogte Franks Körper.

Von dem Mundwinkel abgesehen blieb sein langes,

grob geschnittenes Gesicht mit der großen Nase und der ein wenig vorgeschobenen, skeptisch wirkenden Unterlippe unbewegt. Es strahlte dieselbe Ruhe aus wie Williams kräftige, sehnige Hände, die mit ruhiger Sicherheit den Wagen lenkten. Sein Gesicht war in Shanghai nicht unbekannt, und wer je mit ihm zu tun gehabt hatte, der wusste, wie viel Energie hinter der gelassenen Miene steckte, welche blitzschnelle Auffassungsgabe und was für ein unbestechliches Urteil.

Nur wenige – und zu diesen wenigen gehörte Frank Bender – hatten jedoch eine Ahnung von Williams Güte.

Ja, dachte Frank beinahe verwundert, *auch wenn William selbst es vermutlich höchst energisch abstreiten würde: Dieser kühle Engländer, den seine Geschäftspartner als glasharten Taktiker am Verhandlungstisch und die Frauen als emotionslosen Zyniker kannten, ist im Grunde seines Herzens ein guter Mensch.* Mit großem Geschick und wachsendem Erfolg vertrat William in Shanghai eine englische Firma, traute niemandem über den Weg, machte sich keinerlei Illusionen und war imstande, einen Saal voller Männer unter den Tisch zu trinken, ohne auch nur mit der Wimper zu zucken.

Unter der Fassade aber lebte noch etwas anderes, das der Freund perfekt zu verbergen wusste.

Habe ich tatsächlich »Freund« gedacht?, durchfuhr es Frank.

Es war eins dieser Worte, die er aus seinem Vokabular

gern gestrichen hätte. Nichtsdestotrotz traf es zu: William war sein Freund. Er war es so viel mehr als jener andere, den Frank freimütig und geradezu mit Stolz als seinen Freund bezeichnet hatte. William bedauerte zweifellos, dass er Shanghai verließ, aber er erwähnte es mit keinem weiteren Wort und versuchte nicht, ihn abzuhalten, weil er dem Wunsch seines Freundes in dieser Frage mehr Bedeutung zumaß als seinem eigenen.

Sie schwiegen noch, als sie das letzte der halbwegs akzeptablen südlichen Wohnviertel hinter sich ließen und in die Gegend um den Hafen eintauchten. Das Gelände war riesig, zeigte eindrucksvoll, was für ein Umschlagplatz diese Stadt an der Ostküste Chinas inzwischen geworden war und wie viele ihrer Mitbewerberinnen sie überflügelt hatte.

»Du kannst mich hier rauslassen«, sagte Frank, als sie in den Bereich einfuhren, in dem die kleineren Frachter lagen. Solche Schiffe kreuzten in diesen Gewässern massenweise, liefen die umliegenden Inseln an und belieferten sie mit den Waren der Pflanzer und Geschäftsleute. »Den Rest gehe ich zu Fuß.«

»Unsinn«, kam es von William zurück. »Ich habe gesagt, ich bringe dich an Bord, also bringe ich dich auch dorthin. Jede Diskussion darüber ist verschwendeter Atem.«

Er parkte den Wagen vor einer Reihe niedriger Gebäude mit Wellblechdächern, und die beiden Männer stiegen aus. Die Luft war erfüllt von Lärm, Gepolter und Geschrei. Letzte Waren wurden im Abendlicht verladen, Händler hofften, auf die Schnelle noch ein einträgliches Geschäft abzuschließen. Menschen aller Nationen und Hautfarben wimmelten durcheinander, und Kinder, Ratten, Diebe und Hunde flitzten zwischen ihnen hindurch, um zu ergattern, was abfiel oder nicht allzu scharf bewacht wurde.

Schweigend bahnten sich William und Frank ihren Weg zu dem schmutzigen kleinen Schiff. Lediglich ein einzelner Matrose in zerschlissenem Pullover stand bei der Rampe und warf nicht mehr als einen trüben, gelangweilten Blick auf die Papiere, die Frank zur Mitreise auf dem Frachter berechtigten. Auch hatte der Bursche nichts dagegen einzuwenden, dass William ihn an Bord begleitete. Vermutlich hätte ihn selbst eine Bombe, die jemand vor seinen Augen auf das traurige Gefährt geschleppt hätte, nicht dazu gebracht, Protest anzumelden.

»Es ist wirklich nicht nötig«, sagte Frank zu William.

»Nicht nötig ist dieses Gerede«, erwiderte William. »Zum letzten Mal: Ich habe gesagt, ich bringe dich an Bord, also brauchen wir wohl nicht alle paar Schritte von Neuem darüber zu debattieren.«

Sie gingen an Deck, suchten sich nebeneinander einen Platz an der Reling und steckten sich Zigaretten an. Abschiedszigaretten. Ein wenig wie die, die Todeskandidaten am Abend vor ihrer Hinrichtung angeboten bekamen, als würde der Rauch ihnen helfen, von der Welt und von sich selbst Abschied zu nehmen.

Sie hatten beide die Gesichter dem Hafen zugewandt, in dem noch immer tosender Betrieb herrschte. Dieses Treiben würde die ganze Nacht hindurch nicht verebben, und doch kam es Frank vor, als stünden sie, umhüllt von ihren Rauchschwaden, als die einzigen Menschen weit und breit auf diesem kümmerlichen alten Schiff.

Ein Gefühl der Unwirklichkeit überwältigte ihn. Er blickte über die Hafengebäude hinweg in Richtung Stadt, und es schien ihm nicht länger vorstellbar, dass tatsächlich er es gewesen war, der fünf Jahre lang hier gelebt hatte, der hier Tage voller Arbeit und Sorge, voller Mühen und Freuden, voller Erfolge und Triumphe und schließlich voller Niederlagen und Enttäuschungen verbracht hatte.

So vieles hatte er erlebt in dieser Stadt, und jetzt schien auf einen Schlag das alles ausgelöscht, bedeutungslos, vergangen und vergessen wie der Schnee vom letzten Winter. Verwundert fragte er sich, wie das möglich war. Die Jahre waren ereignisreich gewesen, bewegt, zuweilen erregend – sie konnten nicht jetzt auf einmal für sein Leben keinerlei Relevanz mehr besitzen.

Frank fand keine Antwort. Lediglich eine Ahnung dämmerte ihm, das unbestimmte Gefühl, dass trotz aller Arbeit, aller Betriebsamkeit, des vielen Geldes, das er verdient und wieder verloren hatte, und der Menschen, denen er begegnet war, seinem Leben ein eigentlicher Sinn und Gehalt gefehlt habe. Die Stadt, mit ihrem wilden, fordernden, gewaltsamen Wesen hatte ihm nicht gestattet, zu sich selbst zu finden, und er hatte niemanden bei sich gehabt, der ihm dabei hätte helfen können.

Oder doch, unterbrach er seinen Gedankenfluss. Er hatte jemanden bei sich gehabt, von dem er zumindest erhofft hatte, dass sie sich gegenseitig helfen würden, zu sich zu finden, dass sie dabei auch zueinanderfinden und ein Band schaffen würden, das haltbar und verlässlich war. Er hatte sich einen ruhenden Pol, einen Mittelpunkt für sein Dasein gewünscht, aber jener Mensch – seine Frau – war selbst zu ruhe- und schwerelos gewesen, um eine solche Rolle auszufüllen.

Andere, die sich in ihren Gedanken weniger differenziert oder auch kompliziert ausdrückten, hätten vermutlich gesagt: Es hatte ihr an Liebe gefehlt.

Und ihm wohl ebenso.

Von heute aus betrachtet, war es müßig, sich zu fragen, wer die Schuld daran trug – seine Frau, er selbst oder der Mann, den er für seinen Freund gehalten hatte, die dem Wahnsinn verfallene Stadt oder das Leben selbst. Das Ergebnis blieb immer dasselbe: eine Bilanz, die auf der negativen Seite abgeschlossen wurde und damit auch all das ins Negative zog, was er womöglich einmal als positiv empfunden hatte.

Alles, bis auf den Mann an seiner Seite.

William aus Norfolk, England.

Hätte es eine Prüfung gegeben, die Freunde auf ihre Robustheit, ihr Material, ihre Haltbarkeit testete wie Autoreifen, dann hätte dieser Mann sie bestanden.

Im Hintergrund, verborgen von allem, was sich auf der bewegten, hektisch sich drehenden Vorbühne abgespielt hatte, hatte sich diese wortkarge Freundschaft zwischen zwei Männern entwickelt, und jetzt, wo Frank Shanghai verließ, war eben diese die einzige gute Erinnerung, die er mitnahm.

Eine war besser als keine.

William wandte sich ihm zu, als hätte Frank laut gedacht. Er blies Rauch aus, scharf vorbei an Franks Gesicht. Die Frage: *Was denkst du?*, stellte er nicht in hörbaren Worten, aber Frank vernahm sie trotzdem.

»Es kocht eine ganze Menge Zeug hoch bei so einer Abreise«, brummte er. »Zeug, das man lieber ganz tief unten belassen hätte.«

»Was für Zeug?«

»Gedanken. Bilanzen. Die nicht zu leugnende Tatsache, dass die Summe, die ich aus den vergangenen fünf Jahren mitnehmen kann, eher kläglich ist.«

»Dafür ist die Summe der Erfahrungen, die du gemacht hast, beträchtlich«, brummte William zurück.

So miteinander brummen konnte nur ein Mann mit

einem anderen, mit dem er sich in völligem Einklang befand. Für einen Außenstehenden klang es vermutlich, als würden sie überhaupt nichts sagen.

»Das ist schon richtig«, nahm Frank den Faden wieder auf. »Aber um all diese Erfahrungen reicher zu sein bedeutet eben auch, dass ich um die entsprechende Anzahl Hoffnungen ärmer bin. So leergelaufen und hoffnungslos bin ich mir nicht vorgekommen, als ich vor zwölf Jahren aus Deutschland aufgebrochen bin.«

»Du bist jetzt ja auch zwölf Jahre älter«, erwiderte William gleichmütig. »Da löst sich ein Schiff nicht mehr so leicht vom Hafen.«

Wieder schwiegen sie eine Weile, bis beide Zigaretten aufgeraucht waren.

»Jetzt häng den Kopf nicht so tief«, sagte William und sah der Kippe nach, die er im Bogen ins Meer geworfen hatte. »Ansonsten klemm ich dich unter den Arm und nehm dich wieder mit zurück.«

Frank versuchte zu lachen, was gründlich misslang. »Du weißt, dass das keine gute Idee wäre.«

»Nein, weiß ich nicht, aber das spielt keine Rolle, wenn du es zu wissen meinst«, entgegnete William. »Gib dir ein bisschen Mühe, auf dich aufzupassen, hörst du? Die Umstellung dürfte mehr als drastisch sein.«

»Genau das ist ja das Gute daran«, erwiderte Frank.

»Wir werden sehen.« Zweifelnd wiegte der Engländer seinen schweren Kopf. »Du bist nicht daran gewöhnt, im Freien zu arbeiten. Wenn du mich fragst, bist du mit Leib und Seele ein Großstadtmensch. Außerdem fordern sieben Jahre Weltenbummelei und fünf Jahre Shanghai durchaus ihren Tribut. Allzu widerstandsfähig wirst du auch nicht mehr sein.«

»Sehr schmeichelhaft, wie du über mich redest.« Frank straffte die Schultern, die zumindest in der Breite nichts zu wünschen übrig ließen. Sein Haar mochte an den Schläfen grau werden, und die feinen Linien in den Augenwinkeln löschte auch eine Nacht mit gutem Schlaf nicht mehr aus, aber sein Körper hatte seines Wissens noch nichts von seiner Spannkraft eingebüßt. »Sehe ich vielleicht schwächlich aus? Mache ich auf dich den Eindruck von einem, den das bisschen Urwald aus den Latschen kippt?«

»Das bisschen Urwald hat schon ganz andere aus den Latschen gekippt«, konterte William. »Und deine Augen sehen für mich zumindest aus, als hätten sie schon ziemlich lange keine Latschen mehr gesehen. Deine Blicke sind unstet und ziellos geworden, Frank, sie wabern ins Ungewisse. In der Stadt mag das gehen. Im Urwald ist es Gift.«

»Und du hältst es für völlig ausgeschlossen, dass dein Urteil über meine Augen deiner Einbildung entspringt?« Selbst sein Grinsen fiel schwach aus.

»Halte ich«, bestätigte William. »Wenn ich noch im Zweifel gewesen wäre, hätte mich spätestens deine sinnlose Grübelei überzeugt. Der Wurm bei dir sitzt im Innern. Natürlich ist es denkbar, dass dir gerade deshalb das härtere Leben guttun wird. Aber dazu musst du zu dir selbst zurückfinden und dich wieder auf deine Arbeit konzentrieren. Dann funktioniert der Urwald am Ende womöglich als eine Art Sanatorium: Du erholst dich, hast die Einsamkeit in absehbarer Zeit satt und kehrst zu uns zivilisierten Menschen zurück. Ich jedenfalls habe die Hoffnung noch nicht aufgegeben, dass du dich doch nicht bis ans Ende deiner Tage im Dschungel verkriechen willst.«

»Mir fiele im Augenblick nichts ein, das mich zurücklocken könnte«, bekannte Frank. »Aber angeblich soll man ja nie nie sagen.«

Der Matrose, der vorhin so desinteressiert seine Papiere kontrolliert hatte, schlich sich zu ihnen heran. »In zehn Minuten laufen wir aus«, knurrte er. »Ihr Bekannter macht also besser, dass er von Bord kommt.«

»Der Bekannte ist praktisch schon weg«, behauptete William. Dann gab er dem Mann mit einer Handbewegung zu verstehen, er solle verschwinden.

»Gewöhn dir nicht das Saufen an«, sagte er zu Frank, sobald der Matrose außer Hörweite war. »Bei Männern, die in einer Stimmung wie der deinen in den Urwald gehen, passiert das alle naselang.«

»Ich dachte, du kennst mich besser«, erwiderte Frank ein wenig gekränkt. »Hätte ich das Saufen anfangen wollen, hätte ich es längst getan. Etwas anderes als den Rest von Selbstachtung, den ich noch immer in mir habe, gab es ja nicht, um mich abzuhalten.«

»Der Dschungel bleibt der Dschungel«, beharrte William. »Da herrschen andere Gesetze.«

»Ach was, Dschungel«, wehrte Frank ab. »Findest du nicht, dass du übertreibst? Eine moderne Plantage ist weder Urwald noch Wildnis, sondern selbst im Innern des Landes eine zivilisierte und völlig gefahrlose Angelegenheit. Bis zur Küste ist es nicht mehr als eine knappe Tagesfahrt, und die Autostraße soll ziemlich grandios sein. Mein altes Auto habe ich ja schon rüberschiffen lassen. Viel taugt es nicht mehr, aber zäh ist es noch immer. Das hat es mit mir gemeinsam. Falls ich mich langweilen sollte, hindert mich also nichts, mich auf den Weg in die Stadt zu machen.«

»Freut mich für dich«, bemerkte William trocken.

Wiederum schweigend und ein wenig verwundert sahen sie einander an. In ihrer gesamten Bekanntschaft hatten sie nicht so viele Worte am Stück gewechselt wie in der letzten Viertelstunde.

»Eins noch.« Williams Stimme klang belegt, als kämpfe er gegen einen Klumpen im Hals. »Ich habe gestern mit dem alten Miller gesprochen. Zufällig. Er hat erwähnt, dass er Brandon gut kennt und dass er ihn für einen der reichsten Männer hier im Osten hält.«

»Damit dürfte er richtigliegen.«

»Er soll mehr als ein Dutzend Plantagen haben«,

fuhr William fort. »Gummi, Zucker, Tabak, Hanf, Kopra, was immer das Herz begehrt. Und ein gerissener Geschäftsmann soll er noch obendrein sein.«

»Um die Plantagen kümmert er sich aber kaum mehr selbst«, wandte Frank ein. »Er kommt nur gelegentlich, um sie zu inspizieren. Deshalb braucht er ja Leute wie mich.«

»Genau«, sagte William. »Deshalb braucht er Leute wie dich, die zuverlässig und selbstständig genug sind, um seine Plantagen für ihn zu leiten. Was ihn persönlich betrifft, hat Miller allerdings kein Blatt vor den Mund genommen: Dieser Brandon soll ein mehr als nur unangenehmer Besitzer sein, einer, vor dem man sich besser in Acht nimmt.«

Frank zuckte die Schultern. Es war nicht das erste Mal, dass er solche Gerüchte über seinen künftigen Arbeitgeber hörte. »Ich denke nicht, dass ich viel mit ihm zu tun haben werde«, sagte er leichthin. »Nach allem, was ich weiß, lässt er sich wirklich nicht öfter als ein- oder zweimal im Jahr zur Inspektion auf der Plantage blicken. Was sein gutes Recht ist, denn es geht schließlich um seinen Besitz.«

»Sein Recht macht ihm ja niemand streitig«, brummte William. »Wenn du ankommst, triffst du dich mit ihm, richtig?«

»Ja, natürlich«, antwortete Frank. »Er muss mich ja einweisen. Ich treffe ihn auf der Plantage.«

William sah aus, als wollte er noch etwas sagen,

schluckte es im letzten Augenblick jedoch herunter. »Ich denke, ich gehe dann besser«, sagte er. »Unser Freund lehnt da hinten an der Reling, als wäre er entschlossen, mich über Bord zu stoßen, falls ich beim Ablegen noch hier sein sollte.«

Er sah Frank ins Gesicht, und der bemerkte geradezu verblüfft, wie blau seine Augen waren. Im Vorbeigehen schlug ihm der Freund auf den Rücken. »Dann mach es mal gut, mein Alter. Lass dich von keinem Tiger fressen und von keiner Schlange beißen. Als wären das die größten Gefahren, die diese Wildnis für uns bereithält. Bring deine Nerven in Ordnung, und lass dich wieder blicken, verstanden? Ich erwarte noch beachtliche Taten von dir, ob du das glaubst oder nicht.«

Noch einmal versuchte Frank zu lachen, hatte aber kaum mehr Erfolg als beim ersten Mal. »Ich gebe mir Mühe. Und William – wo ich bin, geht niemanden etwas an, in Ordnung? Schon gar nicht Peggy oder …« Er ließ den Namen unausgesprochen und den Rest des Satzes in der Luft hängen. Stattdessen setzte er neu an: »Die Vergangenheit soll endlich begraben sein.«

»Begraben wir sie«, stimmte William zu. »Ich bin das Grab, das schweigt, von mir erfährt niemand ein Wort.«

»Danke, William.«

Der Freund hatte fast die Stiege erreicht, die hinunter an die Rampe führte, da lief Frank ihm noch einmal hinterher und packte ihn am Arm. »Ich bin nicht gut in solchen Sachen«, sagte er. »Und nach allem, was mir letzthin passiert ist, bin ich vermutlich noch schlechter geworden. Aber du hast dich großartig benommen und bist mehr als dein Gewicht in Gold wert. Wirklich. Dafür, dass du mir durch diese gottverdammte, dreckige Zeit geholfen hast, werde ich dir nie genug danken können.«

»Quatsch«, unterbrach William ihn knapp. »Über solchen Unsinn brauchen wir doch wohl nicht zu reden.«

»Nein. Natürlich nicht.«

Sie brauchten über gar nichts mehr zu reden, sondern hatten alles gesagt, was sich sagen ließ.

Kurz schüttelten sie sich die Hände und tauschten noch einen Blick. Sie waren einander nicht ähnlich, vom Charakter so wenig wie von Herkunft und Lebensgeschichte, und dennoch hatten sie einander in diesem Strudel bunter Gestalten und wesenloser Schemen gefunden, weil etwas sie einte.

Etwas, das sich mit Worten kaum beschreiben ließ. Menschlichkeit war vielleicht ein Begriff dafür, Streben nach einem Glück, einer Art von Erfüllung, die auf dieser vielgestaltigen und vielgesichtigen Erde so schwierig zu finden war.

Frank wusste es nicht, und es strengte ihn schmerzhaft an, noch länger darüber nachzudenken. Er boxte William gegen den Arm. »Mach, dass du runterkommst. Um ersäuft zu werden, bist du zu schade.«

Er sah der eindrucksvollen Gestalt des Freundes nach, bis er ihn aus dem Blick verlor. Dann wandte er sich heftig ab, ohne noch einen weiteren Blick auf Stadt und Hafen zu werfen, als könne er damit seine Vergangenheit hinter sich lassen.

Irgendwo auf diesem traurigen Kahn muss sich eine Bar befinden, in der ein Mann etwas zu trinken bekommt, sagte er sich, riss sich zusammen und begab sich auf die Suche danach.

2

Die Reise auf dem kleinen Schiff bot so gut wie überhaupt keine Abwechslung. Damit ließ sie einem Mann, der in die Einsamkeit reiste, zu viel Zeit zum Nachdenken, und das tat ihm nicht gut.

Die ohnehin kümmerlichen Reste von Unternehmungsgeist und Tatkraft, die Frank in den letzten Tagen vor seinem Aufbruch beflügelt hatten, schmolzen in der lähmenden Hitze wie Butter dahin. Es gab nichts, womit er sich beschäftigen konnte. In den Stunden der unerträglichsten Hitze lag er zwischen Dösen und Grübeln in einem Deckstuhl, wanderte, sobald es ein wenig kühler wurde, auf dem kurzen Deck endlos auf und ab und verbrachte halbe Nächte, in denen er keinen Schlaf fand, in der trostlosen, verdreckten Bar, wo er Whisky trank und Kette rauchte.

Dem Gespräch mit den wenigen Mitreisenden wich er aus, so gut er konnte. Er wollte allein sein, doch zugleich litt er unter seiner Einsamkeit schlimmer als ein Hund. Monatelang hatte er sich danach gesehnt, hatte diese Stellung auf der Brandon-Plantage nur angenommen, weil sie ihm nahezu völlige Einsamkeit versprach, doch jetzt stellte er mit Schrecken fest, dass er sie kaum ertrug.

Das geschäftige Leben in der Stadt und der schon verlorene Kampf um seinen Betrieb waren ihm wie ein Weg durch die Hölle erschienen, doch jetzt musste er feststellen, dass er lediglich eine Vorhölle durchschritten hatte. Er war verzweifelt, zornig, ohnmächtig gewesen, hatte verhandelt, gestritten und gewütet, war auch zusammengebrochen und den Tränen nah gewesen, aber das alles erwies sich als das kleinere Übel im Vergleich mit seinem jetzigen Zustand. Nun war er ohne Unterbrechung sich selbst und seinen Gedanken überlassen.

Das Alleinsein taugte für glückliche, ausgeglichene Menschen. Für einen Mann, der unglücklich und gescheitert war, entwickelte es jedoch Gefahren, die denen von Rauschgift nicht nachstanden. In der von der Hitze diesigen Luft, die das Atmen schwer machte, sah er sein ganzes bisheriges Leben vor seinen Augen zerfließen. Es zerrann ihm zwischen den Fingern wie eine der Figuren aus feuchtem Sand, die Kinder am Meeresufer bauten und die sich in nichts auflöste, sobald die Sonne den Sand trocknete.

Nichts blieb zurück, nichts milderte die erschreckende Erkenntnis.

Mit leeren Händen stand er da und musste wie damals, als junger Spund von zwanzig Jahren, noch einmal ganz von vorn anfangen. Nur fehlte ihm der Mut, der ihn zu jener Zeit über jede Hürde, jeden Stolperstein hinweggetragen hatte. Er war nicht mehr zwanzig, sondern wurde gerade heute doppelt so alt.

Für einen Mann ist das doch kein Alter, hätten ihm zweifellos die meisten Leute erklärt. *Du stehst noch mitten im Leben, weshalb soll dir also nicht noch mal ein Neubeginn gelingen?*

Weil ich nicht weiß, wofür, hallte ihm das Echo seiner Gedanken entgegen.

Durch die dunstigen Schwaden zog sein Leben als ein Strom von Bildern an ihm vorbei:

Es hatte harmonisch, ja geradezu privilegiert begonnen. Seine Kindheit war schön und sorglos gewesen. Er hatte eine sorgfältige Erziehung genossen und von seinen Eltern jede Möglichkeit erhalten, Geist und Verstand zu bilden. Dann war der Weltkrieg gekommen. Anfangs war Frank zu jung gewesen, und wie viele hatte er gehofft, der Krieg werde vorüber sein, ehe er die Altersgrenze überschritt, doch so viel Glück war ihm versagt geblieben. Zwei Jahre lang hatte er kämpfen müssen, er hatte es zum Offizier gebracht und war zuerst im Südosten, dann in Frankreich eingesetzt worden.

Auch dabei schien jedoch ein Schutzengel über ihn zu wachen: Er trug lediglich eine leichte Verwundung davon und sah sich nie gezwungen, etwas zu tun, das sein noch junges Gewissen in unerträglicher Weise belastet hätte. Aus der Niederlage und allen

Erkenntnissen, die daraus folgten, ging er gereift und entschlossener hervor.

Das Deutschland, in das er zurückkam, war nicht mehr das, was er verlassen hatte. Das völlig neue politische System kämpfte um Anerkennung, mit den Reparationen aus dem verlorenen Krieg würde das Land auf Jahrzehnte hinaus verschuldet sein, und die Menschen litten bittere Not. All das entmutigte Frank jedoch nicht. Im Gegenteil. Mit Feuereifer stürzte er sich in sein Studium des Ingenieurswesens, wohl in der Hoffnung, die Chance des Zusammenbruchs zu nutzen, anzupacken und etwas ganz Neues aufzubauen.

Als er seinen Abschluss in der Tasche hatte, herrschte in Deutschland jedoch eine Arbeitslosigkeit von nie gekanntem Ausmaß. Er fand keine Stellung, die auch nur im Mindesten seinen Fähigkeiten entsprach, und wie den meisten jungen Menschen fehlte es ihm an Geduld. Tatenlos abzuwarten und die Hände im Schoß zu falten war seine Sache nicht, auch wenn seine Familie ihn unterstützt hätte. Kurz entschlossen kappte er in seiner Heimat alle Verbindungen und machte sich ohne festgelegtes Ziel ins Ausland auf.

So hatten die Jahre seiner Wanderung begonnen. Leicht war ihm das Emigrantenleben anfangs wahrlich nicht gefallen. Er hatte all seine jugendlichen Kräfte und seinen Mut zusammennehmen müssen, um nicht zu straucheln und in den nächstbesten Graben zu stürzen. Von den Dingen, die er sich aufzubauen versuchte,

34

misslang so manches, anderes aber machte er zum Erfolg. Die Welt war groß, und in diesen frühen Jahren schien sie ihm trotz allem zu Füßen zu liegen, ihm für jeden Weg, der sich verschloss, hundert neue zu bieten.

Er war jung, hatte seinen Beruf gründlich erlernt, und er war keiner, der sich leicht unterkriegen ließ. Wenn er in seinem eigentlichen Feld als Bauingenieur keine Stellung fand, die ihm passte, probierte er sich in einem anderen aus und sammelte auf diese Weise wertvolle Erfahrungen.

In einer solchen flauen Periode hatte er schon einmal eine Arbeit auf einer Plantage angenommen. Damals hatte er in Hinterindien gelebt und sich eine Zeit lang ganz ordentlich geschlagen, bis ihm Dschungel und Urwaldeinsamkeit zu viel wurden und er sich wieder nach menschlicher Gesellschaft sehnte. Der Wunsch, wieder in einer Stadt zu leben und in seinem angestammten Beruf zu arbeiten, hatte ihn damals nach Shanghai gebracht.

Anfangs hatte er geglaubt, die Stadt sei wie für ihn geschaffen, denn zum ersten Mal hatte er echtes Glück. Er lernte auf Anhieb die richtigen Leute kennen, fand Männer, die an ihn glaubten und sich bereit erklärten, ihm Geld zur Verfügung zu stellen, und wagte den Schritt, als Bauingenieur seine eigene Firma zu gründen. Ideen hatte er wie Sand am Meer, und er schien damit in der wimmelnden Metropole einen Nerv zu treffen. Sein Geschäft blühte, binnen Kurzem machte er sich einen Namen und verdiente Summen, von denen er zuvor nicht einmal zu träumen gewagt hatte.

Zur selben Zeit brach in Deutschland die geschundene, in ihren letzten Atemzügen hechelnde Demokratie zusammen, und die Nationalsozialisten übernahmen die Macht. Vereinzelten Meldungen zufolge, die Frank in Shanghai zu Ohren kamen, stabilisierten sich in der Heimat die Verhältnisse. Es gab wieder Arbeit, Geld für Investitionen, und so mancher Deutsche, der seiner Heimat in den Krisenjahren den Rücken gekehrt hatte, erwog jetzt eine Rückkehr.

Für Frank selbst kam das jedoch nicht infrage. Er war ein freies, unabhängiges Leben gewohnt, hatte es sich nie verbieten lassen, seine Meinung zu sagen, und die neuen Machthaber in Deutschland waren ihm zutiefst verhasst. Um nichts in der Welt hätte er sich in ihr diktatorisches Staatsgefüge einordnen wollen, schließlich war er glücklich dort, wo er war. Seine klare Haltung gegen die Regierung in Deutschland verschaffte ihm in Shanghai Sympathien unter den Angehörigen sämtlicher Nationen. Eine Zeit lang erschien es ihm beinahe, als werde alles, was er in die Hände nahm, zu Gold.

Und dann war auf einmal Heinz in Shanghai aufgetaucht und hatte ein Stück Heimat in die Fremde gebracht. Heinz war sein Freund seit Studientagen, ein freier, unbändiger Geist wie er selbst, dazu einer, der vor Energie und Ideen sprühte. Unter das Joch der Nazis hatte dieser Bursche sich unmöglich fügen können, und binnen Kurzem fand er sich in einem ihrer berüchtigten Gefängnisse wieder. Als er mit mehr Glück als Verstand noch einmal in Freiheit gelangte, zögerte er nicht, sondern verließ Deutschland noch am selben Tag. Eine Zeit lang hielt er sich bei Verwandten in Österreich auf, zog dann in die Schweiz und nach Frankreich weiter, doch es gelang ihm nicht, irgendwo Fuß zu fassen.

Das war der Moment, in dem er sich seines Freundes in Shanghai besann. Frank war mehr als glücklich, ihn in seiner neuen Heimat zu begrüßen, und innerhalb kürzester Zeit machte er ihn zum Teilhaber in seiner Firma.

Damals war ihm sein Leben perfekt erschienen, geordnet, gesichert und erfüllt von Glück. Er besaß eine gut gehende Firma, die beständig wuchs, er verfügte über ein ansehnliches Kapital, war ein angesehenes Mitglied der Gesellschaft und hatte darüber hinaus einen echten Freund an seiner Seite.

Und er hatte Peggy.

Wundervolle, unvergleichliche, angebetete Peggy.

Schmal und zierlich, mit langen Beinen und einem Schopf voller wirbelnder kupferroter Locken war dieses unglaubliche Mädchen in sein Leben getanzt und hatte sich im Handumdrehen den wichtigsten Platz darin erobert. Ihr Vater war einer seiner Geldgeber gewesen, ein beleibter Holländer, dem im Geschäftsleben so schnell keiner ein X für ein U vormachte und der den Osten der Welt kannte wie andere ihre Westentasche. In Shanghai lebte er bereits seit etlichen Jahren, und seine Tochter hatte fast ihre gesamte Jugend hier verbracht.

Für ihren Vater war Peggy die Krone der Schöpfung. Dem entsprach die Erziehung, die er ihr hatte angedeihen lassen, und wenn Frank es nüchtern betrachtete, war das, was aus ihr geworden war, vermutlich eine direkte Folge davon. Ihr Vater hatte die Mittel und Möglichkeiten gehabt, sie maß- und hemmungslos zu verwöhnen, und genau das hatte er getan. Ihr hatte alles zur Verfügung gestanden, was ihrer Entwicklung zu einer gebildeten, kultivierten Frau zuträglich war, doch die Heranbildung von Herzenswärme war darüber versäumt worden.

Das Wesen, zu dem sie schließlich herangewachsen war, mochte von der Verwöhnung im Elternhaus ebenso geformt worden sein wie von ihrer eigenen gefährlichen Veranlagung und der eigentümlichen Atmosphäre der Stadt.

Äußerlich war sie ganz die wohlerzogene junge Dame aus gutem Hause, die ihre Umwelt gern in ihr sehen wollte. Sie besaß Charme und geschliffene Umgangsformen, wusste sich in der Gesellschaft zu bewegen und anmutig zu plaudern, tanzte hinreißend und verfügte über einen erlesenen Geschmack. In dieser auf Hochglanz polierten Schale steckte jedoch ein vollkommen haltloses und trotz ihrer Jugend bereits durch und durch verwahrlostes Geschöpf.

Frank hatte davon anfangs nicht das Geringste geahnt. Er lief ihr bei allen möglichen gesellschaftlichen Anlässen über den Weg, traf sie beim Reiten und auf dem Tennisplatz, sah sie am Steuer ihres eleganten Zweisitzers, in Tanzlokalen und Bars und war jedes Mal aufs Neue fasziniert vom Zauber dieser Frau, von ihrem sprühenden Temperament, ihrer Lebensgier und ihrer Art zu kokettieren, die vollkommen unschuldig wirkte. Bis zu diesem Zeitpunkt hatte er kaum Gelegenheit gehabt, sich um Begegnungen mit dem weiblichen Geschlecht zu kümmern, geschweige denn sie zu vertiefen. Der harte Kampf um eine Existenz, um Boden unter den Füßen hatte ihm dazu weder Zeit noch Energie gelassen.

Sein Herz war ausgehungert.

Ausgehungert nach Liebe, Wärme, Vertrauen und Zweisamkeit.

So war es nicht weiter verwunderlich, dass er sich Hals über Kopf verliebte, ohne seinen Verstand und die im Lauf der Jahre erworbene Menschenkenntnis zurate zu ziehen. Als ihm zu dämmern begann, wer Peggy wirklich war, war es zu spät, denn da trug sie bereits seinen Ring am Finger.

Ungläubig musste er feststellen, dass dort, wo er ein zartes, unerfahrenes, vor Lebenshunger brennendes Mädchen vermutet hatte, eine Frau stand, die mit mindestens ebenso vielen Wassern gewaschen war wie ihr Vater, die ihn an Gewieftheit und Raffinesse vermutlich um Längen übertraf und die das, was man die Waffen einer Frau nannte, auszuspielen vermochte wie selten eine zweite.

Nachdem er den ersten Schock überwunden hatte, glaubte er, sich damit abfinden zu können. *Sie war eben genauso ausgehungert wie ich*, sagte er sich, *wild auf Liebe, wild auf mich, zu allem bereit, um sich den Mann ihres Herzens zu erobern.* In gewisser Weise gefiel ihm die Vorstellung. Der Gedanke an eine Peggy, die sämtliche Register zog, um ihn für sich zu gewinnen, machte ihn glücklich, und die Sache hatte nur einen Haken:

Peggy besaß gar kein Herz. Zumindest nicht in dem metaphorischen Sinn, in dem der Begriff für gewöhnlich benutzt wurde.

Was für sie zählte, war ihr Körper. Seinen Begierden, seinen Launen und seiner makellosen Schönheit war sie bereit alles andere zu opfern und unterzuordnen.

Bereits in der Hochzeitsnacht hatte sie den gewiss nicht prüden Frank sprachlos gemacht, indem sie scheinbar völlig unbefangen begonnen hatte, ihm in sämtlichen grafischen Einzelheiten von ihren sexuellen Erfahrungen zu erzählen. Er gab sich Mühe, es erregend zu finden, sagte sich, dass vermutlich der überwiegende Teil seiner Bekannten ihn um die Frau mit dem Kindergesicht glühend beneidet hätte, doch er konnte nicht verhindern, dass er sich von Aspekten ihrer Berichte erschüttert, wenn nicht sogar abgestoßen fühlte.

Noch immer wehrte er sich dagegen, sich ernüchtern zu lassen. Von dieser Ehe hatte er geträumt, und er war entschlossen, alles dranzugeben, damit sie ein Traum blieb. Also predigte er sich selbst, er dürfe sich nicht als Moralapostel aufspielen. Vielmehr müsse er sich bemühen, Peggy in der Tiefe ihres Wesens zu verstehen, müsse Mitgefühl mit einem Mädchen entwickeln, dem zwar sein Vater jeden Wunsch von den Augen abgelesen hatte, das aber ohne Mutter in einer Stadt aufgewachsen war, in der alles größer geschrieben wurde als Ethik und Menschlichkeit. Ihr hatte das weibliche Geleit gefehlt, das Vorbild, dem sie hätte nacheifern und das ihr mit Rat und Anleitung hätte helfen können.

In den entscheidenden, prägenden Jahren war Peggy ein armes, reiches Mädchen gewesen, das mit materiellen Gütern überschüttet wurde, um dessen Seele sich jedoch kein Mensch bemüht hatte.

Frank war fest entschlossen, ebendies nachzuholen. Er wollte sie behüten, wollte sie vor den schädlichen Wegen bewahren, die sie bisher bedenkenlos eingeschlagen hatte, und ihr die Augen für die wirklichen Werte des Lebens öffnen. Peggy mit ihrem beweglichen Geist und ihrer ausgeprägten Selbstgefälligkeit war gerührt und fühlte sich durch den Ernst, mit dem er sein Vorhaben in die Tat umsetzte, geschmeichelt. Nie zuvor war es passiert, dass ein Mann nicht um die unübersehbaren Reize ihres Körpers, sondern um ihre verborgene Seele warb. Für sie war es eine Art neues Spiel, das ihre Langeweile dämpfte und ihr Vergnügen bereitete. Sie spielte es mit. Und eine Weile lang schien Franks Plan aufzugehen.

In dieser Zeit war er glücklich gewesen. Vielleicht nicht so unbeschwert glücklich, wie er es am Tag seiner Hochzeit gewesen war, aber damit konnte er fertigwerden. Er war kein sternenäugiges Jüngelchen mehr, sondern ein gestandener Mann, der wusste, dass das Leben nicht aus Träumen bestand. Er fühlte sich mit seiner selbst gestellten Aufgabe wohl, hegte keinerlei Zweifel daran, dass er das Richtige tat, und freute sich über jeden kleinen Fortschritt, den es in ihrem Zusammensein zu geben schien. Seine Geschäfte liefen gut, er kannte keine finanziellen Sorgen. Wie also hätte er nicht glücklich sein sollen in dieser flüchtigen Zeit, die ihm heute, im Rückblick betrachtet, wie ein Rausch erschien?

Wenn ihm doch etwas fehlte – ein Gegenüber, ein Gesprächspartner, mit dem er sich auf Augenhöhe austauschen konnte, so bemerkte er es erst, als dieser Mangel behoben war: als Heinz in sein Leben zurückkehrte. Mit ihm kehrten auch die Erinnerungen an die gemeinsamen jungen Jahre zurück, und es war großartig, durch ihn ein Stück Heimat bei sich zu haben.

Zudem bereitete es ihm tiefe Freude, dem Freund helfen zu können. Der Zeitpunkt hätte nicht günstiger fallen können. Sein Unternehmen florierte, es gab mehr als genug Arbeit für zwei, und so zögerte Frank nicht lange, sondern nahm Heinz als seinen Geschäftspartner auf.

Er schien tatsächlich ein Glückskind zu sein und das große Los gezogen zu haben.

Vielleicht hatte er sich allzu sehr in Zufriedenheit gewiegt. In jedem Fall bemerkte er nicht, wie der Wind sich allmählich drehte, wie Peggy begann, sich das neue Kostüm, das ihr Mann ihr übergezogen hatte und das für sie letztendlich ein beengendes Korsett war, herunterzustreifen und in ihre alten Muster erneut zu verfallen. Er konnte ihr nicht einmal einen Vorwurf daraus machen: Sie konnte so wenig aus ihrer Haut wie die meisten Menschen, und für sie bestand ja kein Grund, es auch nur zu versuchen.

Heinz war eine leichte Beute für sie. Wenig hätte sie mehr reizen, ihr mehr Spaß bereiten können, als ihren ernsthaften, allzu arbeitsamen Mann unter seinem eigenen Dach mit seinem so sehr geliebten, so sehr in den Himmel gehobenen Freund zu betrügen.

Ein wenig eifersüchtig war sie vermutlich obendrein. »Man möchte meinen, du wärst nicht mehr in mich, sondern neuerdings in Heinz verliebt«, hatte sie sich mehr als nur einmal beklagt. »Diese Lobeshymnen auf seine ach so phänomenalen Fähigkeiten kommen mir zu den Ohren heraus. Fehlt nur noch, dass du von seinen schönen Augen schwärmst.«

Das hatte stattdessen dann wohl sie getan. Von der Affäre der beiden sprach längst die ganze Stadt, während Frank noch immer ahnungslos war. Anfangs mochte Heinz sich tatsächlich mit Gewissensbissen gequält haben. Er hatte zumindest vorgegeben, Franks freundschaftliche Liebe mit derselben Intensität zu erwidern, er hatte immer wieder erwähnt, wie dankbar er ihm war und wie sehr er sich wünschte, ihm seine Hilfe eines Tages vergelten zu können.

Innerhalb von kürzester Zeit war Peggy jedoch gelungen, woran sie bei Frank gescheitert war: Sie hatte ihn sich zu einem ebenbürtigen Partner geformt. Wenn Frank jetzt an ihn dachte, erkannte er in dem skrupellosen, kaltherzigen, rücksichtslosen Mann, der ihm weit mehr als nur die Frau genommen hatte, den Freund nicht mehr, der ihm einst wie ein Bruder oder mehr gewesen war.

Heinz hatte ihn nicht nur mit Peggy hintergangen, sondern ebenso in dem Unternehmen, das sie gemeinsam leiteten. Er hatte Franks Beziehungen genutzt, um eigene Fühler auszustrecken, hatte sich über Franks Geschäftspartner Kredite beschafft und Unsummen ausgegeben. Am Ende stellte er gefälschte Wechsel aus, und was immer er auch damit bezweckt hatte – es ging nicht auf. Als Frank endlich erkennen musste, dass seine Ehe bis auf die Grundfesten zerrüttet war, erfuhr er zugleich, dass das Geschäft, das er aufgebaut hatte, vor dem Ruin stand. Man brauchte beileibe kein Schwächling zu sein, um nach diesem doppelten Schlag in die Knie zu gehen.

Vor Franks Augen war seine gesamte Welt in Scherben zerbrochen. Der Hieb traf ihn so hart, dass er nicht einmal einen Versuch unternahm zu retten, was womöglich noch zu retten war. Stattdessen liquidierte er seine Ehe so rasch wie sein Geschäft und wandte sich voller Abscheu von allem ab.

Was ihn am tiefsten verletzte, verriet er niemandem: Es war weder der Verlust der Frau, mit der er sein Leben hatte teilen wollen, noch der Verlust der Firma, mit der er endlich an einem Ort Wurzeln geschlagen und sich etwas aufgebaut hatte. Es war der Verlust des Freundes. Der Verrat, mit dem Heinz ihn auch von den glücklichen geteilten Studentenjahren für immer abgetrennt hatte.

Wie konnte ein Mann, den er jahrelang für seinen Freund gehalten hatte, diese Freundschaft wegwerfen für das Phantom einer Liebe, für einen Windhauch, der genauso schnell vorüber sein würde, wie er aufgekommen war? Hätten sie nicht hier in der Fremde umso mehr zusammenhalten müssen – zwei Deutsche, die das Regime ihres Herkunftslandes ablehnten und deshalb nicht mehr dorthin zurückkonnten? Frank war nie ein patriotischer Mensch gewesen, aber Heimat bedeutete mehr als Fahnenschwenken und das Grölen von Parolen. Den Rest dieses Heimatgefühls, an dem er sich festgehalten hatte, hatte Heinz ihm genommen.

Selbstverständlich erboste ihn auch der Gedanke, in den Augen seines gesamten Bekanntenkreises als lächerliche Figur dazustehen. Wenn er sich vorstellte, wer alles von dem Schwindel gewusst und sich vermutlich königlich darüber amüsiert hatte, während er noch gänzlich arglos war, trieb ihn das zur Raserei. Letzten Endes war es sein Freund William gewesen, der ihm diskret einen Hinweis zugespielt hatte, mit dessen Hilfe Frank den ganzen gigantischen Schwindel aufdeckte. Frank zog sich von allem zurück und kümmerte sich nur noch um die Abwicklung von Scheidung und Geschäftsauflösung. Als alles Wesentliche dafür erledigt war, verspürte er nur noch einen Wunsch:

Fort aus dieser Stadt.

Es war sein Bankier, der den Namen Brandon ihm gegenüber zum ersten Mal erwähnt hatte. Der wohlhabende Amerikaner suchte für eine große Plantage auf einer der Inseln einen selbstständigen, vertrauenswürdigen Verwalter. Sobald Frank sein Interesse bekundet hatte, kümmerte der Bankier sich um die Vermittlung.

»Ich schätze Sie, Bender«, sagte er zu Frank. »Ich hoffe, das wissen Sie. Das, was Ihnen da zugestoßen ist, tut mir in der Seele weh, auch wenn man uns Bankiers ja nachsagt, dass wir so etwas wie eine Seele gar nicht haben. Wenn ich Ihnen über Brandon zu einer neuen Chance verhelfen kann, würde es mich freuen. Ich weiß, der Kerl ist nicht jedermanns Sache, aber wer weiß, vielleicht kommen Sie ja gut mit ihm zurecht.«

Bettler haben keine Wahl, hatte Frank gedacht und sich für die Hilfe bedankt. Dieser Brandon mochte sein, wie er wollte, die Stellung, die er anzubieten hatte, traf Franks Wünsche wie die Faust das Auge. Die wenigen Bekannten, mit denen er überhaupt noch verkehrte, warnten ihn eindringlich vor der Wildnis, in der er auf sich allein gestellt sein würde. Frank aber erschien in seiner Lage nichts so reizvoll wie ein Posten, der ihn weit fort von jeglicher menschlichen Gesellschaft führte, in die Einsamkeit und ein Leben nahe der unbarmherzigen Natur dieses Breitengrades.

Konnte sie wirklich unbarmherziger sein als die angeblich zivilisierten Menschen, mit denen er es zu tun gehabt hatte?

Und nun war er auf dem Weg in die selbst gewählte Verbannung und musste erkennen, dass bereits die erste seiner Hoffnungen sich nicht erfüllte: Es genügte offenbar nicht, den Ort zu wechseln, um seinen Erinnerungen und der Verbitterung, die damit einherging, zu entfliehen.

Wieder und wieder sah er Peggy vor sich, wie sie träge wie eine Katze neben ihm gelegen und ihm von ihren Liebesabenteuern erzählt hatte, wie sie unter halb gesenkten Lidern lauernd beobachtet hatte, wie ihre Worte auf ihn wirkten. Warum war er nicht fortgegangen von dieser Frau, die doch so offensichtlich nicht als Gefährtin für ihn taugte, warum hatte er sie, getrieben von seinem Bedürfnis nach Liebe, in die Arme geschlossen und mit allem, was in seiner Macht stand, versucht, sie zu verändern?

Mit wahrer Wollust hatte sie sämtliche guten Gefühle in ihm bis zur Unkenntlichkeit zertreten. Und er selbst hatte bewiesen, wie töricht er trotz all seiner Lebenserfahrung noch immer war, indem er an dieser verdorbenen, boshaften Frau festhielt, die hohlköpfig und sinnlos sein Leben wegwarf.

Seine Gedanken bewegten sich unablässig im Kreis. Die brütende Hitze und der verdreckte Zustand des Schiffs machten ihn krank, und er konnte den Augenblick kaum erwarten, in dem sie endlich anlegen würden und er von Bord gehen konnte. Vielleicht würde es ihm dann ja gelingen, die Gedanken an die Vergangenheit abzuschütteln und dem Neuanfang entgegenzureisen, nach dem er sich so sehr sehnte.

3

Auch auf dem nächsten – und hoffentlich letzten – Streckenabschnitt war Franks Reise nicht viel Glück beschieden. Offenbar hatten irgendwelche himmlischen oder höllischen Mächte etwas dagegen, dass er sein Ziel einigermaßen reibungslos erreichte. Sein klappriger alter Ford erwartete ihn wie ausgemacht an der Anlegestelle, und als er sich hinter das Steuer setzte und den Motor startete, empfand er zum ersten Mal zumindest einen Anflug von Freiheit und Unabhängigkeit. Die ersten Meilen brachte der Wagen offenbar ohne Mühe hinter sich. Gerade als Frank sich entschied, dem Frieden zu trauen und die Fahrt ins Landesinnere zu genießen, kam es zum ersten Zwischenfall.

Mit einem wahren Donnerknall platzte der linke Vorderreifen. Frank verriss das Steuer, und der Wagen wurde zur Seite geschleudert, dass er fürchtete, er werde sich überschlagen. Er konnte von Glück sagen, dass das alte Gefährt sich lediglich einmal um seine eigene Achse drehte, um dann auf der dampfenden Straße zum Stillstand zu kommen.

Frank atmete mehrmals tief ein, bis das Zittern in seinen Gliedern sich legte, fluchte laut, stieg unbeschadet aus und machte sich daran, in der glühenden Hitze den Reifen zu wechseln. Es hätte schlimmer kommen können, sagte er sich. Er hätte sich das Genick brechen, samt Auto in Flammen aufgehen oder zumindest den Ersatzreifen vergessen haben können. Schweißnass und ausgelaugt setzte er sich wieder hinter das Steuer. Er war entschlossen, noch an diesem Abend die Brandon-Plantage zu erreichen, denn eine Nacht allein im Wagen war in dieser gottverlassenen Gegend alles andere als eine verlockende Vorstellung.

Mit jeder Meile, die er zurücklegte, wurde die Straße schlechter. Der Ford holperte über Bodenwellen, Gesteinsbrocken und Schlaglöcher, der Motor begann zu stottern und würgte schließlich ganz ab. Hart kam das Fahrzeug zum Stillstand. Mit einem weiteren Fluch stieg Frank erneut aus und machte sich an der Kühlerhaube zu schaffen.

Rauch entstieg ihr. Frank verstand nicht sonderlich viel von Automotoren, aber dieser machte nicht den Eindruck, als wolle er seinen Herrn heute Abend noch an sein Ziel bringen. Durch die Erschütterungen auf der miesen Straße hatten sich offenbar mehrere Kabel gelöst, und er war nicht der Mann, der einen solchen Schaden beheben konnte.

Als wäre das nicht genug gewesen, ließ die Glut der

Sonne abrupt nach, und in Windeseile senkte sich über die fremde Landschaft eine tiefe, samtige Dunkelheit. Innerhalb von wenigen Minuten verlor er die Sicht. Frank hatte Mühe, noch die Hand vor seinen Augen zu erkennen. Seufzend schloss er die Motorhaube. Ihm würde nichts anderes übrig bleiben, als sich hier irgendwo Hilfe zu suchen. Die Insel war schließlich nicht unbewohnt. Wo es eine Autostraße gab, gab es auch Werkstätten, Tankstellen und Rasthäuser. Die Frage war lediglich, ob es möglich war, eines davon zu Fuß zu erreichen.

Ohne viel Hoffnung schaltete er in dem Ford die Scheinwerfer ein. Der doppelte Lichtstrahl tauchte die Straße, die sich vor ihm ausbreitete, in eine trübe, weißliche Helligkeit. Frank entfuhr ein Laut. Er glaubte seinen Augen nicht zu trauen. Stand dort in vielleicht hundert Schritten Entfernung am Rand der Straße tatsächlich ein Haus?

Das kleine Gebäude war auf landestypische Weise erbaut worden. Ein Schornstein rauchte, und aus den Fenstern fiel anheimelndes Licht auf die Straße. Wie in einem Reflex begann Franks Magen zu knurren, und er bemerkte, dass die Zunge ihm am Gaumen klebte. Was immer das da vorne für ein Haus war, wenn Menschen dort lebten, würde er ihnen irgendetwas zu essen und zu trinken abkaufen können. Außerdem fand er mit etwas Glück dort jemanden, der ihm mit seinem Wagen weiterhelfen konnte.

Erschöpft von Hitze und anderen Widrigkeiten, machte er sich auf den Weg. Mit jedem Schritt erschienen die Fenster des Hauses, aus denen das Licht durch das nächtliche Dunkel fiel, ihm verheißungsvoller. Als er die Konturen des Gebäudes bereits klar erkennen und auf einem großen Blechschild über dem Eingang den Namen *Chez Fauré* entziffern konnte, wurde die Tür aufgestoßen.

»Ah, dachte ich's mir doch«, rief der zierliche, weißhaarige Herr, der herausgetreten war, in einem eindeutig französischen Akzent. »Gerade eben habe ich zu meinem Diener gesagt: Ich sehe besser mal nach, bin sicher, dass ich jemanden habe kommen hören.«

Verdattert und um Worte verlegen, blieb Frank stehen.

»Aber immer herein, *mon ami*«, forderte ihn der Weißhaarige auf und schob die Tür ein Stück weiter auf, sodass ein gelblicher Lichtkegel den kleinen Vorplatz beleuchtete. »Hier draußen in der Gottverlassenheit sind wir alle Freunde. Vielmehr müssen wir es sein, wenn wir überleben wollen.«

»Ich bin auf dem Weg zur Brandon-Plantage«, erklärte Frank. »Mir ist mein Wagen liegen geblieben, und ich suche nach jemandem, der mir damit behilflich sein kann.«

»Darum kümmern wir uns morgen«, beruhigte ihn der Weißhaarige. »Matthieu, mein Diener, versteht sich recht gut auf Motoren, er wird sich der Sache annehmen. Und heute Nacht könnten Sie ohnehin nicht mehr weiterfahren. Bis zur Brandon-Plantage sind Sie noch gut drei Stunden unterwegs, das wäre in der Dunkelheit purer Leichtsinn.«

Frank brauchte einige Augenblicke, um sich damit abzufinden, dass er seine Pläne würde ändern müssen. Natürlich hatte der Mann recht. Er kannte sich nicht aus, und sein Wagen war alt. Selbst wenn dieser Matthieu ihn zu reparieren vermochte, konnte er damit bei schlechten Lichtverhältnissen nicht drei Stunden lang über holprige Straßen fahren. Außerdem quälten ihn Hunger und Durst, und schon bald würde sich Müdigkeit dazugesellen.

»Mein Name ist übrigens Fauré«, sagte der weißhaarige kleine Franzose, trat auf Frank zu und streckte ihm die Rechte entgegen. »Und Ihr Leitstern hat Sie genau an den richtigen Ort geführt. Von meinen Fremdenzimmern schwärmt jeder, der einmal darin übernachtet hat. Sie schlafen sich gründlich aus, und morgen früh bringt Ihnen Matthieu Ihren Wagen in Ordnung, und Sie können sich frisch und ausgeruht auf den Weg machen.«

Nach einer schlechten Lösung klang das nicht. Frank schlug ein. Zwar wäre es ihm lieber gewesen, seine neue Wirkungsstätte heute noch kennenzulernen, aber da das nicht möglich war, war dieses Pfefferkuchenhaus samt seinem drolligen Inhaber ein echter Glücksfall. »Frank Bender«, stellte er sich vor.

»Bekomme ich bei Ihnen auch etwas zu essen? Und noch wichtiger – etwas zu trinken?«

»Und ob Sie das bekommen.« Fauré lachte und entblößte eine Reihe kleiner, weiß schimmernder Zähnchen wie aufgereihte Perlen. »Um des Essens und vor allem um des Trinkens willen kommen ja die Pflanzer der gesamten Umgegend zu mir. Für meine französische Küche und meinen alten Bordeaux werden sie dem faden Essen in ihrem Club genauso untreu wie ihrem ewigen Whisky.«

Frank rieb sich die Stirn. Entsprang dieser Mensch der Wirklichkeit oder seiner überreizten Fantasie?

Monsieur Fauré kümmerte sich nicht um seine Verwunderung, sondern plauderte lebhaft weiter: »Sie werden es vielleicht nicht glauben, aber ich hatte jahrelang ein Restaurant im Herzen von Paris, unweit der Champs Élysées. Ahh, die Stadt der Lichter, wer könnte sie jemals vergessen? Vor Gästen konnte ich mich nicht retten, die Reichen und Schönen haben mir buchstäblich die Türen eingerannt.«

»Und wenn ich es nicht glaube?«, entfuhr es Frank.

Fauré lachte gutmütig. »Dann wird Ihnen das Essen aus meiner Küche trotzdem schmecken. Also herein mit Ihnen. Ich freue mich, heute Abend endlich wieder einmal einen Europäer bewirten zu können, sozusagen einen Landsmann, der die Finesse unserer Gerichte gewiss zu schätzen weiß.«

Frank grinste. »Als Gourmets gelten wir Deutschen

in Europa allerdings nicht gerade. Schon gar nicht bei Ihnen drüben in Frankreich.«

»Sie haben recht.« Fauré zwinkerte ihm mit seinen funkelnden, fast schwarzen Äuglein zu. »Ich bin schon zu lange von Europa weg, ich vergesse so manches. Tatsächlich lebe ich hier auf der Insel inzwischen schon seit zwanzig Jahren, so unglaublich es mir auch erscheint. Kommen Sie, Monsieur Bender. Ich bin sicher, Sie sagen nicht Nein zu einem schönen Schaumbad, während ich mich persönlich um Ihr Abendessen kümmere.«

Er führte Frank in die hell erleuchtete Halle des Hauses, von der eine Treppe zu den oberen Räumen führte. Matthieu, der viel zitierte Diener, wurde geschickt, um Franks Gepäck aus dem Wagen zu holen, und Fauré führte ihn persönlich hinauf in sein Zimmer.

»Chunhua lässt Ihnen ein Bad ein, während Sie sich einrichten«, erklärte er und schaltete das Licht ein. Der Raum, in dem Frank sich umblickte, war klein, aber blitzsauber und komfortabel eingerichtet. Er enthielt ein breites Bett, das mit seinen aufgeschüttelten Kissen behaglich wirkte und von einem an der Decke befestigten Moskitonetz geschützt war. Hinzu kamen ein wuchtiger Schrank und ein Sekretär aus hellem Holz sowie ein Waschtisch, auf dem Krug und Schüssel bereitstanden.

»Chunhua?«, erkundigte Frank sich nach dem unbekannten Namen.

»Ein höchst liebenswertes Chinesenmädchen, das ich als Bedienstete in mein Haus genommen habe, weil sie sonst keinen Ort hat, an den sie gehen könnte«, erklärte Fauré. »Was Ihr Bad betrifft, wird sie Ihnen jeden Wunsch erfüllen, Ihnen gern den Bart oder das Haar stutzen und Sie auch ansonsten mit aller Sorgfalt bedienen. Aber ich verkaufe sie nicht, wie es andere Gastwirte tun. Im Gegenteil, ich bitte Sie, Chunhua mit demselben Respekt zu behandeln, den Sie meiner Tochter entgegenbringen würden.«

Frank versprach es und war auf einmal heilfroh über die Entwicklung, die die Dinge genommen hatten. Es war eine Wohltat, sich in dem duftenden Bad den klebrigen Schweiß von der Haut zu spülen und danach in frische Kleidung schlüpfen zu können. Die Aussicht auf ein gutes Abendessen und eine Flasche Wein dazu steigerte noch seine Hochstimmung. Die Welt wirkte auf einmal nicht mehr ganz so düster, sondern zumindest für diesen Abend geradezu freundlich. Morgen früh würde er ausgeschlafen seine Reise fortsetzen und in gut erholtem Zustand bei seinem neuen Arbeitgeber eintreffen.

Nachdem er sich mithilfe der geschickten, schweigenden Chunhua wieder in einen zivilisierten Menschen verwandelt hatte, begab er sich nach unten in den mit tiefen, bequemen Clubsesseln ausgestatteten Saal, wo ihm Monsieur Fauré sein Abendessen servieren würde. Der Raum, der mit gerahmten Stichen von

Pariser Straßenansichten geschmückt war, lag in gedämpftem Licht und vermittelte eine altertümlich-europäische Art von Behaglichkeit, von der Frank nicht gewusst hatte, dass er sie vermisste.

Die Atmosphäre einer Welt, die es nicht mehr gab.

Matthieu servierte ihm einen Krug eisgekühltes Wasser, in dem Minzblättchen schwammen. Danach trug er voll Stolz eine dunkle, staubbedeckte Flasche Bordeaux von 1927 an den Tisch und ließ Frank probieren, ehe er ihm ein Kristallglas vollschenkte. Zu guter Letzt kam er dann noch einmal mit einem Tablett, auf dem Rauchutensilien, Zigaretten und veraltete französische Zeitschriften lagen.

»Lassen Sie es sich wohlergehen und sorgen Sie sich um nichts, *mon cher.* Es wird alles für Sie erledigt, und im Nullkommanichts steht Ihr *Diner* auf dem Tisch.«

Hätte man mich heute Abend nach meiner Vorstellung vom Paradies befragt, so wäre das hier ihr ziemlich nahegekommen, dachte Frank, nahm einen mannhaften Schluck von dem süffigen, kräftigen Wein und zündete sich eine Zigarette an.

Gleich darauf zerschnitt das schrille, scharfe Quietschen von Bremsen seine träge, wohlige Abendstimmung.

Frank schrak zusammen und blickte auf. Vor dem Fenster, im schwachen Licht der Laterne war ein großer Wagen, ein schwerer Cadillac in einer hellen Farbe, erkennbar, der vor der Tür zum Stillstand gekommen war. Keinen Herzschlag später sah er Monsieur Fauré mit Matthieu im Gefolge hinauseilen und mit den Insassen des Wagens sprechen. Vielleicht war es auch nur ein einziger Insasse, denn Frank konnte die Umrisse keines Beifahrers ausmachen.

Matthieu wurde nach drinnen geschickt und kehrte gleich darauf mit einem Kanister zurück, den er in den Tank des Wagens entleerte. Offenbar war Frank nicht der Einzige, der an diesem Abend mit einer Panne liegen blieb.

Und er war auch nicht der Einzige, den Monsieur Fauré wort- und gestenreich zu überreden versuchte, jene Nacht statt auf der unwegsamen Straße in seinem einladenden Gästehaus zu verbringen.

Der Fahrer des Wagens hatte das Fenster heruntergekurbelt, und Fauré redete auf ihn ein. Es dauerte eine Weile, aber schließlich trug der beredte Franzose den Sieg davon. Die Tür wurde geöffnet, und der Fahrer trat heraus – nur war es gar kein Fahrer, sondern eine Fahrerin. Eine elegant gekleidete Frau in einem hellen Staubmantel. Unter der ledernen Kappe, die sie auf dem Kopf trug, sprang noch helleres Haar hervor. Allem Anschein nach war sie europäischer oder amerikanischer Herkunft.

Wenig später hörte Frank die Tür des Hauses zuschlagen und vernahm Stimmen aus der Vorhalle, die Englisch sprachen.

»Diesen Mokka, den Sie mir versprochen haben,

machen Sie aber bitte extra stark«, sagte eine dunkle, beinahe kühl anmutende Frauenstimme, die der Fahrerin gehören musste.

»Zu Ihren Diensten, Madame.« In Monsieur Faurés Stimme war geradezu zu hören, wie er sich dabei verbeugte. »Sie werden über den Kaffee, der Ihnen in unserem Hause serviert wird, so wenig zu klagen haben wie über alles andere.«

Wieder verging ein wenig Zeit, vermutlich wechselte Geld den Besitzer, und ein Zimmerschlüssel wurde übergeben. Dann endlich wurde die Tür des Speisesaals aufgeschoben und die Frau mit dem hellen Haar trat ein.

Frank hielt den Atem an. Wenn er hier, mitten in menschenverlassener Wildnis, kein Gasthaus mit französischem Inhaber, keinen edlen Bordeaux und keinen Duft nach der Käsekruste auf Zwiebelsuppe erwartet hatte, so hatte er noch weniger eine Frau erwartet, die die nächtliche Herberge mit ihm teilte – und wenn doch, dann zumindest keine so schöne.

Sie war mittelgroß und sehr schlank, bewegte sich mit natürlicher Anmut. Den Staubmantel trug sie noch immer, hatte die Kappe jedoch vom Kopf gezogen. Wie befreit sprangen ihr die mattblonden Wellen ihres Haars auf die Schultern, während einzelne Strähnen sich auf der hohen Stirn ringelten. Ohne Zweifel war sie das, was man eine Frau von Welt nannte, warf Tasche und Kappe auf einen der Sessel und nahm damit den dazugehörigen Tisch in Besitz. Zugleich aber haftete ihr etwas Nervöses an, eine kaum zu erahnende Angst. Sie versenkte die Hände in den Taschen des Mantels und förderte ein goldenes Zigarettenetui zutage, aus dem sie eine Zigarette herausklopfte.

Die gleich darauf wieder in den Manteltaschen versenkten Hände waren offenbar mit der Suche nach einem Feuerzeug beschäftigt, kamen allerdings erfolglos wieder ans Licht.

Frank sprang auf, trat vor die schöne Fremde hin und ließ sein Feuerzeug aufschnappen. »Darf ich?«

Die Frau zuckte zusammen. Sie, die eben noch so souverän gewirkt hatte, schien bis ins Mark erschrocken.

»War ich zu stürmisch? Dann bitte ich um Entschuldigung«, sagte Frank. »Ich wollte Ihnen lediglich von einem Raucher zum anderen mit Feuer aushelfen.«

»Oh ja, vielen Dank, sehr aufmerksam von Ihnen.« Sofort hatte sie sich wieder in der Gewalt und hielt die Spitze ihrer Zigarette in die Flamme. »Ich muss meines im Auto vergessen haben.«

Sie sog den Rauch tief in ihre Lungen und nickte ihm noch einmal zu – eine Frau, die es gewohnt war, Befehle zu erteilen und Untergebene mit solchen knappen Gesten ihres Weges zu schicken.

Frank wusste selbst nicht, warum er stehen blieb. Eine Art von jungenhaftem, nicht erklärlichem Übermut erfasste ihn. »Oh verzeihen Sie, ich habe mich noch gar nicht vorgestellt«, sagte er, steckte das Feuerzeug ein und bot ihr seine Hand. »Frank Bender. Um ganz offen zu sein, hätte ich nicht erwartet, heute Nacht hier beim Abendessen Gesellschaft zu bekommen. Umso freudiger überrascht bin ich nun.«

Der Blick ihrer Augen traf ihn wie ein Schlag, mit dem man ein ungehöriges Kind in die Schranken wies. Zu seiner Verblüffung waren diese Augen tiefdunkel, wie er es zu dem hellen Haar nicht erwartet hätte.

»Wenn es Ihnen nichts ausmacht, würde ich jetzt gern in Ruhe meine Zigarette rauchen«, verwies sie ihn kalt in seine Schranken. »Ich habe einen anstrengenden Tag hinter mir, und das Letzte, was ich mir für dessen Ende erhofft hatte, war, hier zu stranden.«

Frank hätte sich davon entmutigen lassen können. Solange er denken konnte, hatte er nie den Wunsch verspürt, eine Frau zu belästigen, die dies sichtlich nicht wünschte. Diese Art von Jagdinstinkt fehlte ihm, und seit dem Fiasko, in dem seine Ehe geendet hatte, hatte er angenommen, ihm sei in Hinblick auf Frauen überhaupt jeder Jagdinstinkt abhandengekommen. Warum er sie dennoch nicht in Ruhe ließ konnte er nicht wirklich einordnen …

»Aber selbstverständlich«, bekundete er und rückte ihr galant einen Sessel ab. »Ich bevorzuge selbst vor dem Essen in Ruhe zu rauchen und kann belanglosem Geplauder dabei nichts abgewinnen. Lassen Sie mich nur rasch meine eigenen Zigaretten und meinen Wein herüberholen. Er ist übrigens köstlich, der Jahrgang ist und bleibt ein Geheimtipp. Ich bin überzeugt, Sie werden mir zustimmen, nachdem Sie ihn probiert haben.«

Ohne ihre Antwort abzuwarten, schwang er sich herum und trug wie angekündigt Flasche, Glas und Zigaretten hinüber an den Tisch, an dem sie sich noch immer nicht niedergelassen hatte. Keinen Atemzug später tauchte Matthieu in der Tür zum Speisesaal auf.

»Ah, Monsieur, Madame, Sie sind ja beide am selben Tisch«, rief er geradezu jubelnd in seinem brüchigen Englisch. »Das mich freuen. Ich gerade wollen servieren die *Amuse-Gueule*. Monsieur ist recht, dass teilen mit Madame?«

Frank nickte. Beinahe tat die Frau ihm leid. Wenn sie keinen Aufruhr erzeugen wollte, blieb ihr kaum etwas anderes übrig, als an dem Tisch Platz zu nehmen, an dem Frank sich nun ihr gegenübersetzte. Für die Grazie, mit der sie die Niederlage einsteckte und sich in den Sessel sinken ließ, konnte er ihr nur Bewunderung zollen.

Ehe sie dazu kamen, weitere Worte zu wechseln, tauchte wiederum Matthieu auf, der eine Platte mit winzigen Appetithäppchen sowie vor jeden von ihnen einen Teller stellte. Als Letztes brachte er ein zweites Glas für die Fremde. »Ich wünschen Herrschaften eine gute Appetit.«

»Den wollen wir dann doch wohl haben«, sagte Frank und hob sein Glas der Frau entgegen. »Lassen wir es uns gut gehen. Ich hatte den ganzen Tag über scheußliches Pech, bin von einer Panne in die nächste geschlittert und sah mich schließlich gezwungen, meine Fahrt hier für eine Nacht zu unterbrechen. Sicher können Sie sich vorstellen, was für eine Freude es nach alledem ist, sich in so charmanter Gesellschaft wiederzufinden.«

Er glaubte kaum, was er sich selbst da sagen hörte. War das wirklich er, Frank Bender, über den seine eigene Frau sich beklagt hatte, er sei nicht in der Lage, ein simples Kompliment zu machen?

Der Anflug eines geschmeichelten Lächelns entging ihm nicht, selbst wenn die Fremde es sich sofort darauf wieder von den Lippen wischte. »Die Freude werde ich Ihnen leider nicht lange machen«, sagte sie spitz. »Ein Glas Wein, einen Bissen zu essen und eine Zigarettenlänge Atempause werde ich mir meinetwegen gönnen, aber danach fahre ich sofort weiter.«

»Jetzt noch?«, fragte Frank bestürzt, »Mitten in der Nacht? Aber wohin wollen Sie denn so dringend?«

Sie stippte Asche ab und warf ihr Haar über die Schulter zurück. »Wohin wohl? Hinunter in die Stadt natürlich.«

Verblüfft starrte er sie an. »Aber bis dahin sind es gut und gerne dreihundert Meilen.«

»Ich weiß«, erwiderte sie ungerührt und blickte ihn ruhig an.

»Sie können doch unmöglich in der Nacht allein so weit fahren«, rief er aus.

»Ich kann«, sagte sie scheinbar noch immer ungerührt. Frank aber bemerkte, dass ihre Augenbrauen
nervös zuckten und ihre Hand, die die Zigarette erneut zum Mund führte, leise zitterte.

»Ich frage mich, wo Sie überhaupt herkommen«,
dachte er laut. »Mitten in der Nacht und dann so allein.«

»Wollen Sie mich verhören?«, kam es messerscharf
von ihr zurück. Ihre Brauen, die sie jetzt in die Stirn
zog, verliehen ihrem Gesicht einen beinahe hochmütigen Ausdruck, doch die noch immer zitternden Finger
sprachen eine andere Sprache.

»Nein. Natürlich nicht.« Eine Spur Verlegenheit erfasste ihn. »Ich hätte nur nicht gedacht, dass das hier-
zulande möglich ist – eine Frau, die nachts mutterseе-
lenallein durch den Urwald fährt.«

»Nun, Sie sehen ja, dass es möglich ist«, erwiderte
sie. Vermutlich sollte auch dieser Satz hochmütig klingen, doch sie war zu müde dazu. Sie drückte die Zigarette aus und stützte den Kopf schwer in eine Hand.

Frank sah noch mehr als Müdigkeit: In den ermatte-
ten Zügen las er völlige Entkräftung und Verzweiflung.
Seine eigene Erschöpfung war wie weggeblasen. Auf
einmal wünschte er sich, sie zu beschützen, sie durch
die Nacht zu begleiten, wenn es sein musste, und sie
gegen alle Welt zu verteidigen.

Während er sich noch über sich selbst wunderte,
begann er, heftig auf sie einzureden: »Sie dürfen auf

keinen Fall so spät noch weiterfahren. Es wäre heller Wahnsinn. Die Straße ist eine Katastrophe, und Sie werden meilenweit auf kein weiteres Haus, geschweige denn auf eine Menschenseele stoßen.«

»Das wird ja auch nicht nötig sein«, murmelte sie, ohne den Kopf aus der Stütze ihrer Hand zu heben.

»Kennen Sie denn die Strecke so gut?«, fragte er.

»Das wäre zu viel gesagt«, gestand sie ein.

»Nicht einmal das«, fuhr er sie ohne Bosheit an. »Und was tun Sie, wenn Sie unterwegs eine Panne haben? Kennen Sie sich mit Motoren aus? Sind Sie in der Lage, einen Schaden selbst zu beheben?«

»Nein«, erwiderte sie, »natürlich nicht.«

»Na also«, antwortete er geradezu triumphierend. »Dann lassen Sie diesen Wahnsinn ja wohl besser bleiben. Sogar ich als Mann habe es vorgezogen, über Nacht hier eine Pause einzulegen, statt auf Teufel komm raus durch die Finsternis weiterzufahren.«

Noch immer hielt sie ihren Kopf in die Hand gestützt, wandte jedoch das Gesicht ein wenig, um schräg zu ihm aufzublicken. »Sind Sie der Meinung, dass Männer so viel fähiger sind als Frauen?«, fragte sie.

Frank musste lachen. »Bestimmt nicht im Allgemeinen. Aber nachts auf einer dunklen Straße würde ich, um ganz ehrlich zu sein, lieber ein Mann sein als eine Frau. Sie etwa nicht?«

Sie zögerte kurz, dann zuckte sie die Achseln. »Doch, ich auch«, sagte sie schließlich. »Wenn es um Reifenwechsel und Ersetzen von Zündkerzen geht, erkenne ich die Überlegenheit von Männern anstandslos an.«

Einen Moment lang schwiegen sie beide. Dann fuhr sie in ihrem Sessel auf. »Aber wie auch immer – ich habe wirklich überhaupt keine Zeit. Ich muss sofort weiter. Wo bleibt nur dieser Mokka, den Monsieur mir angeboten hat?«

»Das weiß ich nicht, aber ich kann gerne gehen und mich erkundigen«, erbot sich Frank. »Mein Abendessen hatte auch aus mehr als diesen durchaus delikaten Zahnfüllungen bestehen sollen. Zuvor aber müssen Sie mir versprechen, dass Sie über Nacht hierbleiben. So eilig kann gar nichts sein, dass Sie dafür ein solches Risiko eingehen. Ruhen Sie sich aus. Teilen Sie diesen herrlichen Wein und die versprochenen französischen Köstlichkeiten mit mir. Anschließend schlafen Sie sich gründlich aus, und morgen früh fahren Sie frisch und erholt weiter. Na? Wie hört sich das an?«

Unter gesenkten Lidern sandte sie ihm einen Blick, den er nicht deuten konnte. »Nett.«

»Wie bitte?«

»Nett«, wiederholte sie. »Ihre Sorge um mein Wohlergehen. Ich bin das nicht gewohnt, und wenn ich ehrlich bin, empfinde ich es als ziemlich wohltuend.«

In der Stille, die folgte, hörte Frank sein Herz schlagen. Was ging hier vor? Welchem Zauber des Augenblicks erlag er gerade?

Auch die fremde Frau richtete sich auf und betrachtete ihn wie erschreckt, als wäre ihr ein ähnlicher Gedanke durch den Kopf gegangen. Abrupt wendete sie sich ab und wiederholte mit beinahe kindlichem Trotz: »Ich habe aber wirklich keine Zeit.«

Er glaubte zu spüren, wie ihr Widerstand bröckelte. »Bleiben Sie hier«, sagte er darum noch einmal so eindringlich, wie er nur konnte. »Ich möchte an die Tiger, die Elefanten oder die Horde Banditen, die Ihnen da draußen begegnen könnten, nicht einmal denken. Hier dagegen stehen Sie unter meinem Schutz.«

Sie lachte leise. Eine Spur Spott lag darin, aber keine Bosheit. »Und Sie meinen, wenn ich Ihren Schutz genieße, könnte mir nichts geschehen?«

»Ihnen geschieht nichts«, versicherte er mit ungewohnter Festigkeit. »Darauf gebe ich Ihnen mein Wort.«

Der Blick ihrer traurigen dunklen Augen traf ihn geradewegs ins Gesicht. »Interessant«, sagte sie. »Dass ein Mann sich für so wenig gefährlich hält, ist mir noch nicht oft begegnet.«

Der Traurigkeit zum Trotz lächelte sie, und er konnte nicht anders, als ihr mit einem Lächeln zu antworten. *Wir flirten ja,* bemerkte er erstaunt. Dabei hatte Peggy Stein und Bein geschworen, dass er ein Mann war, der für einen Flirt gar nicht taugte.

In das Schweigen, das entstand, trat der kleine Franzose, Monsieur Fauré, der ein Tablett mit einer dampfenden Tasse an den Tisch trug. »Ihr Mokka, Madame.«

Leise bedankte sie sich und zog die Tasse vor sich hin.

»Was macht mein Abendessen, Monsieur Fauré?«, ergriff Frank die Gelegenheit.

»Es gibt Ihnen allen Grund, sich darauf zu freuen«, erwiderte Fauré ohne Wimpernzucken. »Jeden Augenblick ist die Suppe fertig zum Servieren, und sodann folgt eines aufs andere.«

»Wunderbar«, lobte Frank. »Mir hängt der Magen in den Kniekehlen. Und wäre es Ihnen wohl auch möglich, die Portionen zu verdoppeln? Madame speist mit mir.«

»Oh wie schön, das freut mich«, rief Fauré regelrecht entzückt aus, ehe die blonde Schöne Protest anmelden konnte. »Die Herrschaften kennen sich?«

Ehe er Zeit gehabt hätte nachzudenken, antwortete Frank in aller Seelenruhe: »Aber gewiss doch. Seit tausend Jahren.« Ihrem Blick wich er aus und stand auf. »Und während wir auf unser Essen warten, hole ich rasch Ihr Gepäck ins Haus.«

Er streckte ihr die Hand hin, bemerkte ein sekundenlanges Zaudern und nahm dann den Autoschlüssel entgegen, den sie aus ihrer Tasche fischte. Froh, der aufgeladenen Stimmung für ein paar Augenblicke entfliehen zu können, und doch schon jetzt erfüllt von Sehnsucht nach ihr, eilte er hinaus in die sternenklare, wie verzauberte Nacht.

In ihrem Wagen, dem Chevrolet, dem das Benzin

ausgegangen war, fand er lediglich ein kleines Köffer-
chen aus braunem Leder, wie es Geschäftsreisende für
eine einzige Übernachtung verwenden. Er wunderte
sich, kam aber den Antworten auf seine Fragen nicht
näher: Wer war sie, woher stammte sie, und wohin war
sie in solcher Eile unterwegs?

Er beschloss, die Grübelei darüber aufzuschieben
und den Augenblick zu genießen. Als er mit dem Köf-
ferchen zurück ins Haus kam, servierte Matthieu gerade die Zwiebelsuppe, deren kräftiges Aroma ihn
daran erinnerte, dass er seit dem Frühstück nichts
gegessen hatte. Monsieur Fauré hatte nicht zu viel
versprochen. Beim Hauptgang, einem hauchzarten
Lammkarree, ließen sie sich die zweite Flasche Wein
öffnen, und nach der Abrundung der köstlichen Mahlzeit durch Obst und Käse zündete Frank für sie beide
Zigaretten an.

Monsieur Fauré war während des Essens beständig
aus seiner Küche hinaus- und wieder hineingewirbelt,
hatte sich mit hochroten Wangen an dem Lob gefreut,
dass seine Gäste ihm spendeten, und freute sich sichtlich noch mehr an den zarten Banden zwischen diesen zwei eigentümlichen Menschen, die er bewirten
durfte.

»Mein Haus ist heute Nacht glücklich«, erklärte er
feierlich und öffnete die Tür der Veranda, um die von
Düften angereicherte Nachtluft einzulassen. Zugleich
senkte er jedoch das leichte Tuch aus Gaze, um den

Moskitos keinen Einlass zu gewähren. »Es ist heute Nacht ein glückliches Haus, weil es die liebenswürdigsten Gäste beherbergen darf.«

Frank und die Fremde bedankten sich. Sie waren beide gerührt und dennoch erleichtert, als er sich samt Matthieu und Chunhua wieder in den Küchentrakt des Hauses zurückzog.

Sie waren allein.

Die Geräusche des Waldes, die wie von weit her in das Zimmer drangen, verstärkten den Eindruck, der Raum schwebe allein durch das All, als wäre die Welt versunken und sie beide die letzten Menschen.

Wenn es doch so wäre, durchfuhr es Frank. Durch die sich lösenden Rauchschwaden sah er sie wie durch Schleier an. »Es kommt mir vor wie ein Traum«, sagte er.

»Ein Traum?«, wiederholte sie fast unhörbar seine Worte.

Frank nickte. »Da fahre ich hierher, bin der festen Überzeugung, ich befinde mich am Ende der Welt, und bin darüber auch noch froh, weil ich das Leben satthabe – die Menschen, ihre bombastischen Städte und den ganzen verlogenen Betrieb. Ich war zu dem Schluss gekommen, es gäbe nichts mehr, das mir Freude machen könne, und hatte mich entschieden, fortan allein zu leben, fern von allen Menschen.«

Er machte eine Pause, blies Rauch aus und suchte den Blick ihrer Augen.

Sie schwieg, wartete ab und sah ihn nur an.

»Und dann lande ich auf einmal hier«, fuhr er fort. »In diesem eigenartigen Etablissement, das mir vorhin auf den ersten Blick vorkam wie das Knusperhaus aus dem Märchen. *Hänsel und Gretel.* Kennen Sie das?«

»Selbstverständlich.« Flüchtig spielte ein kleines Lächeln um ihre Mundwinkel. »Ich hoffe, ich habe mich nicht für die Rolle der Hexe qualifiziert.«

»Ganz sicher bin ich mir nicht«, erwiderte Frank und meinte es aufrichtig. »Auf keinen Fall kann ich ausschließen, dass Sie vom Hexen etwas verstehen. Wie sonst soll ich mir erklären, dass ich seit Monaten nichts als Überdruss empfunden habe und nun das Leben auf einmal wieder lebenswert finde? Sogar die Menschen erscheinen mir längst nicht mehr so unerträglich, zumindest nicht die, die mir in dieser komischen Kaschemme über den Weg gelaufen sind. Ich fühle mich beinahe glücklich. Wenn das keine Hexerei ist, dann weiß ich auch nicht …«

Ihre Blicke trafen sich. Dann senkte die Frau den Kopf und starrte auf die Tischplatte. Zu ihrem Glück erschien gerade in diesem Moment Monsieur Fauré und unterbrach das peinliche Schweigen. »Ich möchte nicht stören. Nur rasch mich erkundigen, ob die Herrschaften noch einen Wunsch haben.«

»Ich denke, wir trinken noch eine Flasche von Ihrem vorzüglichen Wein«, sagte Frank, ehe die Fremde ablehnen konnte.

»Aber mit dem größten Vergnügen«, freute sich der kleine Franzose. »Und darf es ein bisschen Musik dazu sein?«

»Warum nicht?«, antwortete Frank, und schon war Fauré unterwegs, um den bestellten Wein zu holen und am anderen Ende des Saales ein großes Grammofon anzukurbeln.

Eine langsame, zärtliche Weise erklang, irgendein französisches Chanson, das mindestens fünfzehn Jahre alt sein musste und von der Liebe am Fuß von Montmartre erzählte.

Es ist ein bisschen zu schön, um wahr zu sein, dachte Frank, *aber was soll's? Wenn ich morgen früh aufwache und feststelle, dass es nur ein Traum war, dann hatte ich wenigstens eine himmlische Nacht.*

»Falls ich jemals vorhätte, einen Film zu drehen, würde ich diesen kleinen Franzosen engagieren«, ließ sich unverhofft seine Gefährtin vernehmen. »Er würde einen glänzenden Regisseur abgeben – er hat ein Gespür für die richtigen Zutaten.«

Der glänzende Regisseur trat ein letztes Mal an ihren Tisch, schenkte ihnen Wein ein und versicherte, die Herrschaften bräuchten nur nach ihm zu rufen, wenn sie einen Wunsch hätten, ansonsten würde er sie jedoch nicht noch einmal stören.

Sie waren nun also wirklich allein.

Frank hob sein Glas. »Auf Ihr Wohl.«

Ihren Namen konnte er nicht hinzufügen, denn er

kannte ihn nicht. Sie hatte ihn von sich aus nicht genannt, und er fragte nicht nach, obwohl er sich wunderte, weshalb sie ihn so rätselhaft verbarg. War es Koketterie? Auch woher sie stammte, wusste er nicht. Ihrer Aussprache nach hielt er sie für eine Amerikanerin, doch darin konnte er sich täuschen. Sie mochte genauso gut Engländerin sein oder einer ganz anderen Nation angehören und einfach wie er selbst fließend Englisch gelernt haben.

Ihre Wangen hatten sich ein wenig gerötet, und ihre Züge wirkten nicht mehr so angespannt. »Der Wein tut Ihnen gut«, sagte Frank. »So ein schwerer Bordeaux ist das reinste Beruhigungsmittel.«

»Beruhigungsmittel?«, fragte sie nach. »Was bringt Sie denn zu der Annahme, dass ich so etwas nötig habe?«

»Sie wirkten vorhin ein wenig nervös«, erwiderte Frank.

»Tatsächlich?« Sie zögerte. »Nun ja«, gab sie schließlich zu, »vielleicht war ich das wirklich.«

»Und sind Sie inzwischen nicht doch froh, dass Sie hiergeblieben sind? Stellen Sie sich vor, Sie wären jetzt allein da draußen in der Nacht unterwegs.«

»Das will ich mir nicht vorstellen«, rief sie aus tiefstem Herzen und schüttelte sich. »Es ist schrecklich.«

Frank lächelte. »Genau der Ansicht bin ich auch. Ich habe mich vorhin schon gefragt, was Sie dazu getrieben hat, um diese Uhrzeit alleine loszufahren. War denn niemand zur Stelle, der sich wenigstens bemüht hat, Sie daran zu hindern?«

Was er mit der Frage bezweckte, erkannte Frank erst, als sie schon gestellt war: Es war sein – zumindest ansatzweise diplomatischer – Versuch, in Erfahrung zu bringen, mit wem sie lebte. Oder um genau zu sein: ob es einen Mann in ihrem Leben gab. Darin, sich selbst etwas vorzumachen, hatte er noch nie viel Talent besessen.

»Es gibt eben manchmal Situationen …«, begann sie, brach aber ab und verfiel wiederum in Schweigen.

Er wartete eine Weile. Als von ihr nichts mehr kam, nahm er selbst den Faden wieder auf: »Meinen Sie nicht, dies wäre ein geeigneter Moment, um uns gegenseitig unsere Lebensgeschichten zu erzählen?«

Sie zuckte mit den Schultern. »Warum sollten wir das tun? Glauben Sie, dass es sonderlich interessant wäre?«

»Interessant oder nicht, es gehört sich eben so, wenn man sich in der Wildnis über den Weg läuft«, erwiderte Frank. »Man zündet ein Lagerfeuer an und erzählt einander seine Lebensgeschichte.«

»Lagerfeuer ist gut.« Immerhin lachte sie ein wenig. »Ich bin mir nicht sicher, ob Monsieur Fauré von dieser Beschreibung seines Gasthauses begeistert wäre.«

»So ein zünftiges Lagerfeuer ist nicht zu verachten«, verteidigte Frank seinen Vergleich. »Waren Sie eigentlich schon einmal hier, kennen Sie Monsieur Fauré von früheren Besuchen?«

»Nein«, erwiderte sie prompt. Sonst nichts, nur dieses eine Wort.

Frank unterdrückte ein Seufzen. Seine Gefährtin verstand es wirklich, sich in Geheimnisse zu hüllen. Nicht einmal, wo sie lebte, hatte sie ihm bisher verraten. Unten in der Hafenstadt? Auf einer der umliegenden Plantagen? Theoretisch hätte sie sogar von der Brandon-Plantage kommen können, aber das war unwahrscheinlich: Fauré hatte gesagt, bis dahin wären es noch gut drei Stunden Fahrt, und so lange konnte sie unmöglich bereits in der Dunkelheit unterwegs gewesen sein.

Weshalb gab sie sich so verschwiegen, was hatte sie zu verbergen?

Hatte er sie vielleicht verschreckt, war er zu weit gegangen, als er ihr erklärt hatte, dass er um ihretwillen auf einmal sein Leben wieder lebenswert fand? Schließlich kannten sie einander ja überhaupt nicht, sondern waren sich nur durch eine Laune des Schicksals begegnet wie Schiffe in der Nacht.

»Das, was ich vorhin gesagt habe, muss Ihnen sehr närrisch vorgekommen sein«, setzte er zu einer Entschuldigung an. »Irgendetwas ist wohl mit mir durchgegangen – die romantische Stimmung oder Monsieur Faurés gehaltvoller Bordeaux. Es tut mir leid, wenn ich Ihnen damit zu nahe getreten bin.«

»Aber nicht doch«, wehrte sie ab. »Für eine Frau ist es wundervoll, solche Worte zu hören. Im Grunde wünscht sie sich so etwas ständig, doch in den meisten Fällen ist der Wunsch vergeblich.« Hastig trank sie einen Schluck Wein, ehe sie weitersprach: »Und Sie würden so etwas auch nicht zu mir sagen, wenn wir uns nicht seit zwei Stunden, sondern bereits seit zwei Jahren kennen würden.«

»Und ob ich so etwas zu Ihnen sagen würde«, protestierte Frank. »Ich würde es immer tun. Ganz egal, wie lange ich Sie kenne.«

»Immer!«, stieß sie verächtlich heraus und lachte bitter auf. »Wenn ich dieses Wort schon höre.«

»Was ist gegen das Wort einzuwenden?«, fragte Frank. »Glauben Sie nicht daran, dass ein Mann Ihnen gegenüber immer solche Empfindungen hegen könnte?«

»Nein, daran glaube ich nicht«, erwiderte sie schroff. »Ich weiß ja, wie Männer sind.«

Frank musste lächeln. Sie erschien ihm reizend in ihrer Entschlossenheit, so sehr, dass er Mühe hatte, nicht die Hand auszustrecken und sie zu berühren. »Und wie sind sie?«, fragte er. »Die Männer, meine ich.«

Sie erwiderte sein Lächeln nicht. Vielmehr schien sie auf einmal in Gedanken weit weg. »Wenn eine Frau zu lieben beginnt, hat ein Mann meist schon damit aufgehört«, sprach sie wie zu sich selbst vor sich hin. »Männer lieben, während sie werben und erobern. Frauen dagegen lieben, wenn sie sich in Sicherheit fühlen und Vertrauen entwickeln.«

»Ha!«, brach es aus Frank heraus, ehe er sich hindern konnte. »Ist das nicht ein Klischee, das Sie da nachbeten? Meinen persönlichen Erfahrungen entspricht es jedenfalls überhaupt nicht. Im Gegenteil. Ich habe ganz und gar nicht erlebt, dass Frauen Beständigkeit in der Liebe wünschen, geschweige denn, dass sie selbst beständig lieben.«

Die Bitterkeit in seiner Stimme war nicht zu überhören. Der Blick der Fremden streifte ihn flüchtig, dann klappte sie ihr Zigarettenetui auf und stellte fest, dass es leer war.

Frank bot ihr das seine an, nahm auch sich selbst eine Zigarette und gab ihnen Feuer. Als sie beide den ersten Zug genommen hatten, sagte sie: »Und meine persönlichen Erfahrungen haben mich gelehrt, dass die Liebe eines Mannes genau drei Atemzüge lang andauert: die erste Frau, die erste Nacht und die erste andere Frau, die vorübergeht.«

Das war geradezu poetisch ausgedrückt. Aber die Poesie war tieftraurig wie das Lied, das jetzt im Hintergrund spielte und von verlorenem Liebesglück handelte. Frank hätte ihr versichern können, dass nicht alle Männer so waren, aber ihm fehlten die Worte, und zudem war ihm klar, dass sein Gerede vergebens gewesen wäre.

»Sind Sie verheiratet?«, fragte sie abrupt.

»Ich war es«, erwiderte Frank.

»Und … Sie wurden enttäuscht?«

Er nickte.

»Und deshalb verurteilen Sie jetzt alle Frauen?«

»So wie Sie alle Männer«, konterte er.

Sie lachten beide ein bisschen, doch es klang bei keinem von ihnen froh.

Frank sah ihr ins Gesicht und konnte seinen Blick nicht lösen. »Es ist nicht wahr«, platzte es aus ihm heraus. »Ich fälle kein Urteil über alle Frauen, ich schere nicht alle über einen Kamm. Bei Ihnen zum Beispiel wäre ich mir sicher: Einen Mann, den Sie wirklich lieben, würden Sie nicht enttäuschen.«

Sie starrte ihn an, als hätte sie Mühe, seine Worte zu verstehen. »Einen Mann, den ich wirklich liebe? Mag sein … Mag sein, dass ich den nicht enttäuschen würde.«

»Gibt es denn einen solchen Mann in Ihrem Leben nicht?«, fragte er eilig, um sie jetzt, wo sie ihm endlich einen Einblick hinter ihre Schleier gewährt hatte, nicht gleich wieder entwischen zu lassen.

»Nein«, sagte sie hart und stieß Asche ab. »Den gibt es nicht.«

»Das wundert mich.«

»Warum?«

»Ich weiß selbst nicht«, antwortete Frank. »Etwas in mir ist wohl überzeugt, eine so schöne Frau wie Sie müsse auch Glück in der Liebe haben.«

Wieder ließ sie ihr bitteres Lachen ertönen. »Ich bedanke mich für das Kompliment. Aber Schönheit ist alles andere als ein Gutschein für Liebe und Glück. Männer, denen es genügt, ein hübsches Gesicht, einen schönen Körper erobert zu haben, vergessen in den meisten Fällen, die Seele dahinter zu suchen.«

»Und Sie sind sicher, dass so etwas umgekehrt nicht vorkommt?«, fragte Frank. »Sind grundsätzlich die Männer schuld, wenn eine Liebe unglücklich endet? Um ehrlich zu sein, habe ich früher nie darüber nachgedacht.«

»Da haben Sie's.« Völlig unerwartet verzog sich ihr schöner Mund zum Lächeln. »Und das eben ist die Krux, das ist der ganze Unterschied: Wir Frauen denken zu viel darüber nach.«

Sie trank ihm zu, und eine Welle von Zärtlichkeit durchflutete ihn. Er konnte nicht fassen, dass er ihr an diesem Abend erst begegnet war und dass er nichts von ihr wusste, ja nicht einmal ihren Namen kannte. Sie war ihm vertraut, als hätten sie Jahre miteinander verbracht. Er wünschte sich, sie in seine Arme zu schließen und über alle Enttäuschungen, die sie durchgemacht hatte, hinwegzutrösten. Seine eigene Enttäuschung schien ihm dabei so gut wie verwunden.

»Wohin fahren Sie eigentlich?«, fragte sie in einem leicht durchschaubaren Versuch, das heikle Thema zu wechseln.

»Landeinwärts«, antwortete Frank und riss sich mühsam aus seinen Träumen. »Auf eine Plantage, die einem gewissen Brandon gehört. Ist er Ihnen zufällig bekannt?«

»Nein, wieso?«, erwiderte sie eine Spur zu schnell. »Und was machen Sie da?«

»Ich trete einen Posten als Verwalter an.«

»Als Verwalter?« Sie schien verwundert, und in ihre hohe Stirn grub sich eine Falte. »Ist das Ihr Beruf? Das kann ich nicht glauben.«

Wider alle Vernunft freute es ihn, dass sie ihn offenbar beobachtete und sich Gedanken über ihn machte. »Ich bin Bauingenieur«, erklärte er. »In Shanghai habe ich meine eigene Firma geleitet, aber ich hatte Pech und bin seit Kurzem bankrott. Von Pech konnte ich in der letzten Zeit überhaupt ein Lied singen, und zwar beruflich wie privat. Erst heute Abend hat das Blatt sich gewendet. Als ich Ihnen begegnet bin, hatte ich zum ersten Mal wieder Glück.«

Sie lachte leise. »Es freut mich, wenn ich Ihrem Lebensmut ein bisschen auf die Sprünge helfen konnte«, sagte sie. »Obwohl es, um ehrlich zu sein, nicht einer gewissen Komik entbehrt, dass gerade ich so etwas fertiggebracht haben soll.«

»Wie meinen Sie das?«, fragte er.

»Ach, lassen wir das«, wehrte sie ab.

»Sie sind fest entschlossen, mir nichts über sich zu erzählen, nicht wahr?«

»Es würde nichts bringen«, erwiderte sie. »Und unterhaltsam wäre es schon gar nicht. Geben Sie mir lieber noch ein Glas Wein, und dann erklären Sie mir, warum Sie eine Stellung als Verwalter einer Plantage antreten, was mit Ihrem eigentlichen Fach ja nicht das Geringste zu tun hat.«

»Das habe ich Ihnen im Grunde doch schon erklärt«, erwiderte Frank. »Überdruss. Weltflucht. In meinem Beruf müsste ich wieder von vorn anfangen, und dazu habe ich nicht noch einmal die Kraft.«

»Sie machen nicht den Eindruck, als fehle es Ihnen an Kraft«, entgegnete sie ruhig.

Frank wollte widersprechen, doch im selben Atemzug wurde ihm klar, dass sie recht hatte. Dieser Abend, die Begegnung mit ihr hatte ihn verwandelt. Er hatte sich ausgelaugt und dem Alltag kaum noch gewachsen gefühlt. Jetzt aber glaubte er, in allen Fasern zu spüren, wie seine Batterien sich aufluden, seine Lebenskräfte sich wieder regten.

»Was sind Sie eigentlich für ein Landsmann?«, kam die nächste Frage von ihr.

»Ich bin Deutscher«, antwortete er und beobachtete mit einer Spur Besorgnis die Wirkung seiner Worte.

Sie aber lachte, also schien es sie nicht zu erschrecken, dass er aus Deutschland stammte. »Ich habe es mir schon beinahe gedacht«, bekannte sie.

»Warum?«

»Ach, ich weiß es nicht.« Sie lachte wieder, diesmal ein wenig verlegen. »Nur so ein Gefühl. Sie machen einen so ordentlichen Eindruck.«

Frank musste auch lachen. Es war sonst nicht seine Art, viel von sich selbst zu sprechen, aber irgendetwas drängte ihn dazu, dieser Frau von sich zu erzählen. Er begann von seinem Leben in Deutschland zu berichten, von den Hoffnungen seiner Studienzeit, die sich nicht erfüllten, von seinem Aufbruch und den sieben Jahren, die er durch die Welt gebummelt war, ohne irgendwo Wurzeln zu schlagen.

Ihre dunklen Augen sahen ihn unverwandt an, verrieten ihr Interesse und ermunterten ihn fortzufahren. Sie unterbrach ihn kein einziges Mal, stellte nur ab und an eine Zwischenfrage oder bewies durch einen kurzen Kommentar, wie gut sie ihm zugehört hatte. Sie schien zu verstehen, was er sagen wollte, selbst wenn er die richtigen Worte nicht fand. Ihr Blick vermittelte ihm Ruhe und Geborgenheit. Nie zuvor hatte er so empfunden, wenn er zu einer Frau oder überhaupt zu einem anderen Menschen gesprochen hatte.

Ganz gewiss nicht in der Zeit mit Peggy, die Gesprächen, die sich nicht um sie selbst drehten, wenig abgewinnen konnte.

Frank schalt sich einen sentimentalen Narren. War er damals bei Peggy nicht etlichen Illusionen aufgesessen? Und wer sagte ihm, dass er jetzt nicht einer neuen aufsaß? Diese Frau gab nichts von sich preis, sie hatte offensichtlich etwas zu verbergen. Aber es änderte nichts. Er vertraute ihr grundlos und sprach weiter. Erzählte ihr von seinen Jahren in Shanghai, über die er nie wieder hatte sprechen wollen. Erwähnte seine

Ehe und stellte fest, dass der wütende Schmerz sich beruhigt hatte.

»Jetzt habe ich Ihnen so viel von mir erzählt und weiß noch immer überhaupt nichts von Ihnen«, beendete er seinen Bericht. »Finden Sie nicht, das sollten wir ändern?«

»Nein!«, rief sie schnell und klang auf einmal wieder so nervös und gehetzt wie zu Beginn des Abends. Der Blick ihrer dunklen Augen wurde beinahe flehend. »Bitte seien Sie mir deswegen nicht böse. Es ist nicht so, dass ich Ihnen nicht vertraue – nur ist alles, was ich von mir erzählen könnte, so entsetzlich verwirrend und traurig.«

»Das würde mir nichts ausmachen«, sagte Frank. »Ich würde Ihnen zuhören.«

Sie schüttelte den Kopf. »Bitte nicht. Nehmen Sie es mir nicht übel.«

»Natürlich nicht.« Er stand auf. Die Musik war seit Langem verklungen. »Soll ich noch eine Platte auflegen?«

»Warum nicht?«, fragte sie mit einer Heiterkeit, die erzwungen klang.

Frank blätterte in den Platten, die in einem Kasten neben dem Grammofon aufgereiht standen. »Einen Foxtrott?«, fragte er, »oder lieber einen Tango?«

»Einen Tango«, antwortete sie.

Er zog das altmodische Gerät auf, und die schmelzenden ersten Akkorde von *Jealousy* erklangen. Wie an

Stricken gezogen kehrte er zu ihr zurück, blieb neben ihrem Sessel stehen und sah hinunter auf ihr weiches blondes Haar. Eine unbändige Lust erwachte in ihm, sein Gesicht darin zu vergraben. Lange. Endlos.

»Diese Melodie ist bezaubernd«, sagte sie. »Obwohl das Thema so grausam ist.«

»Es ist in der Tat grausam«, erwiderte Frank, doch seine Erinnerung an den wilden Schmerz, den er empfunden hatte, als das Verhältnis zwischen seiner Frau und seinem besten Freund aufgeflogen war, fühlte sich an, als erinnere er sich an einen Film, den er im Kino gesehen hatte. Als wäre der Mann, dem all dies widerfahren war, ein anderer gewesen.

»Der Komponist hat es angeblich geschrieben, nachdem er in der Zeitung von einem aus Eifersucht begangenen Mord gelesen hatte«, berichtete er.

Er spürte, wie ihr Körper so dicht bei seinem schauderte, und wünschte, er hätte die Worte zurücknehmen können. »Möchten Sie tanzen?«, fragte er rasch.

Sie schien überrascht. »Wenn … Wenn Sie wollen.«

Er reichte ihr seinen Arm, und sie stand wortlos auf. Frank tanzte nicht gern. Er wollte nur den Arm um sie legen und sie endlich nah bei sich spüren. Sie tanzten schweigend, aneinandergeschmiegt, ganz der Verzauberung der nächtlichen Stunde hingegeben. Als das Stück zu Ende war, ging Frank zum Grammofon, ohne sie von seiner Seite zu lassen, und kurbelte es noch einmal an.

Von Neuem begannen sie zu tanzen. Er zog sie noch dichter an sich und legte seine Wange leicht an ihre Schläfe. Sie wehrte sich nicht, sondern schien mit ihrem Gesicht das seine zu liebkosen. Als die Musik diesmal verklang, blieben sie voreinander stehen und sahen sich in die Augen. Beider Blicke verheimlichten nichts. Weder ihrer noch seiner.

»Wie wundervoll Sie sind«, sagte er leise, nah bei ihrem Ohr. »Und Ihre Augen sind nicht mehr so traurig. Sind Sie auch ein bisschen glücklich heute Nacht?«

»Ja«, antwortete sie, und in diesem Ja lag alle Hingabe.

»Verraten Sie mir Ihren Namen«, bat er.

Flüchtig zögerte sie. »Ich heiße ... Ich heiße Miriam.«

»Miriam«, wiederholte er zärtlich. »Das passt zu Ihnen. Es klingt wie Musik.«

Behutsam schloss er die Arme um sie. Ein Anflug von Angst glitt über ihr Gesicht, doch genauso schnell verschwand er auch wieder. Ihre Lippen reckten sich den seinen entgegen. Frank hielt den Atem an und küsste sie.

Als sie sich voneinander lösten, war ihm zumute, als sei die ganze Welt neu erstanden und er mit seinen vierzig Jahren noch einmal neu geboren.

»Du«, flüsterte er. »Miriam. Wie schön du bist.«

Ihr Blick tauchte aus Traumtiefen auf. »Wie seltsam das ist.«

»Was ist seltsam?«

»Das alles«, sagte sie. »Ist das alles nicht unglaublich seltsam?«

»Doch«, gab Frank zu, »seltsam ist es wohl. Aber zugleich ist es wunderschön, oder etwa nicht?«

»Oh ja«, rief sie, »es ist wunderwunderschön.« Aus ihrer Kehle befreite sich ein Lachen, wie er es noch nie von einer Frau gehört hatte: dunkel, lockend und voller Glück.

»Wunderwunderschön«, wiederholte sie. »Es ist ein Traum. Es kann nicht wahr sein.« Dann legte sie den Kopf in den Nacken. »Bitte lass mich nicht denken. Küss mich noch mal.«

4

Wie ein dunkelsamtenes Tuch lag die Nacht über die Welt gebreitet. Die Sterne standen in leuchtender Klarheit über der fremden, heißen Erde, und der große Wald drängte sich dumpf und geballt in den Tälern, während er sich an den Hängen der Berge ein wenig lichtete. Zwischen seinen Zweigen und Ranken ruhte die Nacht in noch tieferem Schwarz, und darunter lauerte das mordgierige Leben.

Schreie der Lust, des Sieges und des Todes durchdrangen die Stille. Ein Mensch, der es wagte, zu dieser Stunde in dieses Dickicht einzutauchen, würde verloren gehen, als hätte es ihn nie gegeben. Der unwegsame Dschungel hätte ihn restlos verschlungen, doch nichts zwang einen Menschen, sich diesem Dschungel anzuvertrauen. Er konnte ihn meiden und so seinen Gefahren und Grausamkeiten ausweichen.

Nichts aber schützte ihn vor den Gefahren und Grausamkeiten seines Daseins, nichts bewahrte ihn vor den reißenden Zähnen, den scharfen Krallen und den würgenden Schlinggewächsen, die der Dschungel seines Lebens für ihn bereithielt. Vielleicht gelang es ihm, sich eine Zeit lang tapfer zur Wehr zu setzen, doch letzten Endes musste er ihm unerbittlich und unaufhaltsam zum Opfer fallen.

Wie jedoch nicht nur mordende Raubtiere den Urwald bewohnten, sondern auch sanfte und zärtliche Geschöpfe in ihm herumhuschten und wie nicht nur dunkle Stämme und würgende Schlingen in ihm wucherten, sondern ebenso filigrane Zweige und schimmernde Orchideen, so bot auch das erbarmungslose Leben jedem Menschen Stunden, deren Schönheit ihn alles andere ertragen ließ. Es waren Stunden, die betäubend und betörend wirkten wie der Duft der Dschungelblumen. Diese Stunden verliehen die Kraft, die einen Menschen daran hinderte, aufzugeben, und ihn geradezu dazu zwang, weiterzukämpfen.

Eine von diesen Stunden war jetzt, und wie in einer Hülle, die Welt und Wirklichkeit fernhielt, lagen Miriam und Frank in ihrem Bett beieinander in dem stillen, entlegenen Gasthaus von Monsieur Fauré und fühlten sich vor allem Bedrohlichen geschützt. Sie hatten Müdigkeit und Traurigkeit vergessen, schmiegten sich aneinander und waren nichts als glücklich.

Frank hatte sein Gesicht in Miriams Haar versenkt, und sie schmiegte ihre Wange an seine Schulter. Ihre Hand ruhte auf seinem Herzen, als müsse sie wie eine Hüterin dessen Schlag bewachen. Zugleich war es ihr, als wollte sie nicht ein einziges Wort versäumen, das dieses kräftig schlagende Herz in seiner eigenen Sprache zu ihr sprach.

So lagen sie schweigend so dicht beieinander, wie es für zwei Menschen möglich war. Seine Atemzüge gingen ruhig und gleichmäßig und ließen sie glauben, dass er endlich doch eingeschlafen war. Sie aber blieb, beseelt von der Erfüllung ihrer Sehnsucht, wach und lauschte auf die Geräusche der Nacht, auf die Schreie der Begierde und der Lust, des Sieges und des Todes, die der große Wald zu ihnen herüberschickte.

»Schläfst du?«, vernahm sie seine gedämpfte Stimme.

»Nein«, flüsterte sie zurück. »Ich dachte, du schläfst.«

»Ich bin zu glücklich«, sagte er.

»Ich auch.«

Er presste sie noch fester an sich. Sie drehte und dehnte sich in seinen Armen, suchte seine Lippen mit den ihren, und das Verlangen erwachte aufs Neue, noch immer nicht gesättigt, sondern wild vor Sehnsucht.

Miriam hatte sich nie zuvor so gierig erlebt. Aber wie sollte sie denn anders sein, wo sie doch wusste, was ihm, dem Beneidenswerten, noch verborgen war?

Dass die Stunden dieses Glücks bereits gezählt waren.

Dass hinter der seligen Nacht schon der Tag lauerte, der grelle, unbarmherzige Tag, der aus zwei Liebenden wieder einen fremden Mann und eine fremde Frau machen würde, die in zwei verschiedene Lebensbahnen voller Verpflichtungen und Zwänge gehörten. Zwei Lebensbahnen, die sie unweigerlich auseinanderführen würden.

Dass es enden musste und nicht von Dauer sein konnte, das war offensichtlich.

Dieses Wissen machte ihre Umarmung noch leidenschaftlicher, ließ sie den fremden und doch so vertrauten Mund mit einer nie gekannten Wildheit küssen, jagte ihre Lippen über seine Schläfen, die lebendig unter der Berührung pochten, über den Ansatz des Haars, das schon ergraute, über die Stelle hinter seinem Ohr, den Hals hinunter und über die Schulter, den sehnigen, festen Muskel.

Sie küsste und liebte ihn, wie um all ihre Zärtlichkeit und ihre Leidenschaft, die sie ihm morgen nicht mehr würde schenken dürfen, in diese eine Stunde zu bannen.

Und ich will doch bei dir bleiben, schrie alles in ihr, als er über ihr noch einmal zum Höhepunkt kam und denselben Gipfel des Genusses auch ihr schenkte. *Ich will nicht verzichten, will keine makellose Erinnerung an eine Nacht voller Glück mitnehmen, sondern will das ganze Leben, leidenschaftlich und schrankenlos. Auch wenn du mir wehtust. Auch wenn wir uns streiten, belügen, verletzen werden, wenn diese ganze Süße bitter wird und diese Fülle leer, will ich das Recht besitzen, um diese Liebe zu kämpfen.*

Er rollte von ihr herunter, und von erfülltem

Verlangen erschöpft, blieben sie Seite an Seite liegen. Das große Schweigen der Nacht fing sie auf. Der kaum spürbare Wind bewegte den Schleier des Moskitonetzes.

»Wie still es jetzt wieder ist«, sagte Miriam. »Ich höre nur mein Herz und deines. Spürst du, wie weit und leer alles um uns ist? Als wären wir beide die letzten Menschen der Erde, als wäre die Erde nur erschaffen worden, damit wir uns auf ihr begegnen.«

Er zog sie fester an sich und küsste sie in einen Winkel ihres Mundes.

Sie sprach weiter wie unter Zwang: »Vielleicht liegen wir hier ja geborgen im Herzen der Welt, und um uns rauscht der große Wald, der uns verbirgt. Über uns sind die Sterne. Sie sehen uns zu und werden denen, die nach uns kommen, von uns erzählen. Davon, dass unsere Liebe nicht war wie alle anderen, dass sie ein stolzer, strahlender Phoenix war, der ins Blaue davonflog.«

Ihre Stimme kam ihr unwirklich vor, und sie wusste nicht, woher ihre seltsamen Worte kamen. All ihre Traurigkeit lag darin, alle Enttäuschungen, die sie erlebt hatte, und das Wissen um das nahe Ende ihres Glücks. Aber auch die Überzeugung, dass dieses Glück etwas Besonderes war und dass es ihr niemand mehr nehmen konnte.

Er lächelte, und in seinen Augen tanzten goldene Fünkchen. »Was träumst du denn, mein Herz?

Natürlich ist unsere Liebe nicht so wie alle anderen. Sie ist einzigartig, aber eben deshalb darf sie uns nicht ins Blaue davonfliegen. Sie muss hier unten bei uns auf der Erde bleiben, wo wir sie jeden Tag genießen können.«

Abrupt lachte Miriam auf, hob die Hand und spielte mit seinem Haar, das ihm wie bei einem Jungen störrisch in die Stirn fiel. »Ach, kümmere dich nicht um mein Gerede, mein Liebling. Es ist ja nur dummes Zeug. Sicher denkst du, ich bin eine kleine Romantikerin, wie es die meisten Männer über Frauen denken. Dabei bin ich eine äußerst weltliche Frau. Ich liebe die irdischen, handfesten Genüsse des Lebens, von gutem Essen bis zur Fahrt in einem schnellen Auto. Ich möchte von diesen Genüssen meinen Teil abbekommen, ich möchte die Mittel besitzen, sie mir zu beschaffen – und doch möchte ich dann auch wieder nichts anderes als einen Mann bei mir haben, der eine Seele besitzt und sich mit mir über die Erde erhebt. Verrückt, nicht wahr?«

»Nicht allzu sehr, denke ich.« Frank lachte. »Ich glaube, die Wünsche der meisten Menschen sind den deinen gar nicht so unähnlich. Nur können sie sie nicht so poetisch zum Ausdruck bringen wie du.«

»Jetzt machst du dich über mich lustig.« Sie verzog den Mund, als würde sie schmollen.

»Aber nicht doch.« Lachend zog er ihr Gesicht zu sich und küsste sie auf die Lippen. »Ich finde, du solltest ein Buch schreiben. Ich würde es lesen.«

»Ich will kein Buch schreiben«, begehrte sie auf. »Ich will, dass du mich verstehst.«

»Ich glaube, das tue ich«, sagte er und strich ihr zärtlich ein paar Haarsträhnen hinter die Ohren. »Und ich wünsche mir nichts mehr, als dieser Mann sein zu dürfen, der die irdischen Genüsse mit dir teilt und zugleich die passende Seele besitzt, um sich mit dir von der Erde zu erheben. Meinst du, ich könnte dieser Mann für dich sein?«

Die Frage war allzu gefährlich, geriet zu nah an verbotene Gefilde. Miriam lachte auf, um die Klippe zu umschiffen, und versuchte, ihrer Stimme einen spöttischen Klang zu verleihen. »Du?«, rief sie mit gespielter Heiterkeit aus, »Du, der vor den irdischen Genüssen in den tiefsten Urwald flieht? Und ob du eine Seele hast, weiß ich ja auch noch nicht, das lässt sich so schnell nicht herausfinden.«

Er spielte ihr Spiel mit, packte sie bei den Schultern und drehte sie auf den Rücken. »Du Knusperhexe hast sie mir gestohlen, meine Seele! Und mich mit Haut, Haar und Herz gleich mit.« Er beugte sich über sie und küsste sie auf Stirne, Mund und Augen. »Ach meine Liebste. Meine Miriam. Wenn ich daran denke, wie viele Tausende von Meilen ich reisen musste, um dich hier in der Wildnis zu finden, wird mir schwindlig. Es kann doch kein Zufall sein, dass wir uns ausgerechnet hier, in Monsieur Faurés komischem Gasthaus, begegnet sind!«

»Wenn ich genug Benzin gehabt hätte, wäre ich vorbeigefahren«, erinnerte sie ihn.

»Was für ein Glück, dass dein Tank leer war.« Ungläubig und glücklich stöhnte er auf.

»Glück?« Miriam spürte, wie ihr Herz sich zusammenzog. »Noch kannst du doch gar nicht wissen, ob es ein Glück gewesen ist.«

»Und ob ich das wissen kann«, empörte er sich. »Ich bin so glücklich, wie ich noch nie war. Und was ist mit dir? Bist du denn nicht glücklich?« Seine Hand strich ihre Schulter entlang und tastete sich in Richtung Brüste, die sich ihm wie von selbst entgegenwölbten.

»Doch«, sagte Miriam. »Heute bin ich glücklich.«

»Nur heute?«, fragte er, beugte sich wieder nieder und küsste sie auf den Ansatz ihrer Brüste.

»Heute«, wiederholte sie. »An das zu denken, was später ist, lohnt sich nicht. Es verdirbt nur den Augenblick. Letzten Endes mündet doch alles Glück in Schmerz.«

Heftig umschlang er sie und presste sie an sich. »Nein, Miriam, nein. Dieses Glück nicht. Du sollst nie wieder traurig sein, hörst du? Nie wieder!«

»Nie wieder«, sagte auch sie und lauschte den Worten nach. Sie hatten keinen Gehalt, wären morgen schon ohne Bedeutung. Aber das sagte sie ihm nicht, denn sie brachte es nicht über sich, ihn zu kränken.

»Ich will, dass du immer bei mir bleibst, Miriam«, sagte er. »Ich weiß, das klingt völlig verrückt, weil wir uns erst ein paar Stunden lang kennen, aber das ist mir gleichgültig. Mir ist zumute, als würde ich dich schon mein ganzes Leben lang kennen.«

»Und würdest du mich noch lieben, wenn ich immer bei dir bliebe?«, fragte sie, weil sie nicht anders konnte. »Wenn du mich dein ganzes Leben kennen würdest?«

»Wie kannst du mich denn so etwas fragen?«, rief er.

Sie achtete nicht auf seinen Einwurf. »Wird es dir nicht genügen, dass du mich erobert hast, dass ich dein geworden bin?«, fragte sie.

Er schüttelte den Kopf so heftig, dass ihm sein dunkles Haar zurück in die Stirn fiel. »Wenn du mein geworden bist, fange ich erst an. Dann suche ich die Seele, die sich hinter deinem schönen Gesicht verbirgt, und verbringe den Rest meiner Tage damit, sie zu lieben und zu beschützen. Da! Ich sehe sie schon!«

»So schnell?« Ihr Lachen missglückte.

Ernsthaft nickte er. »Deine Augen sind wie dunkle Seen, aber mitten darin finden sich zwei goldene Pünktchen, die flimmern und tanzen und nach mir rufen. Das ist deine Seele. Ich habe sie erkannt.«

»Das ist nur der Widerschein der Kerze, du Dummkopf.« Zärtlich fuhr sie ihm durch das wirre, dunkle Haar und hätte gleichzeitig lachen und weinen wollen. *Die Sehnsucht wird verblassen,* beschwor sie sich selbst und glaubte sich kein Wort.

»Es ist deine Seele«, beharrte er wie ein trotziges

Kind. »Du kannst sie ja nicht sehen, also werde ich es ja wohl besser wissen.«

»Ach du.« Sie reckte sich ihm entgegen. »Sprich nicht wirres Zeug, sondern küss mich noch einmal.«

»Nicht nur einmal«, sagte er und erstickte jeglichen Widerspruch mit seinen Lippen.

5

*I*n der Frühe stand sie auf, sobald der erste, kaum wahrnehmbare Schimmer das Schwarz der Nacht zu Grau aufhellte.

Lautlos kleidete sie sich an, stopfte die wenigen Dinge, die sie in der Zaubernacht benötigt hatte, zurück in den kleinen Koffer und machte sich auf den Weg. An der Tür des Zimmers hielt sie inne, und jegliches Gefühl in ihr wollte sie zwingen, sich noch einmal umzudrehen, wenigstens noch einen letzten Blick auf den Schlafenden zu werfen und sich sein Bild einzuprägen.

Sekundenlang wünschte sie sich wieder, ihm wenigstens ein paar Zeilen zu schreiben, eine Erklärung, etwas, das er verstehen und verzeihen könnte.

Ihr Verstand aber zwang sie zu gehen. Zu groß war ihre Angst: Wenn sie sich noch einmal umdrehte, wenn sie gar einen Brief schrieb, würde sie die Kraft nicht noch einmal aufbringen, ihn zu verlassen.

Und wer weiß – vielleicht würde ihr Blick ihn sogar aufwecken, er würde aus dem Bett springen und sie körperlich daran hindern aufzubrechen. Sie würde nie und nimmer in der Lage sein, sich gegen ihn zur Wehr zu setzen. Wenn er noch ein Wort zu ihr sprach, wenn er sie noch einmal ansah, war es um sie geschehen.

Nein, es gab keine Wahl. Sie musste gehen, ohne sich noch einmal umzudrehen.

Schweigend, auf leisen Sohlen lief sie die Treppe hinunter, legte Geld auf den Tresen im Speisesaal, eine Summe, die den Betrag ihrer Rechnung weit überstieg, und stahl sich aus dem Haus.

Vor der Tür stand ihr Chevrolet, fertig aufgetankt und fahrbereit. Über dem Wald breitete sich bereits der Tag aus, krönte die Bäume mit einer Linie rötlichen Lichtes. Miriam stieg ins Auto und warf den Koffer auf den Beifahrersitz. Sie würde sich mit aller Kraft auf die Fahrt konzentrieren, die Augen auf die Fahrbahn richten, als gäbe es kein Links oder Rechts. Sie hatte ihre Erinnerung, die kein Mensch ihr nehmen konnte. Daran würde sie sich festhalten, daraus würde sie die Kraft schöpfen, die sie brauchte, um es durchzustehen.

Die Erinnerung an eine makellose Liebe ohne Schmerz.

Ihre Hände verkrampften sich um das Steuer. So etwas gab es ohnehin nur, wenn es nicht länger als ein paar Stunden dauerte. Also konnte sie sich wohl glücklich schätzen. Sie hatte unerfüllte Träume zurückgelassen, aber keine zerschlagene Wirklichkeit.

Und was war mit ihm? Mit Frank?

Aller Wahrscheinlichkeit nach würde er wütend sein, wenn er aufwachte und das Bett verlassen fand. Würde sie für eine Abenteuerin halten und sie in Gedanken zu all den anderen Frauen werfen, von denen er enttäuscht worden war.

Damit musste sie leben. Musste sich damit trösten, dass es auf diese Weise für ihn leichter war: Er würde nicht lange trauern, denn eine solche Frau, die durch die Lande fuhr und Spiele mit fremden Männern trieb, war schließlich kein großer Verlust.

Sie selbst hingegen musste sich an das halten, was ihr Verstand wusste, auch wenn ihr störrisches Gefühl sich sträubte wie ein widerborstiges Tier:

Die Sehnsucht würde verblassen.

Miriam trat aufs Gaspedal und beschleunigte die Fahrt.

Und ich werde ihn doch wiedersehen, trumpfte das törichte Gefühl in ihr auf. *Später. Wenn irgendwie über das alles Gras gewachsen ist. Ich weiß, wo er ist, auf der Brandon-Plantage. Ich kann ihm schreiben, wann immer ich will.*

Woher ihr Gefühl die Gewissheit nahm, dass ein Brief ihm überhaupt noch willkommen sein würde, wusste sie nicht. Das Gefühl war sich einfach sicher. Und was der Verstand dagegen aufzubringen hatte, hörte es sich nicht an.

6

Stundenlang fühlte sich Frank wie gelähmt. Weder sein Hirn noch sein Herz waren in der Lage, die ungeheure Enttäuschung zu verarbeiten, die dieser Tag für ihn bereitgehalten hatte. Sein Zeitgefühl hatte sich ausgeschaltet und mit ihm jegliche andere Empfindung. Er konnte unmöglich begreifen, dass Miriam wirklich fort war. Gegangen ohne ein Wort der Erklärung. So als hätte es den Zauber ihrer Nacht nie gegeben.

Wie war das möglich? Wie konnte ein Mensch einen anderen verlassen, nachdem er mit ihm eine Nacht wie die gestrige verbracht hatte?

Als er allmählich doch begriff, dass sie in seinem Zimmer, in dem sie die Nacht verbracht hatten, nicht mehr war, ging er hinüber in ihres, das sie überhaupt nicht benutzt hatte. Auch dort fand sich keine Spur von ihr, kein Kleidungsstück, nichts Persönliches, keine Nachricht.

Mechanisch stopfte er seine Habe zurück in seine Reisetasche und ging hinunter in den Speisesaal. Es duftete nach Kaffee, nach Ahornsirup und geschmolzener Butter, als wäre dies ein gewöhnlicher Tag, den man am besten mit einem üppigen Frühstück begann.

Sie hätten ihn so beginnen können – sich bei Kaffee und frisch gebackenen Pfannkuchen gegenübersitzen und den Beginn ihres gemeinsamen Lebens planen. Aber dieses Leben existierte nicht mehr. Es hatte nie existiert.

Miriam war fort.

Monsieur Fauré empfing ihn mit verschmitztem Lächeln. »Oh, bonjour, Monsieur! Gut und lange geschlafen, hoffe ich? Bestens ausgeruht für die anstrengende Fahrt?«

Frank ignorierte die Anzüglichkeit ebenso wie die verschiedenen Angebote, die ihm Fauré für sein Frühstück aufzählte. Gestern Abend hatte er den kleinen Franzosen charmant gefunden, an diesem Morgen aber ging er ihm lediglich auf die Nerven.

»Nein, danke, ich möchte nicht frühstücken«, schnitt er den Redefluss ab. »Kaffee genügt mir. Ich möchte so schnell wie möglich wieder auf dem Weg sein.«

Glücklicherweise war es Matthieu gelungen, den Schaden an seinem Wagen zu beheben. Zumindest würde Frank nicht gezwungen sein, länger hier auszuharren.

Eine Frage konnte er sich trotz allem nicht verkneifen: »Sind Sie der Dame, mit der ich gespeist habe, heute früh noch begegnet?«, erkundigte er sich.

»Ihrer reizenden Bekannten?«, rief Fauré. »Oh nein, Monsieur, leider nicht. Sie ist ebenfalls ohne Frühstück aufgebrochen, noch ehe irgendwer in diesem Hause wach war. Und dabei stehe ich grundsätzlich mit den Hühnern auf.«

Sie hatte ja gesagt, sie habe es eilig, erinnerte er sich. Wahrscheinlich wartete ein Liebhaber in der Stadt auf sie, dem sie von dem kleinen Abenteuer, das sie unterwegs noch rasch mitgenommen hatte, kein Sterbenswort erzählen würde.

Zorn und Bitternis tobten in seinem Herzen, während er sich in einen der Sessel setzte, um den Kaffee hinunterzustürzen. Mit beiden Fäusten wollte er auf das Bild der vergangenen Nacht einschlagen, um es zu zertrümmern. All ihre schönen Worte, das nicht endende Gesäusel von der Liebe, die sich über die Erde erhob, waren nichts als Theater gewesen. Sie war eine Abenteuerin, eine Glücksritterin, die sich um die Gefühle anderer Menschen keine Gedanken machte.

Schlimmer als Peggy.

Was hatte er an sich, dass er solche Frauen an sich zog?

»Ich bitte um Entschuldigung, Monsieur.« Noch einmal näherte sich Fauré und vollführte eine kleine Verbeugung. »Aber Sie machen mir keinen guten Eindruck. Gibt es wirklich nichts, das ich für Sie tun kann?«

»Doch«, erwiderte Frank spontan. »Bringen Sie mir zu dem gottverdammten Kaffee einen Whisky.«

Er wäre sonst nie auf die Idee gekommen, schon am Morgen zu trinken. Schon gar nicht, wenn eine weite, ihm unbekannte Fahrtstrecke vor ihm lag. In ihm tobte jedoch eine Lust, etwas zu zerstören, und wenn es nur sein klarer Verstand war. Er leerte den Whisky, den Fauré ihn brachte, in einem Zug. Anschließend machte er sich auf den Weg.

Stur wie ein Automat und in dem höchsten Tempo, das der klapprige Ford sich abverlangen ließ, steuerte er durch eine Landschaft, von der er weniger als nichts mitbekam. Seine Gedanken jagten einander, und seine Gefühle bäumten sich zu einem Sturm, doch Frank schenkte beiden kein Gehör. Er war nur froh, dass der Motor durchhielt und die unebene Straße ihm keine weitere Reifenpanne bescherte. Da es praktisch keinerlei Abzweigungen gab, bestand auch nicht die Gefahr, dass er sich verirrte. Er würde also früher oder später seinen Bestimmungsort erreichen und mit der Arbeit beginnen können. Alles andere war ihm gleichgültig.

Als er die Plantage, auf der er künftig als Verwalter tätig sein würde, schließlich erreichte, fiel ihm immerhin auf, dass sie einen ungewöhnlich gepflegten Eindruck machte. Mr. Brandon eilte wohl nicht umsonst der Ruf voraus, einer der wohlhabendsten Männer der Gegend zu sein. Es hieß, man finde weit und breit keinen so großen und modernen Besitz wie den seinen, und dem ersten Eindruck nach war das nicht übertrieben.

Auch die kleine Wohnsiedlung, in die Frank den staubbedeckten Wagen lenkte, bot ein freundliches, zivilisiertes Bild. Verstreut um einen weitläufigen Platz, standen mehrere kleine Bungalows, die hell und luftig wirkten und jeder über eine eigene Veranda verfügten. Gleich vorn befand sich ein größeres Haus, zu dessen Portal drei Stufen führten. *Wahrscheinlich das Verwaltungsgebäude,* nahm Frank an und brachte seinen Ford davor zum Stehen.

Der weite Platz war leer, doch im Hintergrund, zwischen den Bungalows der zurückgesetzten Reihen, sah Frank Menschen asiatischer Herkunft stehen, die miteinander tuschelten und einen erregten, neugierigen Eindruck machten. Das verwunderte ihn. Er hatte angenommen, dass die Leute um diese Uhrzeit bei der Arbeit waren und keine Zeit hatten, hier herumzustehen.

Er zögerte einen Moment und sah sich um. Da er niemanden entdecken konnte, der zuständig wirkte, stieg er schließlich aus und schritt die Stufen hinauf zur Veranda des Verwaltungsgebäudes.

Als er sich der Tür näherte, vernahm er Stimmen, die jedoch auf sein Klopfen hin sofort verstummten. Nichts geschah. Frank klopfte noch einmal, und endlich rief eine Männerstimme: »Herein!«

Frank schob die Tür auf und trat in einen großen, hellen Raum, der augenscheinlich als Büro genutzt wurde. Der Tür gegenüber stand ein mächtiger, alter

Schreibtisch, der mit Papieren, Aktenordnern, Kontobüchern und allem erdenklichen Krimskrams überhäuft war. Links daneben befand sich ein kleinerer Tisch mit einer Schreibmaschine, und an den Wänden reihten sich Schränke und Regale.

Das Ganze machte einen verstaubten, unordentlichen, ja geradezu verwahrlosten Eindruck, der zu dem Anblick, den das Haus von außen geboten hatte, nicht passte. Vor den Fenstern waren die Sonnenmarkisen heruntergelassen, hielten die Mittagshitze jedoch kaum ab. Auch der surrende Ventilator tat wenig, um die drückende Schwüle zu lindern.

Der Mann, der vermutlich auf Franks Klopfen reagiert hatte, musste an dem Schreibtisch gesessen haben, denn hinter diesem trottete er jetzt hervor. Frank war überrascht davon, wie alt er war. Seine kleine Gestalt war gebeugt, und sein spärliches Haar schlohweiß. Derart alte Menschen traf man für gewöhnlich nicht mehr auf Plantagen an, weil sie das Klima meist nicht länger vertrugen und der harten Arbeit nicht gewachsen waren.

Als der Alte sich ihm näherte, bemerkte Frank die runden, hochroten Flecken, die seine Wangen zierten. Er befand sich offensichtlich in einem Zustand höchster Erregung. Er trug eine randlose Brille, und die Augen, die dem Eindringling entgegenblickten, wirkten verstört und verwirrt.

»Ja? Was ist?«, brachte er mit brüchiger, stockender

Stimme heraus, während seine Hände fahrig und ziellos über den Schreibtisch tasteten. »Wer ... Wer sind Sie denn?«

Frank gab sich alle Mühe, sich sein Erstaunen über diesen Empfang nicht anmerken zu lassen. »Mein Name ist Frank Bender«, sagte er mit einer leichten Verbeugung. »Ich bin der neue Verwalter.«

»Ach so, ja. Natürlich.« Der kleine Mann schien erleichtert. Kurz stützte er sich auf den Schreibtisch, dann aber stemmte er sich wieder in die Höhe und trat Frank mit ausgestreckter Hand entgegen. »Bitte entschuldigen Sie meine vorübergehende Vergesslichkeit, lieber Herr Bender. Selbstverständlich weiß ich, wer Sie sind, wir erwarten Sie ja schon seit einigen Tagen.«

»Ich hatte eigentlich vor, bereits gestern hier zu sein«, sagte Frank. »Leider hatte ich auf der Fahrt etwas Pech. Mein Wagen ist liegen geblieben.«

»Aha, aha. Ja, so etwas kann vorkommen«, murmelte der Alte, als hätte er gar nicht richtig zugehört. »Es ist jedenfalls schön, dass Sie jetzt hier sind. Wenn auch ... allerdings ...« Hilfe suchend wandte er sich um, und nun sah Frank, dass an einem kleineren Tisch in der Nische noch eine weitere Person saß. »Ich bin Kenneth«, fügte er schließlich hinzu, als von der Person keine Unterstützung kam. »Der Buchhalter.«

»Sehr erfreut, Kenneth«, sagte Frank und schüttelte die dargebotene Hand. »Nett, Sie kennenzulernen.«

»Ganz meinerseits, selbstverständlich.« Mit dem

Handrücken wischte der Alte sich den Schweiß von der Stirn. »Wir brauchen Sie wirklich dringend. Wenn auch heute … Ich weiß nicht, wie ich mich ausdrücken soll …« Verwirrt verstummte er und strich sich durch das schüttere Haar. Seine Hand zitterte.

»Jetzt mach dich doch nicht verrückt, Vater«, sagte eine Frauenstimme aus dem Hintergrund. »Am Ende bekommst du noch wieder einen Herzanfall.«

Die Frau, die gesprochen hatte, erhob sich und trat aus den Schatten zu ihnen. Auch wenn ihn bereits der Anblick des alten Mannes überrascht hatte, so galt dies umso mehr für eine weiße Frau, die er wahrlich nicht auf einer Plantage im Dschungel erwartete. Sie war hochgewachsen und stattlich, ja füllig gebaut, ohne jedoch im Mindesten dick zu wirken. Ihr Kleid aus hellblauem Leinen war reichlich kurz und gab ein Dekolleté frei, das bei einer Frau in reiferen Jahren zumindest unüblich war. In der Hitze mochte die luftige Bekleidung allerdings bequem sein, und außerdem ließ sich ihr Alter schwer schätzen. Frank hätte sie für etwa gleichaltrig gehalten, doch das Klima, das hier herrschte, setzte den Menschen zu und ließ sie vor der Zeit altern.

Ihr Haar war dunkel, beinahe schwarz, und stark gelockt. Diese Locken, die sich um Wangen und Stirn ringelten, milderten den Eindruck·von Strenge und kühler Überlegenheit, den das Gesicht bot. Ihr Mund, der tiefrot geschminkt war, hatte etwas Gieriges, fand

Frank, doch zugleich lag in den scharfen Falten, die sich in die Mundwinkel gruben, Bitterkeit. Ein Gesicht voller Widersprüche, aus dem er kaum Schlüsse auf ihren Charakter ziehen konnte.

Sie reichte ihm die Hand, schenkte ihm ein beherrschtes Lächeln und sah ihm aufmerksam in die Augen. »Willkommen, Mr. Bender. Ich bin Olga Kenneth.«

»Sehr erfreut«, murmelte Frank und deutete eine Verbeugung an.

»Setzen wir uns doch erst einmal«, schlug Olga Kenneth vor, die souverän die Führung dieses absonderlichen Gespräches übernahm. Sie ging voran, nahm ihren Platz in der Nische wieder ein und wartete, bis Frank und ihr Vater sich auf die beiden Stühle ihr gegenüber gesetzt hatten. Dann musterte sie prüfend ihren Vater. »Was halten Sie von einem Zitronenwasser zur Begrüßung?«, fragte sie. »Ich denke, dir zumindest würde es guttun, Vater.«

Ihr Vater nickte dankbar, und Olga Kenneth klatschte in die Hände. »Ich kann Ihnen gern auch eine andere Erfrischung bringen lassen, Mr. Bender«, wandte sie sich dann an Frank. »Kaffee, Tee, ein Kaltgetränk, das ist alles kein Problem.«

»Vielen Dank«, erwiderte Frank. »Wenn es recht ist, nehme ich auch gern ein Zitronenwasser.«

»Natürlich ist es recht«, erwiderte sie liebenswürdig und gab dem Diener, der auf ihr Klatschen herbeigeeilt war, entsprechende Anweisungen. »Sie sollen sich ja schließlich bei uns wohlfühlen.«

Souverän verwickelte sie ihn in ein Gespräch, fragte ihn nach seiner Anreise, nach seinen Eindrücken von der Gegend und dem einen oder anderen unverbindlichen Detail aus seinem Leben. Während er ihr Antworten gab, ruhte ihr Blick die ganze Zeit unbeirrt auf seinem Gesicht. Dieser Blick war von einer Intensität, die Frank beinahe wie eine Berührung empfand und die ihm alles andere als angenehm war.

Um ihr auszuweichen, richtete er einige Fragen an den alten Buchhalter, der nervös und erregt auf seinem Stuhl herumrutschte und ihm konfuse Antworten gab. Sofort übernahm seine Tochter wieder das Ruder:

»Und Sie hatten unterwegs eine Panne? Was für ein Pech! Aber was für ein Glück andererseits, dass Ihr Wagen ausgerechnet in der Nähe von Monsieur Fauré liegen blieb, wo Sie ohne Bedenken übernachten konnten.«

»Oh ja, ich habe mich dort sehr wohlgefühlt«, antwortete Frank vage.

»Sein Haus ist wirklich gut geführt, und er ist ein äußerst tüchtiger Mann«, sagte Olga Kenneth. »Man würde ihm einen günstigeren Standort wünschen, aber angeblich fühlt der Alte sich in der Einöde wohl. Es geht das Gerücht, er sei seinerzeit einem Liebesschmerz entflohen, habe sich mittlerweile jedoch mit einem hübschen braunen Mädchen getröstet, das ihm in Treue ergeben ist.«

»Mit einem braunen Mädchen?«, fragte Frank, dem der Ausdruck missfiel. Er musste an Chunhua denken. Seinem Eindruck nach hatte der Franzose die junge Chinesin eher als eine Art Tochter denn als Geliebte in sein Herz geschlossen, aber Olga Kenneth wusste über die Verhältnisse zweifellos besser Bescheid.

Sie lächelte nachsichtig. »Es sei ihm gegönnt, solange seine erste Liebe immer noch seinem Gasthaus gilt. Und dem widmet er sich ja wirklich mit aller Sorgfalt und Hingabe. Die Einrichtung hat er aus eigenem Vermögen bestritten, und auch die erlesenen Zutaten, die er verwendet, wird er wohl bezuschussen, denn hier draußen nimmt er ja kaum etwas ein. Ab und an statten wir ihm einen Besuch ab, wenn wir Lust auf etwas Abwechslung im Speiseplan haben oder uns der Sinn nach einer guten Flasche Wein steht. Die Pflanzer halten gelegentlich Besprechungen dort ab, aber meist fahren sie dazu gleich bis hinunter in die Stadt.«

»Ich verstehe«, war alles, was Frank daraufhin als Erwiderung einfiel.

»Ich nehme an, Sie waren gestern auch der einzige Gast bei Monsieur Fauré?«, hakte Olga Kenneth nach.

Warum fragte sie ihn das? Ihr Gesichtsausdruck bekam etwas Lauerndes.

»Ja«, antwortete er knapp und fühlte sich in der Gesellschaft der beiden zunehmend unwohler. Der Alte schwieg beharrlich und machte nur durch seine Unrast auf sich aufmerksam, und die Frau betrug sich zwar vollendet höflich, schien ihn hinter der Fassade jedoch regelrecht auszuhorchen.

Gerade in diesem Moment stieß der Alte, der sich ebenfalls unwohl fühlte und bisher höchstens ein Räuspern oder Hüsteln hatte hören lassen, drei Worte heraus: »Oh Gott, Olga ...«

Frank kam nicht dazu, ihn zu fragen, was er damit sagen wollte, denn der Diener kehrte mit einem Tablett zurück, auf dem ihre Getränke standen. Erst jetzt bemerkte Frank, wie durstig er war, und stürzte sein Glas in einem Zug herunter.

»Darf ich hier rauchen?«, fragte er.

»Aber selbstverständlich!«, rief Olga beflissen. »Ich bin selbst leidenschaftliche Raucherin und hätte Ihnen längst eine Zigarette anbieten sollen. Bitte entschuldigen Sie meine Unaufmerksamkeit.«

»Keine Ursache«, erwiderte Frank leichthin und bot ihr seinerseits sein Etui an. Sie zog sich eine Zigarette heraus und sah ihm, während er ihr Feuer gab, über die Flamme hinweg tief in die Augen.

Donnerwetter, durchfuhr es ihn. Er wollte keine Vorurteile aufbauen, doch wenn er je eine Frau auf Männerjagd gesehen hatte, dann war es diese. Verheiratet schien sie nicht zu sein, was zu seiner Verwunderung noch beitrug. Hier in den Kolonien hatten Frauen für gewöhnlich keine Schwierigkeiten, einen passenden Ehemann zu finden. Alles in allem war diese Olga Kenneth ein sehr merkwürdiges Wesen, befand er.

Er bot auch ihrem Vater eine Zigarette an, doch der lehnte mit einer heftigen Handbewegung ab. »So gern ich es mir auch gönnen würde – meinem Herzen zuliebe muss ich leider verzichten. Zumal es gerade mit mehr als genug Aufregung fertigwerden muss.«

»In der Tat«, stimmte seine resolute Tochter ihm zu. »Ehe dir etwas passiert, legst du dich am besten ein bisschen hin. Um Mr. Bender werde ich mich schon zur Zufriedenheit kümmern.«

Frank spürte, wie ihm im Nacken der Schweiß ausbrach. Das Letzte, was er wollte, war, mit dieser Frau allein zu bleiben, doch wie es aussah, ließ man ihm keine Wahl.

Er räusperte sich und unternahm zumindest einen Versuch, der Situation zu entrinnen: »Ich bin Ihnen für Ihre Mühe sehr dankbar, Miss Kenneth«, sagte er. »Allerdings wäre es mir das Liebste, wenn Sie mir sagen könnten, wo ich Mr. Brandon finden kann. Es war ja ausgemacht, dass er mich hier erwartet, und ich würde mich ihm gern vorstellen. Wir kennen uns nämlich noch gar nicht. Mr. Brandon hat mich lediglich auf eine Empfehlung hin engagiert.«

»Das ist uns bekannt«, erwiderte Olga Kenneth knapp, gab ihm auf seine Bitte jedoch keine Antwort.

Ihr Vater hingegen sprang auf und begann, im Zimmer auf und ab zu laufen, wobei er die Stirn mit der Hand umspannte und unablässig »Oh Gott, oh Gott« vor sich hin murmelte.

»Vater, ich bitte dich«, herrschte seine Tochter ihn an. »Es ist doch niemandem damit geholfen, wenn du dich wie ein Idiot benimmst. Du treibst uns nur alle in den Wahnsinn. Sei so gut und leg dich jetzt hin, wie wir es ausgemacht hatten. Ich werde inzwischen Mr. Bender die Sache erklären.«

Der Alte machte zwar keine Anstalten, den Raum zu verlassen, setzte sich aber immerhin wieder auf seinen Stuhl, strich sich den Schweiß von der Stirn und nippte an seinem Glas. Franks Neugier war geweckt. Was ging hier eigentlich vor? Daran, dass etwas ganz und gar nicht in Ordnung war, bestand kein Zweifel. Er wandte sich Olga Kenneth zu und musterte sie mit prüfendem Blick. Etwas wie Sensationslust schien in ihren Augen zu blitzen. In jedem Fall war sie durch die Ereignisse, die sie ihm nun vermutlich enthüllen würde, bei Weitem nicht so aus der Fassung gebracht wie ihr Vater.

»Tja, Mr. Bender«, begann sie langsam und geradezu genießerisch. »Wie Sie aus dem Zustand höchster Aufregung, in dem Sie uns hier antreffen, sicher schon geschlossen haben, hat sich auf unserer Plantage etwas Furchtbares zugetragen.« Sie legte eine kunstvolle Pause ein und zog an ihrer Zigarette. »Gestern noch war alles in schönster Ordnung«, fuhr sie dann fort. »Heute jedoch … Man mag kaum glauben, dass sich über Nacht das Blatt so vollkommen und unwiderruflich wenden kann.«

Sie senkte die Lider und blies Rauch aus.

Frank verlor die Geduld: »Dürfte ich dann vielleicht endlich erfahren, was eigentlich passiert ist?«

»Natürlich dürfen Sie«, erwiderte Olga Kenneth kalt und ohne die Augen zu öffnen. »Mr. Brandon ist heute Nacht hier auf seiner Plantage ermordet worden.«

»Ermordet worden?«, wiederholte Frank verständnislos und starrte die Frau, die ihm gegenübersaß, an. Wäre es nicht völlig unmöglich gewesen, hätte er die Bewegung, die um ihre Lippen spielte, für ein Lächeln gehalten.

»So ist es«, bestätigte sie. »Man hat ihn heute früh tot aufgefunden.«

»Das ist natürlich zutiefst bedauerlich«, sagte Frank. »Aber woraus lässt sich denn schließen, dass er ermordet wurde?«

»Nun, ich denke, Sie werden mir dahin gehend zustimmen, dass man bei einem Mann, dem eine Kugel im Herzen sitzt, kaum von einem natürlichen Tod ausgehen kann«, erwiderte Olga Kenneth ungerührt.

»Mr. Brandon ist also erschossen worden?«

»Sie sagen es.«

Eine Pause entstand. Frank griff nach seinem Glas, fand es jedoch leer.

»Darf ich Ihnen noch ein Zitronenwasser anbieten?«, fragte Olga Kenneth und klatschte von Neuem in die Hände.

Frank gab keine Antwort. In ihm regte sich ein

geradezu unbezähmbares Verlangen nach einem Whisky. Er schloss kurz die Augen und sah auf einmal das Bild vor sich, das er nicht mehr hatte sehen wollen: Miriams Gesicht. Warum dachte er ausgerechnet jetzt wieder an sie? Und warum wurde ihm bei dem Gedanken in der schwülen Hitze kalt vor Angst?

»Gibt es denn schon einen Verdacht, wer der Täter ist?«, fragte er, um irgendetwas zu fragen. »Hat man vielleicht sogar schon jemanden festgenommen?«

»Allerdings gibt es einen Verdacht und weit mehr als das«, kam es prompt von Olga Kenneth, deren Augen funkelten. »Wer die Täterin ist, steht fest, aber einer Verhaftung hat sie sich entzogen, indem sie einfach spurlos verschwunden ist.«

»Es handelt sich um eine Täterin?«, fragte er verwundert. »Ist das denn sicher?«

»Und ob es sicher ist«, erwiderte Olga Kenneth. »Mr. Brandon ist von seiner eigenen Frau kaltblütig erschossen worden. Anschließend muss sie sich in ihren Wagen gesetzt haben und davongefahren sein.«

Vor seinem geistigen Auge sah Frank eine Frau in einem Wagen allein durch die stockfinstere Nacht brausen. Eine Frau in einem großen Wagen, einem Chevrolet, in dessen Tank sich nicht genug Benzin für die gesamte Strecke befand. Eine Frau, die es eilig hatte, die auf der Flucht war, die nur widerwillig in einem Gasthaus haltmachte und sich am Morgen nicht einmal Zeit für ein Wort des Abschieds ließ.

Miriam.

Konnte es sich bei der gesuchten Frau tatsächlich um Miriam handeln?

Aber dann hätte sie doch etwas sagen müssen, als er Brandons Plantage erwähnte, sie hätte ihm gestehen müssen, dass sie verheiratet war, ehe sie sich von ihm küssen und umarmen ließ und ihm für die Nacht auf sein Zimmer folgte.

Frank stockte. Wie naiv war er eigentlich? Hatte er aus der Ehe mit Peggy noch immer nicht genug gelernt? Frauen, die eine Affäre begannen, zeigten den betroffenen Männern höchst selten ihre Eheringe, und eine Frau, die ihren Mann gerade ums Leben gebracht hatte, würde wohl kaum mit einem Wildfremden locker über ihre Ehe plaudern.

»Bitte seien Sie doch so freundlich und erzählen der Reihe nach«, bat er Olga Kenneth, weil seine wilden Spekulationen ihn nicht weiterbrachten.

»Mein Gott, viel zu erzählen gibt es da nicht«, erwiderte die Frau, nachdem der Diener, der einen frischen Krug Zitronenwasser gebracht hatte, wieder gegangen war. »Ich vertraue Ihnen kein Geheimnis an, wenn ich Ihnen sage, dass die Ehe der beiden nicht sonderlich gut war. Gestern Abend kam es wieder einmal zu einem großen Streit. Das Geschrei war nicht zu überhören. Wenig später fuhr Mrs. Brandon in ihrem Wagen fort, und heute Morgen wurde ihr Mann erschossen aufgefunden. Das ist im Grunde die ganze Geschichte.«

»Wann ist sie denn losgefahren?«, fragte Frank und kam sich vor wie ein Ermittler in einem Detektivroman, der eine Zeugenbefragung durchführte.

»Wann?« Olga Kenneth rieb sich die Schläfen. »Ich denke, das muss so gegen neun Uhr gewesen sein. Vielleicht auch etwas früher. Zwischen acht und neun, denke ich.«

Frank brach der Schweiß aus sämtlichen Poren. Flugs überschlug er die Zeiten im Kopf. Es war bei Einbruch der Dunkelheit gewesen, als er bei Fauré eingetroffen war, also wohl nicht lange nach neun. Und wann war Miriam gekommen? Gegen elf, meinte er sich zu erinnern. Mit dem großen Wagen war es durchaus möglich, in dieser Zeit die Strecke von der Plantage bis zum Gasthof zurückzulegen.

»Steht denn fest, dass Mr. Brandon schon tot war, als seine Frau die Besitzung verließ?«, fragte er leise.

»Davon ist auszugehen.« Olga Kenneths Blick bekam etwas Warnendes. »Schließlich hat ihn hinterher niemand mehr lebend gesehen, und heute früh fand sein Diener ihn tot auf.«

»Aber wenn seine Frau bereits vor neun Uhr wegfuhr, hätte doch nachher noch einmal jemand nach ihm sehen müssen«, wandte Frank ein. »Ein Bediensteter zumindest, der ihn für die Nacht versorgte.«

»Mr. Brandon versorgte sich selbst für die Nacht«, kam es kühl von Olga Kenneth. »Seine Leute gingen nur zu ihm, wenn sie gerufen wurden, und in dieser

Nacht rief er nach niemandem. Was kein Wunder ist. Mit einer Kugel im Herzen ruft es sich schlecht.«

Ihr Vater, der bis jetzt geschwiegen hatte, hüstelte. »Es gehört sich nicht, so etwas über einen Toten zu sagen«, murmelte er bekümmert. »Aber Mr. Brandon war kein einfacher Mann. Um mit ihm auszukommen, musste man auf der Hut sein, und das machte ihn nicht eben beliebt.«

»Aber wenn das so ist, hatte er doch sicher eine Menge Feinde«, rief Frank, ehe Olga ihrem Vater über den Mund fahren konnte. »Dann kommt ja wohl keinesfalls nur die Ehefrau als Täterin infrage.«

Diesmal war Frank sicher, ein Lächeln über ihr Gesicht blitzen zu sehen. »Feinde wird er mit Sicherheit gehabt haben, aber darüber wissen wir nichts«, erklärte sie kurz und bündig. »Wir sind seine Angestellten, wir tun, was uns gesagt wird, und in was für Beziehungen er mit anderen Leuten steht, geht uns nichts an. Im Übrigen hätte mein Vater so etwas gar nicht sagen dürfen. Es gehört sich nicht. Mr. Brandon war immerhin unser Arbeitgeber.«

»Ja, du hast recht, mein Kind.« Die Stimme des Alten klang noch betrübter. »Ich hätte so etwas nicht über Mr. Brandon sagen dürfen, und ich bedaure es.«

»Was haben Sie denn unternommen, nachdem der Diener den Toten gefunden hatte?«, unterbrach ihn Frank, der dringend Fakten brauchte, kein selbstmitleidiges Gejammer.

»Wir haben selbstverständlich sofort die Polizei verständigt«, antwortete der Alte, und nun schwang hörbarer Stolz in seiner Stimme. »Wir haben hier draußen nämlich einen Telefonanschluss. Angerührt haben wir nichts, sondern alles genauso belassen, wie wir es vorgefunden haben. Das ist ja wichtig in solchen Fällen. Damit die Polizei sich ein Bild machen kann.«

»Auch wenn in diesem Fall die Sache klar ist«, fuhr seine Tochter dazwischen. »Wer die Täterin ist, steht fest, da ist kein langes Rätselraten vonnöten.«

Franks Herzschlag jagte, und er fasste eine entschiedene Abneigung gegen Olga Kenneth. Dabei stand noch nicht einmal fest, dass es sich bei Miriam und Mrs. Brandon um ein und dieselbe Person handelte. Noch konnte das alles einem dieser Zufälle entspringen, die zwar unglaublich klangen, sich aber häufiger ereigneten, als man annahm.

Wenn er ehrlich zu sich war, glaubte er jedoch selbst nicht daran. Zu perfekt passten alle Teile zusammen: nicht nur die Uhrzeiten, sondern auch Miriams Zustand, ihre Eile, ihre Nervosität und die Tatsache, dass sie kein einziges Wort über sich selbst preisgegeben hatte.

Ihre rätselhafte Aura.

Und ihr plötzlicher Aufbruch.

Jetzt also hatte er das Rätsel gelöst – Miriam hatte vor der Polizei fliehen müssen, die sie eines Mordes verdächtigte.

Sein Zorn, der ihn während der ganzen Fahrt in den

Klauen gehalten hatte, schmolz in sich zusammen. An seine Stelle traten überwältigendes Mitleid und Sorge: Miriam war keine Abenteuerin, sondern eine verstörte, verängstigte Frau, der Furchtbares angetan worden war. Nicht weil sie für ihn keine Gefühle hatte, war sie am Morgen ohne Abschied aufgebrochen, sondern weil ihr keine Wahl geblieben war.

Daran, dass sie unschuldig war, zweifelte er keine Sekunde. Für ihn gab es lediglich zwei Möglichkeiten: Entweder sie hatte die Tat nicht begangen, oder sie hatte es aus einem Grund getan, der keinen anderen Ausweg ließ. Nichts wünschte er sich mehr, als dass sie sich ihm anvertraut hätte, dass er jetzt bei ihr sein könnte, um sie zu beschützen.

Miriam, dachte er, *meine Miriam. Mein armes geliebtes Herz. Was hast du durchgemacht, was machst du noch immer durch, und warum um alles in der Welt hast du mir kein Wort von alledem gesagt?*

»Vor dem Abend werden die Herren kaum hier sein«, fuhr Olga Kenneths Stimme in seine Gedanken.

»Was denn für Herren?«, fragte Frank, der zerstreut aus seinen Gedanken aufschreckte.

»Nun, die Polizei doch wohl«, kam es scharf von Olga Kenneth.

»Ach ja. Natürlich.« Er griff nach seinem Etui und steckte sich eine neue Zigarette an. Ein Gedanke sprang ihn an. »Wie kam es eigentlich, dass Mrs. Brandon sich hier auf der Plantage befand? Mir sagte man,

Mr. Brandon käme selbst nur für wenige Tage zu einer Inspektion her.«

»Sie hat ihn eben begleitet«, erwiderte Olga Kenneth gleichmütig.

»Tat sie das häufig?«

»Nein«, sagte Olga. »Für gewöhnlich kam er allein hier heraus. Sie war erst zum zweiten Mal dabei.«

Frank hatte Mühe, sich zu beherrschen. Allzu heftig war der Drang nachzufragen, wie Mrs. Brandon denn aussah und wie sie mit Vornamen hieß.

»Eine furchtbare Geschichte«, murmelte Olgas Vater kopfschüttelnd vor sich hin. »Eine ganz und gar furchtbare Geschichte.«

Von draußen waren Schritte zu vernehmen, die die Stufen hinaufeilten. Die Tür wurde schwungvoll aufgestoßen, und ein junger Mann trat in den Raum. Er war groß und blond, hatte breite Schultern und das faltenlose Gesicht eines freundlichen Schuljungen. Seine Augen blickten sich offen um, und seine Laune schien durch die Ereignisse der letzten Stunden in keiner Weise getrübt.

»Zum Teufel mit dieser Hitze.« Der junge Mann warf seinen Tropenhelm mit Schwung auf den Tisch und rieb sich die schweißnasse Stirn. »Heute treibt die Sonne es ja wieder einmal besonders wild. Bestimmt ist die Hölle im Vergleich der reinste Kühlschrank. Ich brauche auf der Stelle einen Whisky *on the rocks*, oder ich komme elendig um.«

Er trat auf ihre Gruppe zu und klopfte dem Buchhalter auf die Schulter. »Na, Kenneth, alter Junge, haben Sie sich inzwischen ein bisschen beruhigt? Und wen haben wir denn da?« Aufgeräumt wandte er sich Frank zu. »Ich nehme an, Sie sind der Besitzer des äußerst eleganten Fahrzeugs, das vor der Tür steht? Von der Polizei sind Sie aber noch nicht, habe ich recht? Das hätte man ja noch nie gehört, dass die sich in diesem Teil der Welt derart beeilen würden.«

Ehe Frank selbst ein Wort herausbekam, mischte sich Olga ein: »Das ist Mr. Bender, unser neuer Verwalter, mein lieber Dick«, erklärte sie. »Mit ein bisschen Scharfsinn hätten Sie sich das selbst zusammenreimen können.« Sie fuhr zu Frank herum. »Mr. Bender, das ist Dick Stanley, unser erster Assistent.«

Die beiden Männer schüttelten sich die Hände und musterten einander – ein wenig abwartend zwar, doch nicht frei von Sympathie.

»Freut mich, Sie kennenzulernen, Mr. Bender«, bekundete Stanley vergnügt. »Schön, dass man in dieser alten Bratpfanne mal ein neues Gesicht zu sehen bekommt. Nur haben Sie sich für Ihre Ankunft ja wirklich einen sensationellen Tag ausgesucht.«

Er strahlte noch immer, als handle es sich bei dem Mord an seinem Arbeitgeber um eine höchst amüsante Geschichte. »Er weiß es doch schon, oder etwa nicht?«, erkundigte er sich bei Kenneth und Olga.

Als die beiden nickten, sprach er wiederum Frank an: »Ist doch allerhand, oder? Was meinen Sie?«

»In der Tat. Allerhand könnte man es wohl nennen«, antwortete Frank verhalten und reichlich verwundert über die Reaktion, die die Ereignisse in dem jungen Mann, der seinem Akzent nach Amerikaner war, auslösten.

»Ich kann es kaum fassen«, fuhr dieser vergnügt fort. »Monatelang ist das hier der mit Abstand ödeste Ort auf der Welt, und dann überschlagen sich auf einmal die Ereignisse. Plötzlich haben wir hier wilde Eifersuchtstragödien, einen Mord und obendrein sogar noch einen neuen Verwalter.«

»Sie sollten so nicht daherreden, Dick«, tadelte Kenneth ihn. »Die Sache ist dafür zu ernst.«

»Und wem helfe ich, wenn ich so verdattert herumlaufe wie Sie?«, fragte Stanley. »Die Arbeiter würden uns auf den Köpfen herumtanzen, dass uns die Schädel dröhnen. Schuften tut die Bande heute ja sowieso nicht, und aus dem Tuscheln kommen sie auch nicht heraus. Sanjah ist im Handumdrehen so etwas wie eine Lokalgröße geworden.«

Olga Kenneth stieß ein kurzes, spitzes Lachen aus, und ihr Vater verlegte sich wieder einmal aufs Kopfschütteln. Dick hingegen wandte sich erneut an Frank: »Es wird nicht leicht sein, jetzt hier Ordnung zu halten«, sagte er. »Ich hoffe, Sie sind ein energischer Mann, Mr. Bender.«

»Um meine Energie brauchen Sie sich nicht zu sorgen«, erwiderte Frank. »Ich bin so leicht nicht zu erschüttern.«

»Umso besser.« Dick Stanley grinste. »Dann passen wir ja ausgezeichnet zusammen. Was halten Sie von einem Whisky zur Begrüßung? Wie es aussieht, hat man Ihnen bisher nichts als Wasser aufgetischt. Olga, altes Mädchen, haben Sie nicht daran gedacht, dem armen Mann etwas Alkoholisches anzubieten? Sie gehören doch sonst nicht gerade zur Gattung der Abstinenzler.«

»Ich fand es wichtig, einen klaren Kopf zu bewahren«, beschied ihn Olga eisig. »Wenn ich in dieser Hitze obendrein Whisky in mich hineinkippe, schwatze ich am Ende so viel dummes Zeug wie Sie.«

Statt beleidigt zu sein, lachte Dick Stanley auf. Dann klatschte er in die Hände, und sobald der Diener erschien, bestellte er zwei doppelte Whisky. »Die Flasche kannst du gleich mitbringen. Spart dir eine Menge Lauferei. Und Gläser für Olga und den guten alten Kenneth bringst du uns besser auch.«

Der Diener kam mit der Flasche und vier Gläsern, und Dick Stanley schenkte ihnen großzügig ein.

»Aber ich will doch gar nicht«, rief Kenneth abwehrend, als der andere ihm eins der Gläser reichte.

»Ach was.« Dick Stanley drückte ihm das Glas einfach in die Hand. »Trinken Sie nur. So klapprig, wie Sie heute wieder aussehen, kann Ihnen ein bisschen Alkohol nur guttun. Prost, old boys.«

Er trank erst Kenneth, dann Frank zu, während er Olga ignorierte. Die Frau schien für ihn so etwas wie ein Möbelstück zu sein, das zwar allen im Weg stand und niemandem gefiel, mit dessen Existenz man sich jedoch nun einmal abzufinden hatte.

Er kippte seinen Whisky in einem Zug herunter, und Olga tat es ihm nach. Ohne zu zögern, packte sie die Flasche beim Hals, um sich nachzuschenken.

Frank hatte den Whisky, nach dem er sich gesehnt hatte, ebenfalls hastig getrunken. In seinem Schädel überschlugen sich die Gedanken, während Olga Dick Stanley von seiner Anreise, der Panne und der Übernachtung bei Monsieur Fauré erzählte.

»Ach, beim alten Fauré sind Sie über Nacht geblieben«, bemerkte Dick Stanley launig. »Netter Laden, was?«

»Sehr nett«, murmelte Frank. In Gedanken sah er bereits die Polizisten, die sämtliche Gasthäuser der Umgegend absuchten und natürlich auch bei Monsieur Fauré vorsprechen würden. Ohne Schwierigkeiten würden sie von dem kleinen Franzosen in Erfahrung bringen, dass der neue Verwalter des ermordeten Mr. Brandon die Nacht in seinem Haus keineswegs allein verbracht hatte. Und was würde Fauré ihnen noch berichten? Hatte er die Wahrheit gesprochen, als er behauptet hatte, er kenne die Frau nicht, die sich Frank mit dem Namen Miriam vorgestellt und in der Nacht sein Bett geteilt hatte?

Unmöglich war das nicht. Schließlich hatte Olga vorhin erklärt, dass Mrs. Brandon erst zum zweiten Mal hier auf die Plantage gekommen war. Weshalb sollte es also nicht der Wahrheit entsprechen, dass Fauré sie gestern zum ersten Mal zu Gesicht bekommen hatte?

Die drei Übrigen sprachen derweil über Einzelheiten der Mordtat. Möglichst unauffällig sah sich Frank in der Runde um. Trauer über den Tod ihres Arbeitgebers schien keiner der drei zu empfinden. Selbst die unübersehbare Erregung des alten Buchhalters stammte wohl kaum von schmerzlichen Gefühlen her. Franks Neugier wuchs: Was für ein Mensch war der ermordete Brandon gewesen?

Dass er über beträchtliches Vermögen verfügte, wusste er. Der Bankier in Shanghai, durch dessen Vermittlung Frank an die Stellung gelangt war, hatte Brandon »eine kraftvolle Persönlichkeit« genannt. Aus der Formulierung sprach Respekt. Sympathien hingegen schien der Verstorbene in niemandem ausgelöst zu haben.

»Wo ist eigentlich Phil?«, fragte Dick Stanley in die Runde. »Ist er noch nicht zurück?«

»Ich habe ihn heute hier noch nicht gesehen«, antwortete Kenneth. »Wo wollte er denn überhaupt hin?«

»Er wollte die Ostseite inspizieren«, gab Dick Stanley ihm Auskunft. »Der arme Bursche war mindestens so verstört wie Sie.«

»Es hat nun einmal nicht jeder ein so dickes Fell, wie Sie es besitzen«, sagte Kenneth.

»Da kann ich ja von Glück sagen, dass ich eines habe«, konterte Dick Stanley. »Was denken Sie darüber, Mr. Bender? So ein dickes Fell ist doch eine nützliche Sache, was?«

»Zweifellos«, stimmte Frank ihm zu.

»Die Dame mit den Märchenaugen scheint auch nicht gerade zartbesaitet zu sein«, schwatzte Dick weiter. »Wer hätte ihr das wohl zugetraut? Sie geht einfach hin – und piff-paff knallt sie den armen Dicken über den Haufen. Und dann lässt sie ihn da in seinem Blut liegen und verschwindet ohne eine Wort.«

»Dick, Sie sind entsetzlich«, jammerte Kenneth wie ein altes Mütterchen. Über das Gesicht seiner Tochter huschte hingegen ein Lächeln.

Dick aber war noch nicht am Ende. »Herrgott, Kenneth, Sie benehmen sich ja geradezu, als wäre Ihnen Ihr Lieblingsbruder gestorben. Jetzt geben Sie's schon zu – Sie konnten den Alten genauso wenig leiden wie wir alle.«

»Er ist tot!«, entrüstete sich Kenneth.

»Das ist nicht zu leugnen.« Dick Stanley verzog den Mund. »Aber das macht keinen edlen Menschen aus ihm, oder etwa doch? Wenn ich ehrlich bin, kann ich verstehen, dass die schöne May ihn loswerden wollte. Und im Grunde tut es mir leid, dass sie jetzt deswegen Unannehmlichkeiten bekommt.«

»Unannehmlichkeiten ist ja wohl die Untertreibung des Jahrhunderts«, warf Olga höhnisch dazwischen. »Sie ist eine Mörderin, daran führt kein Weg vorbei.«

»Mir scheint, Mr. Brandon erfreute sich nicht gerade großer Beliebtheit«, mischte sich Frank ins Gespräch. Er rieb die Handflächen gegeneinander. Sie waren vor Erregung schweißnass.

»Das ist äußerst vornehm ausgedrückt«, erwiderte Dick Stanley. »Stattdessen könnte ich auch sagen, dass ich Sie beneide, weil Sie ihn nie kennenlernen mussten. Er war rücksichtslos, herzlos und geiziger als der schlimmste Schotte, wie die meisten Leute, die klein angefangen und es zu Reichtum gebracht haben. Die meiste Zeit über war er hoffnungslos besoffen, und dann war sein Benehmen nicht gerade fein ...«

Der alte Kenneth versuchte, ihn durch seine kläglichen Zwischenrufe am Weitersprechen zu hindern, aber Dick Stanley kümmerte sich nicht darum. »Wie eine Frau wie May ein solches Ungetüm heiraten konnte, wird mir mein Leben lang ein Rätsel bleiben«, fuhr er fort. »Aber mit dem nötigen Kleingeld kann man sich eben alles kaufen. Sogar die entzückendsten Frauen, die auf diesem Planeten herumlaufen.«

»May, sagten Sie?« Franks Versuch, seiner Stimme einen gleichgültigen Klang zu verleihen, misslang kläglich. »May ist der Name von Mr. Brandons Frau?«

»Ja, sicher.« Sogar der selbstsichere Dick Stanley wirkte einigermaßen verwundert. »Ihr Name ist May.

Gefällt er Ihnen nicht? Ich finde ihn ganz hübsch, und er passt zu ihr. Wollen Sie mal ein Bild von ihr sehen? Warten Sie, wo hab ich's denn jetzt?« Er zog eine Brieftasche aus dem Jackett und begann, darin zu kramen.

»Sie benehmen sich geradezu kindisch, Dick«, sagte Olga Kenneth.

»Na und? Stört es Sie etwa?« Stanley grinste. »Sie kennen mich doch, ich habe nun mal ein unschuldig-kindliches Gemüt. Ah, hier habe ich es ja.« Er zog ein zerknittertes Foto aus der Brieftasche und reichte es Frank. »Niedlich, oder?«

Ohne sich noch länger beherrschen zu können, riss Frank ihm das Bild aus der Hand. Es handelte sich um eine reichlich verwackelte Amateuraufnahme, aber das Gesicht darauf hätte er unter Tausenden erkannt.

»In der Tat«, brach es aus ihm heraus. »Eine sehr schöne Frau. Sie haben recht.«

Ohne aufzublicken, spürte er, dass Olga Kenneth ihn beobachtete. Um seine Worte zurückzunehmen, war es jetzt allerdings zu spät. Sie standen klar wie Glas im Raum.

Die Frau, die Dick Stanley May nannte und von der er so offensichtlich angetan war, war keine andere als Miriam. Er hatte es ja gewusst. Miriam, die in Reithosen, hohen Stiefeln und weißer Bluse vor der Kamera stand und einen Tropenhelm in der Hand hielt. Ihr weiches blondes Haar war ein wenig zerzaust, wie es gestern Abend ausgesehen hatte, als sie zur Tür hereingekommen war und sich die lederne Kappe vom Kopf gezogen hatte.

Frank würde sich an diesen Augenblick erinnern, egal wie lange er lebte.

Auf dem Bild schien sie zu lachen und wirkte beinahe unbeschwert.

Miriam.

Nein nicht Miriam, sondern Mrs. May Brandon. Die Frau eines der reichsten Männer der Gegend. Und eine Mörderin.

Als er den Kopf hob, konnte er dem Blick von Olga Kenneth nicht länger ausweichen. Sie hatte die Augenbrauen in die Stirn gezogen und nagte nachdenklich auf ihrer Unterlippe. *Ich muss mich unbedingt besser beherrschen,* ermahnte sich Frank. *Ich benehme mich wie ein Idiot, und dieser Frau ist das nicht entgangen. Sie ist gefährlich, und sie ist alles andere als ein Dummkopf.*

Darüber hinaus glaubte er zu spüren, dass die Frau Miriams Feindin war. Wenn er Miriam – oder besser May – helfen wollte, musste er Olga Kenneth in Schach halten.

Dick Stanley plauderte unbekümmert weiter. »Sie ist nicht nur schön, sondern regelrecht bezaubernd«, sagte er und lachte ein wenig verlegen auf. »Ich versuche am besten gar nicht erst zu verhehlen, dass ich auch einmal mein Glück bei ihr probiert habe. Warum auch nicht? Ich habe mir gesagt, mit dem alten Fettsack kann sie ja wohl nicht glücklich sein, weshalb sollte sie sich dann nicht mit mir ein paar erquickliche Stunden gönnen? Aber sie wollte nicht. Dabei hat das alte Schwein sie ständig betrogen.«

»Dick!«, rief Kenneth. »Falls du es vergessen hast – Mr. Brandon ist tot.«

»Das vergesse ich bestimmt nicht«, gab Dick Stanley zurück. »Aber wie schon gesagt, ein Heiliger wird auch als Leiche nicht mehr aus ihm.«

»Sie reden wirklich nichts als dummes Zeug«, wies nun auch Kenneths Tochter den jungen Mann zurecht. »Mich persönlich interessiert nicht die Bohne, ob Sie mit May Brandon ein Techtelmechtel hatten, aber wenn Sie so weiterschwatzen, handeln Sie sich bei der Polizei jede Menge Ärger ein.«

»Noch ist unsere viel zitierte Polizei ja nicht eingetroffen, und wir sind ganz gemütlich unter uns«, sagte Dick Stanley gemächlich, schnappte sich die Whisky-Flasche und schenkte von Neuem ein.

Frank beobachtete die Blicke, die zwischen ihnen hin und her flogen, und glaubte zumindest einen Aspekt der Tragikomödie zu durchschauen: Die schwarzlockige Olga war scharf auf den jungen Dick Stanley, aber der hatte sie abblitzen lassen. Oder er hatte einst Gefallen an ihr gefunden, doch inzwischen war die Leidenschaft verpufft. Diese Plantage war wahrhaftig ein heißes Pflaster, und das bezog sich nicht auf das herrschende Klima.

Ich muss die Augen offen halten, sagte sich Frank. Für

Miriam. Nein, für May. Für die geliebte Frau. Er hatte darauf gewartet, dass sich an seinen Gefühlen etwas änderte, wenn er sich klarmachte, dass sie einen Menschen auf dem Gewissen hatte, aber nichts dergleichen geschah. An seiner Liebe war nicht zu rütteln, und er wünschte sich lediglich, sie hätte sich ihm anvertraut.

Verdammt, ich will dir doch helfen, May, ich wäre bei dir geblieben, und wir hätten es zusammen durchgestanden. So aber bist du irgendwo mutterseelenallein und musst ohne jede Hilfe mit diesem Wahnsinn fertigwerden.

Ein Gedanke durchzuckte ihn. Weshalb war er sich eigentlich so sicher, dass sie mit der Sache allein fertigwerden musste?

Wenn May Brandon tatsächlich ihren Mann erschossen hatte, dann musste sie dafür ein Motiv gehabt haben, und was für ein Motiv könnte stärker sein als ein anderer Mann? Sie mochte die Tat für ihren Liebhaber verübt, ja mit ihm gemeinsam einen Plan ausgeklügelt haben, und dieser Liebhaber war es, der in der Stadt auf sie gewartet hatte. Inzwischen waren die beiden sicher längst vereint und lachten womöglich über den naiven Deutschen, der ihr im nächtlichen Gasthaus verfallen war.

Nein, verwarf er die nagenden Stimmen, die ihn quälten, *das ist nicht möglich.* Miriams Zärtlichkeit, ihre Leidenschaft und spürbare Sehnsucht – all das sagte ihm, dass sie unmöglich einen anderen lieben konnte als ihn. Zudem wäre es äußerst leichtsinnig gewesen, sich nur zum Spaß mit einem fremden Mann einzulassen und sich damit letzten Endes noch verdächtiger zu machen. Keine vernünftige Frau wäre auf eine solche Idee gekommen. Es sei denn, ihre Gefühle hätten sie überwältigt und ihr keine Wahl gelassen.

Und dann hatte sie ihm ja selbst erklärt, dass es einen Mann, den sie wirklich liebte, nicht gab, und er glaubte ihr. Seine früheren Zweifel waren wie ausgewischt. Er würde ihr helfen. Er musste nur noch herausfinden, wie er das anstellen konnte.

Es wurde Zeit für einen neuen Auftritt, einen weiteren Darsteller auf dieser eigentümlichen Bühne. Dick Stanley, der aus dem Fenster blickte, entdeckte ihn zuerst.

»Da kommt Phil!«, rief er aus, ehe er sich Frank zuwandte. »Den müssen Sie natürlich auch kennenlernen, Bender. Kein übler Bursche, wirklich nicht. Höchstens ein bisschen merkwürdig und ganz fürchterlich gehemmt. So ganz stimmt's bei ihm nämlich nicht.«

»Was stimmt bei ihm nicht?«, hakte Frank sofort nach.

»Etwas mit der Mischung, meine ich.« Dick Stanleys Mundwinkel zuckten. »Der Kerl ist ein Mischling, haben Sie's jetzt verstanden? Seine Frau Mama war aller Wahrscheinlichkeit nach ein schlankes Malayenmädchen.«

»Dafür kann er nichts«, verwies ihn Olga scharf.

»Das habe ich ja auch nicht behauptet«, verteidigte sich Dick Stanley gelassen. »Ich kann den Burschen gut leiden, ich finde ihn lediglich ein bisschen still und schüchtern.«

»Besser, als wenn jemand nicht weiß, wann er den Mund halten sollte«, erwiderte sie ätzend. Die Blicke der beiden prallten aufeinander wie die zweier Duellanten.

Gleich darauf wurde die Tür aufgeschoben, und der junge Mann trat ein. Er war ein hübscher Bursche, nicht sonderlich groß, aber schlank und harmonisch gebaut, und der helle Anzug, den er trug, war gut geschnitten. Sein Gang war geschmeidig, Haar und Augen dunkel, die Haut leicht bräunlich getönt.

Aber nicht diese Tönung war es, die ihn als Abkömmling eines anderen Volkes auswies. Frank war in Europa Menschen begegnet, die von der Sonne weit dunkler verbrannt waren. Es war etwas anderes, das sich nicht genau greifen und beschreiben ließ – etwas im Schnitt der Augen, in der Form des Gesichtes. Frank hätte nicht den Finger darauf legen können, hegte jedoch keinen Zweifel daran, dass der Mann mindestens einem asiatischen Elternteil entstammte.

Er grüßte höflich und blieb dann zögernd stehen.

Dick Stanley hingegen sprang auf, trat vor ihn hin und schlug ihm fest auf die Schulter. »Phil, wie gut, dass Sie kommen. Sie müssen doch unseren neuen Verwalter kennenlernen. Darf ich vorstellen? Frank

135

Bender, der tatsächlich Mumm genug in den Knochen hat, in dieser Höhle des Löwen das Ruder übernehmen zu wollen. Und Frank, hier haben Sie unseren Philipp Monterey, den zweiten Assistenten, von dem wir Ihnen ja schon erzählt haben. Und jetzt besiegeln wir die allgemeine Bekanntschaft am besten mit dem, was sich aus dieser Whiskyflasche noch herausschütteln lässt.«

»Danke, Dick, aber ich würde lieber nichts trinken«, protestierte der junge Mann, doch sein leiser Einwand fand bei Stanley kein Gehör.

Der hatte bereits die Gläser frisch gefüllt und Phil das des alten Kenneth in die Hand gedrückt. »Olga, meine Taube«, rief er nach dessen Tochter. »Hast du heute eigentlich keine Zigaretten für uns?«

»Stehen da drüben«, erwiderte Olga mit einer gleichgültigen Handbewegung.

Dick Stanley nahm die Dose vom Fensterbrett, bediente sich selbst und versorgte anschließend die ganze Gesellschaft. Phil Monterey nahm eine Zigarette an, blieb ansonsten jedoch verhalten und ruhig. Ja, er wirkte in der Tat ein wenig unsicher, stellte Frank fest, auch wenn das Benehmen des zweiten Assistenten ansonsten Intelligenz, Taktgefühl und eine gute Erziehung verriet. Er war ihm sympathisch. Zweifellos verfügte er unter allen Anwesenden über die besten Manieren.

Außerdem schien Phil Monterey der Einzige zu sein, der in der Aufregung dieses Tages seiner Arbeit nachgegangen war. Kurz und sachlich erstattete er Bericht über seine Inspektionstour und heimste dafür ein wortreiches Lob von Dick Stanley ein.

Die Ablenkung war jedoch nur von kurzer Dauer. Unweigerlich wandte das Gespräch sich wieder dem Mord an dem Besitzer der Plantage zu. Auch Phil Monterey schien das Ableben seines Arbeitgebers nicht sonderlich mitzunehmen. Gab es überhaupt jemanden, der um Brandon trauerte?

Phil jedenfalls wirkte, als sei er in Gedanken gar nicht wirklich anwesend, und nur ein einziges Mal schreckte er aus seiner Apathie. Dann nämlich, als Dick Stanley ihn in anzüglichem Tonfall fragte: »Und, Phil? Haben Sie heute unsere Sanjah schon zu Gesicht bekommen? Was hat die Gute denn zu sagen?«

»Wieso fragen Sie mich denn das?«, gab der junge Mann zurück und wirkte jetzt deutlich aufgerüttelt.

»Jetzt tun Sie doch nicht so.« Dick Stanley entblößte zwei Reihen weißer Zähne. »Sie wird ja wahrscheinlich auch froh sein, dass der Alte tot ist.«

»Ich verstehe Sie nicht«, erwiderte Phil, doch sein steifer, unnatürlicher Ton verriet, dass er den anderen sehr wohl verstand.

»Na, dann eben nicht.« Stanley zuckte die Schultern, als wäre ihm das Ganze im Grunde höchst gleichgültig. »Reden wir von etwas anderem. Von dem schönen Wetter vielleicht? Es soll ja tatsächlich Menschen geben, die eine solche Affenhitze schön finden.«

»Lassen Sie ihn in Frieden«, fuhr Olga ihn an. »Und Sie, Phil, lassen Sie sich bloß nicht von ihm provozieren.«

Frank beobachtete, wie sie scheinbar spielerisch ihre Hand auf die des jungen Mannes legte und wie dieser unter der Berührung zusammenzuckte. Die Luft schien wie aufgeladen, wie erfüllt von elektrischer Spannung. Olga suchte den Blick des zweiten Assistenten, sie sandte ihm ein einladendes Lächeln, doch Phil Monterey ging nicht darauf ein. Stattdessen senkte er die Lider und zog seine Hand unter der ihren weg, um nach seinem Glas zu greifen.

Die Dame war offenbar höchst umtriebig. *Als ihr nächstes Opfer wird sie vermutlich mich auswählen,* dachte Frank.

Er spürte, wie eine Gereiztheit sich in ihm aufbaute, der er kaum noch Herr wurde. Er war in die Einöde gegangen, um Frieden und Einsamkeit zu finden, Ruhe vor Menschen und ihren Intrigen. Stattdessen war er in einen Aufruhr geraten, einen Strudel aus Verwirrung und Leidenschaft, Gefahr und Geheimnis, gegen den sein Leben in Shanghai geradezu schläfrig anmutete. Hätte er das Ganze als unbeteiligter Zuschauer miterleben dürfen, so hätte es ihm womöglich ein theoretisches Interesse entlocken können, das ihn wie erhofft von seiner eigenen Geschichte ablenkte.

Aber er war eben kein unbeteiligter Zuschauer, der sich in seinem Theatersessel zurücklehnen und genießen konnte, wie fremde Schauspieler in den ihnen zugedachten Rollen sich gegenseitig beschimpften, begehrten und zerfleischten. Durch seine Begegnung mit Miriam, mit May, durch seine unverhofft aufgeflammte Liebe zu einer Frau, die hier als Mörderin betrachtet wurde, war er zum Mitspieler auf dieser Bühne geworden. Hineingestellt in ein Drama, von dessen Textbuch er nie auch nur eine Zeile studiert, geschweige denn verstanden hatte.

Ihm blieb nichts übrig, als zu improvisieren, und zu allem Unglück hatte er den ersten Akt verpasst. Niemand hatte ihm erklärt, wer hier Freund oder Feind war, ihm war lediglich klar, dass weit mehr vor sich ging, als nach außen, auf einen oberflächlichen Blick hin erkennbar war. Er würde die Strukturen, nach denen die einzelnen Figuren agierten, durchblicken müssen, wenn er sein Ziel erreichen wollte.

Einzig, wie dieses Ziel lautete, wusste er genau und ohne die Spur eines Zweifels: Er musste Miriam finden. Seine Miriam, die nicht Miriam hieß, die ihn fraglos belogen hatte und die er nichtsdestotrotz weiter liebte. Er musste sie finden und außer Gefahr bringen, was immer das beinhaltete. Für sich selbst fürchtete er nichts. Seine Angst galt ihr.

Olga Kenneth löste schließlich die unerquickliche Runde auf. »Ich denke, Mr. Bender hat jetzt genug von uns allen«, sagte sie und stand abrupt auf. »Er wird sich ausruhen und einrichten wollen, ehe dieses ganze

Drama hier weitergeht. Dick, wären Sie so nett, ihn zu seinem Bungalow zu führen und ihn mit allen nötigen Funktionen vertraut zu machen?«

»Natürlich. Warum nicht?« Dick Stanley stand ebenfalls auf.

»Dann wäre das ja geklärt.« Sie wandte sich Frank zu, der sich nun auch erhob und froh war, dass in die festgefahrene Szene endlich wieder Bewegung kam.

»Wir sehen uns dann zum Lunch, Mr. Bender.« Sie reichte ihm die Hand. »Die Mahlzeiten nehmen wir auf dieser Plantage grundsätzlich gemeinsam ein. Ich hoffe, das ist in Ihrem Sinne?«

»Selbstverständlich«, erwiderte Frank nicht ganz aufrichtig. Dann verabschiedete er sich mit einer knappen Verbeugung und folgte Dick Stanley aus dem Haus.

7

Mit langen, schleppenden Schritten überquerten die beiden Männer den Platz, dessen Pflaster in der Sonne glühte.

»Das sind Temperaturen, was?« Dick Stanley stöhnte. »Daran werde ich mich im Leben nicht gewöhnen, auch wenn andere Aspekte des hiesigen Lebens ja unleugbar den einen oder anderen Reiz haben.«

Frank fragte ihn nicht, von welchen Reizen er sprach, und Dick Stanley erwartete offenbar auch keine solche Frage. Er wies nach vorn, einen schmalen Weg hinunter. »Sehen Sie? Da drüben steht Ihr Bungalow. Gemessen an hiesigen Standards ist er durchaus nett eingerichtet und bietet mehr als den durchschnittlichen Komfort. Wird Ihnen gefallen, denke ich.«

Der weiß verputzte Bungalow, auf den Stanley zeigte, lag ein ganzes Stück vom Hauptplatz entfernt, zur Hälfte hinter Bäumen verborgen.

»Einen tüchtigen Diener bekommen Sie auch«, fuhr Stanley fort. »Chari. Braver Junge, nicht so faul wie die meisten und aus ordentlicher Zucht.« Es klang, als spreche er über ein Rennpferd, auf das Frank setzen wollte. »Sie können natürlich auch ein Mädchen bekommen. An hübschen Mädchen ist diese Gegend ja nicht gerade arm, und eine beachtliche Auswahl von ihnen haben wir hier auf der Plantage.«

Frank hatte Mühe, ihm nicht ins Gesicht zu sagen, wie gleichgültig ihm sämtliche hübschen Mädchen der Brandon-Plantage und der gesamten Umgegend waren. Er war hierhergekommen, um den Verführungskünsten, den Fallstricken und Spinnennetzen des weiblichen Geschlechts zu entkommen. Vielleicht hätte er Dick Stanleys Vorschlag nicht allzu ablehnend gegenübergestanden, wäre er nicht Stunden zuvor dem Verführungsspiel einer Frau hoffnungslos erlegen, gefangen in ihren Fallstricken, von ihren Spinnweben ohne Rettung umwoben.

Wie sollte ihn die beachtliche Auswahl hübscher Mädchen, die Dick Stanley so blumig anpries, reizen, wenn er doch längst einer Einzigen verfallen war?

Einer Einzigen.

Einer schönen Pflanzers-Gattin.

Einer Mörderin.

Dick Stanleys Stimme riss ihn aus seinen kreisenden Gedanken. »Und sehen Sie den Bungalow dahinter? Schauen Sie sich den genau an.« Er wies auf ein etwas größeres Haus, das ebenfalls von Bäumen geschützt noch ein Stück hinter dem seinen stand. »Da ist es nämlich passiert … Und da liegt er jetzt noch immer.«

Frank betrachtete das Gebäude, das Stanley ihm zeigte. Abgesehen von der Größe unterschied es sich in nichts von den übrigen. Die Fensterläden waren fest verschlossen, und dort, wo die Bäume keinen Schatten boten, glühte die Sonne erbarmungslos darauf hernieder.

Da lag er also, dieser reiche mächtige Mann, der in seinem abrupt beendeten Leben Millionen zusammengetragen hatte und dabei skrupellos, von Ehrgeiz getrieben und mit beispiellosem Geiz vorgegangen war. Für Frank aber war er vor allem der Mann, der die wundervollste Frau der Welt an seiner Seite hatte. Die Frau, die er liebte.

Und nun lag dieser Mann hier, in der glühenden Hitze des Urwalds, allein und von niemandem betrauert. Eher kam es Frank vor, als erfülle sein Tod alle, mit denen er bisher gesprochen hatte, mit einer regelrechten Befriedigung. Auch Erleichterung glaubte er gespürt zu haben, und erneut erwachte Neugier in ihm.

Wie war der tote Mr. Brandon wohl gewesen?

Es war nicht wichtig, was zwischen den Eheleuten vorgefallen war, er war und blieb der Mann, dem Miriam sich einst anvertraut hatte.

»Mr. Brandon hat sich also keiner besonderen Sympathie erfreut«, nahm er in einem leichten Ton den früheren Faden noch einmal auf.

»Wenn Sie es so ausdrücken wollen«, erwiderte Dick Stanley trocken. »Für mich hört sich das nach der Untertreibung des Jahres an.«

»Wie sah er denn überhaupt aus?«, fragte Frank weiter.

»Haben Sie ihn nie gesehen?« Dick Stanley war verwundert. »Sie haben doch in Shanghai gelebt, soviel ich weiß, und die Brandons hielten sich häufig in der Stadt auf. Sie müssen doch in denselben Kreisen verkehrt haben.«

»Er ist mir nie begegnet«, erwiderte Frank. »Unsere Geschäftsinteressen berührten sich nicht, daran mag es liegen.«

»Ich verstehe.« Dick überlegte flüchtig. »Und nun wollen Sie wissen, wie er aussah. Ganz sicher nicht so verrottet und mies, wie er im Innern war. Er war groß und schwer, ein wahrer Koloss von einem Mann. Und dieses Gesicht, das er hatte, war zweifellos fesselnd. Insbesondere seine Augen – man merkte ihnen an, dass ihnen nichts entging. Die Tücke darin bemerkte man erst später. Genau wie mir auch erst im Nachhinein klar wird, dass sein Mund etwas Kaltes, Grausames hatte. Alles in allem könnte ich sagen, er war der typische Erfolgsmensch unserer Zeit. Eine imposante Erscheinung, ohne jede Spur von Weichheit und Güte.«

Mittlerweile hatten sie den Bungalow erreicht, der Frank künftig als Wohnung dienen sollte. Die Tür schwang auf, und ein schmaler dunkelhäutiger Mann stürzte heraus. Er blieb vor ihnen stehen, verneigte sich tief und stellte dann Dick eine leise Frage. Der zeigte auf Franks Wagen vor dem Verwaltungsgebäude, und der Mann – zweifellos sein neuer Diener Chari – eilte los, um das Gepäck zu holen.

Frank betrat derweil sein neues Heim. Die Tür führte in keinen Korridor oder Windfang, sondern direkt in einen recht geräumigen Wohnraum, der mit hellen Holzmöbeln zwar nicht üppig, aber ziemlich ansprechend eingerichtet war.

»Und? Wie gefällt es Ihnen?«, erkundigte sich Dick.

»Es ist sehr nett«, antwortete Frank aufrichtig.

»Das denke ich auch«, sagte Dick. »Eine Weile kann man es hier durchaus aushalten. Viel los ist hier natürlich nicht. Ab und an fahren wir mal in die Stadt oder wenigstens zum Abendessen zu Monsieur Fauré, aber ansonsten fällt einem schon gelegentlich die Decke samt der ewigen Sonne auf den Kopf. Man sieht eben andauernd dieselben Leute, die dasselbe geistlose Zeug schwatzen. Da bleibt einem nur der Whisky. Und die süßen braunen Mädchen.«

Frank zog es vor, dazu nichts zu sagen.

»Und dann natürlich das Spiel«, fuhr Dick fort. »Wie steht es mit Ihnen? Spielen Sie Bridge? Schach?«

»Beides.«

»Famos. Das sind dann ja gar keine so schlechten Aussichten. Um ehrlich zu sein, bin ich gespannt, wie es hier überhaupt weitergehen wird. Die holde May, die von Rechts wegen die Erbin wäre, werden sie ja wohl ins Gefängnis werfen, falls ihr nicht noch Schlimmeres droht. Mir tut es von Herzen leid, das leugne ich nicht. Das arme Ding dürfte einiges mitgemacht haben, wenn der Alte sich bei ihr auch so benommen hat wie hier bei uns.«

Das war die Gelegenheit, mehr zu erfahren, dachte Frank. Wenn er jetzt geschickt seine Fragen stellte, würde er von dem geschwätzigen Dick einiges in Erfahrung bringen können.

»Waren die beiden denn schon lange verheiratet?«, erkundigte er sich in beiläufigem Ton.

»Soviel ich weiß, seit einigen Jahren«, erwiderte Dick. »Drei oder vier dürften es schon gewesen sein, aber genau weiß ich es nicht.«

»Vielleicht haben sie sich zu Anfang ja besser verstanden«, mutmaßte Frank.

Dick zuckte die Achseln. »Das weiß der Teufel. Vorstellen kann ich es mir beim besten Willen nicht, aber es gibt ja nichts, das es nicht gibt. Mir selbst ist May Brandon nur zweimal begegnet. Sie kam im vergangenen Jahr für ein paar Tage hierher und nun in diesem wieder. Ansonsten hat sie immer in der Stadt auf Brandon gewartet. Vielleicht hätte sie das ja auch diesmal tun sollen, wer weiß, was ihr dann erspart geblieben wäre.«

»Und wie das Ganze sich abgespielt hat, weiß man nicht?«, forschte Frank weiter. »Ich habe gehört, die beiden sollen einen Streit gehabt haben.«

»Wie gesagt, Brandons Benehmen war schauderhaft«, antwortete Dick, und aus seiner Stimme sprach ehrliche Entrüstung. »Schlimm genug, dass er es so wild trieb, solange er alleine hier war, aber mit seiner Frau im Haus hätte er sich doch wirklich die paar Tage lang zusammennehmen können.«

»Worum ging es denn überhaupt?«, hakte Frank nach.

»Das wissen Sie nicht?« Dicks Brauen schossen in die Stirn. »Um das Mädchen natürlich.«

»Um was für ein Mädchen?«

»Sanjah«, sagte Dick. »Die Tochter von unserem Vorarbeiter. Sie ist ohne jede Frage eins der hübschesten Geschöpfe, die wir hier haben. Das ist Brandon natürlich nicht entgangen, und er betrachtet ja alles und jeden hier als seinen Besitz. Also ließ er sie sich in seinen Bungalow kommen, sobald er hier eintraf.«

»Aber diesmal hatte er doch seine Frau bei sich«, platzte Frank ungläubig heraus.

»Das sage ich doch«, erwiderte Dick. »Er hatte seine Frau bei sich, und trotzdem schickte er vorgestern Abend nach Sanjah. Soweit mir bekannt ist, ist dabei nichts passiert, jedenfalls blieb alles relativ ruhig. Aber Brandon musste den Bogen ja grundsätzlich überspannen. Das war wie ein Sport für ihn. Also ließ er sich Sanjah gestern wieder kommen, und das war offenbar der Tropfen, der das Fass zum Überlaufen brachte. Die schöne May hat das Mädchen aus dem Haus geworfen, und dann kam es zu dem besagten Krach.«

»Ein ziemlich merkwürdiger Mensch, dieser Mr.

Brandon«, war alles, was Frank dazu einfiel. Wie lahm das klang, bemerkte er selbst. Im Innern aber rotierten seine Gedanken. *Ach Miriam,* dachte er wieder und wieder. *Meine arme Miriam, mein armes geliebtes Herz. Deine Ehe war die Hölle, eine Kette von Demütigungen, viel schlimmer als meine eigene. Kein Wunder, dass deine Augen so traurig waren und dass du kein Vertrauen aufbringen konntest.*

»Merkwürdiger Herr.« Dick lachte auf. »Sie sind mir vielleicht ein Spaßvogel, Frank. Es ist doch in Ordnung, dass ich Sie Frank nenne? Unser teurer Verblichener war kein merkwürdiger Herr, sondern ein Ungeheuer, und der armen May kann ich unmöglich übel nehmen, dass sie die Nerven verloren hat. Er hat sie doch vor aller Augen erniedrigt, denn hier entgeht ja niemandem, was vorgeht. Sie können sich ja vorstellen, dass die gesamte Plantage sich darüber die Mäuler zerriss.«

Frank nickte. Er konnte sich das alles nur allzu lebhaft vorstellen, und es drehte ihm das Herz um. »Behielt er das Mädchen denn für gewöhnlich die ganze Nacht bei sich?«, fragte er Dick.

»Und ob er das tat«, antwortete dieser. »Aber Sie dürfen nicht annehmen, dass es für die arme Sanjah ein Vergnügen war, wenn er sie kommen ließ. Sie brach in Tränen aus, sobald sie hörte, dass Brandons Ankunft bevorstand, und zitterte vor Angst, wenn er sie rufen ließ. Sie hasste ihn. Er besoff sich, ehe er sich an ihr verging, und nicht selten bekam sie hinterher

Prügel. Ich sage es Ihnen doch: Er war ein durch und durch übler Kerl, ganz egal, wie sich Kenneth, das alte Waschweib, darüber ereifert, wenn ich so etwas sage. Es ist die Wahrheit. An der ändert sich nichts, nur weil der Satan tot ist.«

»Aber wenn er ein solcher Satan war, dann verstehe ich seine Frau nicht«, sagte Frank. »Wie konnte sie mit einem solchen Menschen denn eine Ehe eingehen?«

»Geld«, erwiderte Dick lakonisch.

»Das kann ich nicht glauben«, entfuhr es Frank, ehe er sich daran hindern konnte.

»Mein Lieber, dann kennen Sie die Frauen nicht«, sagte Dick, als wäre er nicht mindestens zehn Jahre jünger, sondern gut und gern zwanzig Jahre älter als Frank. »Man glaubt immer, man kenne die eine Ausnahme, aber im Grunde sind sie vermutlich alle gleich.«

Eine Pause entstand. Fieberhaft überlegte Frank, ob diese Auslegung sich mit dem Bild, das er von May Brandon hatte, vereinbaren ließ. Währenddessen tauchte der Diener Chari mit dem Gepäck auf, und Dick gab ihm Anweisungen, wo alles zu verteilen sei. Frank ließ ihn gewähren. Weder seinem Gepäck noch seiner künftigen Wohnung konnte er sonderliches Interesse entgegenbringen. Ihn beschäftigte einzig und allein Miriam.

Hatte sie Brandon aus Geldgier geheiratet?

Und hatte sie ihn umgebracht, als die lieblose Ehe sich nicht länger ertragen ließ?

Chari war mit der Verteilung seiner Habe fertig. Dick schickte ihn weg und wandte sich Frank wieder zu. »Grübeln Sie immer noch über die Motive der schönen May nach, mein Freund?«

»Ich frage mich, was Sie so sicher macht, dass sie die Täterin ist«, sagte er. »Sie alle bezeugen, dass Mr. Brandon kein angenehmer Mensch war und dementsprechend ja wohl jede Menge Feinde hatte. Also kommt doch auch ein anderer Täter infrage.«

»Infrage kommt das sicher«, gestand Dick ein. »Aber egal, was für Feinde er sich Gott weiß wo gemacht hatte – hier begegnete er ja nur uns, seinen Angestellten, die er immerhin ordentlich versorgte und bezahlte. Dass wir ihn nicht mochten, bedeutet noch lange nicht, dass wir Gründe hatten, ihn umzubringen. Die hatten wir nicht. Ein paar Tage lang ließen sich seine Eskapaden schon aushalten, und sobald er wieder weg war, hatten wir hier ja kein schlechtes Leben.«

»Und wie steht es mit dieser Sanjah?«, bohrte Frank weiter. »Sie haben gesagt, das Mädchen hat Brandon gehasst.«

Dick lachte auf. »Ach Gott, die arme Sanjah. Sie werden doch wohl nicht unser scheues Reh eines Mordes verdächtigen? Ich bezweifle, dass die Kleine weiß, wo bei einem Revolver vorn und hinten ist. Außerdem ist sie vollkommen eingeschüchtert und hat viel zu viel Angst vor der Macht des großen, weißen Herrn, um so etwas zu wagen. Ihr Vater käme da schon eher infrage. Der alte Rao. Aber der hätte sein Messer genommen und Brandon erstochen. Eine Schusswaffe passt nicht zu ihm.«

Dick unterbrach sich, ging zu einer Gruppe von Sesseln und rückte sie ein wenig um. »Gefällt es Ihnen so?«, fragte er, als spiele die Stellung von Sitzmöbeln im Augenblick die größte Rolle. »Ich denke, so haben Sie mehr Licht, wenn Sie hier morgens Ihre Post durchsehen.«

»Das ist alles ganz wunderbar«, erwiderte Frank geistesabwesend.

Dick stand noch immer bei der Sitzgruppe und sah sich suchend nach etwas um. »Hat man Ihnen keinen Whisky hierhergebracht? Schlamperei. Ich hätte ganz gern vor dem Essen noch einen getrunken.«

»Tut mir leid«, sagte Frank, den ganz anderes beschäftigte.

»Nicht Ihre Schuld. Ich werde dafür sorgen, dass Sie welchen bekommen.« Dick trat zu ihm und klopfte ihm auf die Schulter. »Dann schicke ich Ihnen jetzt Chari, damit er Ihnen ein Bad einlässt, einverstanden? Mittags braucht man hier einfach eines, weil einem alles am Körper klebt. Und hinterher sehen wir uns dann beim Lunch. Die ganze übrige Meute kommt natürlich auch.«

Frank hätte ihm gern noch eine ganze Reihe von Fragen gestellt, doch ihm fiel nicht ein, wie er ihn hätte aufhalten sollen, ohne Verdacht zu erregen. Also würde er wohl auf eine spätere Gelegenheit warten müssen. Er verabschiedete sich, packte ein paar persönliche Dinge aus und genoss dann das Bad, das der Diener ihm eingelassen hatte.

Erst jetzt, in dem erfrischenden, schaumig duftenden Wasser, spürte er die Müdigkeit, die ihm in den Knochen saß. Die Aussicht, in das Verwaltungsgebäude zurückkehren und sich mit Olga Kenneth und den Übrigen zu Tisch setzen zu müssen, war ihm zutiefst zuwider.

Ihm war jedoch klar, dass er keine Wahl hatte. Wenn er so viel wie möglich über den Hergang der Ereignisse erfahren wollte, musste er die Gesellschaft dieser Leute suchen. Ohne solches Wissen würde er Miriam nicht helfen können. Und ihr zu helfen war im Augenblick der einzige Wunsch, den er hegte.

8

*I*nspektor Darren Henderson drückte seine Zigarette im Aschenbecher aus. Er tat das grundsätzlich mit großer Sorgfalt, wohl wissend, dass sich andere über seine Umständlichkeit lustig machten. Für ihn aber war dieser glühende Zigarettenstummel wie ein Symbol für seine Arbeit: Wenn man schlampig damit umging, wenn man ein Fünkchen übersah, konnte man damit ein Lauffeuer auslösen, das nicht mehr zu löschen war.

Als er endlich wieder aufsah, begegnete er dem kühlen Blick von Olga Kenneth, der ihm einen Schauder über den Rücken jagte. Die Frau lächelte praktisch ununterbrochen, seit er eingetroffen war, doch dieses unverbindliche Lächeln erreichte ihre Augen nicht.

Diese beobachteten ihn ohne Unterlass. *Du traust mir so wenig über den Weg wie ich dir,* dachte Henderson. Wenn ihn hier und jetzt jemand nach seinem Eindruck von Olga Kenneth befragt hätte, wäre seine Antwort diese gewesen: *Die Frau hat den Teufel im Leib.*

»Noch eine Tasse Kaffee, Inspektor?«, fragte die teuflische Olga liebenswürdig.

»Sehr gern«, erwiderte Henderson. Seiner Aufmerksamkeit würde das Koffein hoffentlich guttun. Er war hundemüde. Vergangene Nacht hatte man ihn aus dem Schlaf gerissen, weil ein lange gesuchter Verbrecher im Begriff war, auf einem auslaufenden Schiff das Land zu verlassen. Erst in der Frühe hatten seine Leute ihn geschnappt, und als er sich gerade zum Frühstück setzen wollte, war der Anruf von der Brandon-Plantage gekommen.

Henderson hatte Stephen Field, seinen Sergeanten, der sich vermutlich noch einmal ins Bett gelegt hatte, verständigt und war sofort aufgebrochen. Die lange Fahrt in der Gluthitze war eine Tortur, und mehr als einmal verfluchte er die weiten Entfernungen und wünschte sich, er hätte Field allein geschickt. Ein paar Verhöre durchführen und ein Protokoll erstellen konnte schließlich auch er, dazu brauchte er seinen Vorgesetzten nicht. Andererseits war Brandon mit dem Gouverneur befreundet gewesen, und dieser Umstand erforderte zumindest einen gewissen Respekt.

Also hatte sich Henderson persönlich zum Tatort begeben, auch wenn er hier bisher nichts erfahren hatte, was man ihm nicht bereits am Telefon mitgeteilt hatte. Der Fall war klar. Kein Verbrechen von weitergehendem Ausmaß, sondern ein Streit unter Eheleuten, bei dem die Frau hysterisch geworden und zum Revolver gegriffen hatte. Das kam hier in der Hitze und Einöde

154

bedauerlicherweise öfter vor als in zivilisierten Breiten-
graden, war aber keinen großen Aufwand wert.

Seine Aufgabe bestand jetzt vor allem darin, die
flüchtige Mrs. Brandon ausfindig zu machen und sie
zu verhaften. Ohne Zweifel hatte sie sich bereits in die
Stadt abgesetzt. Er schloss die sinnlosen Befragungen
hier besser schnellstmöglich ab.

Sein Kaffee wurde gebracht, und er nahm mit einem
leisen Seufzen seinen Faden wieder auf. »Vielen Dank,
Miss Kenneth. Soweit ich es überblicken kann, decken
sich Ihre Aussagen mit denen der Herren. Ihr Vater
scheint ja von den Geschehnissen ziemlich mitgenommen.«

»Was ja wohl kein Wunder ist, Inspektor«, entgegnete Olga Kenneth. »Schließlich ist er seit fünfzehn Jahren hier auf der Plantage tätig und kannte
Mr. Brandon von uns allen am längsten.«

»So lange sind Sie selbst aber noch nicht hier, ist das
richtig, Miss?«, fragte Henderson.

»Ich bin seit acht Jahren hier«, erwiderte sie schlicht.

Diese Tatsache war Henderson nicht neu. Olga Kenneth war eine Frau, über die gesprochen wurde. Selbst
unten in der Stadt kreisten jede Menge Gerüchte und
Geschichten über sie. Henderson selbst erinnerte sich
dunkel, ihr vor Jahren einmal begegnet zu sein. Damals war sie noch ein wenig jünger gewesen und hatte
mit Brandon gemeinsam die Stadt besucht – stolz und
herausfordernd, auf eine eigene Weise attraktiv und

geheimnisvoll umwoben von einer glänzenden Vergangenheit und einem dramatischen Schicksal.

Niemand wusste genau, was es mit ihr auf sich hatte, was von ihren Erzählungen der Wahrheit entsprach und was ihren Fantasien entsprang. Bekannt war lediglich, dass in ihr eine nimmersatte Gier nach Männern wütete, was sie womöglich als Liebe empfand. Und je älter sie wurde, desto billiger und wahlloser gab sie selbst diese Liebe her.

Eine zusätzliche Merkwürdigkeit bestand darin, dass sie Heiratsanträge, die sie zweifellos erhalten hatte, allen Gerüchten nach stets abgelehnt hatte. Gemunkelt wurde, ihr wäre keiner der Bewerber glanzvoll genug gewesen und ihre eigene Arroganz hätte sie gehindert, einen der Pflanzer oder Geschäftsleute der Umgegend dauerhaft mit ihrer Gunst zu beglücken. Stattdessen ging sie bedenkenlos Abenteuer und Affären in loser Folge ein.

Eine seltsame Frau, ohne Frage.

Je länger er nachdachte, desto mehr Klatschgeschichten über sie, die im Club und an den Bars erzählt wurden, fielen Henderson wieder ein. Anfangs hatte in all diesen pikanten Erzählungen durchaus eine Prise Bewunderung und sogar Neid gelegen. Mit der Zeit aber waren diese Empfindungen Hohn und Spott gewichen.

Um Olga Kenneth war es ruhiger geworden, als ihr vermutlich lieb war. Sie war vor ihrer Zeit gealtert, und hier draußen war der Zufluss an neuen Männern spärlich. Die jungen Burschen, die sie sich bevorzugt als Opfer aussuchte, gerieten ihr immer seltener in die Fänge. Von Zeit zu Zeit flackerte noch ein neues Gerücht über eine ihrer Eroberungen auf, sodass nicht anzunehmen war, dass sie die Jagd aufgegeben hatte.

Henderson dachte an die beiden jungen Männer, die er an diesem Abend bereits vernommen hatte. Dick Stanley und Philipp Monterey. War sie bei diesen beiden wohl auf ihre Kosten gekommen, die schwarze, unersättliche Olga?

Er sammelte seine Gedanken und konzentrierte sich wieder auf das Gespräch.

»Darf ich fragen, was genau Sie hier machen, Miss Kenneth?«, wandte er sich an das Objekt seiner Grübeleien.

»Was ich hier mache?«, kam es spitz von Olga Kenneth zurück. »Finden Sie diese Frage nicht ein bisschen sonderbar, Inspektor? Ich bin hier, weil mein Vater hier ist. Ich kümmere mich um ihn, zumal es um seine Gesundheit nicht zum Besten steht. Außerdem unterstütze ich ihn bei seiner Arbeit.«

»Das klingt einleuchtend«, bekannte Henderson. »Dennoch scheint es eine doch recht ungewöhnliche Entscheidung für eine junge, attraktive Frau zu sein, ihre besten Jahre auf einer entlegenen Plantage zu verbringen. Haben Sie nie den Wunsch gehegt, eine andere Art von Leben zu führen?«

Das geschmeichelte Lächeln, das über ihr Gesicht strich, verriet ihm, dass er mit der *jungen, attraktiven Frau* ins Schwarze getroffen hatte. Gleich darauf aber wich das Lächeln einer tragischen Miene, und Olga Kenneth senkte die Stimme.

»Mir hat das Leben da draußen in der Welt nichts mehr zu bieten«, deklarierte sie mit reichlich Pathos. »Wenn man wie ich einmal auf dem höchsten Gipfel des Glücks gestanden hat und erleben musste, wie das Schicksal einem alles raubte, dann verzichtet man freiwillig auf billigen Ersatz und zieht die Einsamkeit jedem Trubel vor.«

Henderson gab einen unverständlichen, vage mitfühlenden Laut von sich und warf einen verstohlenen Blick hinüber zu seinem Sergeanten. Field beugte sich tief über sein Protokoll, um sein Grinsen zu verbergen, und Henderson konnte ihm keinen Vorwurf daraus machen.

»Ich hoffe, ich bin Ihnen nicht zu nahe getreten, Miss Kenneth«, sagte er. »Für das Protokoll halte ich fest: Sie leben hier seit acht Jahren zusammen mit Ihrem Vater und arbeiten mit ihm im Büro der Plantage. Zählen Sie damit zu Mr. Brandons Angestellten?«

»Keineswegs«, versetzte Olga Kenneth von oben herab. »Ich lebe hier als Tochter meines Vaters, und die Arbeit, die ich leiste, tue ich, um ihn zu entlasten.«

»Sie kennen also den verstorbenen Mr. Brandon seit acht Jahren?«

»Das ist richtig.«

»Und wie sind Sie mit ihm ausgekommen?«

»Ausgezeichnet.«

»Würden Sie sagen, Sie waren mit Mr. Brandon ... nun, näher bekannt oder sogar befreundet?«

»Mr. Brandon schätzte meinen Vater als einen lang-jährigen, treuen Mitarbeiter«, antwortete sie kalt. »Mich schätzte er ebenfalls und war dankbar, wenn ich zu Belangen der Plantage meine Meinung äußerte. Schließlich lebe ich hier, halte meine Augen offen und verfüge in mancherlei Hinsicht über mehr Lebens-erfahrung als all die jungen Assistenten, die sowieso des Öfteren wechseln.«

Henderson warf einen Blick auf seine Notizen. »Mr. Stanley und Mr. Monterey sind also noch nicht lange hier?«

»Mr. Monterey inzwischen schon seit drei Jahren«, antwortete Olga Kenneth. »Vor ungefähr anderthalb Jahren kam dann Mr. Stanley dazu, der die Stellung des Ersten Assistenten übernahm.«

»Und wie lautet Ihr Urteil über die beiden Herren?«, fragte er sie direkt.

»Oh, sie sind beide recht tüchtig und brauchbar«, erwiderte Olga prompt. »Mr. Monterey ist ein we-nig schüchtern und zartbesaitet, wie Sie vermutlich selbst bereits festgestellt haben, aber er macht seine Arbeit tadellos. Dick Stanley ist so etwas wie das ge-naue Gegenteil von ihm. Damit will ich nicht gesagt haben, dass er seine Arbeit nicht zur Zufriedenheit erledigt. Er nimmt nur den Mund gern ein bisschen voll und weiß nicht immer einzuschätzen, wie viel Alkohol er verträgt.«

»Und in welchem Verhältnis standen die beiden zu Mr. Brandon?«, stellte Henderson seine nächste Frage.

»In überhaupt keinem Verhältnis, würde ich sagen«, kam ihre Antwort ohne ein Zögern. »Mr. Brandon war ja immer nur für ein paar Tage hier und beschäftigte sich praktisch gar nicht mit den Assistenten. Diese unterstanden dem Verwalter, und dieser wiederum war ihm direkt verantwortlich. Daher handelte Mr. Brandon alles Wichtige mit dem Verwalter und außerdem noch mit meinem Vater ab.«

»Apropos Verwalter«, fiel ihr Henderson ins Wort. »Wie ich hörte, ist ja ausgerechnet heute ein neuer Mann für diesen Posten eingetroffen. Ist das nicht ein merkwürdiger Zufall?«

»Wenn man so möchte, schon«, erwiderte Olga. »Allerdings gehöre ich nicht zu den Menschen, die in jeden ein wenig außergewöhnlichen Umstand etwas hineindenken. Mir tut lediglich der arme Mr. Bender leid. Er muss denken, er ist in ein Tollhaus geraten, so bunt, wie es heute hier zuging.«

»Es ist jedenfalls davon auszugehen, dass Mr. Bender mit der Sache nichts zu tun hat?«

»Unbedingt«, bestätigte Olga Kenneth. »Er kannte Mr. Brandon ja überhaupt noch nicht.«

»Er kannte ihn nicht?« Henderson horchte auf. »Er hat einen Verwalter für seine Plantage engagiert, ohne ihn zu kennen?«

»Er war zeitlich ziemlich in Druck«, erklärte Olga Kenneth. »Mit dem vorigen Verwalter hatte er sich zerstritten, als er das letzte Mal hier war. Er hat ihn fristlos vor die Tür gesetzt und als vorübergehenden Ersatz einen Mann geschickt, der im Begriff stand, in die Staaten zurückzukehren. Von vornherein stand fest, dass er nur drei Monate hierbleiben würde, und innerhalb dieser Frist musste Mr. Brandon eine neue dauerhafte Lösung finden. Mr. Bender ist ihm wohl empfohlen worden, und da Eile geboten war, engagierte er ihn vom Fleck weg. Geplant war, dass die beiden sich dieser Tage hier treffen würden.«

»Aber dazu kam es nicht mehr?«

»Richtig, dazu kam es nicht mehr.«

Henderson machte sich eine Notiz, ehe er mit der Vernehmung fortfuhr. »Sie haben einen Streit mit dem vorigen Verwalter erwähnt, Miss Kenneth«, sagte er. »Wie kam es dazu, was können Sie mir darüber erzählen?«

»Nichts Besonderes.« Olga Kenneths Tonfall klang gleichgültig. »Es gab irgendwelche Unstimmigkeiten in Fragen des Geschäftsablaufs. Mr. Brandon konnte äußerst unangenehm werden, wenn etwas nicht so erledigt wurde, wie er es wünschte, und das ließ sich nicht jeder gefallen. Schließlich war Mr. Brandon das ganze Jahr über ja nur selten hier und konnte die einzelnen Abläufe nur unzureichend beurteilen. Dieser Streit war kein Einzelfall. Wir haben die Verwalter in den letzten Jahren mehr als nur einmal gewechselt.«

»Ich sehe«, murmelte Henderson und machte sich eine weitere Notiz. »Aus allem, was ich bisher gehört habe, lässt sich also schließen, dass Mr. Brandon sich keiner allzu großen Beliebtheit erfreute, ist das richtig? War er ein Mann, mit dem man nicht leicht auskommen konnte?«

»Ach Gott, so würde ich das nicht betrachten«, sagte Olga Kenneth. »Große Männer, die viel Verantwortung tragen, haben eben auch Nerven und darüber hinaus ihre Launen. Wer Mr. Brandon zu nehmen wusste, wie er war, der konnte auch mit ihm auskommen. Mein Vater und ich beispielsweise hatten keine Probleme mit ihm. Unser Verhältnis war immer gut.«

Unter ihrem linken Auge zuckte ein Muskel. Es war nicht das einzige Zeichen, das Henderson annehmen ließ, dass sie log. Sie freute sich über Brandons Tod, diesen Eindruck hatte er bereits zu Beginn des Gesprächs gehabt. Und sie war damit beileibe nicht die Einzige auf dieser Plantage. Richard Brandon war allem Anschein nach ein Mann gewesen, um den niemand trauerte.

Er selbst hatte den Leichnam des Ermordeten gleich nach seiner Ankunft in Augenschein genommen. Es war ein Klischee, dass das Wesen eines Menschen sich in seinem Äußeren spiegelte, und Henderson wehrte sich dagegen, in solche Fallen zu tappen. Dennoch konnte er nicht leugnen, dass der Tote mit seinem mächtigen, schweren Körper, dem breiten Genick, den fleischigen Lippen und der gebuckelten Stirn aussah wie die personifizierte Gewalt. Seine Hände erinnerten an Schaufeln – Hände, von denen man sich auf keinen Fall einen Schlag einfangen wollte.

Henderson war Brandon nur ein einziges Mal vor Jahren im Club begegnet und hatte seiner Erinnerung nach nicht mehr als eine Handvoll höflicher Floskeln mit ihm gewechselt. Dennoch erinnerte er sich daran, dass er die Gegenwart des Mannes als unangenehm empfunden hatte. Brandon gehörte jenem Schlag von Menschen an, die jeden Raum mit ihrer Präsenz ausfüllten und einem anderen freiwillig keinen Raum zum Atmen gönnten.

Dem üblichen Gerede zufolge war er jahrelang als Matrose auf einem Frachter unterwegs gewesen und hatte sich dann in allen möglichen Geschäften im Osten betätigt. Sein erstes richtiges Geld soll er im Opiumhandel gemacht haben, aber solche Gerüchte gab es über jeden Millionär, der hier herumlief. Menschen wie Brandon zogen unweigerlich Neid auf sich. Schließlich gehörte er bereits seit Jahren zu den reichsten Männern des Ostens und war in Geschäftskreisen geachtet und gefürchtet zugleich.

Und jetzt war er tot.

Erschossen von seiner eigenen Frau.

Henderson konnte nicht verhehlen, dass seine Neugier auf diese Frau praktisch von Minute zu Minute wuchs. Er hatte sie nie zuvor zu Gesicht bekommen, auch wenn ihm bekannt war, dass sie sich des Öfteren unten in der Stadt aufgehalten hatte, um sich mit ihrem Mann zu treffen, nachdem dieser seine Plantage inspiziert hatte. Mehrmals waren sie mit Brandons Jacht da gewesen, die mit ihren hellen Lichtern im Hafen lag. Henderson hatte eine Schwäche für Jachten, und die der Brandons glich mit ihrem schlanken, rassigen Schnitt einem edlen Tier.

Nach außen hin hatte May Brandon zweifellos eine Existenz geführt, um die sie von unzähligen Mitmenschen beneidet wurde.

Wie aber sah es im Innern aus? Wer war diese Frau, die jenen Mann geheiratet und all den Komfort und die Annehmlichkeiten genossen hatte, die er ihr hatte bieten können? Wie war es dazu gekommen, dass sie ihn am Ende abgrundtief hasste und ihn niederschoss wie einen Hund?

Henderson dachte an die Geschichten, die ihm im Laufe des Abends erzählt worden waren: Dick Stanley hatte ihm von dem Mädchen berichtet, einer jungen Eingeborenen, die der große Brandon sich regelmäßig in seine Behausung geholt hatte, wenn er Zeit auf der Plantage verbrachte. Hatte May Brandon ihren Mann vielleicht gar nicht gehasst? Hatte sie ihn im Gegenteil leidenschaftlich geliebt und sich aus Eifersucht zu der Tat hinreißen lassen?

Die Antwort auf diese Fragen kannte nur sie allein.

Wo mochte sie stecken, wo verbarg sie sich?

»Ich würde jetzt gern über das Verhältnis zwischen Mr. Brandon und seiner Frau mit Ihnen sprechen«, wandte er sich wieder an Olga Kenneth. »Was für einen Eindruck hatten Sie davon?«

»Mein Eindruck entspricht wohl dem von allen anderen, die die beiden kannten«, antwortete die Frau. »Sie kamen nicht gut miteinander aus. Wenn man sie zusammen erlebte, sprachen sie kaum ein Wort miteinander, und wenn doch, dann geschah es in förmlichem Ton. Auffällig war, dass sie ihn dabei so gut wie nie ansah.«

»Und dennoch begleitete sie ihn auf seinen Reisen?«, fragte Henderson nach.

»Ja, das tat sie«, stimmte Olga Kenneth zu. »Ich gehe davon aus, dass sie ihren Mann nicht verlieren wollte. Aus wirtschaftlichen Gründen, Sie verstehen?«

»Sie meinen, sie wollte nicht auf sein Geld verzichten?«

Olga Kenneth nickte. »Sie war ja arm wie eine Kirchenmaus, als sie Brandon damals geheiratet hat. Es ist wohl nicht übertrieben zu sagen, dass sie mitten im Elend steckte. Sie stammt aus Schweden, rückte als blutjunges Ding von zu Hause aus und brannte durch, mit einem britischen Kolonialoffizier. Mit dem soll sie nach Indien gegangen sein, aber das Glück währte nicht lange. Ihr Offizier ließ sie sitzen, sie war mit verschiedenen Männern zusammen und kam dabei ziemlich herunter.«

Sie steckte sich eine Zigarette an, ehe sie weitersprach. Der Ausdruck, den Henderson auf ihrem Gesicht wahrnahm, war nicht anders als gehässig zu nennen.

»Sie ist eine Abenteuerin, wie sie im Buche steht«, setzte sie schließlich ihren Bericht fort. »Als sie Mr. Brandon begegnete, war sie so gut wie am Ende, doch sie witterte sofort ihre Chance. Wie sie ihn dazu brachte, sie zu heiraten, dürfen Sie mich nicht fragen, aber irgendwie bekam sie ihn herum. Von dem Zeitpunkt an hatte sie keine Sorgen mehr. Höchstens die eine, dass er sie ebenso wie ihr Offizier eines Tages sattbekommen und sich eine andere Frau nehmen könnte. Eine, die besser zu ihm passte, die es wert war, seinen Namen zu tragen und für sein Geschäft zu repräsentieren.«

Henderson hatte sich im Stuhl zurückgelegt und beobachtete sie. Ihre Augen funkelten, ihr Mund war verzerrt, und mit jedem Wort stieß sie winzige Speichelbläschen aus. Dann hielt sie abrupt inne. Offenbar hatte sie bemerkt, dass sie zu weit ging und sich zu tief in die Karten blicken ließ.

Sie nahm einen langen Zug von ihrer Zigarette und sammelte sich. »Natürlich kannte ich sie im Grunde gar nicht«, fügte sie dann in ruhigem Ton hinzu. »Ich habe lediglich wie viele andere auch beobachten können, dass sie ihn ständig mit Argusaugen bewachte und keine andere Frau in seiner Nähe dulden wollte. Diese Eifersucht war wohl auch der Grund dafür, dass sie auf seine Reisen immer mitkam.«

»Und warum hat sie ihn dann nicht liebenswürdiger behandelt?«, fragte Henderson. »Verzeihen Sie, wenn ich womöglich naiv wirke, aber mir scheint, das wäre doch der naheliegende Weg gewesen, ihn an ihrer Seite zu halten.«

»Selbstverständlich kann ich nichts darüber sagen, wie sich ihr Eheleben im Privaten abspielte«, antwortete Olga ausweichend. »In der Öffentlichkeit wirkte sie ihm gegenüber hochmütig, das kann ich nicht leugnen, aber vielleicht behandelte sie ihn ja anders, wenn sie mit ihm allein war. Diese May Brandon ist überhaupt eine hochmütige Person, auch wenn man sich fragt, worauf sie sich eigentlich so viel einbildet. Sie ging nicht nur mit ihrem Mann, sondern mit allen Leuten so um.«

»Interessant«, sagte Henderson. »Darf ich fragen, woher Sie all diese Informationen haben? Hat Mrs. Brandon sich Ihnen persönlich anvertraut?«

»Gott bewahre«, rief Olga Kenneth eilig. »Meine Informationen stammen von entfernten Bekannten aus Singapur, die ihr bereits vor ihrer Heirat begegnet waren.«

Henderson war sicher: Hätte er sie nach dem Namen jener Bekannten gefragt, so hätte er keine Antwort erhalten. Er war sich sicher, das private kleine Drama, das sich ihm hier bot, durchschaut zu haben. Olga Kenneth hatte in Richard Brandon die Erfüllung ihrer ehrgeizigen Träume gesehen. Noch ein letztes Mal hatte sie darauf gehofft, den Gipfel zu erklimmen, den sie sich als ihr Lebensziel gesetzt hatte, hatte mit Brandon ein Verhältnis begonnen und sich der Illusion hingegeben, er werde sie heiraten.

Brandon aber hatte sich gleichgültig genommen, was sie zu bieten hatte, und hatte sie wie eine ausgepresste Zitrone liegen lassen, als er ihrer überdrüssig war. Er war wieder auf Reisen gegangen, und als er zurückkam, war er verheiratet. Nicht mit Olga Kenneth, sondern mit einer jungen Schwedin, die diese fortan mit der ganzen Kraft und Wut einer in ihrem Stolz verletzten Frau hasste.

Er räusperte sich. »Fassen wir also zusammen«, sagte er. »Ihrem Bericht entnehme ich, dass Sie der Überzeugung sind, Mrs. Brandon habe ihren Mann nicht aus Liebe geheiratet. Ist das richtig?«

»Das ist es in der Tat«, bestätigte Olga Kenneth.

»Und Sie sind des Weiteren der Überzeugung, dass es sich bei Mrs. Brandon um die Täterin handelt?«

»Auch das ist richtig«, antwortete sie. »Wer soll es denn sonst gewesen sein? Kein Mensch hier stand zu Mr. Brandon in irgendeiner persönlichen Beziehung.

Niemand hegte einen Groll gegen ihn. Und dann denken Sie an den Ablauf des Abends, an den Streit, der weithin hörbar war, und an das Mädchen, das Mrs. Brandon zornentbrannt wegschickte. Ich begreife wirklich nicht, wie Sie noch daran zweifeln können, dass sie den Mord begangen hat.«

»Ich habe ja nicht gesagt, dass ich daran zweifle«, wandte Henderson ein. Auch vor sich selbst musste er sich eingestehen, dass es für Zweifel so gut wie keinen Raum gab. Sämtliche Vernehmungen waren auf dasselbe Ergebnis hinausgelaufen. Die Aussagen deckten sich im Großen und Ganzen und belasteten May Brandon als die Täterin. An ihrer Schuld zweifelte niemand, wenn auch die Männer, allen voran Dick Stanley, sich bemühten, Erklärungen und Entschuldigungen für sie zu finden.

Stanley hatte aus seiner Sympathie für die junge Frau ebenso wenig einen Hehl gemacht wie aus seiner Abneigung gegen Brandon. Zweifellos hatte er eine Schwäche für die junge Schwedin. Daran, dass sie es gewesen war, die den Revolver genommen und ihn auf das Herz ihres Mannes gerichtet hatte, hegte jedoch auch er keinen Zweifel.

Der Fall schien tatsächlich eindeutig. Er selbst hatte nun die Aufgabe, Mrs. Brandon aufzutreiben und sie davon zu überzeugen, ein Geständnis abzulegen.

Er erhob sich, um seine Glieder zu strecken. Der Tag war endlos gewesen und hatte ihm reichlich Reserven abverlangt. »Ich denke, wir sind dann so weit, Miss Kenneth«, sagte er. »Sie können Ihren Vater wieder hereinrufen. Nur dieses Mädchen hätte ich der Vollständigkeit halber gern noch gesprochen.«

»Sanjah?«

Er nickte.

Olga klatschte in die Hände und befahl dem herbeieilenden Diener, das Mädchen Sanjah zu rufen. Anschließend ging sie, um ihren Vater aus seinem Zimmer zu holen.

Der alte Buchhalter hatte sich noch immer nicht beruhigt. Die Vernehmung, die Henderson mit ihm durchgeführt hatte, hatte seine Aufregung noch gesteigert. Als wäre das nicht genug gewesen, hatte er sich um die beiden Lieferfahrer kümmern müssen, die die Ware in die Stadt gebracht hatten und ausgerechnet jetzt zurückgekommen waren. Einer der Fahrer hatte berichtet, dass ihm unterwegs Mrs. Brandons heller Chevrolet begegnet war, und Kenneth hatte diese Information an Henderson weitergegeben.

Der völlig erledigte Buchhalter hatte das Büro gerade erst wieder betreten, als es an der Tür klopfte.

»Das wird das junge Mädchen Sanjah sein«, erklärte Henderson. »Ich habe nach ihr schicken lassen.«

»Du kannst hereinkommen, Sanjah«, rief Kenneth mit zittriger Stimme.

Die Tür wurde aufgeschoben, doch statt des erwarteten Mädchens erschien Frank Bender, der neue

Verwalter, den Henderson vorhin nur flüchtig gesehen, jedoch nicht gesprochen hatte. »Störe ich?«

»Ich nehme es nicht an«, erwiderte Kenneth unsicher. »Inspektor Henderson ist mit den Vernehmungen wohl fertig, habe ich recht, Inspektor?«

»Vollkommen«, erwiderte Henderson. »Bitte treten Sie ein. Sie sind also der Mann, der völlig ahnungslos in diesen Trubel hineingeraten ist?«

»So könnte man es ausdrücken«, erwiderte Bender, der mit seinem hohen Wuchs, der kraftvollen Statur und dem dunklen Haar zu markant geschnittenen Zügen ein ausnehmend attraktiver Mann war. »Ein recht ereignisreicher Auftakt für meine neue Tätigkeit, aber so habe ich wenigstens meine Feuertaufe schon bestanden. Darf ich fragen, ob die Vernehmungen etwas Neues ergeben haben?«

»Sie werden verstehen, dass ich über Einzelheiten meiner Ermittlungen mit niemandem sprechen darf«, antwortete Henderson, dem die verbindliche Art des Mannes angenehm war. »Ich verrate aber wohl nicht zu viel, wenn ich Sie wissen lasse, dass dieser Fall von Anfang an eindeutig schien und sich daran auch nichts geändert hat.«

»Sie halten also Mrs. Brandon für die Täterin?«, kam es wie aus der Pistole geschossen von Bender.

»Es ist davon auszugehen, dass sie die Tat begangen hat«, sagte Henderson.

»Und haben Sie sie schon gefunden?« Auf einmal

wirkte der Mann wie gehetzt. »Ist sie verhaftet worden?«

Henderson hatte längst aufgehorcht. Er rieb sich das Kinn und musterte Bender. »Lange wird es nicht mehr dauern«, sagte er vage. »Und sobald sie in Gewahrsam genommen ist, werden wir wohl auch ein Geständnis erhalten und diese tragische Kette von Ereignissen zu einem Abschluss bringen können.«

Er hatte gehofft, von dem Verwalter noch eine Reaktion zu erhalten, doch in diesem Augenblick klopfte es erneut. Kenneth öffnete die Tür einen Spaltbreit und drehte sich um. »Es ist Sanjah, Inspektor.«

»Ah, wunderbar, nur herein mit ihr«, sagte Henderson.

Das Mädchen glitt lautlos über die Schwelle und blieb dicht neben dem Türrahmen stehen. Sie war wirklich von außergewöhnlicher Anmut und einem zarten Liebreiz, dem man sich kaum entziehen konnte. Um ihren schlanken Körper trug sie nichts als ein rotes Wickeltuch, das ihre Schultern unbedeckt ließ und knapp bis hinunter auf ihre Knie fiel. Ihre Haut wies einen ebenmäßigen Bronzeton auf, und in dem lieblich geschnittenen Gesicht schimmerten große, tiefdunkle Augen, die noch kindlich wirkten.

Es war nichts Kokettes, nichts Aufreizendes an ihr. Das schwarze Haar trug sie sittsam hinter die Ohren gestrichen, von wo es ihr glatt über den Rücken fiel.

Angstvoll starrte sie den Versammelten entgegen und warf dann einen geradezu sehnsüchtigen Blick zurück zur Tür, als wolle sie abwägen, ob eine Flucht möglich war.

»Komm her, Sanjah«, sagte Kenneth. »Du brauchst keine Angst zu haben. Der weiße Herr Inspektor will dir nur ein paar Fragen stellen, und wenn du ihm die Wahrheit sagst, hast du nichts zu befürchten.«

»Ja, Herr«, flüsterte Sanjah und wagte sich einen Schritt näher.

Henderson schenkte ihr einen freundlichen Blick und winkte sie zu sich heran. »Komm ruhig ein bisschen näher. Ich tue dir nichts. Du heißt Sanjah?«

Abrupt blieb das Mädchen vor ihm stehen. »Ja, Herr.«

»Willst du mir erzählen, was gestern Abend geschehen ist?«

Sanjah starrte ihn an und schwieg. Ihr Blick flackerte, und sie hatte Mühe, ihr Zittern zu verbergen.

Henderson fasste sich in Geduld: »Der weiße Herr hat dich wieder zu sich rufen lassen, nicht wahr?«

»Ja, Herr.«

»Und was geschah dann?«

Sanjah schwieg.

»Du bist zu seinem Haus gegangen und eingetreten?«

Sie schüttelte den Kopf. »Nein, Herr.«

»Warum nicht?«

»Weil …« Sanjahs Hände krampften sich umeinander. »Weil weiße Frau kommen zu Tür und sagen: Du gehen heim. Dich heute hier niemand brauchen.«

»Und dann?«

»Dann ich gehen heim.«

»Warst du darüber froh?«, fragte Henderson.

Sie sah ihn an, als hätte sie seine Worte nicht verstanden.

»Warst du froh, dass du nach Hause durftest«, wiederholte er. »Bist du nicht gern zu dem weißen Herrn gegangen?«

Scheu blickte Sanjah sich um. Sie glich einem Fluchttier, das seinem Feind ins Auge sieht und jeden Ausweg versperrt findet.

»Du kannst mir die Wahrheit sagen«, ermunterte Henderson sie. »Niemand wird dich bestrafen, wir wollen nur herausfinden, was wirklich geschehen ist.«

Noch immer zögerte Sanjah, bis sie schließlich rasch und kaum hörbar herausstieß: »Großer weißer Herr nicht gut. Großer weißer Herr böse.«

Henderson nickte ihr zu. Er hatte sich etwas in der Art schon gedacht. Solche Verhältnisse, in denen Pflanzer die Töchter ihrer einheimischen Arbeiter als ihren Besitz betrachteten und sich nach Lust und Laune an ihnen vergingen, waren bedauerlicherweise gang und gäbe. Richard Brandon mochte ungewöhnlich rücksichtslos vorgegangen sein, aber ein Einzelfall war er ganz und gar nicht.

»War er denn zu dir auch nicht gut, Sanjah?«, fragte er das Mädchen. »Hast du ihn nicht gemocht?«

Heftig schüttelte sie den Kopf. »Nein, Herr. Nicht gemocht.«

»Aber am Abend zuvor warst du bei ihm in seinem Haus?«

Sie nickte.

»Wie lange bist du geblieben?«

Den Sinn der Frage schien sie nicht zu verstehen.

»Wie viel Zeit?«, versuchte es Henderson erneut.

»Große Zeit«, sagte Sanjah.

»Und die weiße Frau?«, fragte er. »Hast du die an diesem Abend gesehen?«

»Nein, Herr.«

Henderson rieb sich das Kinn. Etwas an diesem Fall, der noch eben so eindeutig gewirkt hatte, passte nicht zusammen.

»Und gestern Abend, als die weiße Frau dich wieder weggeschickt hat, bist du da sofort nach Hause gelaufen?«, fuhr er mit der Vernehmung fort.

»Ja, Herr.«

»Bist du anschließend noch einmal fortgegangen?«

Sie war keine Schauspielerin und hatte zum Lügen kein Talent. Ihr Zögern war nicht zu übersehen. »N… Nein, Herr.«

»Sanjah«, sprach Henderson sie an und bemühte sich, seiner Stimme einen strengen Klang zu geben. »Du weißt, dass du uns die Wahrheit sagen musst, nicht wahr? Also noch einmal: Nachdem die weiße Frau dich gestern Abend nach Hause geschickt hat – bist du da noch einmal weggegangen?«

»An … an Brunnen, Herr«, presste das Mädchen heraus.

»So spät?«

»Ja, Herr.«

»Und allein?«

Ihre Nägel krallten sich ins Fleisch ihrer Hände. »Ja, Herr.«

»Bist du noch einmal zum Haus des großen, weißen Herrn gegangen?«, schoss Henderson ins Blaue.

»Oh nein, Herr, nein!« Das klang wieder sicher. Mit größter Wahrscheinlichkeit entsprach es der Wahrheit.

Henderson sah sich das zierliche, völlig verängstigte Mädchen genau an. So wie sie dort stand und vor Furcht um ihr Leben zitterte, konnte man sich unmöglich vorstellen, dass sie einen Revolver zur Hand nahm, zielte und ihrem weißen Herrn eine Kugel ins Herz schoss. Natürlich hatten ihn Jahre der Erfahrung in seinem Beruf gelehrt, dass der äußere Eindruck täuschen konnte, aber in diesem Fall war er sich sicher.

»Du kannst jetzt gehen, Sanjah«, sagte er. »Ich habe keine weiteren Fragen.«

Keine Sekunde später war das Mädchen bereits aus der Tür geschlüpft und in der Nacht verschwunden.

Über der kleinen Gesellschaft lag Schweigen, bis Henderson selbst noch einmal das Wort ergriff. »Wie es aussieht, hat sie gestern Abend noch jemanden getroffen«, sagte er. »Weiß einer von Ihnen etwas darüber? Hat sie noch einen weiteren Liebhaber?«

»Ich wüsste eigentlich nicht«, sagte Olga. »Sie ist noch sehr jung, und ehe Mr. Brandon Gefallen an ihr fand, hielt ihr Vater sie streng unter Verschluss, in der Hoffnung, sie recht bald zu verheiraten.«

Eine Hoffnung, die sich nun wohl zerschlagen hat, dachte Henderson.

»Vielen Dank«, sagte er. »Ich denke, ich bin mit meinen Untersuchungen dann wirklich fertig. Weiteres wird sich erst ergeben, sobald wir Mrs. Brandon vernehmen können.«

»Wenn es Ihnen recht ist, würde ich dann das Abendessen servieren lassen«, sagte Olga Kenneth. »Ich weiß nicht, wie es um Sie steht, aber wir sind alle hungrig und haben einen harten Tag hinter uns.«

»Dagegen ist nichts einzuwenden«, sagte Henderson.

Olga schickte sich an, in die Hände zu klatschen, um ihren Diener zu rufen, doch im selben Augenblick begann das Telefon zu läuten. Ehe ihr Vater dazukam, war sie beim Schreibtisch und hob den Hörer ab. Einige rasche Worte wurden gewechselt, dann reichte sie ihn an Henderson weiter.

»Für Sie, Inspektor.« Ihre Stimme klang geradezu enttäuscht.

Henderson meldete sich und lauschte aufmerksam

den Informationen, die sein Kollege Ed Taylor aus der Zentrale an ihn weitergab.

»Vielen Dank, Ed«, sagte er, nachdem er alles Nötige von dem anderen erfahren hatte. »Sag unseren Leuten, sie haben großartige Arbeit geleistet und sollen sich schlafen legen. Alles Weitere wird sich zeigen, sobald ich mit ihr sprechen kann. Ich mache mich sofort auf den Weg und habe weiterhin Hoffnung, dass der Fall in ein paar Tagen abgeschlossen ist.«

Er legte auf und blickte in drei Gesichter, auf denen sich gespannte Erwartung abzeichnete. Im Fall von Olga Kenneth hätte es ihm durchaus Freude bereitet, sie ein wenig auf die Folter zu spannen, doch im Interesse der beiden anderen sah er davon ab.

»May Brandon ist in der Stadt verhaftet worden«, berichtete er. »Sie hatte sich im Hafen, in einem kleinen Gasthaus für Matrosen, eingemietet und eine Passage auf einem Frachter gebucht. Auf dem ersten Schiff, das morgen früh ausläuft, um genau zu sein.«

»Ach Gott, ach Gott«, murmelte Kenneth vor sich hin und nickte dazu mit dem Kopf.

»Dem Himmel sei Dank«, rief seine Tochter aus. »Ich hoffe, sie hat die Tat auf der Stelle gestanden?«

»Das nicht«, erwiderte Henderson langsam. »Sie hat überhaupt nichts gestanden, sondern behauptet im Gegenteil, von dem Mord an ihrem Mann nichts zu wissen.«

»Das ist ja wohl nicht zu glauben«, empörte sich

Olga. »Und was geschieht jetzt? Was machen Sie mit ihr?«

»Ach Gott, ach Gott«, murmelte ihr Vater vor sich hin, als wäre er längst jenseits von Gut und Böse.

»Ich werde heute Nacht noch zurückfahren und sie selbst vernehmen«, antwortete Henderson, dem beim Gedanken an die neuerliche Fahrt alle Glieder schmerzten. Dennoch war ihm nicht entgangen, dass Frank Bender bisher noch kein Wort gesagt hatte. Das mochte daran liegen, dass der Verwalter im Grunde an der Geschichte nicht beteiligt war, aber etwas ließ Henderson daran zweifeln.

»Ich bin sehr froh, dass Sie sich persönlich darum kümmern«, flötete Olga Kenneth. »Dieser perfiden Person muss das Handwerk gelegt werden. Einen Mann seines Geldes wegen heiraten und ihn dann ums Leben bringen, wenn man sich seiner entledigen will, das sprengt jedes Maß. Ich hoffe, Sie essen mit uns zu Abend, ehe Sie aufbrechen?«

»Sehr gern, ich bedanke mich«, erwiderte Henderson. Er wäre lieber unverzüglich aufgebrochen, doch zum einen musste er sich vor der Fahrt dringend stärken, und zum anderen hoffte er, während des Essens doch noch etwas in Erfahrung zu bringen, irgendein Detail, das diese seltsame nagende Stimme in seinem Innern zum Schweigen brachte.

Einen Fall, der sich derart eindeutig gestaltete wie dieser, fand man selten. Warum also war er nicht zufrieden, sondern suchte weiter nach etwas, das er nicht einmal zu benennen wusste?

Sein Blick wanderte von der schwarzhaarigen Frau, die mit geradezu triumphierender Miene auf ihrem Stuhl saß, zu dem Mann, der erst heute auf der Plantage eingetroffen war und den all diese Ereignisse im Grunde nicht betrafen.

Weshalb war auf dessen Gesicht Verzweiflung zu sehen, seit die Nachricht von May Brandons Verhaftung eingetroffen war?

9

Sergeant Field ordnete zum dritten oder vierten Mal die Dokumente auf seinem Tisch, spannte Papier in sein Klemmbrett und legte sich einen Bleistift zurecht. Die Spannung, mit der er das bevorstehende Verhör erwartete, war ihm unschwer anzumerken.

Darren Henderson konnte ihn verstehen. Der junge Kollege war noch nicht allzu lange in den Kolonien, aber doch bereits lange genug, sodass der Reiz des Neuen verflogen war. Das Leben in den Tropen, das anfangs so verlockend erschienen war, war längst öde und beschwerlich geworden und die erste Begeisterung einem lähmenden Überdruss gewichen. Hinzu kam das ständige Gefühl der Schlappheit, die das Klima mit sich brachte und der so gut wie niemand entging.

Ein neuer, faszinierender Fall war da eine willkommene Abwechslung, und dass obendrein eine Frau im Mittelpunkt stand, verlieh dem Ganzen eine Pikanterie, die unwiderstehlich war. Stephen Field hatte ebenso wie Henderson selbst in dieser Nacht kaum geschlafen, doch von der Erschöpfung, die der Ältere nach der anstrengenden Fahrt in allen Knochen spürte, war dem Jüngeren nichts anzumerken.

Henderson trat an das kleine, vergitterte Fenster des Verhörraums, um sich zu sammeln. Das Gefängnisgebäude lag an einem Platz, auf den jetzt, in der ersten Frühe des Morgens, bereits gnadenlos die Sonne prallte. Die wenigen Händler, die mit ihren Handkarren vorbeieilten, wischten sich den Schweiß von der Stirn, und ihre Kleider klebten ihnen an den Körpern.

Auch die Luft, die den Raum füllte, war zum Schneiden dick und unerträglich heiß. Der kleine Ventilator auf dem Tisch richtete so gut wie nichts aus, und in den Zellen, in denen die Gefangenen untergebracht waren, gab es nicht einmal das.

»Was meinen Sie, Chef, kriegen wir die gefährliche Dame klein?«, fragte Stephen Field, als hätte er Hendersons Gedanken gelesen. »So eine Nacht in der Gefängniszelle dürfte sie ja schon ein paar Nerven gekostet haben, denn gemütlich schläft es sich da ganz bestimmt nicht.«

»Nein, vermutlich nicht«, stimmte ihm Henderson zu. Er wünschte sich ja selbst, dass das Verhör zu einem raschen Geständnis führte, dass er den Fall als abgeschlossen dem Richter übergeben und sich selbst ins nächstbeste Bett fallen lassen konnte. Außerdem gönnte er dem jungen Field, der mit erwartungsvollem Gesicht zu ihm aufsah, den Erfolg von Herzen.

Und doch war da etwas, das noch nicht stimmte, etwas, das aus dem in allzu großer Hast zusammengeschusterten Bild herausfiel. Er musste diesen Fehler finden, vorher würde er keine Ruhe haben.

Auf dem Flur wurden Schritte laut.

»Jetzt bringen Sie sie!«, jubelte Field und griff nach dem bereitgelegten Bleistift.

Gleich darauf wurde die Tür aufgeschoben, und ein hünenhafter Polizeibeamter stieß May Brandon ins Zimmer.

Unwillkürlich hielt Henderson den Atem an und hätte ein Monatsgehalt darauf verwettet, dass sein junger Sergeant genau das Gleiche tat. Wenn er überhaupt jemals in seinem Leben eine vollendet schöne Frau gesehen hatte, dann war es die, die jetzt vor ihm stand.

Sie stand sehr aufrecht da und ließ sich von den Blicken der Männer, die sie musterten, nicht beirren. Das helle, rohseidene Kostüm, das sie trug, war zerknittert und beschmutzt, doch sie hielt sich darin, als wäre es eine frisch aufgebügelte Ballrobe. Ihre Haltung hatte eindeutig etwas Majestätisches, und den Kopf hatte sie in einer überlegenen Geste in den Nacken gelegt.

Dem glatten, schön geschnittenen Gesicht waren die Strapazen nicht anzusehen, das blonde Haar fiel glatt und seidig glänzend über ihre Schultern, und sie sah ganz und gar nicht aus wie eine Frau, die vor Angst den Verstand zu verlieren drohte oder gar einem Nervenzusammenbruch nah war.

Die großen, dunklen Augen erwiderten seinen Blick mit Stolz und Selbstsicherheit. Ohne Schwierigkeiten konnte Henderson erkennen, warum Olga Kenneth sie eine hochmütige Person genannt hatte. Auch auf ihn hatte sie diese Wirkung: hochmütig, überlegen, unnahbar. Der winzige Zug von Müdigkeit und Verzagtheit, der um den sorgfältig, in einem dezenten Rotton geschminkten Mund spielte, war kaum zu bemerken. Hendersons geübtem Auge entging er jedoch nicht.

»Guten Morgen, Mrs. Brandon«, sagte er und deutete eine knappe Verbeugung an. »Ich bin Inspektor Darren Henderson, und dies ist mein Kollege, Sergeant Stephen Field. Sicher hat man Sie darüber informiert, dass wir Ihnen einige Fragen im Zusammenhang mit dem Tod Ihres Mannes werden stellen müssen. Bitte nehmen Sie doch Platz.«

Ohne den Gruß zu erwidern, leistete sie der Aufforderung Folge und setzte sich sehr gerade auf den angebotenen Stuhl. Schweigend blickte sie zu ihm auf. Henderson verfügte über jede Menge Verhörerfahrung mit Schwerverbrechern und den Oberhäuptern organisierter Banden, doch unter dem Blick dieser Frau fühlte er sich schwach. Er trat hinter den Schreibtisch und ließ sich an Fields Seite nieder.

Eine Weile lang war es still im Zimmer. Einzig das Surren des Ventilators wirkte umso aufdringlicher. Henderson wartete ein paar Augenblicke, dann begab er sich mit einer Frage mitten ins Verhör:

»Mrs. Brandon, ist Ihnen bewusst, warum Sie verhaftet worden sind?«

Sie sah ihn an, ohne mit der Wimper zu zucken oder ihr Schweigen zu unterbrechen.

Henderson räusperte sich. »Sie stehen unter dem Verdacht, Ihren Mann Richard Brandon vorgestern Abend auf seiner Plantage ermordet zu haben.«

May Brandon schwieg noch immer. In Ihrem Blick glaubte er zu lesen, dass sie sich nicht zum Sprechen überwinden konnte.

Wieder wartete er eine Weile, dann wandte er sich so freundlich, wie es ihm möglich war, von Neuem an sie: »Glauben Sie mir, Mrs. Brandon, Sie helfen sich selbst am meisten, wenn Sie sich uns gegenüber offen zeigen und ein Geständnis ablegen.«

Sie senkte den Blick. »Das würde ich ja gern«, sagte sie ruhig. »Nur habe ich nichts zu gestehen.«

»Sie haben zum Tod Ihres Mannes nichts auszusagen?«, hakte Henderson sofort nach. »Gestern Abend bei Ihrer ersten Vernehmung haben Sie vor meinem Kollegen ausgesagt, Sie wüssten nicht einmal, dass Ihr Mann tot ist. Entspricht das den Tatsachen?«

»Das tut es allerdings«, erwiderte May Brandon, die noch immer ihren Blick gesenkt hielt. »Als ich ihn verließ, war mein Mann noch höchst lebendig.«

»Nun, inzwischen ist er tot«, konterte Henderson, jetzt darauf bedacht, in ebenso kühlem Ton zu sprechen wie sie. »Besonders nahezugehen scheint Ihnen das nicht.«

»Nein«, antwortete May Brandon knapp und ohne zu zögern.

Die rasche, offene Antwort überrumpelte ihn. Diese Frau entzog sich seinem Verhör und weigerte sich, sich an die gängigen Regeln zu halten. Man musste bei ihr auf alles gefasst sein. Henderson beschloss, einen Haken zu schlagen wie ein Hase und sich ihr von anderer Seite zu nähern.

»Wenn Sie bisher in der Stadt auf Besuch waren, sind Sie grundsätzlich im Grandhotel *Excelsior* abgestiegen«, sagte er. »Warum nicht auch gestern? Weshalb haben Sie sich stattdessen in dieser verdreckten Kaschemme im Hafen eingemietet?«

Auch mit dieser Frage ließ May Brandon sich nicht in Verlegenheit bringen. »Ich fürchtete, mein Mann würde mir folgen«, sagte Sie. »Da ich ihm nicht in die Arme laufen wollte, habe ich nach einer Unterkunft Ausschau gehalten, in der er mich nicht suchen würde. Und im *Excelsior* hätte er mich selbstverständlich als Allererstes gesucht.«

»Sie sind also im Streit mit Ihrem Mann auseinandergegangen?«, fragte Henderson.

May Brandon blickte auf. In den dunklen Augen stand etwas wie Belustigung, vielleicht gar eine Spur Spott. »Ich bin sicher, man hat Ihnen bereits in aller Ausführlichkeit darüber berichtet.«

Eins zu null für dich, dachte er nicht ohne Bewunderung.

»Und gehe ich recht in der Annahme, dass Sie keine Versöhnung wünschten?«

»In der Annahme gehen Sie recht«, sagte sie. »Ich hatte vor, direkt von hier nach Amerika zu reisen und dort die Scheidung in die Wege zu leiten.«

»Und damit war es Ihnen so eilig, dass Sie bereit waren, auf diesem kleinen, unkomfortablen Schiff zu reisen?«, fragte er. »Warum haben Sie nicht auf das nächste Passagierschiff gewartet, auf dem Sie eine bequeme Überfahrt gehabt hätten?«

»Weil ich mir bequeme Überfahrten auf großen Passagierschiffen nicht länger leisten kann«, antwortete sie. »Außerdem fürchtete ich ja, wie bereits gesagt, dass mein Mann versuchen würde, mich einzuholen und an der Reise zu hindern. Somit wollte ich so schnell wie möglich aufbrechen.«

Die Frau, die ihm das erklärte, war es gewohnt, auf ihrer eigenen Jacht zu reisen und den Komfort zur Verfügung zu haben, den eine ganze Armee von Dienern ihr boten. Dieselbe Frau hatte eine Passage auf einem verdreckten Frachter gebucht, eine Koje in einer fensterlosen Kabine ohne Strom und fließendes Wasser, ohne Personal, ohne frisch zubereitete Mahlzeiten, ohne Schutz und jegliche weibliche Gesellschaft.

Die Buchung mochte einen raffinierten Schachzug darstellen oder dem ehrlichen Wunsch nach Flucht entspringen. Henderson war sich nicht sicher. Die

Augen seines jungen Sergeanten hingegen hingen mit aufrichtiger Bewunderung am Gesicht der Mörderin.

»Wie lange waren Sie verheiratet, Mrs. Brandon?«, näherte sich Henderson noch einmal aus einer neuen Richtung.

»Vier Jahre«, erwiderte sie.

»War es das erste Mal innerhalb dieser vier Jahre, dass Sie sich mit Scheidungsabsichten trugen?«

»Ganz und gar nicht.« Ihre Antwort kam schnell und klang aufrichtig.

»Ihre Ehe war demnach nicht besonders glücklich?«

»Nein«, sagte sie. Nicht mehr als das eine Wort.

»Aber am Anfang werden Sie doch Glück erlebt haben«, bohrte er noch. »Zumindest in der allerersten Zeit?«

Sie blickte auf und sah ihm fest in die Augen. Aus ihrem blassen Gesicht sprachen Mut und Entschlossenheit. »Nein«, wiederholte sie, »nein, niemals. Auch wenn ich nicht weiß, was das mit dem Mord zu tun hat.«

»Eine ganze Menge«, sagte Henderson. »Aber das zu entscheiden, muss ich Sie bitten mir zu überlassen. Sie haben Ihren Mann also nicht geliebt, ist das richtig?«

Auf einen Schlag glitt die kühl beherrschte Maske der Frau vom Gesicht. Ihre Lippen bebten, und die Stimme, die sich aus ihrer Kehle wie aus einem Gefängnis befreite, war voller Leidenschaft. »Wenn Sie es genau wissen wollen – ich habe ihn gehasst.«

Henderson gab ihr einige Augenblicke lang Zeit, beobachtete, wie sie mit sich kämpfte und sich bemühte, die Kontrolle über sich zurückzuerlangen. »Ich frage Sie jetzt nicht, warum Sie ihn überhaupt geheiratet haben«, sagte er. »Das kann warten. Aber ich wüsste gern, warum es bisher nicht zur Scheidung gekommen ist, wenn Ihre Gefühle so eindeutig waren und Sie sich, wie Sie sagten, schon seit längerer Zeit mit dieser Absicht trugen.«

»Weil ...« Sie hielt inne, zügelte sich und ließ das Wort in der Luft hängen. »Es ging eben nicht«, sagte sie stattdessen in unbeteiligtem Ton.

»War Ihr Mann denn mit einer Scheidung einverstanden?«

»Nein. Das eben war ja das Problem.«

»Bisher hat er Sie also immer daran gehindert?«

»Ja.«

Henderson rieb sich das Kinn. »Demnach liebte er Sie?«, fragte er. »Obwohl Sie seine Liebe nicht erwiderten?«

Kurz und bitter lachte sie auf. »So etwas soll vorkommen, Inspektor. Aber nicht in unserem Fall. Richard liebte nicht mich, das hat er nie getan. Er liebte es, mich sein Eigen zu nennen. Wie sich Liebe zu einem Menschen anfühlt, wusste er gar nicht, aber ich war Teil seines Besitzes, und was Richard Brandon einmal besitzt, das gibt er niemals mehr her. Außerdem bereitete es ihm Genuss, mich zu quälen. Es war einer der Genüsse, die er zu den vollkommensten seines Lebens zählte.«

Henderson lief ein Schauder über den Rücken. »Sie hassen ihn wirklich«, murmelte er.

»Das habe ich vorhin schon gesagt«, erwiderte sie und gab es auf, ihre Erregung niederzukämpfen. »Ich streite es nicht ab, ich gebe Ihnen gegenüber offen zu, dass ich keinen größeren Wunsch hegte, als diese Ehe, die ich unbedacht eingegangen war, zu beenden.«

»Dann will ich Ihnen gegenüber ebenfalls offen sein«, sagte Henderson fest. »Sie machen mir gegenüber nicht den Eindruck einer Frau, die etwas unbedacht tut, und ich muss Ihnen die bisher vermiedene Frage nun doch stellen: Weshalb haben Sie Richard Brandon geheiratet?«

»Ich …«, stammelte sie. »Ich befand mich in einer Notlage.«

»Meinen Sie nicht, Sie sollten mir Genaueres darüber erzählen?«

»Ich wüsste nicht, was das mit dem Mord an meinem Mann zu tun hat«, sagte sie mit wie erstarrter Miene. »Beschränkt sich Ihre Aufgabe nicht darauf, die Ereignisse der letzten Tage aufzuklären?«

»Ich habe Ihnen schon einmal gesagt, die Entscheidung darüber müssen Sie mir überlassen«, erwiderte Henderson schroffer, als er sich fühlte. »Meiner Information nach haben Sie Ihr Elternhaus im Streit verlassen, um mit einem Mann nach Indien zu reisen. Dieser

Mann hat sich nach kurzer Zeit von Ihnen getrennt, und Sie fanden sich dadurch in einer ausweglosen Situation wieder, sehe ich das richtig?«

»Nein«, sagte May Brandon, »Sie sehen das nicht richtig. Nicht er hat sich von mir getrennt, sondern ich mich von ihm.« Sie holte Atem und sah ihn dann wieder geradewegs an. »Ich kann mir übrigens denken, woher Sie diese überaus detaillierten Kenntnisse haben. Von der beflissenen Olga Kenneth, die eine Detektei beauftragt hat, um mich auszuforschen, kaum dass Richard mich geheiratet hatte. Habe ich recht? Warum befragen Sie mich überhaupt noch, wenn Sie doch alles längst so genau wissen.«

Henderson entschied sich, diesen Einwurf zu ignorieren. »Bitte erklären Sie mir, warum Sie sich von Ihrem Begleiter getrennt haben«, sagte er stattdessen. »Sie haben ja immerhin um seinetwillen Ihre Heimat verlassen und alle Sicherheit aufgegeben, also müssen Sie ja wohl etwas für ihn empfunden haben.«

In Ihren Augen funkelte Zorn. »Ist das nicht meine Privatsache? Habe ich überhaupt kein Recht mehr darauf, etwas für mich zu behalten?«

»Ich fürchte, in einem Mordfall sieht es damit schlecht aus«, erwiderte Henderson. »Ich muss Sie daher bitten, meine Frage zu beantworten.«

Der Zorn zerstob wie eine Seifenblase und machte einem Ausdruck von Müdigkeit und Traurigkeit Platz. »Allzu selten kommt das nicht vor, oder etwa doch?«, fragte sie ihn. »Ein junges, unerfahrenes Mädchen, das sich in einem Menschen täuscht? Ja, Sie haben recht, ich habe wohl etwas für ihn empfunden – einen dieser Stürme von Gefühlen, die man als sehr junger Mensch für Liebe hält. Ohne nachzudenken, bin ich ihm blindlings gefolgt und habe anschließend innerhalb von Wochen lernen müssen, was anderen Frauen ihr Leben lang erspart bleibt. Ich hatte mein Vertrauen und meine Zuneigung an einen Mann verschwendet, der es nicht würdig war. Und ich zog die Konsequenz daraus.«

»Und was geschah dann?«

»Was soll dann geschehen sein?«, fragte sie zurück. »Ich war allein in einem fremden Land, ich hatte kein Geld und keine Ausbildung, die es mir ermöglicht hätte, mir Arbeit zu suchen.«

»Also haben Sie Brandon geheiratet?«

»Nicht gleich. Eine Weile lang habe ich versucht, mich über Wasser zu halten. Es gab nichts, das ich nicht getan hätte, aber irgendwann hatte ich es satt, in Armut und Elend zu leben. Als alleinstehende weiße Frau hat man in den Kolonien ohnehin keinen leichten Stand, ich nehme an, das ist Ihnen bekannt. Wenn man aber obendrein arm ist, gilt man praktisch als Freiwild und hat kein Anrecht mehr auf seine Würde.«

»So kam es also zu der Heirat?«, beharrte Henderson auf seiner Frage.

»Ja, so kam es dazu.«

»Und Zuneigung spielte dabei keine Rolle? Sie gaben Ihrem Mann Ihr Jawort allein aus materiellen Gründen?«

May Brandons Gesicht war anzusehen, wie sehr die Erinnerung sie quälte. Endlich nahm sie sich zusammen und presste zwischen den Zähnen ein »Ja« heraus.

»Ich verstehe«, sagte Henderson. »Bald darauf waren Sie sich dann darüber im Klaren, dass Sie einen falschen Schritt getan hatten, richtig?«

»Ja«, sagte May Brandon, »sehr bald darauf.«

»Warum sind Sie nicht in Ihre Heimat zurückgekehrt?«

»Es ist nicht leicht, gescheitert und gedemütigt an einen Ort zurückzukehren, aus dem man einmal voller hochfliegender Hoffnungen davongelaufen ist«, sagte sie. »Ich habe mit dem Gedanken gespielt, aber ich brachte es nicht über mich.«

»Sie waren zu stolz?«

May Brandon schwieg. Dann nickte sie.

Vielleicht hat es sein Gutes, keine Tochter zu haben, dachte Henderson, der sich einst Kinder sehnlichst gewünscht hatte. *Wie muss ihr Vater sich fühlen, was würde er empfinden, wenn er seine Tochter jetzt so vor sich gesehen hätte?*

»Wie ist es weitergegangen?«, fuhr er mit der Vernehmung fort.

»Ich hatte recht bald durchschaut, wie Brandon

wirklich war«, antwortete sie. »Und damit erkannte ich auch, dass ich alles falsch gemacht hatte.«

»Sie wollten wieder fort von ihm?«

»Nicht gleich. Anfangs war meine Verzweiflung so groß, dass ich die Kraft nicht aufbringen konnte. Ich hatte vollkommen resigniert, alle Lebensfreude verloren und vegetierte so vor mich hin.«

Ein ziemlich komfortables Vegetieren, durchfuhr es Henderson. *Die meisten Menschen, die in Slums ums Überleben kämpfen, würden für ein Dasein zwischen privaten Jachten und Luxushotels einen ungeliebten Partner vermutlich liebend gern in Kauf nehmen. Aber so ist es eben überall: Was ein Mensch besitzt, das weiß er nicht länger zu schätzen.*

»Sie haben dann aber wieder Freude am Leben gefunden?«, fragte er behutsam nach. »Wie kam es dazu?«

Um ihre Mundwinkel spielte ein ironisches Lächeln. »Ich weiß, was Sie suggerieren wollen, Inspektor, aber ich muss Sie enttäuschen. Nein, ich hatte damals keinen Liebhaber. Ich war sicher, ich hätte von Männern ein für alle Mal genug.« In ihre Augen trat ein weicher, verträumter Schimmer, und sie wiederholte ein einziges Wort: »Damals.«

Aha, war alles, was Henderson dachte. Auf diese Äußerung hin zwei und zwei zusammenzuzählen war alles andere als höhere Mathematik.

May Brandon fuhr in der Zwischenzeit fort: »Woher ich auf einmal wieder Kraft zum Kämpfen bekam, weiß ich nicht mehr genau. Vielleicht war es anfangs der Zorn. Mein Mann nahm mir alle Freiheit, er löschte meine Persönlichkeit aus. Mein Leben war eine Kette von Quälereien und Schikanen, und irgendwann sagte ich mir: Was immer mir ohne ihn bevorsteht, kann unmöglich so unerträglich sein wie dies. Also bat ich meinen Mann um die Scheidung.«

»Aber er verweigerte sie Ihnen?«

»Das haben wir bereits besprochen«, versetzte sie. »Und jetzt würde ich diese Nabelschau gern beenden, denn ich sehe noch immer nicht ein, was das alles mit dem Mord an meinem Mann zu tun hat.«

»Sehen Sie das wirklich nicht ein?« Henderson hob die Brauen in die Stirn. »Mir dagegen scheint der ursächliche Zusammenhang offensichtlich.«

»Wenn ich die Mörderin wäre, hätten Sie damit wohl recht«, sagte sie. »Aber ich bin es nun einmal nicht.«

»Nehmen Sie es mir nicht übel, Mrs. Brandon, aber selbst Sie werden verstehen, dass ich das nicht so einfach hinnehmen kann. Alles, was Sie mir bisher erzählt haben, hat kaum dazu beigetragen, mich von Ihrer Unschuld zu überzeugen. Sie wollten von Ihrem Mann frei sein …«

»Ja, das wollte ich«, fuhr sie ihm leidenschaftlich ins Wort. »Aber ich wäre nie so dumm gewesen, ihn zu ermorden und mich so von einem Unglück ins andere zu stürzen. Halten Sie mich für eine Idiotin? Selbst wenn ich wirklich Mordpläne gehegt hätte, wäre ich doch wohl kaum in einem Augenblick zur Tat geschritten, in dem außer mir praktisch niemand anders als Täter infrage kam. Und dann wäre ich nicht obendrein Hals über Kopf davongefahren. Sie haben doch ständig mit Mördern zu tun. Verhalten sie sich tatsächlich so töricht?«

»Mörder begehen in der Tat oft Fehler«, erwiderte Henderson. »Ansonsten würden wir nicht so viele von ihnen erwischen. Sie verlieren den Kopf, denn einem Menschen das Leben zu nehmen ist weit schwieriger, als die meisten von ihnen erwarten. Außerdem handelt eine große Zahl im Affekt. Auch in Ihrem Fall nehme ich nicht an, dass Sie die Tat vorsätzlich geplant haben. So oder so müssen Sie jedoch zugeben, dass Sie aufs Schwerste belastet sind.«

»Ja«, murmelte sie nach einer Weile leise. »Ja, das bin ich wohl.«

Wieder herrschte eine Weile lang Schweigen, das den tristen, stickigen Raum zu erfüllen schien. Der Ventilator surrte, und draußen auf dem Platz wurde ein Motor angelassen. Henderson wischte sich den Schweiß von der Stirn.

»Hätten Sie vielleicht eine Zigarette für mich?«, fragte May Brandon noch immer leise. »Man hat mir meine gestern weggenommen, und ich würde furchtbar gern rauchen.«

»Selbstverständlich.« Er fischte eine zerknautschte

Schachtel aus der Innentasche seines Jacketts, zog auch für sich selbst eine heraus und zündete beide an.

May Brandon zog an der ihren wie eine Verdurstende an einem Strohhalm.

Henderson räusperte sich. »Sie hielten sich seit drei Tagen mit Ihrem Mann auf der Plantage auf?«, begann er schließlich von Neuem mit der Befragung.

»Ja«, sagte sie.

»Und wie lange hatten Sie geplant zu bleiben?«

»Noch vier bis fünf Tage. Mein Mann erwartete die Ankunft eines neuen Verwalters.«

In ihren Augen glaubte er einen plötzlichen Hunger zu erkennen, eine drängende Erwartung, als erhoffe sie sich von ihm eine Information. War es möglich, dass diese unerwartete Regung den Verwalter betraf, Frank Bender? Der Mann ging ihm nicht aus dem Kopf, dennoch bemühte er sich, in neutralem Ton seine nächste Frage zu stellen: »Haben Sie Ihren Mann oft auf seinen Reisen begleitet?«

»Ja«, sagte sie. »Er ließ mich nicht gern allein zurück.«

»Warum nicht?«

»Weil er wusste, dass es mir Freude bereitet hätte, allein zu bleiben. Das gönnte er mir nicht.«

Henderson griff sich einen von Fields Bleistiften und drehte ihn zwischen seinen Fingern. »Sie lebten sonst meist in Shanghai?«, fragte er.

»Abwechselnd in Shanghai und Singapur«, lautete

ihre Antwort. »Und dazwischen in den Vereinigten Staaten.«

»Ich muss Sie auch das jetzt noch fragen«, setzte er an: »Gibt es in Ihrem Leben einen Mann, der Ihnen nahesteht?«

»Wie meinen Sie das?«, fuhr Sie auf.

»Wie ich es gesagt habe: Gibt es einen Mann, der Ihnen nahesteht, mit dem Sie sich zu verbinden wünschten, sobald Ihre Ehe geschieden worden wäre?«

»Nein«, kam es schnell wie ein Schuss.

Henderson warf einen Seitenblick hinüber zu Field, der noch immer unverwandt das edle Profil der Verdächtigen anstarrte. Fast glaubte er, die Gedanken des jungen Kollegen lesen zu können: Er hielt sie zweifellos inzwischen für unschuldig, hasste ihren Mann und empfand das tiefste Mitleid mit ihr. Wahrscheinlich war es für ihn unglaublich, dass sich bisher kein Mann gefunden hatte, der sie auf Händen durchs Leben trug, und nur allzu gern hätte er sich selbst für diese Rolle beworben.

Aber als so einfach erwies sich das Leben nur höchst selten. Und in einem Mordfall schon gar nicht.

»Bitte schildern Sie mir, wie sich Ihr Leben auf der Plantage gestaltete«, forderte er May Brandon auf. »Was haben Sie den Tag über gemacht?«

»Nicht viel«, bekannte sie. »Meist habe ich in einem Liegestuhl gelegen und gelesen. Ab und an machte ich einen Spaziergang oder bin ausgeritten.«

»Und wie kam es zu dem Streit mit Ihrem Mann?«

»Genauso wie zu all den anderen Gelegenheiten. Irgendeine Nebensächlichkeit war Anlass genug.«

»Einen bestimmten Grund gab es also nicht?«

Sie schüttelte den Kopf. »Nein.«

»Und was war mit Sanjah?«, fragte Henderson lauernd.

»Sanjah?«, fragte May Brandon zurück.

»Ich nahm an, das Mädchen wäre der Anlass zu Ihrem Streit gewesen.«

»In gewisser Weise trifft das wohl zu«, gestand sie ein.

»Sie waren eifersüchtig?«

Hell lachte sie auf. »Großer Gott, nein. Ich wäre aus der Eifersucht nicht mehr herausgekommen, aber es war mir von Herzen gleichgültig, auf welche Weise Richard sich amüsierte. Mir tat nur das Mädchen leid. Natürlich war es nicht gerade angenehm, vor allen Leuten bloßgestellt zu werden, aber daran war ich ja gewöhnt.«

»Bitte erzählen Sie mir, was im Einzelnen vorgefallen ist.«

»Wenn es sein muss.« Sie wandte sich ab und richtete ihren Blick in eine Ecke des Zimmers. »Mein Mann hatte das Mädchen schon am Abend zuvor kommen lassen. Ich hatte vom Fenster aus beobachtet, wie sie sich dem Haus näherte. Sie bekam vor Angst kaum einen Schritt vor den anderen. Kaum war sie eingetreten, zwang er sie, ihn zu bedienen, dabei betrank er sich und … Bitte ersparen Sie mir die Einzelheiten. Mir hat sich das alles unauslöschlich ins Gedächtnis eingegraben. Ich konnte nicht schlafen, saß stundenlang auf der Veranda und bereute es, dass ich mit ihm auf die Plantage gefahren war. Erst tief in der Nacht ließ er die arme Sanjah gehen. Sie taumelte im Schritt, sank vor den Stufen der Veranda zu Boden und blieb weinend liegen.«

Sie holte Atem, nahm einen letzten Zug von ihrer Zigarette und drückte sie in der Blechdose, die als Aschenbecher diente, aus.

»Mich sah sie nicht«, setzte sie ihre Erzählung fort. »Und während ich noch überlegte, ob ich zu ihr gehen und meine Hilfe anbieten sollte, löste sich aus dem Dunkel eine Gestalt und stürzte zu ihr hin. Es war ein Mann. Er hob sie auf und schloss sie leidenschaftlich in die Arme. Zärtlich streichelte er sie, sprach ihr Trost zu und trug sie schließlich davon. Vermutlich habe ich jetzt dafür gesorgt, dass Sie diesen Mann des Mordes verdächtigen. Aber ich kann es nicht ändern. Das waren die Vorfälle, die ich in dieser Nacht beobachtet habe.«

»Ob es sich bei diesem Mann um Sanjahs Vater oder um einen Liebhaber handelte«, sagte Henderson, »ich verdächtige ihn nicht des Mordes. Ein Eingeborener hätte keinen Revolver benutzt, ihm wäre der Knall zuwider gewesen. Außerdem verfügen sie über bessere

Mittel, jemanden unschädlich zu machen. Bitte erzählen Sie weiter. Was geschah, nachdem Sanjah mit dem mysteriösen Mann verschwunden war?«

»Ich blieb noch eine Weile lang wie gelähmt auf der Veranda sitzen«, antwortete sie. »Erst im Morgengrauen ging ich, um mich noch für ein paar Stunden schlafen zu legen. Von meinem Mann hatte ich nichts gehört. Ich nahm an, dass er fest schlief.«

»Und am nächsten Tag?«

»Am nächsten Tag wich ich ihm aus. Ich habe allein gefrühstückt und dann Dick Stanley auf einem Inspektionsritt begleitet. Wir waren über Mittag unterwegs?«

»Bei der Hitze?«, entfuhr es Henderson.

May nickte. »Meinen Mann sah ich erst am Nachmittag wieder. Er machte seine üblichen spöttischen Bemerkungen, auf die ich mich bemühte, nicht zu reagieren. Er war abscheulich, er war ganz und gar abscheulich«, brach es plötzlich aus ihr heraus. »Ich bin froh, dass er tot ist. Was immer jetzt auch geschieht.«

Schwer atmend schwieg sie. Henderson sagte ebenfalls nichts und gab Field, der wohl etwas sagen wollte, ein Zeichen, dasselbe zu tun.

»Sie halten mich für herzlos, nicht wahr?«, fragte sie endlich mit gesenktem Blick. »Aber Sie wissen nicht, was für ein Leben ich geführt habe.«

»Ich denke, ich bin in der Lage, es mir vorzustellen«, sagte er nicht ohne Freundlichkeit. »Dennoch muss ich Sie darauf aufmerksam machen, dass solche Ausbrüche nicht gerade entlastend für Sie sind.«

»Das ist mir klar«, sagte sie. »Aber ich habe Richard trotzdem nicht getötet. Vielleicht wäre ich dazu in der Lage gewesen, aber ich habe es nicht getan.«

»Erzählen Sie bitte weiter«, forderte er sie auf. »Sie trafen also am Nachmittag wieder mit Ihrem Mann zusammen, und die Stimmung war gereizt ...«

»Mehr als das«, sagte sie. »Wie üblich haben wir mit den anderen Herren zu Abend gegessen. Bei Tisch herrschte die meiste Zeit über Schweigen, und ich kam mir vor, als würden sie mich mit einer Mischung aus Mitleid und Schadenfreude anstarren. Dick war der Einzige, der sich bemühte, so etwas wie eine Unterhaltung in Gang zu bringen.«

»Sie erwähnten nur Herren«, unterbrach er sie. »Hat Miss Kenneth nicht mit Ihnen gegessen?«

»Doch natürlich«, erwiderte sie scharf. »Die war natürlich auch dabei.«

»Sie verstanden sich nicht besonders?«

»Sie konnte mich nicht leiden«, erwiderte May Brandon. »Oder präziser ausgedrückt: Sie hasste mich.«

»Und warum?«

»Mein Gott, warum wohl?«, rief sie. »Soweit ich unterrichtet bin, unterhielten mein Mann und Olga Kenneth mehrere Jahre lang ein Liebesverhältnis. Ob dieses ein Ende fand, als ich die Bühne betrat, weiß ich zwar nicht, aber auf jeden Fall zerplatzte damit Olgas

Hoffnung, eines Tages Mrs. Brandon zu werden. Bezeichnenderweise galt ihr Hass mir, nicht Richard, obwohl ich mir in der Sache keiner Schuld bewusst bin.«

»Mit Ihrem Mann verstand Mrs. Kenneth sich also weiterhin gut?«

»Da fragen Sie mich zu viel. Mir war nie ganz klar, was die beiden für ein Verhältnis hatten, und oft genug war Richard ja auch ohne mich auf der Plantage. Ich bin im letzten Jahr zum ersten Mal mitgefahren.«

»Und vorher kannten Sie Miss Kenneth gar nicht?«, fragte Henderson nach.

»Oh doch, ich kannte sie«, erwiderte May Brandon. »Wir waren noch nicht lange verheiratet, da brachte Richard sie einmal mit auf die Jacht. Er stellte sie mir als die Tochter seines Buchhalters vor, und sie blieb zwei Tage bei uns. Dass wir keine Freundinnen werden würden, stand von Anfang an fest. In Richards Gegenwart machte sie viel Wind, erzählte Anekdoten aus ihrer glanzvollen Vergangenheit und flirtete mit sämtlichen anwesenden Männern. Mir begegnete sie in Gesellschaft zuckersüß, doch sobald wir alleine waren, machte sie aus ihrer Gehässigkeit keinen Hehl. Mir war das, um ehrlich zu sein, lieber. Es war wenigstens nicht völlig verlogen.«

»Wussten Sie zu diesem Zeitpunkt, dass Ihr Mann und Miss Kenneth ein Verhältnis gehabt hatten?«

»Es ist mir zugetragen worden. Genau wie die Tatsache, dass Miss Kenneth eine Detektei beauftragt hatte, um mich auszuspionieren. Von ihrem Wissen um meine Vergangenheit machte sie reichlich Gebrauch. Es verging kaum ein Augenblick ohne eine anzügliche Bemerkung, einen bösartigen Kommentar.«

»Und wie verhielt sich Ihr Mann dazu?«

»Damals war er wohl noch der Ansicht, er habe zumindest nach außen hin eine gewisse Schutzpflicht mir gegenüber. Vielleicht ging ihm Olga aber auch nur auf die Nerven. In jedem Fall setzte er sie nach zwei Tagen an Land und äußerte sich ziemlich unflätig über sie. Wiedergesehen habe ich sie dann erst im vorigen Jahr auf der Plantage, und dort habe ich es vermieden, mit ihr allein zu sein. Sie war allerdings damals ein wenig höflicher und zurückhaltender mir gegenüber.«

»Und Sie sind sich sicher, was das Liebesverhältnis zwischen den beiden betrifft?«, fragte Henderson und fügte hinzu: »Einschließlich Miss Kenneths Überzeugung, Mr. Brandon werde sie eines Tages heiraten.«

»Ich bin mir sicher«, antwortete sie.

»Olga Kenneth hätte also durchaus Grund gehabt, über die Jahre einen stillen Hass in sich aufzubauen?«

»Das ist möglich«, kam es von ihr.

»Und wenn wir also einmal davon ausgehen, dass es wirklich nicht Sie gewesen sind, die auf Ihren Mann geschossen hat – halten Sie es dann für denkbar, dass es Olga Kenneth war?«

»Sagen wir es so«, begann May Brandon verhalten. »Ich kenne Olga Kenneth nicht besonders gut –

aber soweit ich sie einschätzen kann, gibt es praktisch nichts, das ich ihr nicht zutrauen würde.«

»Vielen Dank für Ihre Einschätzung«, sagte Henderson. »Was mir allerdings nicht in den Kopf will, ist der Zeitrahmen. Hätte sie ihn vor vier Jahren erschossen, hätte mir das Ganze eingeleuchtet. Würde eine Frau aber wirklich so lange warten, ehe sie für eine Zurückweisung Rache übt?«

»Sagen die Engländer nicht, Rache sein ein Gericht, das man am besten kalt genießt?«, fragte May Brandon zurück.

»Wer weiß, vielleicht liegen Sie damit ja richtig«, äußerte er sich unbestimmt. »Und dann ist es natürlich auch eine Frage der Gelegenheit. Ihr Streit mag Olga Kenneth da wie gerufen gekommen sein. Allerdings haben Sie mir immer noch nicht erklärt, warum die Dinge zwischen Ihnen und Ihrem Mann derart eskalierten, dass Sie sich spontan ins Auto gesetzt haben und losgefahren sind.«

May Brandon seufzte. »Ich hatte mich sofort nach dem Abendessen zurückgezogen«, berichtete sie dann weiter. »Mein Mann kam jedoch kurz darauf nach und begann wiederum, mich auf die übliche Weise zu provozieren.«

»Was genau hat er zu Ihnen gesagt?«, schaltete Henderson sich ein.

Sie senkte den Kopf und sprach hastig, ohne ihn oder Field anzusehen. »Er fragte mich in höhnischem

Ton, ob ich etwas dagegen hätte, dass uns Sanjah wieder einen Besuch abstattet. Das Mädchen sei so willig, anschmiegsam und gehorsam, Eigenschaften, die mir ja leider vollkommen abgehen würden. Wenn ich mich allerdings anders besonnen hätte und nicht länger so abweisend zu ihm sein wolle, würde er Sanjah heute Abend nicht rufen und sich stattdessen mir widmen.«

Ihrer Kehle entwand sich ein würgender Laut. Stephen Field sprang auf, eilte zu einem wackligen Beistelltisch und füllte aus einem Krug ein Glas Wasser. Er reichte es ihr, und sie trank dankbar einen winzigen Schluck.

Mühsam, mit aufgerauter Kehle sprach sie weiter. »Sie müssen dazu wissen, dass ich persönliche Beziehungen zu meinem Mann vermied, soweit es irgend möglich war. Ich konnte es einfach nicht. Ich hatte … Ich hatte mich anfangs bemüht, ihm eine gute Ehefrau zu sein, aber das, was er von mir verlangte …«

Sie würgte noch einmal, und Henderson machte durch ein Handzeichen deutlich, dass sie verstanden worden war und nicht weiterzusprechen brauchte. Das Martyrium, das diese schöne Frau durchlitten hatte, stand bereits aus den wenigen Worten allzu deutlich vor seinen Augen.

»Können wir zu jenem Abend bitte noch einmal zurückkommen?«, forderte er sie nach einer Pause sanft auf.

Sie nickte tapfer. »Richard sagte, ich solle mir doch

Mühe geben und versuchen, ihm Sanjah zu ersetzen. Dabei lachte er, als fände er das Ganze urkomisch. Ich drehte ihm den Rücken zu, aber er ...« Wieder brach sie ab, weil ihre Stimme versagte. Ihre Lippen zitterten, und über ihr Gesicht rannen Ströme von Schweiß.

Henderson kam eine Idee. Er raunte ein paar Worte hinüber zu seinem Sergeanten, der sofort aufsprang und kurz darauf mit einem Glas zurückkam, das zwei Fingerbreit mit goldbrauner Flüssigkeit gefüllt war.

»Es tut mir leid, dass wir Sie mit diesen Erinnerungen quälen müssen, Mrs. Brandon«, sagte er. »Aber letztlich ist es vor allem in Ihrem Interesse, dass wir über die Geschehnisse so genau wie möglich Bescheid wissen. Ich habe mir erlaubt, Ihnen einen Whisky bringen zu lassen. Aus medizinischen Gründen sozusagen.«

Sie hob den Kopf und sandte ihm einen dankbaren Blick. »Das ist sehr nett von Ihnen, Inspektor. Ich glaube, ich könnte jetzt tatsächlich einen Drink vertragen.«

Sergeant Field reichte ihr das Glas, das sie mit einem Lächeln entgegennahm, ehe sie trank. Sie war das starke Getränk sichtlich nicht gewohnt, doch es schien ihr gutzutun. Das Zittern beruhigte sich ein wenig, und nach einer Weile war sie in der Lage weiterzusprechen.

»Irgendwann gab Richard es auf und ging. Ich hörte, wie er draußen mit einem der Diener sprach und ihm befahl, Sanjah zu holen. Dann kam er ins Haus zurück und ging in sein Zimmer, wohl um weiterzutrinken. Ich wartete auf das Mädchen, und die Szene der vergangenen Nacht kam mir wieder in den Sinn. Ich wollte nicht, dass Sanjah erneut so gequält wurde. Im Grunde nahm sie diese Qualen ja an meiner Stelle auf sich, und den Gedanken konnte ich nicht länger ertragen. Also sagte ich ihr, sie solle nach Hause gehen.«

»Das war sehr nobel von Ihnen«, sagte Henderson, der nicht ganz sicher war, ob er ihr glaubte.

»Ich denke, es war einfach menschlich«, widersprach sie schlicht. »Richard musste mich gehört haben, denn er kam aus seinem Zimmer, kaum dass Sanjah gegangen war. ›Wie ich sehe, hast du es dir überlegt, meine Liebe‹, sagte er. ›Du willst mich heute also doch beglücken.‹ Ich stand vor ihm und war nicht fähig, mich zu rühren. Nichts ist demütigender für eine Frau als ein Mann, der über die Liebe denkt, wie Richard es tat. Ja, in diesem Augenblick hätte ich ihn wohl erschossen, wenn ich einen Revolver zur Hand gehabt hätte. Aber ich hatte keinen, und somit bin ich nicht Ihre Täterin.«

»Sie wollten seinem Verlangen nicht nachgeben«, bemühte sich Henderson, die Szene so taktvoll wie möglich zusammenzufassen, ohne auf ihre letzten Worte einzugehen. »Und daraufhin entbrannte der Streit zwischen Ihnen?«

»Ja, so war es«, antwortete sie. »Es war eine hässliche

Szene, in deren Verlauf ich ihm schließlich ins Gesicht sagte, dass ich ihn verlassen würde, egal was mir bevorstand. Er brach darüber in schallendes Gelächter aus. Schließlich wusste er, dass ich kein Geld hatte und dass er mir alles, was er mir je geschenkt hatte, wegnehmen würde, das hatte er mir bereits im Vorfeld angedroht. Er war sicher, dass ich davor zurückschrecken würde, wieder in mein einstiges Elend zu fallen. Aber ich habe an diesem Abend begriffen, dass es kein größeres Elend für mich gab als ein Leben mit ihm.«

»Und was passierte dann?«, fragte Henderson.

Sie krümmte sich, als hätte sie Schmerzen. »Dann kam die Sache mit dem Revolver.«

Henderson wartete. Würde sie sich doch noch dazu durchringen, ein Geständnis abzulegen?

»Ich schrie ihn an, dass ich mich lieber umbringen würde, als noch länger mit ihm zusammenzuleben«, sagte sie. »Darüber schüttete er sich vor Lachen aus. Als die Lachsalven endlich so weit verebbt waren, dass er sprechen konnte, zog er eine Schublade in einem Wandschrank auf und entnahm ihr einen kleinen Revolver. ›Darf ich dir behilflich sein, meine Liebe?‹, fragte er provozierend. ›Es ist für alles gesorgt, er ist sogar geladen.‹«

»Und was haben Sie getan?«, fragte Henderson nach. Wollte sie ihnen etwa weismachen, bei dem vermeintlichen Mord habe es sich um einen missglückten Selbstmordversuch gehandelt? Er hoffte, dass sie keinen so billigen Versuch unternahm, ihren Kopf aus der Schlinge zu ziehen. Im Verlauf des Verhörs hatte sie sich seinen Respekt verdient, sodass er es kaum ertragen konnte, sich in ihr getäuscht zu haben.

»Ich ließ mir den Revolver geben, wog ihn in den Händen und hörte, wie er schon wieder lachte. ›Nur zu, mein süßes Kind‹, rief er, und ich zitterte und konnte die Tränen nicht länger zurückhalten. Ich begriff, dass ich ihm den Gefallen nicht tun wollte. Ich wollte mein Leben nicht wegwerfen, sondern es mir zurückholen.«

»Und dann richteten Sie die Waffe auf Ihren Mann und drückten ab?«

»Nein. Dann warf ich die Waffe auf den Tisch und rannte in mein Zimmer. Als ich dort stand, war ich auf einmal wieder in der Lage, kühl zu überlegen. Mir fiel ein, dass die Lastwagen, die die Waren der Plantage transportierten, alle unterwegs waren und dass der einzige Personenwagen mit einem Motorschaden außer Gefecht war. Der Chevrolet, den mein Mann fuhr, war der einzige Wagen, der an diesem Abend zur Verfügung stand. Wenn ich ihn benutzte, würde Richard mir frühestens am nächsten Morgen folgen können. Alles Weitere tat ich ganz mechanisch: Ich stopfte eine Handvoll Sachen in einen kleinen Koffer, ging hinaus zu dem Wagen und machte mich auf den Weg, ehe der Mut mich noch einmal verließ.«

Sie hatte die letzten Worte ohne besondere Emotion

gesprochen, als läse sie aus einem Buch vor. Jetzt schwieg sie. Ihre Erzählung schien beendet.

»Ist das alles?«, fragte Henderson.

May Brandon nickte.

Er suchte ihren Blick. »Und dann tauchte der große Unbekannte auf, freute sich über den so passend liegen gelassenen Revolver und schoss Ihren Mann, den er ja längst hatte loswerden wollen, ins Herz? Meinen Sie nicht, das klingt ein wenig zu sehr nach schlechtem Roman?«

»Das weiß ich nicht«, antwortete sie knapp. »Es ist ihre Aufgabe herauszufinden, wer Richard getötet hat. Ich war es jedenfalls nicht.«

»Und wer soll es sonst gewesen sein?«

»Mein Mann hatte unzählige Feinde.«

»Auch auf seiner Plantage?«

»Gewiss auch dort.«

»Sie sprechen von Sanjahs Vater und ihrem möglichen Liebhaber? Die hatten wir bereits ausgeschlossen.«

»Sie sind nicht die Einzigen, die infrage kommen«, rief sie. »Olga Kenneth kann es gewesen sin und genauso ihr Vater.«

»Der alte Mann?«, fragte Henderson verwundert. »Ich bezweifle, dass er einen Revolver ruhig genug in einer Hand halten könnte. Aber davon abgesehen – was für ein Motiv sollte er denn gehabt haben?«

»Sonderlich gut informiert sind Sie nicht gerade«,

bemerkte May Brandon nun wieder in jenem hochmütigen Tonfall, den sie am Anfang des Verhörs an den Tag gelegt hatte. »Kenneth führte jahrelang seine eigene Plantage. Keine der ganz großen Besitzungen, aber sie warf wohl genug ab, um ihm ein angenehmes Leben in der Klasse der weißen Grundbesitzer zu ermöglichen. Dann trat Richard auf den Plan. Er fing als kleiner Pflanzer an, aber er kannte schon damals nicht die geringsten Skrupel und war entschlossen, über Leichen zu gehen. Was genau geschehen ist, weiß ich nicht, aber Kenneth war der Konkurrenz nicht gewachsen. Richard wartete ab, bis er völlig ruiniert war, dann kaufte er ihm seinen Besitz für einen Spottpreis ab.«

Das war allerdings ein starkes Motiv, wenn die Geschichte stimmte. Den klapprigen alten Buchhalter konnte sich Henderson dennoch beim besten Willen nicht als Mörder vorstellen.

»Und weshalb ist Kenneth dann bei Brandon angestellt?«, erkundigte er sich. »Man könnte doch annehmen, er würde lieber für den Teufel persönlich arbeiten als für den Mann, der ihn ruiniert hat?«

May Brandon lachte auf. »Er arbeitete ja für den Teufel persönlich. Für Richard war so etwas wie das Tüpfelchen auf dem i, seinen einstigen Konkurrenten noch zusätzlich zu demütigen, indem er ihm eine Stellung anbot. Er liebte so etwas. Es war für ihn geradezu eine Art Sport.«

»Sie haben recht«, murmelte Henderson. »Ich bin tatsächlich nicht sonderlich gut informiert.« Das Bild des alten Mannes stieg vor seinem geistigen Auge auf. Kenneth hatte sich in einem Zustand hochgradiger Erregung befunden, was er auf den Schrecken über den Mord an seinem Arbeitgeber zurückgeführt hatte.

Wie passte es ins Bild, wenn seine Nervosität in Wahrheit die Angst vor einer Entdeckung war? Wenn sein Gewissen ihn quälte, weil er selbst den verhassten Tyrannen, dem er seinen Ruin verdankte, ins Jenseits befördert hatte?

Noch immer konnte sich Henderson den Alten schwerlich als Mörder vorstellen, aber er beschloss, May Brandons Angaben zumindest gründlich zu überprüfen. Auch um Sanjah und diesen ominösen Liebhaber würde er sich noch einmal kümmern, auch wenn er einen Einheimischen als Täter im Grunde ausschloss. So oder so musste er noch einmal hinaus auf die Plantage fahren und seine allzu oberflächlichen Untersuchungen vervollständigen.

Er war es der Frau, die ihm gegenübersaß, schuldig.

Auch wenn sie nach wie vor seine Hauptverdächtige war.

Henderson stand auf. In May Brandons Gesicht zeichneten sich jetzt deutliche Spuren der Erschöpfung ab, und er konnte sich des Mitleids, das in ihm aufwallte, unmöglich erwehren.

»Für den Augenblick sind wir fertig, Mrs. Brandon«,

sagte er. »Sie werden allerdings verstehen, dass Sie in Polizeigewahrsam bleiben müssen.«

»Nein«, rief sie entsetzt, »das verstehe ich nicht! Was haben Sie gegen mich in der Hand, was gibt Ihnen das Recht, mich noch länger hier festzuhalten? Haben Sie jemals eine Nacht in einer dieser Zellen verbracht, wissen Sie, was das für ein Gefühl ist?«

»Ich kann es mir vorstellen«, antwortete Henderson. »Und ich werde mich bemühen, dafür zu sorgen, dass man es Ihnen etwas bequemer macht. Das Beste, was Sie allerdings für sich tun könnten, wäre, ein Geständnis abzulegen. Sie hätten dann auf der Stelle Zugang zu einem Anwalt Ihrer Wahl, und später vor Gericht würde man Ihre Reue und Ihre Kooperation zu schätzen wissen.«

»Wie soll ich etwas bereuen, dass ich nicht getan habe?«, entgegnete sie verzweifelt.

Die Frage konnte ihr Henderson nicht beantworten. »Ich kann Ihnen nur raten, es nicht länger aufzuschieben«, sagte er, ehe er den Klingelknopf drückte, um die Verdächtige abholen zu lassen.

10

*W*as war mit Miriam, mit seiner geliebten May? Was machte sie jetzt gerade durch, was tat man ihr an, zu was zwang man sie gerade?

Frank, der seinen ersten vollen Tag auf Brandons Plantage verbrachte, war nicht in der Lage, an etwas anderes zu denken. Während er versuchte, sich in die Arbeitsprozesse einzufinden, drehten sich seine Gedanken unaufhörlich im Kreis.

Er sah sie vor sich, seine schöne, geliebte, geheimnisvolle Unbekannte, die man gefangen und eingesperrt hatte, um ihr das schlimmste aller Verbrechen nachzuweisen. Wurde sie verhört, schikaniert, misshandelt? Fühlte sie sich einsam und verzweifelt? Hatte man sie womöglich schon dazu bewogen, die furchtbare Tat zu gestehen?

Wann immer er sich fragte, ob er sie für die Täterin hielt oder nicht, geriet er ins Schwanken. Eine Hälfte von ihm schloss es vollkommen aus, dass ein so zauberhaftes, zartfühlendes Geschöpf wie Miriam einen anderen Menschen getötet haben könnte. Die zweite

Hälfte hingegen traute ihr die Tat durchaus zu. Was wusste er schon über sie? Sie hieß nicht einmal Miriam, und was für verborgene Kräfte und Leidenschaften in ihr tobten, hatte er selbst in jener Nacht erlebt.

Sie war ganz gewiss kein scheues Reh, so wie Dick Stanley Sanjah bezeichnet hatte.

Eher glich sie einer Löwin, die vor nichts mehr zurückschreckte, wenn sie sich zum Kampf entschlossen hatte.

Ihre Ehe mit dem allseits verhassten Brandon, der sie vor aller Augen gedemütigt hatte, musste die Hölle gewesen sein. Dass sie das alles nicht länger ertragen und im Affekt zur Waffe gegriffen hatte, war durchaus denkbar.

Und es rüttelt nicht an meiner Liebe, stellte er nicht ohne Verwunderung fest. *Nur an meinen Chancen, diese ganze Tragödie doch noch zu einem glücklichen Ende zu wenden und mir mit ihr ein Leben aufzubauen,* fügte er in Gedanken niedergeschlagen hinzu.

Wenn sie ein Geständnis abgelegt hatte, würde sie im besten Fall lebenslänglich hinter Gittern verschwinden, und keine Macht der Welt konnte ihr mehr helfen.

Frank rief sich zur Ordnung. Er durfte so nicht denken. Wenn er Miriam helfen wollte, musste er den Mut und die Nerven bewahren. Das Beste, was er dafür tun könnte, war, zunächst von ihrer Unschuld auszugehen. Ohnehin war das ein Rechtsgrundsatz, auf den jeder Mensch ein Anrecht hatte: Im Zweifel für den

Angeklagten. Solange ihre Schuld nicht erwiesen war, durfte sie auch nicht als Mörderin verurteilt werden.

Schon gar nicht von dem Mann, der sie liebte und auf ihrer Seite stand.

Stattdessen wollte er über die Menschen, die er in den vergangenen vierundzwanzig Stunden hier kennengelernt hatte, gründlich nachdenken und überlegen, ob einer von ihnen als Mörder infrage kam.

Den alten Kenneth schloss er umgehend aus. Er fand weder ein Motiv für den Mann, noch hielt er ihn körperlich für fähig, den kräftigen Brandon so einfach auszuschalten.

Phil Monterey und Dick Stanley hingegen waren gesunde, kräftige junge Männer und ganz sicher in der Lage, einen anderen Mann zu überrumpeln und zu erschießen. Welchen Grund sollten die beiden jedoch gehabt haben? Allem Anschein nach fühlten sie sich auf der Plantage wohl, wurden ordentlich für ihre Arbeit bezahlt und halbwegs anständig behandelt. Richard Brandon hatten sie kaum je zu Gesicht bekommen, und selbst wenn es ihnen aus unerfindlichen Gründen widerstrebt hätte, noch länger für ihn zu arbeiten, hätten sie es nicht nötig gehabt, zu so drastischen Maßnahmen zu greifen. Eine schlichte Kündigung hätte ausgereicht. In Gedanken strich Frank die beiden Assistenten von der Liste.

Blieb die schwarz gelockte Olga. Ihr traute Frank alles Erdenkliche zu, und nach einem Motiv brauchte er in ihrem Fall auch nicht lange zu suchen. Es lag nahe, dass sie zu irgendeinem Zeitpunkt mit Brandon ein Verhältnis gehabt hatte. Womöglich hatte er ihr die Ehe versprochen, um bei ihr ans Ziel zu kommen, und hatte sie hinterher fallen lassen, wie die sprichwörtliche heiße Kartoffel.

Olga Kenneth war keine Frau, die so etwas hinnehmen und darüber hinwegkommen würde. Er konnte sich vorstellen, dass sie den Groll darüber jahrelang hegte und auf den passenden Moment für ihre Rache wartete. Hätte Frank eine Wette auf die Person abschließen müssen, die ihm als Täter am wahrscheinlichsten vorkam, so hätte er sein Geld auf Olga gesetzt.

Dass einer der Einheimischen geschossen hatte, war hingegen unwahrscheinlich. Ganz ausschließen durfte er jedoch auch das nicht, denn die Arbeiter auf der Plantage lebten bereits lange genug mit Weißen zusammen, um ihre Scheu vor Schusswaffen verloren zu haben. So ein Revolver mochte für die meisten von ihnen längst kein geheimnisvolles Zauberwerk mehr sein, das sie kaum zu berühren wagten. Und das, was Brandon dem Mädchen Sanjah antat, war für jeden Vater oder Bruder ein Motiv, wie Frank es sich stärker kaum vorstellen konnte.

Es war an der Zeit, die Augen und Ohren offen zu halten, über nichts und niemanden ein vorschnelles Urteil zu fällen, sondern so viel wie nur möglich in Erfahrung zu bringen.

Den Vormittag verbrachte Frank damit, sich von Dick Stanley zu Pferd über das gesamte Gelände führen zu lassen und sich mit den Örtlichkeiten und Gegebenheiten vertraut zu machen. Der lange Ritt tat ihm gut, er lüftete ihm trotz der drückenden Hitze den Kopf aus. Außerdem ergab sich auf diese Weise eine günstige Gelegenheit, den ersten Assistenten über die Lebensumstände der einzelnen Bewohner auszuhorchen. Im Gegensatz zu den übrigen war Dick Stanley nicht schweigsam, sondern ausgesprochen gesprächig. Frank gab sich Mühe, dem jungen Amerikaner seine Fragen unauffällig zu stellen.

»Sie wissen gar nicht, wie froh ich bin, dass Sie jetzt da sind, old boy«, sagte er, nachdem sie bereits ein ganzes Stück Seite an Seite geritten waren und nun an den Reihen der Gummibäume vorbeitrabten. »Wenn ich ehrlich bin, habe ich mich hier ziemlich einsam gefühlt. Der alte Kenneth taugt als Gesellschaft weniger als eine Klostervorsteherin, und Phil ist ein lieber Kerl, aber Sie haben ihn ja erlebt. Viel los ist mit ihm nicht, und wenn man mehr als zwei Worte aus ihm herauskriegen will, braucht man einen Dosenöffner.«

»Bleibt Olga«, wagte Frank einen Schuss ins Blaue.

»Ach Gott«, stieß Dick Stanley hervor, »bei aller Liebe zum weiblichen Geschlecht, aber so von Zeit zu Zeit braucht ein Mann doch einen anderen Mann zum Reden, oder etwa nicht?«

Frank stimmte dem zu, dachte flüchtig an Heinz und dann an William.

»Und dann ist Olga ja auch ein spezieller Fall«, setzte Dick neu an und zügelte sein Pferd, um sich eine Zigarette anzuzünden und Frank ebenfalls eine anzubieten. »Ich hatte eine gute Kinderstube und weiß, dass es sich nicht gehört, über eine Frau zu sprechen, mit der man – nun, mit der man mehr als nur ein gemeinsames Nachtessen genossen hat. Aber wie schon gesagt, unsere Olga ist ein Fall für sich, und Sie werden auch noch merken, was mit ihr los ist.«

»Vielleicht habe ich das schon gemerkt«, sagte Frank und nahm die angebotene Zigarette dankbar entgegen. Es war eine *Chesterfield*, deren kräftige Würze er gern mochte.

Dick lachte. »Das würde mich nicht wundern. Unsere Olga ist von der schnellen Truppe, und sie hat lange kein Frischfleisch mehr bekommen.«

»Frischfleisch.«

»Oh. Ich bitte um Entschuldigung.« Dick grinste und wurde rot bis über beide Ohren. »Olgas Verhältnis zu Männern ist ein wenig ungewöhnlich, und wenn ein Kerl nicht schielt und halbwegs brauchbar gebaut ist, gerät er ihr über kurz oder lang in die Fänge.«

»Aha«, lautete Franks ganze Antwort. Er sah sich durchaus imstande, den Verführungskünsten Olga Kenneths zu widerstehen, aber das behielt er für sich.

»Sie ist ja durchaus nicht ohne Reize«, sprach Dick

weiter. »Im Gegenteil. Als ich hier ankam, fand ich sie geradezu hinreißend und war mehr als stolz, dass sie sich so eingehend mit mir beschäftigte. Meine Begeisterung legte sich allerdings ein bisschen, als ich erfuhr, dass es im Umkreis von zweihundert Meilen kaum einen Mann gibt, dem sie ihre Gunst noch nicht geschenkt hat. Die schwarz gelockte Olga sammelt Liebesabenteuer wie andere Leute Briefmarken. Und wenn man nicht wie eine solche platt gedrückt werden will, sollte man zusehen, dass man rechtzeitig Land gewinnt. Ich habe den Absprung gerade noch geschafft.«

»Und ich nehme an, Olga war nicht allzu glücklich darüber?«, fragte Frank.

»Das könnte man so sagen.« Dick zog die Nase kraus. »Sie haben ja sicher schon gemerkt, dass sie ziemlich exaltiert ist und mit ihren Gefühlen von einem Extrem ins andere schwankt.«

»Ja, ich fand sie auch reichlich seltsam«, erwiderte Frank vage. »Und ich habe mich gewundert, warum sie nie geheiratet hat. An Gelegenheiten kann es ihr hier doch nicht gefehlt haben.«

»An Gelegenheiten nicht«, sagte Dick. »Aber an solchen, die sie für ihrer würdig hält. Unsere Olga ist ein Snob, müssen Sie wissen. Für ein Abenteuer mögen wir gewöhnlichen Sterblichen ihr gut genug sein, aber wer sie zum Altar führen darf, benötigt ein anderes Kaliber. Einer fabelhaften Geschichte zufolge, die sie nicht müde wird zu verbreiten, hat es dieses andere

Kaliber in ihrer Jugendzeit sogar einmal gegeben. Ob das der Wahrheit entspricht, weiß ich nicht, aber in jedem Fall wäre Olga für eine Heirat nicht bereit gewesen, von ihrem hohen Ross zu steigen. Sie betrachtet sich eben immer noch als Tochter eines Plantagenbesitzers.«

»Plantagenbesitzer?«, fragte Frank. »Aber ihr Vater ist doch Buchhalter.«

»Erst seit er seine Plantage in die Pleite laviert hat«, erwiderte Dick. »Bis dahin hat seine kleine Olga gelebt wie eine leibhaftige Fürstentochter. Schweizer Mädchenpensionat und das alles, später zur Saison nach London. Und dort soll es dann geschehen sein, dass sich sage und schreibe ein waschechter Lord in sie verliebte.«

»Ist das die fabelhafte Geschichte?«

Dick nickte.

»Ich würde sie gern hören. Ob sie nun wahr ist oder nicht.«

»Sie ist vor allem tragisch.« Dick verdrehte ironisch die Augen. »Der junge Mann, der angeblich einem der edelsten Geschlechter Britanniens entstammte und sein Herz an unsere Olga verloren hatte, machte dieser nämlich vom Fleck weg einen Antrag. Da sie ihn als ebenbürtig erachtete, willigte Prinzessin Olga hoheitsvoll ein und stürzte sich in die Hochzeitsvorbereitungen. Vier Wochen vor dem glanzvollen Tag verunglückte der Bräutigam jedoch mit seinem Wagen. Er kam ums Leben und Olga um ihre glorreiche Heirat.«

»Tragisch, in der Tat«, brummte Frank. »Und was tat Olga?«

»Angeblich soll sie der Liebe abgeschworen haben und Hals über Kopf nach Paris gefahren sein, um sich mit ihrer unwiderstehlichen Schönheit und dem überragenden Talent in eine Bühnenkarriere zu werfen. Wenn man ihr Glauben schenkt, feierte sie eine Reihe von Triumphen, ehe sie ohne Angaben von Gründen die Stadt der Liebe verließ und hier bei uns in der Einöde auftauchte. Seither macht sie die gesamte Umgegend unsicher, und es sieht nicht aus, als hätte sie vor, noch einmal das Jagdgebiet zu wechseln.«

»Und das, was sie hier geboten bekommt, genügt ihr?«, fragte Frank ein wenig ungläubig.

»Anfangs dürfte es ihr durchaus genügt haben«, erwiderte Dick. »In Paris war sie weg vom Fenster, hier dagegen war sie ein großer Fisch im kleinen Teich. Eine Zeit lang konnte sie sich über Mangel an männlicher Aufmerksamkeit ganz sicher nicht beklagen. Inzwischen aber ist der Lack zum größten Teil ab, das sehen Sie ja selbst. Es wird zunehmend stiller um sie, und wenn man ihr etwas Böses nachsagen will, kann man durchaus behaupten, sie sei zu einer reichlich komischen Figur geworden.«

»Aber aufgeben ist noch nicht ihr Thema?«

Dick lachte laut auf. »Im Gegenteil. Sie beispielsweise haben ihr ausgezeichnet gefallen, haben Sie das denn nicht bemerkt? Sie hat bereits ihre Angel nach Ihnen ausgeworfen.«

»Tatsächlich?«, gab Frank sich ahnungslos, obwohl ihm die Avancen der Frau durchaus aufgefallen waren. »Ich hätte eher gedacht, sie hätte es auf Phil Monterey abgesehen.«

»Nun, das eine schließt das andere nicht aus«, erklärte Dick. »Auf Phil ist sie scharf, da haben Sie ganz recht. Ihr Problem ist nur: Sie hat kein Glück bei ihm. Er bringt es fertig, ihren Reizen zu widerstehen, ganz egal, wie sehr sie sich abstrampelt. Höflich ist er zu ihr wie zu allen anderen, doch darüber hinaus hält er sie auf Abstand.«

»Alle Achtung«, bekundete Frank. »Der junge Mann scheint mir überhaupt einen ganz brauchbaren Eindruck zu machen. Nur kommt es mir vor, als wenn ihn etwas bedrückt.«

»Wenn Sie mich fragen, hat er Komplexe wegen seiner Herkunft«, sagte Dick. »Hier draußen als Mischling zu leben ist alles andere als ein leichtes Schicksal. Man gehört zu keiner der beiden Seiten richtig. Das macht einsam, und wohl aus diesem Grund schließt unser Phil auch keine engeren Freundschaften.«

»Und wie stand er zu Mr. Brandon?«, fragte Frank.

»Wie soll er zu ihm gestanden haben?«, gab Dick zurück. »Ich kann mich kaum erinnern, die beiden einmal bei einem Gespräch gehört zu haben. Brandon beachtete Phil nur, wenn es sich nicht umgehen ließ, und Phil ist ja nun mal keiner, der sich aufdrängt. Sie gingen getrennte Wege. Dass sie Gefühle füreinander hatten, bezweifle ich.«

Sie hatten ihre Pferde im Schritt am langen Zügel dahintrotten lassen, doch jetzt straffte Dick auf einmal den Rücken und nahm die Zügel wieder auf. »Falls Sie nach jemandem suchen, der mit Phil in näherem Kontakt steht, dann halten Sie sich am besten an die kleine Sanjah«, sagte er und trieb sein Pferd mit einem harten Schenkeldruck zu einer schnelleren Gangart an.

Frank hatte Mühe, zu ihm aufzuschließen. »Sie meinen, zwischen Phil und dem Mädchen, das gestern Abend von der Polizei vernommen wurde, geht etwas vor?«

»Eine Zeit lang war ich mir ganz sicher«, antwortete Dick, während sie Seite an Seite dahintrabten. »Mir gefiel die Kleine nämlich selbst ganz gut, aber als ich ein bisschen freundlich zu ihr war und Phils finstere Miene bemerkte, habe ich die Finger von ihr gelassen. Hübsche Mädchen gibt es hier schließlich wie Sand am Meer. Die ganze Sache ist allerdings Monate her. In letzter Zeit habe ich die beiden nicht mehr zusammen gesehen, vielleicht hat sich das totgelaufen.«

Weil Brandon dazwischengefunkt hatte?, durchfuhr es Frank. Wenn das Mädchen Phil etwas bedeutete und er hatte miterleben müssen, wie Brandon sie sich wie einen Gegenstand aneignete, so konnte das durchaus ein starkes Motiv darstellen. Phil war nicht gerade ein

Mann, den er sich leicht als Mörder vorstellen konnte, doch für den Moment war ihm jede noch so kleine Spur, die von Miriam wegführte, recht.

Sie beendeten ihre Inspektion, ließen die Pferde zum Schluss noch ein Stück über offenes Feld galoppieren und wendeten dann die schweißnassen Tiere, um in gemächlichem Schritt zurückzureiten. Auch ihre eigenen Körper waren von Schweiß bedeckt und ihre Hemden durchnässt. Sie hatten die Wohnsiedlung, wo sie zum Lunch erwartet wurden, bereits fast erreicht, als Frank endlich die Frage stellte, die ihm die ganze Zeit auf der Zunge lag.

»Was ist eigentlich mit Olga und Brandon?«, wandte er sich noch einmal an Dick. »Halten Sie es für möglich, dass zwischen den beiden ein Verhältnis bestand?«

»Möglich ist alles«, erwiderte Dick, »und dem Gerede nach hat es ein solches Verhältnis in der Tat gegeben. Aber das war vor meiner Zeit. Seit ich hier bin, gingen die beiden sehr formell, ja geradezu steif miteinander um. Mir schien, er ging ihr aus dem Weg. So als ob sie ihm lästig wäre.«

Eine Weile lang ritten sie schweigend. Als die Häuser der Siedlung bereits zwischen den Bäumen in Sicht kamen, fügte Dick jedoch noch etwas hinzu: »Ich fühle mich nicht wohl dabei, Tratsch über Olga zu verbreiten, denn im Grunde weiß ich ja wirklich nichts Genaues«, sagte er. »Aber wissen Sie, wen Sie fragen können, wenn Sie mehr erfahren wollen? Den alten Fauré, bei dem Sie vorgestern übernachtet haben.«

»Den Franzosen mit dem Gasthaus?«

Dick nickte. »Olga soll jahrelang praktisch seine beste Kundin gewesen sein. Es heißt, sie habe sich von Zeit zu Zeit über Nacht in seinem Etablissement einquartiert, um dort ihre Techtelmechtel mit den Pflanzern der Umgebung auszuleben. Und unser Franzose ist ja einer, der sich in Sachen Liebeshändel nicht die kleinste Kleinigkeit entgehen lässt. Der könnte also Ihr Mann sein.«

»Danke«, war alles, was Frank, der tief in Grübelei versunken war, herausbrachte.

»Und warum Sie das alles wissen wollen, frage ich Sie besser gar nicht erst«, sagte Dick. »Sie werden schon Ihre Gründe dafür haben.«

»Noch einmal danke.«

Die beiden Männer tauschten einen Blick, dann versank ein jeder wieder in seine eigenen Gedanken, und sie legten den Rest des Weges schweigend zurück.

Die Hitze lähmte, legte sich wie ein schweres Gewicht auf seine sämtlichen Körperfunktionen, und doch arbeitete Franks Hirn auf Hochtouren: Phil und Olga! Zwei mögliche Spuren, denen er nachgehen musste. Er würde versuchen, mit beiden näher bekannt zu werden, sich ihr Vertrauen zu erschleichen, um so viel wie möglich von ihnen in Erfahrung zu bringen.

Was Olga betraf, so würde das keine leichte Aufgabe werden, aber es gab nichts, das er nicht getan hätte, um May zu helfen.

Wenn ihr noch zu helfen war. Wenn das Geständnis nicht längst ausgesprochen worden und ihr Schicksal besiegelt war.

11

*D*er Rest des Tages verstrich ohne besondere Ereignisse, und auch der nächste brachte nichts Neues. Frank wurde seiner Unruhe kaum noch Herr. Aus der Stadt traf keine Nachricht ein, was er als gutes Zeichen zu werten versuchte.

Wenn May gestanden hätte, würden sie hier auf Brandons Plantage es nicht als Erste erfahren?

Dann wieder zerstob all seine Hoffnung, und er war überzeugt, dass die Polizei das Geständnis lediglich geheim hielt, bis letzte Fakten überprüft waren. Um sich abzulenken, nutzte er die Zeit, um mit so vielen Leuten wie möglich zu sprechen. Er befragte Diener und Aufseher, versuchte, mit Phil ins Gespräch zu kommen, und verbrachte Zeit mit Olga, so schwer es ihm fiel. Ein Ergebnis erzielte er dabei jedoch nicht. Phil gab ihm auf seine Fragen höfliche, sachliche Auskünfte, verschloss sich jedoch, sobald das Gespräch einen privateren Charakter annahm. Von Olga erfuhr er nichts, was er nicht schon wusste, und die Übrigen schienen nicht mehr Ahnung zu haben als er selbst.

Am Nachmittag lief ihm Sanjah über den Weg, die mit einem Krug zum Brunnen wollte. Frank wollte die Gelegenheit ergreifen und trat vor das Mädchen hin.

»Schön, dich zu treffen«, sagte er. »Wir haben uns ja neulich schon kurz kennengelernt.«

Sanjah senkte den Kopf so tief, dass er nichts als ihren schwarzen Haarschopf zu sehen bekam. »Ja, Herr.«

»Du willst wohl zum Brunnen?«

»Ja, Herr.«

»Bist du dort vielleicht mit jemandem verabredet? Du bist ja jung, und es gibt weitere junge Leute hier.«

»Nein, Herr.«

Frank kam sich vor wie ein Idiot. Wenn er fortfuhr, so linkische Fragen zu stellen, würde er aus dem Mädchen nichts herausbekommen. Was erwartete er überhaupt? Dass sie ihm, einem völlig Fremden, anvertraute, was sie allen anderen verschwiegen hatte, nämlich ob sie einen Liebhaber hatte und ob dieser mit Brandons Tod etwas zu tun hatte?

Sanjah würde den Teufel tun, und er konnte ihr daraus keinen Vorwurf machen.

Auf einmal kam ihm eine Idee. Was war, wenn er so tat, als wolle er Brandons Nachfolger werden? Weiße Männer, die sich den einheimischen Mädchen und Frauen gegenüber betrugen, wie Brandon es getan hatte, gab es zuhauf, weshalb sollte der neue Verwalter also nicht einer von ihnen sein? Falls Dicks Verdacht aber zutraf und zwischen den beiden ein Verhältnis bestand, würde Sanjah gewiss zu dem jungen Assistenten laufen und ihm von den Avancen des Verwalters erzählen. Die Chance bestand, dass Phil ihn zur Rede stellte und dass er auf diese Weise doch noch etwas erfuhr.

Das Verhalten von Männern wie Brandon widerstrebte ihm aus tiefstem Herzen, und umso mehr Überwindung kostete es ihn, nun selbst als ein solcher Mann aufzutreten. Der Gedanke an May trieb ihn jedoch an. Sie brauchte ihn. Wenn er ihr nicht half, war sie verloren.

Entschlossen trat er noch einen Schritt vor. Als Sanjah zurückweichen wollte, griff er nach ihrem Arm. »Du bist ein recht hübsches Mädchen«, sagte er und tätschelte ihr die Wange. »Hast du nicht Lust, mich einmal in meinem Bungalow besuchen zu kommen?«

Sanjah gab keine Antwort. Frank konnte spüren, wie ihr zarter Körper sich unter seiner Berührung verkrampfte, und es tat ihm in der Seele weh. Dennoch zwang er sich fortzufahren.

»Es wird sich für dich lohnen«, sagte er. »Ich könnte eine hübsche Dienerin wie dich gut gebrauchen. Wäre es nicht eine reizvolle Aufgabe für dich, bei mir Dienerin zu werden?«

»Nein, Herr«, war alles, was sie herausstieß. Dann wirbelte sie herum und rannte den Weg hinunter davon.

Frank blieb nichts übrig, als zu warten. Wenn sein

Plan aufging und Phil seinen Köder schluckte, würde er hoffentlich demnächst von dem zweiten Assistenten hören.

Nach dem Abendessen setzte er sich im Verwaltungsgebäude ins Büro, um die Bücher, die Kenneth führte, einzusehen. Der alte Buchhalter war bereits zu Bett gegangen, aber nach einiger Zeit trat seine Tochter Olga in den Raum.

»Oho«, bemerkte sie. »Ich hatte Licht gesehen und wollte nachschauen, wer hier so spät noch so fleißig ist.«

»Ich dachte, es wäre eine gute Gelegenheit, mich mit den Büchern vertraut zu machen«, antwortete Frank.

»Eine ausgezeichnete Gelegenheit.« Der Blick, den sie ihm zuwarf, machte deutlich, dass sie nicht von Kontobüchern sprach. Sie kam zu ihm, setzte sich auf die Schreibtischkante und beugte sich so tief hinunter, dass ihre Köpfe sich um ein Haar berührten.

»Sie sind ein tüchtiger Mann, Frank. Und ein kluger dazu.« Ihre Hand streifte wie durch Zufall die seine. »Wissen Sie, was ich mich frage? Was verschlägt einen so klugen und tüchtigen Mann ausgerechnet hierher?«

Der Blick, mit dem sie den seinen suchte, war nicht anders als kokett zu nennen. Frank wich ihm nicht aus. »Ach, dies und das«, antwortete er mit einem kleinen Lachen. »Vor allem Abenteuerlust, nehme ich an.«

»Abenteuerlust, ich verstehe.« So, wie sie ihren Körper neigte, war es praktisch unmöglich, nicht auf den

Ansatz ihrer üppigen Brüste zu sehen, die sich aus der offen stehenden Bluse drängten. »Dann haben sich mit uns beiden ja zwei gesucht und gefunden. Mir steht nämlich ebenfalls der Sinn nach Abenteuern. Routine und Sicherheit sind so geisttötend, finden Sie nicht auch, mein Lieber?«

»Sagen wir, Sie können auf Dauer recht eintönig werden«, stimmte er ihr halb zu und gab sich Mühe, ihr Flirten zu erwidern. »Sie allerdings leben hier schon seit Jahren, was Ihre Abenteuerlust ja wohl kaum befriedigt. Was verschlägt Sie hierher? Allein die Sorge um Ihren Vater?«

»Nein, mein Lieber, beileibe nicht nur.« Sie legte ihre Hand über seine und senkte die Lider, was ihrem Gesicht einen tragischen Ausdruck verlieh. »Mein Vater ist rüstiger, als es den Anschein hat. Ja, er lässt sich ganz gern von mir bedienen, und ich bin ihm immer eine pflichtbewusste Tochter gewesen, aber der wahre Grund, der hinter meinem Leben in der Einöde steckt – der ist ein anderer.«

Sie richtete sich auf, zog ihm das Kontobuch, das er aufgeschlagen hatte, weg und schob es beiseite. »Hören Sie, Frank, diese Bücher laufen Ihnen nicht weg. Warum lassen Sie sich nicht von mir zu einem guten Glas Wein einladen. Dabei können wir zwei Abenteurer einander ein wenig aus unserem Leben erzählen, oder?«

Nichts lieber als das, dachte Frank grimmig und ließ sich von ihr vom Schreibtisch wegziehen.

Sie führte ihn in einen Nebenraum, eine Art kleines Boudoir, das in dunklen Rottönen eingerichtet war. Offenbar hielt sie hier Hof, denn es lagen sämtliche Utensilien bereit. Aus einem Spind förderte sie eine Flasche alten Burgunder und zwei fein geschliffene Kristallgläser zutage, die sie ihnen bis knapp unter den Rand füllte. Dazu kredenzte sie zartes Blätterteiggebäck und schwere, französische Zigaretten.

»Für unsereins ist ein wenig Kultiviertheit doch hin und wieder unerlässlich, geht es Ihnen nicht auch so, Frank?« Sie nahm im Sessel gegenüber dem seinen Platz und stieß über dem Teetisch mit ihm an. »Hier spricht es sich leichter, finde ich. Vor allem, wenn es um Geheimnisse des Herzens geht.«

»Geheimnisse des Herzens?«, fragte er nach und hielt dem verlangenden Blick ihrer Augen statt. »Sie hatten mir von dem wahren Grund erzählen wollen, der Sie hierher verschlagen hat. Wenn ich ehrlich bin, hatte ich bereits angenommen, dass es sich dabei um ein Geheimnis des Herzens handelt.«

»Dann haben Sie ganz richtig angenommen.« Olga verlieh ihrer Stimme einen Klang, der zum tragischen Ausdruck ihres Gesichtes passte. »Es geht um das wohl Schlimmste, das einem im Leben passieren kann – um den Verlust des geliebtesten Menschen, des Seelengefährten, wie er niemals zu ersetzen ist. Sie verstehen mich, habe ich recht, Frank?«

»Ich gebe mir Mühe«, sagte er. »Wenn Sie mir

ein wenig mehr erzählen, fiele es mir leichter, liebe Olga.«

»Nur keine Sorge«, erwiderte sie, »ich werde Ihnen alles erzählen. Sie wissen ja nicht, wie froh ich bin, endlich auf einen Menschen zu stoßen, der klug, kultiviert und einfühlsam genug ist, um Verständnis aufzubringen.«

»Sie schmeicheln mir.«

»Aber nicht doch, bester Frank. Eine Frau wie ich erkennt einen Gentleman, wenn sie einen vor sich hat. Sie müssen nämlich wissen, dass dies hier durchaus nicht die Kreise waren, in denen ich mein Leben zu verbringen gedachte. Für mich war einst ganz anderes vorgesehen. Höheres. Ich habe auf einem Gipfel gestanden, auf denen wohl den meisten jungen Damen schwindlig geworden wäre, der für mich jedoch mein eigentliches Element war. Das Schicksal hat es anders gewollt. Es stürzte mich aus der hellsten, luftigsten Höhe in den schwärzesten Abgrund hinab.«

Frank bekundete Mitleid, ja geradezu Entsetzen, was Olga darin bestärkte, ihm die ganze betrübliche Geschichte von ihrem verlorenen Bräutigam zu erzählen. Diese deckte sich im Wesentlichen mit Dick Stanleys Bericht. Nur gehörte der so jung und tragisch Verstorbene, dessen Ring sie am Finger getragen hatte, in ihrer Version einem Zweig der britischen Königsfamilie an, und die gesellschaftlichen Triumphe, die sie als verlobtes Paar gefeiert hatten, bezogen die Adelshäuser von ganz Europa ein.

»Ich bin sicher, Sie werden begreifen, was ein derart schmerzlicher Einschnitt für das Leben einer Frau bedeutet«, beendete sie das Kapitel ihrer Memoiren. »Man setzt eine gleichmütige Miene auf und geht seinen Verrichtungen nach, weil das Schicksal einem ja keine Wahl lässt. Aber im Herzen, hier im Innern«, sie schlug sich mit der Faust auf die Brust, »da kommt man niemals darüber hinweg.«

Frank bemühte sich um ein verständnisvolles Nicken.

»Für mich war die Welt untergegangen«, klagte Olga weiter. »Und es hat lange dauerte, bis ich mich zumindest so weit erholt hatte, dass ich am Leben wieder teilnehmen konnte.«

»Es muss furchtbar für Sie gewesen sein.« Mehr fiel ihm nicht ein, was vermutlich daran lag, dass sein Verstand sich vehement sträubte, der Geschichte Glauben zu schenken. Olga Kenneth genügte seine Reaktion jedoch vollkommen.

»Ich wusste, Sie würden mich verstehen, Frank, ich habe so etwas einfach im Gespür.« Sie seufzte auf und senkte ihren Blick tief in seinen. »Sie haben sich gewundert, warum ich in solchen Umständen lebe, warum eine Frau wie ich sich in dieser Einöde vergräbt und scheinbar keine Wünsche mehr an das Leben hat. Jetzt aber begreifen Sie, wie es in mir aussieht, nicht wahr? Diese Verlobung war alles für mich. Ein Leben an James' Seite hätte mir beschert, was immer ich mir nur wünschen konnte: eine glückliche, liebevolle Ehe gepaart mit den glänzenden gesellschaftlichen Aussichten, die meiner Erziehung und meiner Veranlagung entsprachen.«

Sie füllte die Gläser noch einmal, trank ihm zu und sandte ihm unter gesenkten Wimpern einen seelenvollen Blick. »Auf alle verlorenen Träume, Frank. Auf die Liebe, die unsterblich ist. Natürlich hat es mir nach James' Tod an Anträgen nicht gefehlt. Im Gegenteil, ich hatte regelrecht das Gefühl, die jungen Herren meiner Umgebung würden zu Geiern, die sich auf die trauernde Witwe nur so stürzten. Mir aber war es nicht möglich, irgendeinem Mr. Smith oder Mr. Miller mein Jawort zu geben, nur um verheiratet und versorgt zu sein. Halten Sie mich deshalb für hochmütig, Frank?«

»Aber nicht doch«, beeilte er sich zu versichern.

»Danke«, hauchte sie. »Es war nämlich keineswegs Hochmut, der mich von einer weiteren Verlobung abhielt, sondern die Gewissheit, dass ich keinen Mann jemals so würde lieben können wie meinen wundervollen James.«

»Sie haben ihn wirklich sehr geliebt«, murmelte Frank und schien auch damit ins Schwarze zu treffen. Über Olgas Züge ging ein wehmütiges Lächeln.

Ihren Blick ließ sie dabei weiterhin unverwandt auf ihm ruhen. »Ja, das habe ich«, sagte sie. »Und er hatte diese Liebe verdient. Es gibt nur wenige Männer die imstande sind, eine Frau glücklich zu machen. Zumindest eine Frau wie mich, die sich nicht mit ein paar hingeworfenen Brocken abspeisen lässt, sondern an ihr Gegenüber Ansprüche stellt. Dass einer Frau wie mir die wahre Liebe begegnet, kommt nicht allzu oft vor, und wenn es geschieht, ist es ein unermessliches Geschenk.«

Unvermittelt musste Frank an das Gespräch denken, das er mit Miriam geführt hatte. Im Grunde hatten beide Frauen sich ähnlich geäußert, und doch hatte er die Worte der einen mit ganzer Seele aufgenommen und seine eigenen Gefühle in ihren gespiegelt gefunden, während er es als regelrecht qualvoll empfand, der anderen zuzuhören, weil ihm alles, was sie sagte, künstlich erschien.

»Liebe und Heirat waren für mich keine Option mehr«, fuhr sie fort. »Aber das Leben schien mir noch einmal einen Weg zu bieten, den ich trotz allem gehen konnte: die Kunst. Ich war immer außergewöhnlich musikalisch gewesen und besaß eine herrliche Stimme. Meine Lehrer im Pensionat hatten mich gedrängt, sie ausbilden zu lassen, und jetzt war ich darüber froh. In der Musik fand ich die Erfüllung, die mir unter den Menschen versagt bleiben würde. Ich ging nach Paris ans Theater und konnte praktisch über Nacht Erfolge feiern.«

Sie erhob sich, warf ihm über die Schulter hinweg

einen erwartungsvollen Blick zu. »Wenn Sie möchten, kann ich Ihnen ein paar Bilder aus meiner Zeit an der Bühne zeigen. Ich nehme an, dass ein kultivierter Mann wie Sie an so etwas Interesse hat.«

»Aber mit dem größten Vergnügen«, versicherte Frank ihr hastig. »Ich würde mich sehr geehrt fühlen.«

Olga war längst zur Anrichte enteilt, deren Schublade sie einen Stoß Fotoalben, lose Aufnahmen, Autogrammkarten, Programme und aus Zeitungen ausgeschnittene Kritiken entnahm. Zum Tisch zurückgekehrt, breitete sie die ganze Pracht vor ihm aus, schob Bilder vor ihn hin und ließ ihn Posen bewundern, in denen sie besonders reizvoll wirkte.

Frank blätterte durch die Aufnahmen. Die meisten zeigten Olga in knappen, dekorativen Kostümen und in Haltungen, die eindeutig lasziv und aufreizend angelegt waren. Offenbar hatte sie vorwiegend in Revuen gespielt, für die Paris berühmt war und die in erster Linie von Männern besucht wurden. Er konnte nicht leugnen, dass sie auf den meisten dieser Bilder prachtvoll und unwiderstehlich aussah, wenn man den Typ Frau mochte. Sie war von üppiger, sinnlicher Schönheit und versprühte Verheißung und gefährliche Glut, an der ein Betrachter sich verbrennen würde, wenn er nicht aufpasste.

»Hier sehen Sie mich in der Rolle der Kleopatra«, erklärte sie und legte ein Bild vor ihn hin, auf dem sie höchst spärlich bekleidet im Halbsitz posierte und unter tiefschwarzem Haar mit verschleiertem Blick in die Kamera blickte. Sie setzte sich neben ihn auf das schmale Sofa, während sie ihm weitere Bilder präsentierte, beugte sich zu ihm hinüber, um ihm Wein nachzuschenken, und bot ihm Einblick in ihr Dekolleté.

Ihr Knie berührte seines wie zufällig, gleich darauf schmiegte sich ihr Schenkel an seinen. Frank wurde heiß. Er trank den Wein zu schnell. Als die Flasche leer war, förderte Olga Whisky zutage, den sie ihnen beiden großzügig einschenkte. Die Bilder schienen kein Ende zu nehmen, und sie verlor sich regelrecht in ihrem Stolz darauf.

Endlich wagte er, sie zu unterbrechen. Wenn er mit seinen bisher so kläglich verlaufenden Ermittlungen endlich einen Schritt weiterkommen wollte, musste er etwas konkreter werden. »Ihre Laufbahn ist wirklich bemerkenswert«, behauptete er. »Man sieht, dass Sie im Begriff standen, eine der ganz Großen zu werden. Sie werden verstehen, dass ich mich frage, was Sie veranlasst haben könnte, all das aufzugeben und stattdessen hierher zu kommen.«

»Oh ja, das verstehe ich nur zu gut«, erwiderte sie. »Es ist nicht leicht zu erklären. Eines Tages wachte ich auf und stellte fest, dass ich all dessen überdrüssig war. Der Ruhm, die Erfolge, der Applaus – auf einen Schlag bedeutete mir nichts davon mehr etwas. Das Theater war mir verleidet, und die Menschenmassen, die mich wie Motten das Licht von früh bis spät umschwärmten, konnte ich plötzlich nicht länger ertragen.«

Mit einem weiteren leisen Seufzen legte sie eine Pause ein. Frank nickte ihr zu, um sie zum Weitersprechen zu ermuntern. Die Mühe hätte er sich sparen können, denn sie setzte gleich von selbst wieder an.

»Ans Theater gegangen war ich, um mich nach dem Tod meines geliebten James zu trösten. Jetzt aber musste ich begreifen, dass es keinen Trost dafür gab. Mein Schmerz wurde nicht geringer, und ich hatte es satt, tagein, tagaus eine heitere Miene aufzusetzen und die Rolle der gefeierten, beneidenswerten Diva zu spielen, während ich im Innern vor Trauer verging. Ich sehnte mich nach Einsamkeit, nach einem Ort, an dem ich für mich allein das Andenken an James bewahren konnte. So kam ich hierher.«

»Das ist verständlich«, behauptete Frank. In Wahrheit nahm er an, dass die Zeit ihrer bescheidenen Erfolge vorüber gewesen war, sobald sie die erste Jugendblüte hinter sich hatte. Eine Schauspielerin von Format hatte wohl kaum in ihr gesteckt, und so war sie nach ein paar Jahren vermutlich gezwungen gewesen, sich ein anderes Auskommen zu suchen.

»Sie kamen also her und sind seither geblieben?«, fragte er nach.

»Anfangs hatte ich vor, mich lediglich ein paar Wochen lang zu erholen«, antwortete sie. »Aber die Stille und die Abgeschiedenheit gefielen mir. Mit jedem Tag, der verstrich, wuchs meine Abneigung gegen den Gedanken, in die laute, gehässige Welt zurückzukehren. Ich erkannte, dass es dort nichts mehr gab, das mich verlockte. Hinzu kam mein Vater, der gesundheitlich nicht mehr auf der Höhe war und meiner Unterstützung bedurfte. So bin ich also geblieben. Und nun bin ich schon so lange hier, dass ich mich mit diesem Land und der Plantage regelrecht verwachsen fühle.«

Sie sandte ihm ein Lächeln und füllte ihre Gläser noch einmal nach, obwohl Frank das seine noch nicht geleert hatte.

»Dann kannten Sie ja sicherlich auch Mr. Brandon recht gut«, ließ Frank in harmlosem Ton fallen.

»Oh ja, sogar sehr gut«, gab Olga freimütig zu. »Ich mochte ihn sehr. Eine Menge Leute neideten ihm seinen Erfolg, hielten ihn für machtgierig und rücksichtslos, aber ich war in der Lage, diese Eigenschaften richtig einzuschätzen. Er war ein großer Mann und hatte ein großes Ziel – das erreicht man nicht, indem man kleine Brötchen backt, wenn ich mich einmal so salopp ausdrücken darf.«

»Nein, ganz sicher nicht«, murmelte Frank, der in Gedanken fieberhaft nach einem Weg suchte, tiefer in sie zu dringen. Er konnte sie schließlich nicht geradeheraus fragen, ob sie mit Brandon ein Verhältnis gehabt hatte und wie und warum dieses beendet worden war.

»Mr. Brandon schätzte mich sehr«, erzählte Olga

weiter. Ihr Lächeln bekam eine kokette Note, und ihre Schulter streifte die seine. »Ich denke, vor Ihnen darf ich offen bekennen, dass er eine unleugbare Schwäche für mich hegte. Ich war ja um einiges jünger, als ich damals herkam, und ich sage wohl nicht zu viel, wenn ich behaupte, dass ich damals eine ausgesprochene Schönheit war.«

»Daran hat sich bis heute nichts geändert«, parierte Frank galant. »Dass ein Mann wie Mr. Brandon eine Schwäche für Sie hegte, verwundert mich nicht.«

»Frank! Sie sind ja ein richtiger Schmeichler!« Spitz lachte Olga auf. »Und dabei wird doch immer behauptet, den Deutschen seien Heuchelei und hohle Phrasen fremd. Darf ich dann also annehmen, dass Ihre Worte ernst gemeint sind?«

»Das dürfen Sie nicht nur, Sie müssen es«, sagte Frank und verspürte urplötzlich den Wunsch, hinter seinem Rücken die Finger zu kreuzen wie als kleiner Junge, wenn er eine Lüge ungeschehen machen wollte.

»Sie wissen nicht, wie viel mir das bedeutet«, hauchte Olga und sah ihm voller Verheißung entgegen. Sie griff nach ihrem Glas, und er beeilte sich, das seine zu heben, um mit ihr anzustoßen, ehe sie noch näher rückte. Der Duft ihres schweren, süßlichen Parfüms, vermischt mit frischem Schweiß, umnebelte bereits sein Gesicht, und bei der nächsten Bewegung in seine Richtung hätte sie ihm praktisch auf dem Schoß gesessen.

»Es tut so gut, endlich wieder einmal mit einem Mann zu plaudern, der klug, gebildet und zuvorkommend ist«, sagte sie. »Mit einem wirklichen Mann eben, nicht mit einem dieser noch grünen Jungen, wie wir sie hier zuhauf herbekommen.«

Frank gab sich Mühe, ihr Lächeln zu erwidern, während er aus dem Augenwinkel auf seine Uhr schielte. Es war halb elf. Höchste Zeit, den Rückzug anzutreten, wenn er den Tag morgen halbwegs ausgeruht beginnen wollte. Um den Abend nicht völlig ergebnislos zu beenden, kam er noch einmal auf sein Anliegen zurück. »Vielleicht hat Sie ja auch das zu Mr. Brandon gezogen?«, fragte er so taktvoll, wie es ihm möglich war. »Der Wunsch, mit einem erwachsenen Mann, einem Gegenüber auf Augenhöhe zu verkehren?«

»Das sehen Sie ganz richtig«, erwiderte Olga. »Und dieser Wunsch war beiderseitig, vonseiten des armen Richard sogar noch bedeutend stärker als von der meinen. Sehen Sie, Frank, ich hänge es nicht an die große Glocke, weil ich Richard nicht im Nachhinein bloßstellen möchte, aber er hat mich mehr als einmal eindringlich gebeten, seine Frau zu werden. Wäre es mir gelungen, mich über meine Vergangenheit und meine Trauer um James hinwegzusetzen, hätte ich ihn vielleicht sogar erhört, auch wenn es von meiner Seite aus nicht die große, flammende Liebe war. Man kann schließlich auch auf gegenseitiger Sympathie ein zufriedenes Eheleben aufbauen, meinen Sie nicht auch?«

»Zweifellos«, sagte Frank, der nicht die geringste Ahnung hatte, ob man dergleichen konnte, und der nicht vorhatte, es auszuprobieren. Er war in Peggy leidenschaftlich verliebt gewesen, und er hatte mit Miriam in einer einzigen Nacht die Fülle von Empfindungen kennengelernt, die er fortan als Liebe bezeichnen würde. Einen anderen Grund für eine Heirat gab es für ihn nicht. Lieber blieb er allein, als einen Kompromiss einzugehen, der höchstens dazu taugte, ihn an das zu erinnern, das er nie besitzen würde.

»In jedem Fall wäre Richard mit mir glücklicher geworden als mit der kaltherzigen Egoistin, die er dann schließlich geheiratet hat«, sagte Olga. »Und der arme Kerl wäre noch am Leben.«

Sie schenkte sich noch Whisky nach, ohne jedoch Franks Glas, das noch unberührt war, zu bedenken. Stattdessen schmiegte sie sich jetzt mit der ganzen Länge ihres Körpers an den seinen. Frank brach von Neuem der Schweiß aus. *Oh Miriam,* dachte er mit wachsender Verzweiflung, *wenn du nur wüsstest, was ich alles für dich auf mich nehme.*

Er nahm sich zusammen und bemühte sich wieder um einen geradezu beiläufigen Ton. »Ihren Worten entnehme ich, dass Sie auch Mrs. Brandon recht gut kannten?«, fragte er.

Höhnisch lachte Olga auf. »Ich kannte sie gut genug, um zu wissen, was für eine Art von Frau der arme Richard sich da aufgehalst hatte. Dieses Weibsstück ist kalt und berechnend, sie hat kein Herz und nicht das geringste Gefühl. Eine schwarze Witwe. Für sie ist ein Mann nur Mittel zum Zweck. Und Brandon, der noch immer unter meiner Zurückweisung litt, war empfänglich genug, um auf ihr böses Spiel hereinzufallen.«

Mit einem Hass, der Frank trotz allem, was er bereits wusste, schockierte, begann sie, über May herzuziehen. Sie malte ihm deren Vorleben in den düstersten Farben aus, berichtete von zahllosen Affären und ließ die Feindin als eine Frau dastehen, die sich von einer Prostituierten kaum unterschied.

»Sie hat all die Männer in ihrem Leben nur benutzt«, zog sie am Ende ihr Fazit. »Ihr Pech war nur, dass es mit ihrer Unwiderstehlichkeit nicht ganz so weit her war, wie sie glaubte. Letzten Endes war sie es, die fallen gelassen wurde und immer tiefer sank. Auch der arme Richard hat nur allzu bald bereut, dass er ihr in die Fänge geraten war. Aber da war es zu spät. Sie trug seinen Namen und seinen Ring am Finger, und ihm blieb nichts übrig, als gute Miene zum bösen Spiel zu machen.«

Frank ließ sie reden und hing seinen eigenen Gedanken nach. Dass er sich zunehmend unbehaglich fühlte, lag nicht allein an der körperlichen Nähe, auf der Olga weiterhin beharrte, sondern ebenso an dem, was er erfahren hatte.

Natürlich war ihm klar, dass Olgas Hasstiraden zu großen Teilen ihrer Eifersucht entsprangen und dass er das meiste als Übertreibung oder Verfälschung ansehen musste. Dennoch kam er an der Erkenntnis nicht vorbei, dass Miriam ohne Gefühl und aus reiner Berechnung die Ehe mit Brandon eingegangen war. Das sprach nicht für sie, und der Gedanke rief ihm Peggy ins Gedächtnis und sorgte für bitteren Schmerz. Auch sie, seine zauberhafte blonde Träumerin, war also in der Lage, einen Mann lediglich zu heiraten, um sich Vorteile zu verschaffen, auch sie steckte voller Schwächen und Fehler.

Er versuchte sich ihre Lage vor Augen zu halten, die elende Armut, in der sie vermutlich damals gelebt hatte, noch dazu als Frau in einem fremden Land und ohne die Möglichkeit, sich wie ein Mann aus eigener Kraft aus dem Sumpf herauszukämpfen. Sie hatte offenbar keinen Menschen gehabt, an den sie sich um Hilfe hätte wenden können. Irgendwann war sie müde geworden und hatte die Sicherheit einer Ehe diesem zermürbenden Leben vorgezogen, was im Grunde zu verstehen war.

Frank gab sich alle Mühe, die geliebte Frau auf diese Weise zu entschuldigen, doch der Stachel schmerzte weiter. Wie er es auch drehte und wendete, es blieb die Tatsache bestehen, dass sie sich mit Vorsatz einen reichen Mann geangelt hatte, um sich ein bequemes, sorgloses Leben zu sichern. Die Gefühle dieses Mannes hatten dabei keine Rolle gespielt.

Natürlich war sie hart dafür bestraft worden, hatte

in ihrer Ehe die Hölle durchgemacht und war am Ende womöglich dafür zur Mörderin geworden. Aber nicht einmal das nahm dem Stachel die Schärfe. Er hatte in Miriam eine Frau sehen wollen, die mit Peggy nicht das Geringste gemeinsam hatte, und jetzt musste er feststellen, dass er eine solche Frau in ihr nicht finden konnte.

Ich werde mir das, was ihr geschehen ist, von ihr noch einmal schildern lassen, beschloss er. *Es wird anders klingen, wenn sie mir ihre Beweggründe erklärt, und ich werde in der Lage sein, sie zu begreifen.*

Vorerst aber zählte nur eines: Er musste einen Weg finden, sie aus dem Polizeigewahrsam zu befreien, und dazu brauchte er weitere Informationen von Olga. »Sie glauben also auch, dass Mrs. Brandon die Täterin ist?«, nahm er das Gespräch wieder auf.

»Aber ich bitte Sie, mein Lieber!«, rief Olga aus und warf den Kopf in den Nacken, als lache sie über einen gelungenen Witz. »Nach allem, was ich Ihnen gerade erzählt habe, kann doch daran wohl nicht der geringste Zweifel bestehen. Sie hat es getan. Und wenn Sie mich fragen, dann gibt es irgendwo einen Liebhaber, der nur darauf wartet, den armen Richard zu beerben. Vermutlich verfügt er über Geld und Beziehungen und ist überzeugt, sie problemlos außer Landes zu schaffen. Aber diesmal hat die Schlange May sich verrechnet. Sie hat einen Fehler nach dem anderen gemacht und ist in ihre eigene Falle getappt. Aus der kann kein Liebhaber der Welt sie mehr retten, und das ist gut so. Es wird höchste Zeit, dass dieser Person das Handwerk gelegt wird, ehe noch mehr unschuldige Menschen durch ihre Hand zu Schaden kommen.«

Mit jedem Wort wurde ihre Aussprache undeutlicher, und der letzte Satz ließ sich kaum noch verstehen. Sie griff erneut zur Flasche, um sich den Rest des Whiskys einzuverleiben, und Frank begriff, dass er an diesem Abend nichts Brauchbares mehr aus ihr herausbekommen würde. Immerhin war jedoch eine Art von Vertrautheit aufgebaut, an die er wenn nötig würde anknüpfen können. Olga schien ihm blindlings zu vertrauen, und genau das war es, was er brauchte.

Er sah auf seine Uhr. »Ich genieße unsere Unterhaltung sehr«, log er, »aber ich fürchte, für mich wird es allmählich Zeit fürs Bett, wenn ich morgen früh in der Lage sein will, meine Arbeit zu verrichten.«

»Sie wollen doch nicht etwa schon gehen?«, lallte sie mit einer Zunge, die ihr morgen früh vermutlich wie ein totes Pelztier am Gaumen kleben würde. »Wie schade, Frank. Gerade jetzt, wo wir einander so gut kennengelernt haben.« Sie legte eine Hand auf sein Knie und ließ die Finger darauf spielen.

»Ich bedaure es auch sehr«, sagte Frank und sprang auf, als hätte ihn etwas gestochen. Er fühlte sich am ganzen Körper klebrig und konnte es nicht erwarten, sich in seinem Bungalow von Kopf bis Fuß mit kaltem Wasser zu waschen. »Wenn morgen kein Arbeitstag wäre, würde ich unser Beisammensein sicher nicht so früh beenden. Aber es braucht ja nicht das letzte Mal gewesen sein.«

»Das will ich doch hoffen, dass es nicht das letzte Mal ist«, brachte sie lallend hervor und lächelte mit halb geöffneten, feucht glänzenden Lippen zu ihm auf. »Ich wünsche mir noch viele so erfreuliche Stunden mit Ihnen, mein Lieber. Sogar noch viel erfreulichere als heute ...«

Ihr Zustand kam ihm zugute. Wäre sie weniger betrunken gewesen, hätte sie ihn vermutlich so einfach nicht davonkommen lassen. So aber gelang es ihm, sich mit einer Verbeugung und ein paar Versprechungen zu verabschieden und das Gebäude in höchster Eile zu verlassen.

Vor der Tür blieb er stehen und atmete erleichtert auf. Die Nachtluft war noch immer schwül, sie hatte sich nur geringfügig abgekühlt, doch in diesem Augenblick kam sie ihm sauber, frisch und wie Balsam vor.

Erst als er aufblickte, um sich auf den Weg zu seinem Bungalow zu machen, entdeckte er Dick Stanley, der am Fuß der Treppe stand und mit einem Grinsen zu ihm aufblickte.

»'n Abend, Frank«, sagte er in einem Ton, der nicht anders als anzüglich genannt werden konnte. »Es freut mich, zu sehen, dass Sie sich auf angenehme Weise die Zeit vertrieben haben. Schließlich wollen wir ja nicht, dass unser neuer Verwalter sich bei uns langweilt und nicht auf seine Kosten kommt.«

12

Natürlich hatte Dick darauf gebrannt, Einzelheiten über Franks vermeintliches Rendezvous mit Olga zu erfahren. Frank, den eine bleierne Müdigkeit erfasst hatte, hätte keine Chance gehabt, ihm zu entkommen, wenn er Dick nicht versprochen hätte, sich am folgenden Abend zu einer Partie Schach und einer »anständigen Flasche Whisky« im Bungalow des ersten Assistenten einzufinden.

William fiel ihm ein, der ihn gemahnt hatte, in der Wildnis nicht der Trunksucht zu verfallen. Offenbar war das nicht allein die übervorsichtige Warnung eines Freundes gewesen: Auf dieser Plantage zumindest gab es mehr als nur einen Kandidaten, der dem Alkohol weit stärker zusprach, als ihm guttat.

Nicht mein Problem, sagte sich Frank und machte sich am nächsten Abend kurz nach dem Essen, das wie üblich alle gemeinsam im Verwaltungsgebäude eingenommen hatten, auf den Weg zu Dicks Behausung. Der erste Assistent empfing ihn bereits an der Tür mit einem strahlenden Lächeln. »Herzlich willkommen in meinen bescheidenen vier Wänden. Sie bringen ja regelrecht Glanz in meine Hütte.«

Frank bemühte sich, das Lächeln zu erwidern. Wesentlich lieber wäre er früh zu Bett gegangen und hätte seinen Gedanken an Miriam und diese ganze verworrene Geschichte nachgehangen, aber Dick war ein wichtiger Verbündeter, mit dem er es sich nicht verderben durfte. Viel Hoffnung, aus dem Assistenten noch weitere Informationen herauszubekommen, machte er sich nicht, doch er war entschlossen, jede Chance zu nutzen.

Der Bungalow war ähnlich eingerichtet wie sein eigener, doch hatte Dick ihm mit allerlei Bildern und Nippes zwar eine persönliche, aber ein wenig überladene Note verliehen. Kaum hatte der Assistent ihn aufgefordert, an einem Spieltisch, auf dem ein prächtiges Schachbrett aufgebaut war, Platz zu nehmen, tauchte aus einem Nebenraum ein junges einheimisches Mädchen auf, das einen Servierwagen mit Flaschen, Gläsern und salzigem Gebäck hereinschob.

Mit ihrer schlanken, grazilen Statur und den geschmeidigen Bewegungen glich sie Sanjah, und auch ihr dichtes, tiefschwarzes Haar und der Schnitt ihres Gesichts wiesen gewisse Ähnlichkeiten auf. Schüchtern wirkte sie jedoch nicht im Geringsten, sondern lächelte dem Besucher entgegen, als bereite es ihr die größte Freude, ihn zu bedienen.

»Herzliches Willkommen, Herr.«

Bekleidet war das Mädchen mit zwei ineinander verschlungenen Seidentüchern, die eindeutig amerikanischer Herkunft waren und nicht mehr als das Allernötigste von ihrer seidig schimmernden Haut bedeckten.

Dick lachte. »Darf ich vorstellen? Das ist das reizende Geschöpf, das in meinem bescheidenen Haushalt das Zepter schwingt. Ob sie dazu besonderes Talent besitzt, darüber kann man allerdings geteilter Meinung sein. Jedes Mal, wenn sie das gesamte Haus in heillose Unordnung versetzt hat, behauptet sie, sie habe gerade aufgeräumt.«

Er versetzte dem Mädchen einen Klaps auf die nur von dem Tuch bedeckte Hinterbacke. Sie fuhr zusammen und lachte auf. In Franks Ohren hatte es erschrocken geklungen.

»Sonst ist sie aber ein nettes Ding«, sagte Dick. »Na komm, Baby, sei lieb, mach dein Knickschen.«

Gehorsam knickste das Mädchen und machte sich dann daran, die beiden Männer zu umsorgen. Sie schenkte ihnen Whisky ein, wie es ein New Yorker Barmann nicht präziser gekonnt hätte, stellte Schalen mit Gebäck und eine Zigarettenkiste bereit, leerte die Aschenbecher und regulierte den Ventilator. Wurde sie nicht gebraucht, kauerte sie vollkommen reglos in einem Winkel des Zimmers und machte sich unsichtbar.

»Erstaunlich, was?«, fragte Dick. »Diese verhuschten

Zauberwesen geben die perfekten Dienerinnen ab. So etwas Unterwürfiges, Zartes, Ergebenes wie Baby suchen Sie bei uns in den Staaten vergebens.«

»Heißt sie wirklich Baby?«, wunderte sich Frank.

»Weiß der Teufel, wie sie heißt«, erwiderte Dick. »Ich nenne sie jedenfalls so, und ihr scheint es zu gefallen. Den verdrehten Silbensalat, den diese Leute ihren Töchtern als Namen geben, kann sich doch kein Christenmensch merken.«

Sie spielten nicht nur eine, sondern zwei Partien Schach, leerten die Whiskyflasche, wobei Frank seinem Gastgeber den Löwenanteil überließ, und sprachen über dieses und jenes, ohne in die Tiefe zu gehen. Zwar bemühte sich Frank, das Gespräch immer wieder auf den Mordfall zu bringen, und Dick hatte gegen dieses Thema auch nichts einzuwenden, aber etwas wirklich Neues ergab sich dabei nicht.

Lediglich zum Ende hin, als Frank sich bereits nicht ohne Absicht schachmatt hatte setzen lassen und seinen Willen bekundet hatte, demnächst zu gehen, sagte Dick noch einmal etwas, das ihn aufhorchen ließ.

»Für die gute May sieht es schlecht aus, so viel steht fest«, bekundete er.

»Was bringt Sie zu der Annahme?«, hakte Frank sofort nach.

»Um darauf zu schließen, bedarf es keiner Hexerei«, erwiderte Dick. »Inspektor Henderson mag einen reichlich verschlafenen Eindruck machen, wie es bei

Leuten, die allzu lange hier leben, ja nicht selten der Fall ist, aber er ist kein Hund, der einen Knochen hergibt, ehe er das Mark freigelegt hat.«

»Was meinen Sie damit?«

»Dass er seine Fälle aufklärt, statt sie wie andere halb erledigt zu den Akten zu legen. Hätte er in dieser Sache den geringsten Zweifel, dann hätte er sich hier noch einmal blicken lassen und weitere Untersuchungen angestellt. Dass er aber nicht einmal einen seiner Leute geschickt hat, beweist zweifelsfrei, dass er sich sicher ist, die richtige Täterin verhaftet zu haben.«

Frank entschloss sich, keine weitere Frage dazu zu stellen, um keinen Verdacht zu erregen. Ohnehin schien sein Gastgeber nicht mehr zu wissen, und das Gehörte wog schwer genug. Mays Fall mochte bereits als abgeschlossen gelten und sie selbst so gut wie verurteilt sein. Wenn er noch eine Chance haben wollte, musste er sich beeilen.

Dicks Protesten zum Trotz beharrte er darauf, sich zu verabschieden. »Es war wirklich ein schöner Abend, Dick, und ich verspreche, mich bei nächster Gelegenheit zu revanchieren, aber heute hätten Sie nicht mehr viel Freude an mir. Ich bin hundemüde. Ich denke, ich brauche einfach noch ein paar Tage, ehe ich mich vollständig akklimatisiert habe.«

Dick ließ ihn schließlich gehen, und Frank war ein weiteres Mal erleichtert, hinaus in die Klarheit der Sternennacht zu entkommen. Ungewohnt groß und leuchtend, zogen sich die Himmelskörper über das glänzende, fast schwarze Blau des Firmaments. Sie erschienen ihm wie ein Symbol für eine unnahbare Einsamkeit und unermessliche Ferne. Wald, Himmel und das lebendige Schweigen der Natur bildeten hier draußen eine vollkommene Einheit, an der der Mensch schon seit Jahrhunderten oder gar Jahrtausenden keinen Anteil mehr haben konnte.

Nur wenn wir lieben, durchfuhr es ihn. *Wenn wir womöglich lieben, gelingt es uns für einen Augenblick, dieser ursprünglichen Einheit noch einmal nahezukommen, und vielleicht sind die Glücklichsten unter uns sogar in der Lage, mit ihr zu verschmelzen, wie es der große Plan einst für uns alle vorsah.*

Unwillkürlich wanderten seine Gedanken zurück zu der Nacht, die er mit Miriam verbracht hatte, und die Erinnerung erfüllte ihn mit Freude und Schmerz. Freude darüber, dass er imstande gewesen war, das Glück dieser Einheit zu spüren, mit der geliebten Frau und zugleich mit der Welt um ihn zu verschmelzen, und Schmerz darüber, dass es vorüber war und in den Sternen stand, ob er es je zurückerlangen würde.

Ein Geräusch schreckte ihn aus seinen Grübeleien – kein Laut, wie ihn ein bei Nacht aktives Tier oder ein Windstoß verursachten, sondern einer, der eindeutig von einem Menschen stammte.

Er blickte auf und ließ seinen Blick durch die Dunkelheit schweifen. Nach kurzer Zeit machte er in den

Schatten des Bungalows die Gestalt des jungen Mädchens aus, das Dick Stanley Baby nannte. Sie trug einen Korb mit dem Geschirr, das sie an diesem Abend benutzt hatten, und war offenbar unterwegs zum Bach, um es dort zu spülen.

»Bitte erschrecken Sie nicht.« Spontan trat Frank der jungen Frau in den Weg. »Ich will Ihnen nichts tun. Ich habe nur eine Frage.«

Das Mädchen, das sich eben in Dicks Haus noch so sicher gegeben hatte, wich angstvoll zurück. »Ich nicht kann zu dir kommen, Herr«, stieß sie heraus. »Herr Dick nicht würde erlauben, Herr Dick mich will für sich allein.«

Frank fiel der Versuch ein, den er mit Sanjah unternommen hatte. Offenbar hatte sich unter den Mädchen in der Siedlung herumgesprochen, dass der neue Verwalter eine Dienerin suchte, die ihm für mehr als nur die Arbeit im Haushalt zur Verfügung stand.

»Keine Sorge.« Beschwichtigend hob er die Hände. »Ich habe dich nicht deshalb angesprochen, du hast von mir nichts zu befürchten. Ich habe lediglich eine Frage an dich.«

Sie senkte den Kopf und machte keineswegs den Eindruck, als wäre sie beruhigt, aber immerhin blieb sie stehen und versuchte nicht davonzulaufen.

»Es geht um deine Freundin Sanjah«, sagte Frank. »Sanjah ist doch eine Freundin von dir, habe ich recht? Vielleicht seid ihr beide sogar verwandt?«

Das Mädchen gab keine Antwort.

»Ich wüsste gern, was Sanjah noch für Freunde hat«, fuhr Frank fort. »Sind vielleicht auch Weiße darunter? Es wäre ja nicht weiter verwunderlich – ihr wohnt hier schon so lange dicht beieinander, und viele von euch sind im selben Alter. Weshalb solltet ihr euch also nicht ein wenig anfreunden?«

Sein hilfloses Gestotter war wohl kaum dazu angetan, das Vertrauen des Mädchens zu erwecken. Wie es zu erwarten war, gab sie ihm auf die törichte Frage keine Antwort als ein hastig herausgestoßenes: »Ich nicht weiß, Herr.«

Er versuchte es ein weiteres Mal direkter: »Ich denke, du weißt vielleicht doch das eine oder andere«, sagte er. »Junge Mädchen vertrauen ihren Freundinnen doch ihre Geheimnisse an, und ich bin sicher, deine Freundin Sanjah hat dir etwas über den jungen Herrn Phil anvertraut. Sie sind beide jung, sehen beide gut aus, und sie kennen sich schon lange, habe ich recht? Ich habe sagen hören, zwischen ihnen gäbe es eine besondere Freundschaft, und ich frage mich, ob das wohl der Wahrheit entspricht.«

»Ich nicht weiß, Herr!« Die Stimme des Mädchens bebte jetzt vor Furcht.

»Wirklich nicht?«, drängte Frank. »Ist es nicht vielmehr so, dass Sanjah und der junge Herr Phil ineinander verliebt sind, wie es jungen Leuten nun einmal geschieht?«

»Nein, nein, nein!«, fiel sie ihm geradezu flehend ins Wort. »Sie mir müssen glauben, Herr. Weißer Herr Phil nicht kann Sanjah lieben, und Sanjah nicht kann lieben weißer Herr Phil.«

»Warum nicht? Weil ihr Vater es nicht dulden würde?«

Das Mädchen schüttelte heftig den Kopf, ehe sie den Blick erneut zu Boden senkte. »Sanjah nicht hören, was sagt ihr Vater. Sanjah nicht kann lieben weiße Herr Phil, weil große weiße Herr Brandon sagt, Sanjah gehört ihm.«

Er kam nicht dazu, noch etwas zu sagen. Sie hatte die letzte Silbe kaum ausgesprochen, da schwang sie herum und rannte quer durch die Siedlung davon. Frank sah die bunten Tücher, die ihren Körper bedeckten, hinter der letzten Häusergruppe noch einmal aufblitzen, dann tauchte sie in die Dunkelheit ab und war endgültig verschwunden.

Er würde unmöglich schlafen können. In Erfahrung gebracht hatte er weit weniger, als er sich erhofft hatte, doch dieses wenige rotierte ihm im Kopf. Ziellos strich er zwischen den Häusern der Siedlung herum, ehe er sich entschloss, ein Stück in Richtung Wald zu laufen. Ein nächtlicher Urwald in den Tropen stellte eine Quelle unzähliger Gefahren dar, der sich kein Weißer, der seinen Verstand beisammenhatte, unbegleitet aussetzte. Solange er lediglich am Saum des Dickichts entlangging, war er halbwegs in

Sicherheit, und der Spaziergang würde ihn vielleicht müde machen.

Wer das Leben in großen Städten gewohnt war, vermochte die schwarze Undurchdringlichkeit der Tropennacht kaum zu fassen. Jedes Geräusch kam überraschend und konnte alles bedeuten – einen harmlosen knackenden Zweig oder einen nächtlichen Räuber, der sich nicht scheuen würde, einen Menschen anzugreifen.

Die Bewegung, die er keine drei Schritte vor sich wahrnahm, war jedoch weder das eine noch das andere. Ein Mädchen schrie mit heller Stimme erschrocken auf. In der Dunkelheit teilte sich ein Schatten, aus einem verschmolzenen Ganzen wurden zwei einzelne Gestalten, von denen die kleinere wie in wilder Panik in die Nacht davonlief.

Instinktiv griff Frank nach seiner Taschenlampe und richtete den Strahl auf die fliehende Gestalt. Er sah schwarzes Haar und ein knappes helles Tuch wehen, sah nackte Füße beinahe lautlos auf die Erde trommeln, ehe der schmale Rücken des jungen Mädchens lautlos zwischen Bäumen verschwand.

»Wer ist da?«, fragte Frank und richtete die Taschenlampe nun auf die Gestalt, die am Waldsaum zurückgeblieben war.

»Sie können Ihren Suchscheinwerfer ruhig wieder einstecken«, kam es ruhig und scheinbar völlig gleichmütig von dem Mann, der dort stand. »Hier gibt es nichts Sehenswertes. Ich habe wie üblich meinen letzten abendlichen Rundgang absolviert, aber er ist genauso eintönig verlaufen wie die meisten Rundgänge.«

Philipp Monterey.

Der Mann, der in der vergangenen halben Stunde seine Gedanken gefesselt hatte.

»Ah, Phil, Sie sind es«, murmelte Frank nicht sonderlich geistesgegenwärtig und schaltete die Taschenlampe aus. »Ich habe gedacht …«

»Was haben Sie denn gedacht?«, fragte der junge Mann mit einem spöttischen Unterton, der in Franks Ohren nach der Devise ›Angriff ist die beste Verteidigung‹ klang.

»Oh, nichts Bestimmtes«, erwiderte Frank vage. »Ich bin nicht so schnell. Um aus Beobachtungen Schlüsse zu ziehen, brauche ich meist etwas länger.«

Schweigend gingen die beiden Männer nebeneinander her. Sie schlugen den Weg in Richtung der Bungalows ein, und Frank konnte förmlich spüren, wie der andere ihn belauerte und versuchte, seine Gedanken zu lesen.

»Ich hoffe, Sie sind von Ihrer Arbeit hier nicht enttäuscht, Mr. Bender«, sagte Phil schließlich. »Viel Aufregendes passiert bei uns nicht. An den meisten Tagen ist es nicht viel mehr als der immer gleiche Trott.«

»Machen Sie sich um mich keine Sorgen«, konterte Frank, »mir genügt der Mord an meinem Arbeitgeber als Einstieg vollkommen. Viel mehr Aufregung wurde mir auch in Shanghai nicht geboten. Und da wir von Aufregung sprechen – inzwischen hat selbst mein langsames Gehirn zwei und zwei zusammengerechnet, und ich möchte mich bei Ihnen dafür entschuldigen, dass ich Ihr Rendezvous gestört habe.«

»Mein Rendezvous?« Der Schrecken in Phil Montereys Stimme war nicht zu überhören.

»Wer kann es Ihnen verdenken?«, gab Frank sich weltmännisch. »Sanjah ist ein äußerst reizendes Mädchen.«

»Wie kommen Sie auf Sanjah?«, fuhr Phil ihn an. »Sie ist nicht die Einzige hier. Es gibt reichlich andere.«

»Das ist mir nicht entgangen«, sagte Frank. »Ich war nur der Meinung, ich hätte Sanjah erkannt.«

»Dann hat vermutlich Dick Stanleys Whisky Ihren Blick getrübt.« Phil fischte eine zerdrückte Schachtel Zigaretten aus der Hosentasche und steckte sich eine an, ohne Frank, wie es sich gehörte, eine anzubieten.

»Das mag wohl sein«, antwortete er gutmütig. »Es geht mich ja auch nichts an, mit wem Sie Ihre Freizeit verbringen.«

Frank zog seine eigenen Zigaretten aus der Tasche und zündete sich ebenfalls eine an, ehe sie weitergingen. Nach ein paar Schritten blieb Phil erneut abrupt stehen.

»Was interessiert Sie eigentlich so brennend an dem Mordfall?«, fragte er scharf. »Sie haben Mr. Brandon doch überhaupt nicht gekannt, und Ihnen entsteht kein Schaden dadurch. Wer immer der Erbe ist, wird ja auch weiterhin einen Verwalter brauchen.«

»Wie kommen Sie darauf, dass der Mord mich brennend interessiert?«, fragte Frank.

»Das ist ja wohl nicht zu übersehen«, antwortete Phil ziemlich unhöflich. »Sie streichen hier herum und spielen Detektiv wie in einem billigen Kriminalroman.«

»Tue ich das?«

»Spielen Sie nicht den Ahnungslosen. Jeden von uns, den Sie erwischen können, halten Sie an, um ihn nach Strich und Faden zu verhören. Warum überlassen Sie diese Arbeit nicht der Polizei? Von uns hat niemand etwas zu verbergen. Wenn es anders wäre, hätte uns Inspektor Henderson wohl kaum so leicht vom Haken gelassen, meinen Sie nicht auch? Oder sind Sie am Ende einer von diesen Deutschen, die der Überzeugung sind, Sie müssten dem Rest der Welt das Heil bringen, weil außer ihnen nur Idioten auf der Erde herumlaufen?«

»Ich bin einer von diesen Deutschen, die sich gelegentlich wundern«, erwiderte Frank entschlossen, sich nicht provozieren zu lassen. »Im Augenblick wundere ich mich, warum ein Mann, der nichts zu verbergen hat, mir ins Gesicht lügt.«

»Weshalb nehmen Sie an, ich würde lügen?«, fuhr Phil auf. Von der scheuen Zurückhaltung, die Frank bisher an ihm erlebt hatte, war nichts mehr zu spüren.

»Weil Sie behaupten, das Mädchen, mit dem ich Sie am Waldrand gesehen habe, sei nicht Sanjah gewesen«, erwiderte Frank.

»Und weshalb beharren Sie darauf, es wäre Sanjah gewesen?«, herrschte der andere ihn an. »Weil die arme Sanjah zu den Opfern gehört, die Sie ins Kreuzverhör genommen haben und denen Sie irgendetwas anhängen wollen? Avancen haben Sie ihr auch gemacht, oder etwa nicht? Mein Diener hat mir davon berichtet. Vielleicht gewöhnen Sie sich besser daran, dass in einer kleinen Gemeinschaft wie dieser nichts lange verborgen bleibt.«

Frank hätte gern eingehakt und den Mann auf Herz und Nieren befragt, aber er begriff, dass er damit im Augenblick nichts erreicht, sondern lediglich auf Granit gebissen hätte. Vermutlich war es günstiger, zurückzurudern und eine andere Gelegenheit abzuwarten.

»Ich werde mir Ihren Rat zu Herzen nehmen«, sagte er friedfertig. »Um es Ihnen aber noch einmal zu versichern: Ich hatte keineswegs vor, Sie auszuspionieren und mich in Ihre privaten Angelegenheiten einzumischen. Vielmehr haben Sie richtig vermutet: Ich habe bei Dick über einer Partie Schach ein bisschen zu viel alten schottischen Whisky getrunken und wollte ein paar Schritte gehen, um mir den Kopf auszulüften. Ich gebe zu, ich war verwundert, als ich Sie in Begleitung am Waldrand antraf, und meine angeborene Neugier hat wohl die Oberhand gewonnen. Eine tiefere Absicht steckt jedoch nicht dahinter. Ich wollte weder Ihnen noch dem Mädchen etwas unterstellen.«

Durch das Dunkel konnte Frank den Blick, den Phil Monterey ihm sandte, unmöglich deuten, doch er glaubte, dessen Argwohn regelrecht auf der Haut zu spüren.

»Allzu viel Neugier kann gefährlich sein«, sagte Phil. »Sie sind ein Fremder hier. Warum lassen Sie die Dinge nicht auf sich beruhen? Die Verhältnisse, in denen wir alle zueinander stehen, könnten Sie sowieso nicht durchschauen, sondern würden lediglich falsche Schlüsse ziehen.«

»Manchmal sieht ein Fremder klarer, weil er unbeteiligt ist«, erwiderte Frank. »Er hat einen besseren Überblick, weil er von außen auf die Ereignisse schaut, statt selbst als Beteiligter im Auge des Sturms zu stecken.«

»Das ist sehr dramatisch ausgedrückt.«

»Finden Sie nicht, dass ein Mord ein dramatisches Ereignis ist?«

Phil gab darauf keine Antwort, und sie legten ein paar weitere Schritte schweigend zurück. »Uns allen, die wir uns hier auskennen, ist der Fall klar«, sagte er dann. »Dem Inspektor ist er ebenfalls klar. Welchen Sinn und Zweck könnte es also haben, dass ausgerechnet Sie noch darin herumwühlen?«

Mein sogenanntes Herumwühlen hat durchaus seinen Sinn und Zweck, hätte Frank ihm am liebsten ins

Gesicht geschleudert. *Weil ich nämlich der Einzige zu sein scheine, der eine Frau nicht allein deshalb zur Mörderin erklärt, weil sie mit dem Mordopfer unglücklich verheiratet war.*

Er beherrschte sich, brachte es jedoch nicht über sich, gar nichts zu sagen. »Vielleicht bin ich von Mrs. Brandons Schuld eben nicht ganz so überzeugt wie alle anderen«, brachte er so neutral wie möglich heraus.

»Kennen Sie Mrs. Brandon denn?«, fragte Phil herausfordernd.

»Ich kenne keine Mrs. Brandon«, erwiderte Frank und fand, dass das zumindest keine echte Lüge war.

»Wie können Sie dann an ihrer Schuld zweifeln, wenn wir, die wir sie kennen, es nicht tun?«

»Sie kennen Sie also?«, antwortete Frank ihm mit einer Gegenfrage.

»Nicht gut«, wehrte Phil hastig ab. »Ich bin ihr ein paarmal hier auf der Plantage über den Weg gelaufen, wie die anderen auch.«

»Aha«, machte Frank. »Sie kennen Sie nicht gut, aber Sie halten sie für die Schuldige?«

»Ich habe mir darüber nicht allzu viele Gedanken gemacht«, erwiderte Phil. »Die polizeilichen Ermittlungen haben sie als die Schuldige überführt, warum sollte ich dieses Ergebnis also anzweifeln? Außerdem wüsste ich beim besten Willen nicht, wer es sonst getan haben könnte.«

»Wirklich nicht?«, fragte Frank und legte eine Pause ein, um Phil Zeit zu geben, sich seine Antwort zu überlegen. »Meinen Sie, außer Mrs. Brandon hätte niemand ein Motiv gehabt, um den Mord zu begehen?«, fuhr er dann fort. »Es tut mir leid, aber da bin ich anderer Meinung. Sanjah beispielsweise hätte aus meiner Sicht mindestens genauso viel Grund, Mr. Brandon zu hassen, wie dessen Ehefrau.«

»Lassen Sie Sanjah aus dem Spiel!«, brach es aus Phil heraus. »Sie wissen nicht, was Sie dem Mädchen mit solchen Verdächtigungen antun. Sie ist doch fast noch ein Kind, und sie hat wahrlich genug durchgemacht, sie hat es verdient, endlich ein wenig Frieden zu finden.«

»Da haben Sie sicher recht«, sagte Frank, ohne sich aus der Ruhe bringen zu lassen. »Ich sage ja auch nicht, dass ich Sanjah für die Schuldige halte, sondern habe sie lediglich als Beispiel genannt. Genauso gut könnte einer ihrer Verwandten der Täter sein. Oder aber …«

»Oder aber wer?«

»Oder aber der Mann, der Sanjah liebt.«

Phil lachte kurz und bitter auf, warf seine Zigarettenkippe auf den Boden und trat sie heftig aus. »Mir scheint, Sie haben eine romantische Fantasie«, sagte er. »So etwas erwartet man für gewöhnlich nur bei Frauen. Lassen Sie es sich gesagt sein, Mr. Bender: Die Einheimischen, die hier draußen für die weißen Plantagenbesitzer arbeiten, haben für solche Dinge weder Zeit noch Kraft. Sie haben genug damit zu tun, sich durchs Leben zu schlagen und ihren harten Alltag zu bestehen. Romantische Verwicklungen gibt es bei Leuten Ihres Schlages, die dafür die nötigen Ressourcen besitzen.«

Frank schwieg eine Weile und ließ das Gehörte auf sich wirken. Wenn er bisher noch nicht bis ins Letzte überzeugt gewesen war, dass zwischen Sanjah und Phil Monterey ein Verhältnis bestand, dann war er es jetzt. Und einerlei, was Phil vorbrachte, dieses Verhältnis stellte ein echtes Motiv dar. Es war eine Spur. Eine Spur, die von Miriam wegführte.

»Vermutlich haben Sie recht«, sagte er gespielt gleichgültig. »Sie leben schließlich schon eine ganze Weile auf der Plantage und können die Dinge besser beurteilen. Wie lange leben Sie hier eigentlich genau?«

»Drei Jahre«, bestätigte Phil, was Frank bereits von Olga Kenneth wusste. »Warum fragen Sie?«

»Weil es mich offen gestanden ein wenig wundert«, antwortete Frank. »Sie sind länger hier als Mr. Stanley, Sie scheinen sich mit allem auszukennen und Ihre Arbeit tadellos zu erledigen. Wie kommt es dann, dass Sie noch immer als zweiter Assistent hier tätig sind, während Mr. Stanley, der später dazugekommen ist, die Stelle des ersten Assistenten innehat?«

»Weshalb fragen Sie das mich?«, rief Phil Monterey bitter und spuckte aus. »Mr. Brandon hätten Sie fragen sollen, und was der Ihnen zur Antwort gegeben hätte, kann ich Ihnen sagen.«

»So?«, fragte Frank. »Was hätte er mir denn zur Antwort gegeben?«

»Er hätte Ihnen einen Vortrag über die Überlegenheit der weißen Rasse gehalten«, kam es ätzend von Phil. »Sie werden mir ja wohl nicht einreden wollen, Sie hätten noch nicht bemerkt, dass ich ein Mensch zweiter Klasse bin.«

Jetzt hatte er sie – die Achillesferse dieses Mannes, dem trotz seiner Intelligenz und Befähigung ein Aufstieg in der Hierarchie versagt blieb. »Ich halte Sie keineswegs für einen Menschen zweiter Klasse, Phil«, sagte er bedächtig. »Ich beurteile einen Menschen, mit dem ich zusammenarbeite, nach seinen Fähigkeiten und seinem Charakter, nicht nach seiner Herkunft oder der Farbe seiner Haut.«

»Tatsächlich?« Sie hatten den Platz mit den Bungalows erreicht, und im Licht der Laternen sah Frank, wie der junge Mann höhnisch eine Braue hob.

»Ich hoffe, ich werde im Laufe unserer Zusammenarbeit genug Gelegenheit erhalten, Sie davon zu überzeugen«, sagte Frank. »Gute Nacht, Phil.«

»Gute Nacht«, murmelte auch der andere.

Frank drehte sich um und machte sich auf den Weg zu seinem Bungalow, war aber sicher, dass der junge Assistent ihm durch das Dunkel nachblickte.

13

Es tut mir leid, dass ich Sie um Ihren freien Tag bringe, Sergeant«, sagte Darren Henderson zu Stephen Field, der neben ihm hinter dem Steuer saß. Der Wagen holperte die schlecht befestigte Straße entlang, und die Sonne prallte gnadenlos auf das Dach. Bis zur Brandon-Plantage würden sie noch gut und gerne anderthalb Stunden unterwegs sein, und Henderson war nur froh, dass er nicht selbst fahren musste.

»Keine Ursache, Sir«, versicherte Field eifrig. »Ich bin froh, dass wir noch einmal hinfahren. Es gibt doch noch eine ganze Menge Ungereimtheiten, die wir besser überprüfen sollten.«

Henderson war im Grunde nicht der Ansicht, dass es in diesem Fall viele Ungereimtheiten gab, doch auch ihn hatte das unbestimmte Gefühl nicht losgelassen, dass er etwas Entscheidendes übersehen hatte und die Mordsache Brandon nicht so einfach zu den Akten legen durfte. Somit machten sie sich heute zum zweiten Mal auf den schier endlosen Weg zur Plantage.

»Was denken Sie, Field?«, wandte er sich von Neuem an seinen Sergeanten. »Ist diese Frau die raffinierteste Schauspielerin, die uns je untergekommen ist, oder ist sie tatsächlich unschuldig?«

»Ich bin hundertprozentig davon überzeugt, dass sie unschuldig ist«, kam es von Field wie aus der Pistole geschossen.

Leise lachte Henderson auf. »Gibt es dafür konkrete Anhaltspunkte? Oder haben es Ihnen lediglich ihre schönen Augen angetan?«

»Sie hat wirklich unglaublich schöne Augen«, erwiderte Field. »Und auch wenn ich keinen konkreten Anhaltspunkt benennen kann, sagt mir mein Gefühl, dass eine Frau wie sie eine solche Tat einfach nicht begangen haben kann.«

»Ihr Gefühl in allen Ehren«, brummte Henderson. »Ich behaupte nicht, dass solche Gefühle nicht in zahlreichen Fällen ihre Berechtigung haben. Sie entspringen unserer Berufserfahrung und der daraus resultierenden Menschenkenntnis. Bei einer Frau von May Brandons Attraktivität traue ich allerdings nicht einmal meiner eigenen Urteilskraft. Wir sind beide nur Männer, Field. Ich bitte Sie daher, in den nächsten Stunden Augen und Ohren offen zu halten und sich nicht von Gefühlen leiten zu lassen, sondern lediglich von harten Fakten.«

»Wird gemacht, Sir«, versprach Field, um jedoch gleich darauf noch einmal aufzubegehren. »Ich finde aber, der Charakter eines Menschen ist auch eine Art harter Fakt. Und im Fall von Mrs. Brandon …«

»Im Fall von Mrs. Brandon erscheint ebendieser Charakter mehr als zweifelhaft«, schnitt ihm Henderson das Wort ab. »Sie hat beispielsweise nicht abgestritten, eine Geldheirat eingegangen zu sein, ohne auch nur die mindeste Zuneigung für ihren Mann zu empfinden. Das spricht nicht gerade für ihre Moral.«

»Mit Verlaub, Sir, aber wenn Sie es so betrachten, wäre es mit der Moral der meisten Frauen nicht weit her«, wagte Field sich vor. »Und wer kann es den Frauen verdenken? Den meisten von ihnen bleibt es verwehrt, sich aus eigener Kraft eine Stellung und ein nennenswertes Einkommen zu verschaffen. Weshalb sollen sie also nicht den einzigen Weg beschreiten, den wir ihnen offenlassen?«

Verblüfft schwieg Henderson ein paar Augenblicke lang. Ganz von der Hand weisen ließ sich das nicht, was sein Sergeant da von sich gab.

»Außerdem hat es mir imponiert, dass sie sich gar keine Mühe gab, die trauernde Witwe zu spielen«, fuhr Field fort. »Sie war offen zu uns. Das hat mich mehr von ihrer Unschuld überzeugt als jedes Theater.«

»Nicht schlecht gedacht«, musste Henderson anerkennen. »Allerdings könnte gerade das auch ein geschickter Schachzug gewesen sein. Wir sind uns ja wohl darüber einig, dass die illustre Mrs. Brandon nicht nur über eine außergewöhnliche Schönheit, sondern ebenso über außergewöhnliche Talente verfügt. Eine raffinierte Planung ihrer Verteidigung ist dieser Frau durchaus zuzutrauen.«

»Das denke ich nicht«, sagte Field. »Auf mich hat sie natürlich gewirkt. Sie ist einfach viel zu gefühlvoll und leidenschaftlich, um über längere Zeit eine Maske zu tragen und zu schauspielern.«

»Auch da mag etwas dran sein«, gab Henderson zu. »Dennoch hat gerade ihr Zornesausbruch mir gezeigt, dass sie zu einer solchen Tat im Affekt durchaus in der Lage wäre. Für mich ist derzeit das Wichtigste, herauszufinden, ob es in ihrem Leben einen anderen Mann gibt.«

»Und wenn es einen gibt?«, fragte Field. »Wären Sie dann endgültig von der Schuld der armen Frau überzeugt?«

»Sagen wir, es würde zu meiner Überzeugung erheblich beitragen«, erwiderte Henderson verhalten. »Eine verheiratete Frau, die ohne ihren Mann mittellos dasteht und sich wünscht, mit einem anderen ein neues Leben anzufangen, hat nun einmal das stärkste Motiv, das sich denken lässt. Der Liebhaber selbst käme aber zumindest ebenfalls als Verdächtiger infrage.«

»Aber nicht nur der!«, warf Field ein.

»Richtig. Überlegen wir doch einmal, wen wir sonst noch haben? Wem trauen wir einen solchen Mord denn zu? Dem alten Kenneth wohl kaum, oder doch?«

Im Fahren schüttelte Field den Kopf. »Dem nicht.

Der ist nicht viel mehr als eine Marionette an brüchigen Schnüren. Aber bei seiner Tochter sieht es anders aus.«

»Genau«, fiel Henderson ein. »Die liebreizende Olga. Der würde ich auch nicht gerne nachts im Dunkeln begegnen, und davon abgesehen hatte sie ein beachtliches Motiv.«

»Eifersucht«, sagte Field.

Henderson nickte. »War da nicht etwas bei Shakespeare? ›*Die Hölle selbst kann nicht wüten wie eine verschmähte Frau*‹ oder so ähnlich. Olga Kenneth scheint mir zu den Menschen zu gehören, die ihren Groll ewig im Herzen hegen und nicht begraben, ehe sie nicht Rache genommen haben. Die Dame sollten wir auf alle Fälle noch einmal gründlich unter die Lupe nehmen. Und dann ist da noch die höchst merkwürdige Tatsache, dass kein Mensch den Schuss gehört haben will.«

»Ja, das ist mir auch aufgefallen«, sagte Field gerade in dem Moment, als das Gasthaus von Monsieur Fauré in Sicht kam. Field verlangsamte die Fahrt und lenkte den Wagen an den Straßenrand. »Wir müssen tanken, Sir. Ich habe leider in der Stadt vergessen, den Benzinstand zu prüfen.«

»Kein Problem«, erwiderte Henderson. »Ich werde die Gelegenheit nutzen und ein paar Worte mit dem guten alten Fauré wechseln.«

Der kleine Franzose kam bereits in seiner typischen Gangart aus der Tür gewackelt und winkte. »Ah, bonjour, die Herren von der Polizei!«, rief er erfreut. »Welche Freude, die tapferen Streiter zu sehen, die unsere Gegend von üblen Mördern frei halten.«

»Guten Morgen«, erwiderte Henderson belustigt seinen Gruß und stieg aus dem Wagen. »Wie Sie zweifellos gehört haben, ist uns das mit dem Freihalten allerdings gerade nicht so ganz gelungen.«

»Ah, der Mord an dem bedauernswerten Mr. Brandon!«, rief Fauré und rang die Hände gen Himmel. »Was für eine traurige, traurige Affäre. Aber ich bin sicher, so tüchtig, wie Sie sind, haben Sie den Mörder längst gefasst, n'est ce pas?«

»Ich hoffe, Sie verstehen, dass wir uns dazu derzeit noch nicht äußern dürfen«, erwiderte Henderson, während sich Field mit Faurés Angestelltem Matthieu um den Tank kümmerte. »Aber da wir einmal dabei sind – Sie könnten mir einen großen Gefallen tun, wenn Sie mir rasch ein paar Fragen beantworten würden.«

»Aber mit dem größten Vergnügen, Monsieur Henderson. Wer wäre denn nicht hocherfreut, wenn er unserer tüchtigen Polizei behilflich sein könnte?«

»Es geht um den neuen Verwalter der Brandon-Plantage«, sagte Henderson. »Einen gewissen Mr. Bender, in Deutschland gebürtig, hat die letzten sieben Jahre als selbstständiger Bauingenieur in Shanghai verbracht. Er hat vor ein paar Tagen hier bei Ihnen übernachtet, ist das richtig?«

Henderson hatte sich Mühe gegeben, den Hintergrund aller Beteiligten so gründlich wie möglich zu recherchieren. Bei Frank Bender hatte er sich gefragt, ob es wirklich vonnöten war. Schließlich war der Mann ja erst am Tag nach der Mordtat angekommen. Warum der Deutsche ihn dennoch beschäftigte, wusste er nicht genau, doch wie er bereits seinem Sergeanten erklärt hatte, er war ein Mann, der auch unbestimmten Gefühlen Bedeutung beimaß.

»Ah ja, Monsieur Bender, der hat in der Tat eine Nacht verbracht!«, rief Fauré. »Und ich denke, er hat diese Nacht sehr genossen und wird sie so rasch nicht vergessen. Wir Franzosen haben ein Auge für so etwas.« Leise lachte er auf.

»Wären Sie so freundlich, das näher zu erläutern«, forderte Henderson ihn auf, obwohl er sich bereits jetzt fühlte, als hätte sein ins Blaue abgefeuerter Schuss geradewegs ins Schwarze getroffen.

»Nun, er verbrachte die Nacht in meinem Haus nicht nur bei feinem Wein und delikaten Speisen, sondern in höchst charmanter Gesellschaft«, kam es stolz von Fauré.

»In charmanter Gesellschaft? Was genau heißt das?«

»Nun, was soll es schon heißen?« Fauré verdrehte die Augen. »Für uns Franzosen heißt in charmanter Gesellschaft immer nur das eine: mit einer schönen Frau. Mit einer sogar sehr schönen in diesem Fall. Einer ganz und gar umwerfend schönen Dame.«

»Vielen Dank«, beeilte sich Henderson, ihn zu unterbrechen, ehe er sich noch weiter in Schwärmerei über die Schönheit der Frau erging, mit der Frank Bender die Nacht verbracht hatte. »Von ihrer offenbar höchst bemerkenswerten Schönheit abgesehen – könnten Sie mir die Frau vielleicht ein wenig näher beschreiben?«

»Oh, ich hoffe, die Dame ist nicht in Schwierigkeiten«, rief Fauré aus. »In jedem von uns Franzosen steckt nämlich ein kleiner Ritter, müssen Sie wissen, und der will einer schönen Frau, die in Not ist, auf der Stelle zu Hilfe eilen.«

»Das ist nicht notwendig«, beruhigte Henderson ihn nüchtern. »Es geht um eine Zeugenaussage, nichts weiter. Wie also sah die Dame denn nun aus?«

»Sie war schön, wirklich wunderschön.«

»Vielen Dank, das hatten wir schon. Und weiter?«

»Groß und schlank war sie. Blondes Haar zu tiefdunklen Augen, wie man es nicht allzu häufig sieht. Sie trug einen dieser weiten Staubmäntel und sah darin aus wie eine Königin. Und das Gesicht – wie ein Engel, sage ich ihnen, wahrlich wie ein Engel mit einem Mund wie eine reife Herzkirsche.«

Henderson hatte Mühe, ein Stöhnen zu unterdrücken. Was um alles in der Welt hatte er verbrochen, dass ihm der Himmel einen Franzosen als Zeugen schickte?

Dass die hymnische Beschreibung auf May Brandon

in jeder Hinsicht passte, war ihm nicht entgangen, und dann sagte Fauré doch noch etwas, das wichtig war: »Sie war ganz allein unterwegs, was mir in der Seele wehtat. Fuhr einen hellen Chevrolet, einen prächtigen Wagen für diese Straßenverhältnisse, aber eine Frau allein bei Nacht in dieser Gegend? Da dreht sich einem Mann doch das Herz um, meinen Sie nicht auch?«

»Wann kam Sie denn hier bei Ihnen an?«, fragte Henderson ungerührt.

»Wann Sie hier ankam? *Mon dieu,* das weiß ich nicht mehr genau. Vielleicht eine knappe Stunde nach Monsieur Bender? Der hatte ja bereits sein Bad genommen, saß beim Wein, und auf dem Feuer köchelte die Zwiebelsuppe …«

»Und die beiden trafen sich hier bei Ihnen?«, hakte Henderson nach. »Hatten Sie denn den Eindruck, dass sie sich zum ersten Mal begegnet waren?«

»Aber nicht doch!«, rief Fauré. »Sie kannten einander, wie zwei Menschen einander nur kennen können, wenn sie glücklich und mit Leib und Seele verliebt sind. Einem Franzosen können Sie das ruhig glauben, Monsieur Henderson. Ich habe Monsieur dennoch gefragt, weil es mich so sehr überraschte, nach all der Zeit endlich wieder einmal ein Liebespaar im Haus zu haben, und Monsieur Bender gab mir zur Antwort: ›Aber gewiss doch kennen wir uns. Wir kennen uns seit tausend Jahren.‹ Ich habe ihnen meinen besten Bordeaux serviert und an Köstlichkeiten auffahren lassen, was meine Küche zu bieten hat. Sie sollten den Abend in vollen Zügen genießen. Später tanzten sie noch ein wenig …«

»Sie tanzten?«

Fauré lachte. »Und nicht nur das.«

Field, der den Tankvorgang inzwischen abgeschlossen hatte, gesellte sich zu ihnen. Sein Gesicht war unter der Sonnenbräune erbleicht. »Würden … Würden Sie die Dame wiedererkennen?«, stammelte er.

»Da fragen Sie noch?«, rief Fauré entrüstet. »Ich bin Franzose. Ein Franzose vergisst womöglich seinen eigenen Namen, aber niemals das Bild einer schönen Frau. Selbstverständlich würde ich sie wiedererkennen, das wäre ein Kinderspiel für mich.«

»Vielen Dank, Mr. Fauré«, beeilte sich Henderson, das Gespräch zu beenden, ehe Field noch weitere Fragen stellen konnte. Er wusste, was er hatte wissen wollen. Der mysteriöse Liebhaber existierte also tatsächlich. Und er war kein Unbekannter, sondern der Mann, der ihm bereits auf der Plantage aufgefallen war und für unerklärliche Verdachtsmomente gesorgt hatte.

»Und?«, wandte er sich an seinen Sergeanten, sobald sie außer Hörweite im Wagen saßen und Field den Motor gestartet hatte. »Was sagen Sie nun dazu? Die beiden kannten sich. Das gibt dem Ganzen eine völlig neue Wendung, was?«

Field hielt den Blick starr auf die Straße gerichtet.

»Ich weiß beim besten Willen nicht, was ich dazu sagen soll, Sir«, murmelte er unglücklich.

»Es sieht alles nach einem abgekarteten Spiel aus«, dachte Henderson laut. »Dieser Bender kann genauso gut der Täter sein wie May Brandon selbst. Es ist gut möglich, dass er sich ungesehen auf der Plantage aufhielt und den Mord beging, ehe er sich auf den Weg zu Fauré machte. Seine Komplizin hat gewartet, bis er eine knappe Stunde Vorsprung hatte, und dann brach sie ebenfalls auf. Sie verbrachten die Nacht nach dem Mord gemeinsam, feierten bei Bordeaux und französischer Küche, dass sie sich des verhassten Ehemanns entledigt hatten, und anderntags fuhr die Frau alleine weiter in die Stadt.«

»Und Bender?«

»Bender fuhr auf die Plantage und spielte den ahnungslosen neuen Verwalter. Er war vollkommen unverdächtig und konnte in Ruhe prüfen, wie die Dinge standen.«

»Aber hätte er nicht jemandem auffallen müssen, wenn er bereits am Abend vorher dort war?«, warf Field ein.

»Nicht unbedingt«, erwiderte Henderson. »Wir sind hier im Urwald. Wer ein Versteck sucht, findet reichlich Auswahl.«

»Trotzdem gibt es alle möglichen Teile, die nicht zusammenpassen«, beharrte Field. »Wenn die beiden alles andere so schlau geplant haben, warum gingen sie dann das Risiko ein, dass Fauré eine Aussage macht? Hätten sie nicht alles daransetzen müssen, so schnell wie möglich gemeinsam in die Stadt und außer Landes zu gelangen? Weshalb hätte Bender zurückfahren sollen, um sich auf der Plantage umzusehen? Bis zur Entdeckung des Mordes hätten sie doch längst den Hafen erreichen und sich einschiffen können, und nichts und niemand hätte sie mehr aufgehalten.«

Henderson überlegte. »Sie haben recht«, sagte er dann. »Das alles sind Fragen, auf die sich so leicht keine Antwort finden lässt. Aber in Ihren Schlussfolgerungen gehen Sie davon aus, dass Menschen ausschließlich logisch und vernünftig handeln. Auch Menschen, die gerade gemeinsam einen Mord begangen haben. Sie berücksichtigen die ungeheure Anspannung nicht, unter der die beiden gestanden haben müssen. Vielleicht war es ihnen nervlich einfach nicht möglich, die Nacht durchzufahren, vielleicht war es ihnen in jener Nacht noch weniger möglich, sich zu trennen, vielleicht hatte sich Benders Nervosität bis zum Morgen derart gesteigert, dass er einfach noch einmal zurück zur Plantage fahren musste. Das alles wissen wir nicht. Bis wir mit den Beteiligten gesprochen haben, können wir nur spekulieren.«

»Meinen Sie, Bender wird überhaupt sprechen?«, fragte Field. »Wie wollen wir ihn denn dazu bringen?«

Wieder nahm sich Henderson Zeit, um zu überlegen. Dann fasste er einen Plan. »Wir beschaffen uns jetzt auf der Plantage als Erstes ein Bild von Mrs. Brandon«, sagte er zu seinem Sergeanten. »Irgendwer wird ja wohl eines besitzen. Damit machen Sie dann auf der Stelle kehrt, fahren noch einmal zu unserem französischen Freund und fragen ihn, ob das die Frau war, mit der er den bemerkenswerten Mr. Bender gesehen hat.«

»Es steht doch fest, Sir!«, protestierte Field, der sich offenbar nur höchst ungern mit einer derart unwichtigen Aufgabe vom eigentlichen Ort des Geschehens entfernen lassen wollte. »Die Beschreibung war eindeutig – die Frau ist May Brandon.«

»Lassen Sie uns auf Nummer sicher gehen«, bestand Henderson auf seinem Plan. »Nehmen Sie Faurés Aussage schriftlich auf und lassen Sie ihn unterschreiben. Danach fahren Sie auf dem schnellsten Weg hinunter in die Stadt, holen Mrs. Brandon ab und bringen sie uns hinaus auf die Plantage?«

»Ich soll … Ich soll Mrs. Brandon aus dem Gefängnis holen und mit ihr auf die Plantage fahren?« Fields Abneigung gegen seinen Auftrag war auf einen Schlag wie weggeblasen.

»Genau das.« Henderson verkniff sich ein Grinsen. »Ich hoffe, ich kann mich darauf verlassen, dass Sie nicht mit ihr durchbrennen.«

»Aber sicher doch, Sir«, stammelte Field sichtlich verlegen. »Ich würde doch nie …«

»Natürlich nicht. War ein Scherz, mein Freund. Sie bringen also die Brandon herüber, und wir stellen sie

Bender gegenüber. Geben Sie Gas, wir haben keine Zeit zu verlieren.«

Field trat auf das Pedal, und der altgediente Wagen schoss los wie eine Rakete.

»Und jetzt gleich auf der Plantage kein Wort zu Bender«, warnte Henderson. »Wir müssen den Mann überrumpeln. Er darf nicht die geringste Ahnung haben, dass seine Geliebte kommt.«

14

Sie erreichten die Plantage am späten Nachmittag, waren beide schweißnass, ausgehungert und erschöpft. »Ich sage der illustren Olga, sie soll Ihnen einen Kaffee und ein Sandwich bringen«, sagte Henderson zu Field. »Außerdem erkundige ich mich, ob wir uns einen der Lieferfahrer ausleihen können, der Sie begleitet.«

»Ich schaffe das allein, Sir«, beteuerte Field. »Wirklich, ich brauche niemanden.«

»Darüber entscheide ich«, verwies Henderson ihn knapp in die Schranken. »Ich möchte auf keinen Fall, dass Sie mir am Steuer einschlafen, also werde ich dafür sorgen, dass Sie sich mit jemandem abwechseln können. Kommen Sie auch ja nicht auf die Idee, auf der Stelle zurückzufahren. Ich bin hier und sorge dafür, dass sich keiner unserer Verdächtigen aus dem Staub macht. Sie haben also Zeit, in der Stadt mehrere Stunden lang Rast zu machen und dann ausgeruht den Rückweg anzutreten. Haben wir uns verstanden?«

Field wirkte zwar nicht überzeugt, doch er fügte

sich. Nachdem er sich gestärkt hatte und zusammen mit einem der Lieferfahrer aufgebrochen war, ließ sich Henderson von Dick Stanley einen leer stehenden Bungalow als Nachtquartier zuweisen und gab dann bekannt, dass er alle Beteiligten noch einmal vernehmen wollte.

Das benötigte Bild von May Brandon hatte Stanley ebenfalls beigesteuert, und aus seiner Neugier machte er keinen Hehl: »Ist sie denn nun verhaftet, die schöne May? Verschmachtet sie in einer Gefängniszelle, das arme entzückende Ding?«

»Unsere Gefängnisse sind besser als ihr Ruf«, antwortete Henderson nicht völlig aufrichtig. »Und was Ihre Frage betrifft: Ja, wir haben Mrs. Brandon festgenommen. Einzelheiten kann ich zum jetzigen Zeitpunkt allerdings noch nicht bekannt geben.«

»Wenn aber May schon verhaftet ist – was wollen Sie denn dann noch mit uns?«, fragte Stanley.

»In der Hauptsache Formalitäten«, behauptete Henderson. »Dieses und jenes muss noch überprüft und abgesichert werden. Wenn Sie alle sich kooperativ zeigen, ist es keine große Sache, und ich bin in spätestens zwei Tagen hier weg.«

»Kooperation ist mein zweiter Vorname«, beteuerte Stanley.

Henderson bat darum, dass große Büro im Verwaltungsgebäude für seine Vernehmungen zu räumen und ihm als Erstes Frank Bender zu schicken. Er wollte dem Verwalter lediglich ein paar unverbindliche Fragen stellen, sich ein Bild von seinem Zustand machen und ihn halbwegs in Sicherheit wiegen.

Bender erschien prompt, wirkte jedoch unwillig, als wäre er in einer wichtigen Tätigkeit unterbrochen worden.

»Es tut mir sehr leid, Sie bei der Arbeit zu stören, Mr. Bender«, begrüßte ihn Henderson. »Leider lässt es sich nicht vermeiden, dass ich Ihnen noch einmal ein paar Fragen stelle.«

»Nur zu«, sagte Bender in einer Knappheit, die an Unhöflichkeit grenzte. »Je schneller Sie anfangen, desto eher habe ich es hinter mir.«

»Sie sind ja nun bereits einige Tage hier«, eröffnete Henderson die Befragung. »Hat sich in Ihrem Eindruck etwas geändert, seit wir uns das letzte Mal gesprochen haben, haben Sie irgendetwas gesehen oder gehört, das für unsere Untersuchung von Bedeutung sein könnte?«

»Ich habe in der Tat etwas beobachtet«, sagte Bender und klang ein wenig verbindlicher. »Es geht um Philipp Monterey, unseren zweiten Assistenten. Und um Sanjah, die junge Einheimische, die Sie das letzte Mal vernommen haben.«

Zu Hendersons Überraschung begann Bender, ihm von einer nächtlichen Begegnung am Waldsaum zu erzählen, die sowohl Sanjah als auch Monterey stark belasteten. Die beiden hatten offenbar ein Liebesverhältnis miteinander, dem Brandon im Weg stand. Henderson versuchte, sich vorzustellen, er selbst sei gezwungen, eine geliebte Frau einem Mann zu überlassen, der sich an ihr verging, sie demütigte und quälte.

»Dass ein Mann vor einem solchem Hintergrund zum Mörder wird, wäre kein Wunder«, sprach Bender aus, was er selbst sich dachte.

Anschließend berichtete der Verwalter ihm noch, dass Monterey bei der Beförderung zum ersten Assistenten übergangen worden war, obwohl es an seiner Arbeit nichts auszusetzen gab. Stattdessen hatte Brandon es vorgezogen, mit Dick Stanley einen ganz neuen Mann mit dem Posten zu betrauen.

»Haben Sie dafür eine Erklärung?«, fragte Henderson.

Frank Bender nickte. »Philipp Monterey ist das, was man hier abwertend einen Mischling, ein Halbblut nennt. Richard Brandon gehörte offenbar zu den Männern, die einen Mann nicht nach seiner Leistung, sondern nach seiner Abstammung beurteilen. Menschen wie Sanjah und auch Phil scheinen für ihn nicht viel mehr gewesen zu sein als Gegenstände, derer man sich bedient, wenn man sie braucht, um sie anschließend wegzuwerfen. Für Mr. Monterey muss beides eine schwere Demütigung gewesen sein: Er wurde nicht seiner Verdienste entsprechend behandelt, und er konnte dem Mädchen, das er liebte, nicht helfen.«

»Und Sie halten es nicht für ausgeschlossen, dass ein

Weißer einen anderen Weißen in einem Streit um ein farbiges Mädchen erschießt?«, wollte Henderson wissen.

»Warum sollte ich das für ausgeschlossen halten?«, fragte Bender zurück. »Das Mädchen ist schön, sie verbirgt hinter ihrer Schüchternheit ein liebreizendes Wesen, und sie ist alles andere als dumm oder ungebildet. Auf der Missionsschule, die sie besucht hat, hat sie mehr als nur Lesen und Schreiben gelernt, und ich wüsste nicht, was Phil Monterey abhalten sollte, sie von ganzem Herzen zu lieben und sich zu wünschen, sein Leben mit ihr zu verbringen. Zuletzt dürfen Sie ja nicht vergessen, dass er selbst der Sohn einer einheimischen Mutter ist. Auch wenn mir das alles andere als gerecht erscheint, dürfte es ihm eine Heirat mit einer weißen Frau seines Standes zumindest erschweren.«

Henderson nickte nachdenklich. »Ihnen ist bewusst, dass Sie Mr. Monterey schwer belasten, Mr. Bender?«, fragte er dann.

Wieder nickte Bender. »Es ist mir bewusst, und es tut mir in der Seele weh.« Seine Stimme klang aufrichtig, und wenn Henderson nicht alles täuschte, schwang so etwas wie Verzweiflung darin. In jedem Fall war es mit der kühlen Haltung vorbei. »Ich schätze Mr. Monterey, und ich kann ihm seinen Hass auf Mr. Brandon nachfühlen. Daran, dass er verhaftet wird, habe ich nicht das geringste Interesse, aber ich kann es mit meinem Gewissen nicht vereinbaren, dass eine Unschuldige für das Verbrechen büßt.«

»Eine Unschuldige?«, hakte Henderson ein. »Woher wissen Sie denn, dass Mrs. Brandon unschuldig ist?«

Bender schwieg wie ertappt.

»Helfen Sie doch bitte meinem Gedächtnis auf die Sprünge«, fuhr Henderson gleich fort. »Hatten Sie mir neulich eigentlich gesagt, ob Sie Mrs. Brandon kennen?«

»Woher sollte ich sie denn kennen?«, kam es patzig zurück.

»Nun, Sie haben doch lange in Shanghai gelebt, wo die Brandons sich häufig aufhielten.«

»Shanghai ist groß«, knurrte Bender.

Henderson ließ sich nicht aus der Ruhe bringen. »Wissen Sie, was ich denke, Mr. Bender?«, fragte er aufgeräumt. »Im Grunde ist jede Stadt, ganz egal wie groß sie ist, nur ein Dorf. Wenn man in den gleichen Kreisen verkehrt, läuft man sich früher oder später über den Weg.«

»Nun, Mrs. Brandon und ich sind uns jedenfalls nicht über den Weg gelaufen«, gab Bender zurück. »Weder früher noch später.«

»Ich habe Sie also richtig verstanden?«, fragte Henderson noch einmal. »Sie kannten weder Brandon noch seine Frau?«

Bender stutzte sichtlich. Dann schüttelte er ein wenig schwerfällig den Kopf. »Nein, ich kannte sie beide nicht. Ich bin weder ihm noch ihr in Shanghai je begegnet.«

»Vielen Dank, Mr. Bender«, bekundete Henderson freundlich. »Kommen wir dann bitte noch kurz zu einem anderen Thema. Miss Kenneth haben Sie in der Zwischenzeit ein wenig kennengelernt, sehe ich das richtig?«

»*Kennengelernt* wäre zu viel gesagt, aber wir hatten ein paarmal miteinander zu tun«, erwiderte Bender.

»Und was halten Sie von ihr?«

»Sie ist eine merkwürdige Frau«, antwortete der andere. »Ich bin mir sicher, Sie wissen besser über Sie Bescheid als ich. Es ist ja wohl eine allgemein bekannte Tatsache, dass sie Mrs. Brandon als ihre Feindin betrachtete. Zwischen ihr und Mr. Brandon bestanden hingegen eine Zeit lang engere Beziehungen.«

»Sie meinen, die beiden hatten ein Verhältnis?«

»Wie schon gesagt, darüber wissen Sie zweifellos mehr als ich.«

»Würden Sie also sagen, Miss Kenneth hätte ebenfalls ein Motiv für die Mordtat gehabt?«

»Motiv, Gelegenheit, alles, was Sie wollen. Miss Kenneth kann die Tat ebenso gut begangen haben wie Mrs. Brandon. Sie lebt hier seit Jahren in der Einöde, und Ihre Aussichten, doch noch eine Ehe zu schließen und hier herauszukommen, schwinden mit jedem Monat. Kein Wunder, dass sie sich in gewisse Zustände hineinsteigert, umso weniger, wenn man dazu das Klima und die Atmosphäre bedenkt.«

»Wollen Sie damit sagen, dass Miss Kenneth zur Hysterie neigt?«, fragte Henderson trocken.

»So weit muss man vielleicht nicht gehen«, sagte Bender. »Exaltiert ist sie allerdings durchaus. Und sie mag lange auf eine Gelegenheit gewartet haben, sich an Brandon für die Zurückweisung zu rächen.«

»Sie belasten also nicht nur Mr. Monterey, sondern auch Miss Kenneth?«, fragte Henderson.

»Ich belaste niemanden«, gab Bender prompt zurück. »Ich beantworte lediglich Ihre Fragen. Und ich versuche möglicherweise, Sie darauf aufmerksam zu machen, dass Sie sich allzu schnell auf eine einzige Verdächtige eingeschossen haben könnten. Mrs. Brandon hat überhaupt keine Chance. Sie wird abgestempelt, ohne andere Verdachtsmomente überhaupt zu prüfen.«

Henderson kam der kultivierte, gut aussehende Mann vor wie ein in die Enge getriebenes Tier, das in seiner Verzweiflung begann, um sich zu beißen.

»Ich bedanke mich bei Ihnen, Mr. Bender«, sagte er zu ihm. »Für heute habe ich keine weiteren Fragen. Ich muss Sie allerdings bitten, sich zu meiner Verfügung zu halten, für den Fall, dass noch etwas auftaucht.«

Bender brummte etwas Unverständliches und verließ den Raum.

Henderson sah auf seine Uhr. Das Abendessen stand bevor, und für eine weitere Vernehmung blieb ihm vorher keine Zeit mehr.

Nach dem Dinner, das üppig und allzu schwer gewesen war, unternahm er einen Verdauungsspaziergang im Umkreis der Wohnsiedlung und wechselte ein paar Worte mit den Einheimischen, die ihm begegneten. Etwas Brauchbares bekam er jedoch nicht aus ihnen heraus, und von Sanjahs Familie ließ sich kein Mitglied blicken. Schließlich kehrte er noch einmal in das Büro zurück und ließ sich Philipp Monterey schicken.

Der junge Assistent mit der dunklen Haut machte einen argwöhnischen, wachsamen Eindruck und beantwortete die Fragen, mit denen Henderson versuchte, sich seinem eigentlichen Thema behutsam zu nähern, knapp und zurückhaltend. Schließlich blieb dem Inspektor nichts anderes übrig, als sein Anliegen direkt und ohne Umschweife vorzubringen:

»Sie sind mit der jungen Sanjah befreundet, sehe ich das richtig, Mr. Monterey?«

Das gut geschnittene junge Gesicht vor seinen Augen verschloss sich. »*Befreundet* dürfte wohl kaum der richtige Ausdruck sein«, sagte der junge Mann, darum bemüht, seiner Stimme einen höhnischen Klang zu geben. »Dass weiße Männer sich hier auf den Plantagen gern ein wenig mit einheimischen Mädchen die Zeit vertreiben, ist Ihnen sicher nichts Neues. Ich bilde da keine Ausnahme, und die kleine Sanjah hat mir gefallen. Sie war aber durchaus nicht das einzige Mädchen, mit dem ich mich gelegentlich amüsiert habe, und die

Zeit unserer, nun sagen wir Bekanntschaft, ist schon eine Weile her.«

Hübscher Versuch, dachte Henderson. *Um deiner beruflichen Zukunft willen kann ich nur hoffen, dass du als Pflanzer mehr taugst als als Lügner.* Vermutlich wusste der junge Mann selbst, dass der Inspektor ihm kein Wort glaubte, denn er ging nahtlos zum Angriff über:

»Darf ich erfahren, weshalb Sie sich auf mich eingeschossen haben und mir all diese Fragen stellen, obwohl doch bereits feststeht, wer den Mord begangen hat?«, fuhr er Henderson an.

Der blieb ruhig. »Wie ich meine Arbeit erledige, müssen Sie schon mir überlassen, Mr. Monterey. Ich mische mich ja auch nicht in Ihre ein. Im Übrigen habe ich mich keineswegs auf Sie eingeschossen, sondern vernehme alle Beteiligten noch einmal. Das ist nun einmal meine Pflicht als Leiter der Ermittlungen, und darüber hinaus entspricht es meinem Rechtsempfinden: Ehe ich einen Menschen für ein Verbrechen vor Gericht stelle, sollte ich sämtliche anderen Möglichkeiten ausgeschlossen haben, meinen Sie nicht auch?«

»Ich meine gar nichts!«, fuhr Philipp Monterey auf. »Ich will nichts, als dass diese Verdächtigungen und Verfolgungen ein Ende nehmen und ich wieder in Frieden meiner Arbeit nachgehen kann.«

»Was denn für Verdächtigungen und Verfolgungen?«, erkundigte sich Henderson interessiert.

»Spielen Sie doch nicht den Ahnungslosen«, rief sein Gegenüber wütend. »Sie wissen ganz genau, dass Frank Bender mich verdächtigt. Seit Tagen spielt er sich hier als Detektiv auf, befragt alle erdenklichen Leute über mein angebliches Verhältnis mit Sanjah, redet meinen Kollegen Dinge ein, die nicht wahr sind, und jetzt hat er auch noch Sie gegen mich aufgehetzt.«

»Ich bin kein Mann, der sich aufhetzen lässt, Mr. Monterey«, entgegnete Henderson friedfertig. »Und ich versichere Ihnen, dass Mr. Bender nichts dergleichen versucht hat.«

Hatte er das wirklich nicht?

Ganz sicher war Henderson sich nicht.

Sowohl was Olga Kenneth als auch was Philipp Monterey und Sanjah betraf, hatte sich Bender in auffälliger Weise bemüht, ihm Informationen zuzuspielen, die einen von ihnen belasteten. Dass der zweite Assistent für ihn als Täter durchaus infrage kam, hatte er alles andere als geleugnet.

»Egal, was Sie glauben, Bender hat ein brennendes Interesse daran, mich als den Mörder hinzustellen«, setzte Monterey noch einmal an. »Und ich werde Ihnen auch sagen, warum ihm so viel daran gelegen ist: weil er um jeden Preis Mrs. Brandon entlasten will.«

Volltreffer, dachte Henderson nicht ohne Anerkennung. Bender hatte recht, der junge Mann war wirklich nicht dumm. »Und warum sollte Mr. Bender Mrs. Brandon so gern entlasten wollen?«, erkundigte er sich wie beiläufig. »Soweit ich weiß, kennen die beiden sich doch überhaupt nicht.«

»Das herauszufinden ist Ihre Aufgabe, nicht meine«, gab Monterey spitz zur Antwort. »Und um diese zu erfüllen, sollten Sie sich ein bisschen mehr mit Frank Bender befassen statt mit Randfiguren wie mir und Sanjah, die Ihnen zum Tatgeschehen absolut nichts Neues liefern können.«

Damit sprang er auf und schickte sich an, den Raum zu verlassen, ohne dass Henderson ihm dafür die Erlaubnis erteilt hatte. Der ließ ihn ziehen, wohl wissend, dass er zumindest an diesem Abend nichts mehr aus ihm herausbekommen würde. Außerdem war er müde. Er begab sich in seinen Bungalow, ging sofort zu Bett und schlief wie ein Toter. Am nächsten Morgen erwachte er, als die Sonne bereits erbarmungslos ins Fenster prallte und den kleinen Raum in einen Backofen verwandelte.

Er sprang regelrecht aus dem Bett und schlüpfte in Windeseile in seine Kleider. Sein ganzer Körper schien vor gespannter Erwartung zu zittern wie der eines Rennpferdes vor dem Start. Wenn alles glattgegangen war, würde heute Abend Field mit May Brandon kommen, und er würde seine Bombe platzen lassen.

Wer würde hochgehen?

Frank Bender?

Olga Kenneth?

Philipp Monterey und die süße Sanjah?

Henderson verzichtete auf das Frühstück und verbrachte den Vormittag damit, den Tatort und die Umgebung noch einmal genauer zu inspizieren, nach möglichen Verstecken und Fluchtwegen zu suchen und ein paar kurze, ergebnislose Gespräche mit einheimischen Arbeitern zu führen. Nach dem Mittagessen suchte er dann den alten Kenneth in seinem Büro auf und war erfreut, ihn allein anzutreffen.

Vielleicht brachte es ihn einen Schritt weiter, wenn er dem Alten noch einmal auf den Zahn fühlte. Dieser Fall, der ihm anfangs so überschaubar und eindeutig erschienen war, entpuppte sich als ein komplexes Spinnennetz von Intrigen, alten Leidenschaften und Feindseligkeiten. Ein wenig kam er sich vor wie jener sprichwörtliche Mann, der vor einer riesenhaften Wand stand und versuchte, die Inschrift darauf zu entziffern, der aber nie mehr als zwei Buchstaben lesen konnte, weil er zu dicht davorstand.

Kenneth blickte auf, als er eintrat. »Oh, Inspektor Henderson. Wie kann ich Ihnen behilflich sein?« Wie üblich wirkte er fahrig und nervös, als hätte er vor irgendetwas Angst. Vor ihm standen die Whiskyflasche und das gefüllte Glas, die auf dieser Plantage offenbar obligatorisch waren.

»Darf ich Ihnen auf eine Zigarettenlänge Gesellschaft leisten?«, gab Henderson sich leutselig. »Nach einem schweren Essen in der Hitze ist Rauchen eine

Wohltat, finde ich, aber es ist nur halb so erfreulich, wenn man es allein tun muss.«

»Aber bitte, Inspektor, bitte gerne«, stammelte Kenneth und wies über seinen beladenen Schreibtisch hinweg auf einen freien Stuhl. Erst als er sich gesetzt hatte, sprang Kenneth unbeholfen auf und eilte zum Spind, um ein Glas für Henderson zu holen. Beim Einschenken zitterte seine Hand so stark, dass er mehrere Tropfen verschüttete.

Sodann bot er dem Inspektor seine Zigaretten an, doch dieser hatte bereits seine eigenen aus der Tasche gezogen, von denen er seinerseits Kenneth anbot.

»Wie lange sind Sie eigentlich schon hier auf der Plantage, Mr. Kenneth?«, fragte er.

»Fünfzehn Jahre, Inspektor.« In der Stimme des anderen schwang eine Art wehmütiger Stolz.

»Fünfzehn Jahre«, wiederholte Henderson anerkennend. »Das ist eine beachtliche Zeitspanne. Darf ich fragen, wie es dazu kommt, dass Sie so lange geblieben und noch immer hier sind? Ist das hier so etwas wie Ihr Zuhause geworden?«

Kenneth zuckte die knochigen Schultern, um die der Anzug schlackerte. »Ich bin ein alter Mann«, sagte er. »Sobald man nicht mehr jung ist, hat man in den Tropen nicht mehr viele Chancen. Und die Arbeit hier ist in Ordnung. Die Bezahlung auch. Weshalb sollte ich eine Veränderung anstreben, die doch kaum eine Verbesserung sein würde?«

»Früher haben Sie einmal Ihre eigene Plantage besessen, nicht wahr?«, fragte Henderson.

Kenneth zuckte zusammen. Hinter den Gläsern der Goldrandbrille flackerte sein Blick. »Woher wissen Sie das?«

Henderson lächelte geheimnisvoll und zuckte nun seinerseits die Schultern. »In meinem Beruf hat man so seine Informanten.«

»Es ist schon so lange her.« Kenneth stöhnte auf. »Ich dachte, kein Mensch erinnert sich mehr daran.«

»Nun, mindestens einer tut es«, erwiderte Henderson. »Sie haben damals verkauft? Warum? Hätten Sie die Plantage denn nicht gern behalten?«

»Doch schon.« Nervös rutschte der Buchhalter auf seinem Stuhl hin und her. »Aber die Zeiten waren damals lausig. Es gab mehrere Missernten hintereinander, und sämtliche Pflanzer mussten Geld zusetzen. Ich hatte keines, das ich hätte zusetzen können, und obendrein wurde ich auch noch krank. Das Herz. Die ganze Aufregung tat ihm nicht gut. Also blieb mir nur der Verkauf.«

»Mit erheblichem Verlust, nehme ich an?«

Kenneth nickte. »Wie schon gesagt, es waren lausige Zeiten.«

»An wen haben Sie verkauft?«, fragte Henderson ihn geradeheraus.

»An wen ich verkauft habe?« Kenneth rieb sich mit dem Handrücken über die Stirn, ohne viel gegen den

Schweiß auszurichten, der ihm in Bächen über das Gesicht strömte. »Das ist so lange her. Ich weiß gar nicht … Ich kann mich gar nicht mehr erinnern, wie der Käufer damals hieß.«

»Sie können sich nicht erinnern?« Henderson hob die Brauen. »Nehmen Sie es mir nicht übel, Mr. Kenneth, aber das kann ich mir beim besten Willen nicht vorstellen. Immerhin ging es um ein einschneidendes Ereignis, das Ihr ganzes Leben verändert hat. Und da wollen Sie mir erzählen, Sie könnten sich nicht an den Namen des Käufers erinnern?«

»Ich bin eben alt«, krächzte Kenneth. »Da lässt das Gedächtnis nach.«

Die Koketterie mit deinem Alter geht mir allmählich erheblich auf die Nerven, dachte Henderson. »Ich frage Sie noch einmal«, sagte er nun ohne jede Verbindlichkeit. »An wen haben Sie Ihre Plantage verkauft?«

»Ich … Ich weiß es nicht mehr.«

»Dann werde ich es Ihnen sagen«, antwortete Henderson kalt. »Der Mann, an den Sie Ihre Plantage verkauft haben, hieß Richard Brandon. Habe ich recht?«

»Sie wissen es!«, rief Kenneth und warf die Arme in die Luft wie ein Ertrinkender, der um Hilfe ruft. »Dabei dachte ich … Ich war sogar sicher, das wüsste hier kein Mensch.«

»Nun, wie Sie sehen, ist Ihr Geheimnis nicht ganz so geheim, wie Sie annahmen«, sagte Henderson. »Und nun wüsste ich gern, warum Sie lügen, Mr. Kenneth.«

»Gott, Inspektor.« Kenneths Stirnreiben intensivierte sich, als wolle er sich die Haut abschälen. »Diese unglückseligen alten Sachen … Ich hatte gehofft, Sie wären endlich begraben und vergessen.«

»Das hat ein Mordfall so an sich«, erwiderte Henderson. »Er fungiert als eine Art Spitzhacke, die Vergrabenes wieder zum Vorschein bringt. Halten wir also fest, dass Sie sich gezwungen sahen, Ihre Plantage an Richard Brandon zu verkaufen. Und bei dem Geschäft machten Sie einen großen Verlust, das hatten wir ja schon besprochen.«

»Nun ja«, murmelte Kenneth. »So war es wohl. Einen ziemlich großen Verlust.«

»Woher kannten Sie Brandon überhaupt?«

»Er unterhielt ein kleines Handelsgeschäft am Hafen«, antwortete Kenneth. »Er war damals noch jung und äußerst ehrgeizig. Dort unten wollte er sich etwas aufbauen, indem er die Waren der Pflanzer aufkaufte und sie mit Preisaufschlag weiterverkaufte.«

»Sie meinen, er fing Ihnen die Kunden vor der Nase weg und drückte die Preise«, verbesserte Henderson. »Und Sie waren gezwungen, gute Miene zum bösen Spiel zu machen, wenn Sie auf Ihren Erzeugnissen nicht sitzen bleiben wollten.«

»Ja, ja, das hat er getan.« Kenneth seufzte aus tiefster Kehle. »Skrupel kannte er nicht. Mit seinen Dumping-Preisen hat er die Leute, die hier in der Gegend seit einer Ewigkeit ansässig waren, ruiniert.«

»Und bei Ihnen hat er vermutlich noch ein bisschen nachgeholfen.«

»Was meinen Sie damit?«, wollte Kenneth wissen.

»Nichts Bestimmtes«, sagte Henderson. »Er wird Ihnen Verträge versprochen haben, die letztlich nie geschlossen worden sind, wird Ihnen Ihre Leute abgeworben und dafür gesorgt haben, dass Sie Ihre Ernte nicht rechtzeitig einbringen konnten. Ein Nadelstich nach dem anderen, bis das Loch letztendlich so groß war, dass es sich nicht mehr schließen ließ. Und dann ist ihm die Plantage, die er sich gewünscht hatte, wie eine überreife Mango in den Schoß gefallen.«

Kenneth senkte den Kopf und schwieg, und Henderson ließ ihm die kurze Pause, um sich zu erholen. »Was taten Sie, nachdem die Plantage verloren war?«, setzte er dann seine Befragung fort.

»Dieses und jenes«, murmelte Kenneth unbestimmt.

»Und was immer Sie auch angefangen haben, aus nichts davon ist etwas geworden«, konstatierte Henderson, ohne den Mann zu schonen.

Kenneth sah wieder auf, und sein flackernder, unsteter Blick traf den Inspektor. »Ich war schon über fünfzig. In den Tropen ist das entschieden zu alt, wenn man noch einmal von vorn anfangen will.«

»Sie waren verheiratet?«

Der alte Buchhalter nickte. »Meine Frau starb, kurz nachdem wir unsere Plantage verlassen mussten. Ihr Herz hatte keine Kraft mehr. Der Kummer, die

Aufregung und vor allem die Demütigung waren zu viel für sie.«

»Man könnte also sagen, dass Mr. Brandon auch am Tod Ihrer Frau die Schuld trägt«, sprach Henderson wie absichtslos vor sich hin.

Kenneth gab darauf keine Antwort.

»Wie ging es dann weiter?«, drängte Henderson. »Sie hatten alles verloren, und Ihre Versuche, im Geschäftsleben wieder Fuß zu fassen, waren gescheitert. Von irgendetwas mussten Sie ja aber schließlich Ihren Lebensunterhalt bestreiten …«

»Es ging mir nicht gut«, sagte Kenneth. »Weit und breit fand sich niemand mehr, der mir noch eine Chance geben wollte. Dann ergab es sich durch einen Zufall, dass ich Brandon in Malakka traf. Er sagte, er könne auf seiner Plantage einen Buchhalter brauchen, und da ich eben händeringend eine Stellung suchte, stellte er mich ein.«

»Oho«, ließ sich Henderson vernehmen. »Eine menschliche Regung?«

Wieder zuckte Kenneth mit den knochigen Schultern. »Ich weiß nicht, was für Gefühle ihn dazu bewogen haben. Ich war nur froh, wieder ein sicheres Auskommen und ein Dach über dem Kopf zu haben.«

»Und dennoch muss es Ihnen doch bitter aufgestoßen sein, in Ihrem Alter nun sozusagen als Lohnarbeiter auf einer Plantage Dienst zu tun, nachdem Sie so lange Ihr eigener Herr gewesen waren.«

»Ja, schon«, murmelte Kenneth und hob mit seiner zitternden Hand das Whiskyglas, um etwas zu trinken. »Ja, natürlich. Leicht war das nicht.«

»Zweifellos haben Sie Mr. Brandon gehasst«, kam es von Henderson.

»Gehasst?« Der Buchhalter stellte das Glas so heftig zurück auf den Tisch, dass der Rest seines Whiskys überschwappte und braune Sprenkel sich auf den nächstliegenden Dokumenten verteilten.

»Warum fragen Sie mich das, Inspektor? Was hat es zu bedeuten?«

»Die Fragen stelle ich hier«, erinnerte Henderson ihn scharf. »Und ich hatte Sie gerade gefragt, ob Sie Mr. Brandon gehasst haben.«

»Nein, nein, nein«, beteuerte der Alte hastig. »Ich mag vielleicht hier und da ein wenig Wut empfunden haben. Auch Verbitterung. Aber doch keinen Hass. So ist eben das Geschäftsleben: Die einen gewinnen, die anderen verlieren. Und jetzt wüsste ich wirklich gern, worauf das alles hinausläuft.«

»Und ich wüsste wirklich gern, warum Sie von dieser Geschichte bei Ihren früheren Vernehmungen nichts erwähnt haben«, konterte Henderson.

»Ich ... Ich hielt es nicht für wichtig.«

»Nein?«, fragte Henderson, ließ seinen Whisky stehen und stand auf. »Da bin ich aber ganz anderer Meinung.«

Kenneth sank in seinem Stuhl in sich zusammen.

Wie ein verängstigtes Kind sah er zu Henderson auf. »Heißt das … Heißt das, dass Sie mich verdächtigen?«

»Das mag es durchaus heißen«, erwiderte Henderson ungerührt. »Dass Sie ein prachtvolles Motiv haben, müssen Sie selbst zugeben, und an Gelegenheiten dürfte es Ihnen nicht gefehlt haben.«

»Aber ich bin ein alter Mann!«, rief der Buchhalter.

»Das weiß ich«, erwiderte Henderson trocken. »Sie erwähnten es bereits.«

»Und seit der Sache mit meiner Plantage sind doch so viele Jahren vergangen«, jammerte der Alte. »Weshalb sollte ich denn ausgerechnet jetzt noch auf die Idee kommen, mich an Richard Brandon zu rächen.«

»Rache ist ein Gericht, das man am besten kalt genießt«, wiederholte Henderson das Zitat, das May Brandon ihm vor ein paar Tagen beigebracht hatte. »Und Sie sind ein alter Mann, wie Sie nicht müde werden, mir zu erklären. In Ihrem Alter hat man gelernt, nichts zu überstürzen, nehme ich an. Sie könnten einfach auf eine günstige Gelegenheit gewartet haben, um Ihre Rechnung zu begleichen.«

»Aber das können Sie doch nicht ernsthaft von mir glauben«, wimmerte Kenneth. »Ich weiß gar nicht, was ich noch sagen soll.«

»Die Wahrheit, Mr. Kenneth«, erwiderte Henderson. »In den bisherigen Befragungen haben Sie mir mehr verschwiegen als mitgeteilt. Das ist es, was Sie verdächtig macht. Deshalb rate ich Ihnen: Wenn es noch etwas gibt, das Sie vor mir verborgen halten, sollten Sie nicht länger zögern, sondern jetzt mit der Sprache herausrücken.«

»Aber es gibt doch nichts mehr, Inspektor!« Wieder riss der alte Mann wie ein Ertrinkender die Arme in die Höhe. »Nichts, nicht das Geringste, so wahr mir Gott helfe.«

»Überlegen Sie es sich gut.« Henderson blieb an der Tür stehen und betrachtete das Häufchen Elend ohne Mitleid. »In einem Mordfall gibt es nichts Unwichtiges, Mr. Kenneth. Und auch keine Privatsphäre. Sie sind verpflichtet, mir alles offenzulegen, was mir in meinen Ermittlungen eventuell weiterhelfen kann.«

»Aber ich weiß doch nichts. Ich weiß doch nichts. Ich habe Ihnen schon hundertmal gesagt, dass ich nichts weiß.« Der Alte schlug die Hände vor das Gesicht und begann, wie ein Kind zu weinen.

»Um Gottes willen! Vater! Was ist denn nur geschehen?« Mit einem Knall flog die Tür auf, und Olga Kenneth stürmte ins Zimmer. Sie lief zu ihrem Vater, ging vor ihm auf die Knie und griff nach seinen Handgelenken, um seinen Puls zu fühlen. »Geht es dir nicht gut?«

»Nein, Kind, ich meine, ja doch, mir geht es gut …«, stammelte der Alte verwirrt.

Seine Tochter blickte auf und drehte sich mit fragendem Blick nach Henderson um. »Was ist geschehen, Inspektor?«, wollte sie wissen. »Hat mein Vater etwa einen weiteren Herzanfall erlitten?«

»Das denke ich nicht«, erwiderte er noch immer ungerührt. »Wir hatten lediglich eine Unterhaltung, die ihn ein bisschen mitgenommen hat.«

»Worüber denn, in Gottes Namen?«, fuhr Olga auf. »Mein Vater ist ein kranker Mann, er hat Schonung nötig.«

»Ich fürchte, in einem Mordfall gibt es keine Schonung«, sagte Henderson. »Schon gar nicht, wenn der Betreffende der Polizei Lügen auftischt und Dinge verschweigt.«

»Lügen auftischt? Dinge verschweigt?«

Henderson nickte bedeutungsvoll. »Dabei fällt mir ein – auch wir beide werden uns demnächst noch einmal über ein paar Dinge unterhalten müssen, Miss Kenneth.«

»Das wird ja wohl nicht ausgerechnet in diesem Augenblick sein müssen«, antwortete Olga von oben herab. »Ich muss mich jetzt um meinen Vater kümmern, er braucht sein Medikament.«

Henderson hätte sie damit nicht davonkommen lassen, egal wie dringend sie es machte. Er hatte bereits zu einer passenden Erwiderung angesetzt, doch in diesem Augenblick hörte er draußen auf dem Platz ein Auto vorfahren. Das Motorengeräusch erkannte er ohne Zweifel.

Sein Herzschlag beschleunigte sich.

»Nein, es muss nicht ausgerechnet in diesem Augenblick sein«, sagte er und hatte Mühe, sich ein Lächeln zu verkneifen. »Kümmern Sie sich nur in aller Ruhe um Ihren Vater, wir wollen ja nicht, dass dem alten Herrn am Ende noch etwas Ernsthaftes passiert.«

Verstört blickte Olga Kenneth auf. »Machen Sie sich über mich lustig?«

»Aber nicht doch, Miss Kenneth, so etwas würde mir im Leben nicht in den Sinn kommen.« Jovial nickte Henderson ihr zu. »Ich wäre Ihnen allerdings dankbar, wenn Sie jetzt Ihren allzeit bereiten Diener herbeirufen könnten, damit er mir einen kleinen Gefallen tut.«

»Was für einen Gefallen?«

»Ich würde mich gern mit Mr. Bender noch einmal unterhalten«, sagte Henderson. »Bitte lassen Sie ihm ausrichten, dass er sich auf dem schnellsten Weg hier einfinden soll.«

15

Atemlos stürmte Frank in das verwahrloste Büro. Er fand Henderson bei der Tür stehend, Kenneth zusammengesunken in seinem Stuhl und Olga auf Knien vor ihrem Vater am Boden. Vor der Tür des Verwaltungsgebäudes parkte ein großer, schmutziger Wagen, doch um nachzusehen, wer darin saß, hatte er sich nicht die Zeit genommen.

Er war am anderen Ende der Plantage mit der Inspektion von Zuckerrohrfeldern beschäftigt gewesen, als Olgas Diener ihn aufsuchte und umgehend zurück in die Siedlung beorderte. Der Inspektor wolle den weißen Herrn Verwalter umgehend sprechen, hatte der Mann keuchend erklärt. Phil Monterey, den Frank zu dem Erkundungsgang mitgenommen hatte, verzog das Gesicht zu einem bösen Lächeln, das Frank aus dem Augenwinkel wahrnahm, ehe er auf sein Pferd sprang und das Tier praktisch aus dem Stand in den Galopp trieb.

Vor dem Verwaltungsgebäude war er abgesprungen, sein Körper war so schweißbedeckt wie der des Tieres.

Er wollte selbst mit dem Inspektor sprechen oder besser: Er hatte ein Hühnchen mit ihm zu rupfen.

»Ah, Henderson, gut, dass ich Sie treffe«, rief er. »Ich hatte Ihnen gestern im Vertrauen ein paar Dinge dargelegt und war davon ausgegangen, dass ich mich auf Ihre Diskretion verlassen kann. Sie wissen, dass ich mit den Leuten hier auf Gedeih und Verderb zusammenarbeiten muss und dass es auf einer Plantage zu Mord und Totschlag kommen kann, wenn man Feindseligkeiten schürt.«

»Mord und Totschlag, Sie sagen es«, bemerkte der Inspektor süffisant.

»Falls Sie das komisch finden, wundere ich mich über Ihren Humor«, stieß Frank zornig heraus. »Sie haben dem jungen Philipp offenbar haarklein erzählt, was ich Ihnen anvertraut hatte, und demzufolge ist er jetzt überzeugt, dass ich ihn bei Ihnen anschwärzen wollte.«

»Wollten Sie das denn nicht, Mr. Bender?«, fragte Henderson mit einer Unschuldsmiene, die Franks Wut noch steigerte.

»Nein. Das wollte ich nicht. Ich habe Ihnen gesagt, mir ist der junge Mann sympathisch und es tut mir in der Seele weh, ihn zu belasten. Ich wollte lediglich etwas gegen die regelrechte Besessenheit unternehmen, mit der Sie sich auf Mrs. Brandon als die Schuldige eingeschossen haben. Deshalb habe ich Ihnen aufgezeigt, dass der Fall beileibe nicht gelöst ist und dass es genügend andere Beteiligte gibt, die für den Mord infrage kommen.«

»Ich verstehe«, erwiderte der Inspektor, als ginge ihn das Ganze nicht sonderlich viel an. »Nun, wie auch immer, ich hoffe, Sie und Mr. Monterey werden Ihre Differenzen beilegen können. Sicher fällt Ihnen das umso leichter, wenn ich endgültig abreise und Sie in Ihren Alltag zurückkehren können.«

»Sie reisen ab?«, rief Frank entsetzt. Wenn Henderson jetzt schon fortwollte, ohne eine Verhaftung vorzunehmen, konnte das nur bedeuten, dass er im Laufe der vergangenen zwei Tage zu keiner neuen Erkenntnis gekommen war, sondern nach wie vor Miriam für die Schuldige hielt. »Aber sind denn Ihre Ermittlungen schon abgeschlossen?«

»Oh ja, ich sagte Ihnen ja, es handelt sich mehr oder weniger nur um Routine, um auf Nummer sicher zu gehen«, erwiderte Henderson leichthin. »Diesbezüglich habe ich meine Pflicht getan und kann nun guten Gewissens nach Hause fahren. Sergeant Field ist ja bereits eingetroffen, um mich abzuholen. Sicher haben Sie draußen auf dem Vorplatz unseren Wagen gesehen.«

»Aber das geht nicht!«, rief Frank verzweifelt. »Sie können nicht abreisen, bevor Sie nicht alles untersucht haben. Ich habe Ihnen doch erklärt, dass es praktisch jeder gewesen sein könnte, warum halten Sie denn an Ihrem Verdacht gegen Mrs. Brandon so verbissen fest?«

»Und warum wollen Sie so unbedingt, dass ich diesen Verdacht fallen lasse?«, fragte Henderson postwendend zurück. »Sie haben mit der ganzen Sache doch überhaupt nichts zu schaffen, Sie kennen Mrs. Brandon nicht einmal, wie Sie mir ja mehrfach erklärt haben.«

»Aber ich kann doch nicht einfach die Augen schließen und zulassen, dass eine Unschuldige …«

Weiter kam Frank nicht. Die Tür schwang von Neuem auf, und Sergeant Field trat ein. An seiner Seite ging eine schlanke, hochgewachsene Frau, die einen für die Jahreszeit zu warmen Staubmantel über einem zerknitterten Kostüm aus Seide trug.

Miriam.

May Brandon.

Die Frau, die alle Welt für eine Mörderin hielt.

Die Frau, die sein Schicksal war. Die er über alle Maßen liebte.

Sein Herz schlug ihm bis in die Kehle. Er hatte Mühe, Atem zu holen, und musste sich auf die Lippen beißen, damit ihm kein Wort entfuhr.

»Guten Abend«, sagte May leise und sah sich im Raum um. Keine Regung in ihrem Gesicht verriet, dass sie Frank kannte, als ihr Blick und der seine sich trafen.

»Auftrag ausgeführt, Sir«, verkündete der junge Field offenbar bestens gelaunt. »Ich bin gefahren wie der Teufel.«

»Und Sie kommen wie gerufen«, erwiderte Henderson und lächelte seinem Sergeanten wohlwollend zu. Dann wandte er sich an Miriam: »Mrs. Brandon, ich freue mich, Sie auf der Plantage begrüßen zu dürfen, die als Erbe Ihres Mannes jetzt ja wohl Ihr Eigentum ist.«

»Mörderinnen dürfen ihre Opfer nicht beerben«, sagte Miriam kühl. »Und für eine Mörderin halten Sie mich doch wohl noch immer, oder nicht?«

»Stellen wir das fürs Erste zurück«, erwiderte Henderson. »Ich hoffe, die lange Autofahrt ist Ihnen bekommen, und man hat Sie in der Zwischenzeit anständig behandelt. Wie Sie sehen, hat sich zu Ihrer Begrüßung ein kleines Empfangskomitee versammelt. Mr. Kenneth und seine Tochter sind ja alte Bekannte für Sie. Aber diesen Herrn kennen Sie meines Wissens noch nicht.«

Mit einer schwungvollen Armbewegung wies er auf Frank. »Mrs. Brandon?«, fragte er mit schief gelegtem Kopf. »Hatten Sie mich gehört? Ich nahm an, dass Sie diesen Herrn noch nicht kennen, liege ich damit richtig?«

May-Miriam nickte. »Ja. Ich kenne ihn nicht«, sagte sie tonlos.

»Es ist Mr. Bender«, sagte der Inspektor und sah von Frank zu May und wieder zurück. »Der neue Verwalter, den Ihr Mann eingestellt hat.«

»Sehr erfreut«, murmelte May leise.

»Ich denke, ich kann Sie beide eine Weile allein lassen, nicht wahr?«, fragte Henderson. »Sergeant Field und ich haben vor unserer Abreise noch einige dringende Angelegenheiten zu regeln. Sie haben mir die Papiere doch mitgebracht, um die ich Sie gebeten haben, Field?«

»Selbstverständlich, Sir«, rief der Sergeant vergnügt und wedelte mit einer Mappe.

»Ausgezeichnet, dann ziehen wir uns also für kurze Zeit zurück, während Sie beide sich miteinander bekannt machen«, sagte Henderson. »Und Sie, Miss Kenneth, sorgen bitte dafür, dass Ihr Vater sich hinlegt. Schließlich ist er ein alter Mann, seine Gesundheit ist schwach, und er bedarf dringend der Schonung, richtig?«

Der Blick, den Olga ihm sandte, hätte vermutlich zur Mordwaffe getaugt. Dennoch fügte sie sich in ihr Schicksal, stützte ihren Vater unter dem Arm und verließ mit ihm gemeinsam den Raum. Field und Henderson verschwanden keinen Atemzug später durch die vordere Tür. Nach all dem Warten waren Miriam und Frank in dem Zimmer allein.

Sie standen einander gegenüber, durch die halbe Breite des Raumes voneinander getrennt, und schwiegen. Franks Blick umfasste ihr schönes Gesicht, und er erkannte, dass sich nichts verändert hatte. Alles war noch genau wie an jenem schicksalhaften Abend, genau wie in ihrer zauberhaften Nacht. Er liebte sie. Seine

Gefühle für sie waren noch genauso tief, so stark und unbedingt. Nichts, was in der Zwischenzeit geschehen war, hatte die Macht besessen, daran zu rütteln.

»Miriam«, sagte er kaum hörbar.

»Frank«, gab sie genauso leise und wie in einem Traum zurück.

Ein zartes Lächeln umspielte ihre Augen, ohne ihre Lippen zu erreichen. Sie trat zwei Schritte auf ihn zu, löste ihren Blick jedoch nicht von seinem.

In diesem Blick las er, dass es ihr nicht anders erging als ihm: Sie liebte ihn, wie sie ihn in jener Nacht geliebt hatte. Stark und tief und über alle Grenzen.

»Nein!«, rief er rasch, als sie den nächsten Schritt setzen wollte, und hob die Hand, um sie aufzuhalten. »Bleib, wo du bist. Ich bin sicher, irgendwer sieht durchs Fenster, um uns zu beobachten. Wir haben eine Riesendummheit begangen, indem wir behauptet haben, wir würden uns nicht kennen. Ich bin sicher, der Inspektor weiß das. Er ist nicht der Dummkopf, den er so gerne spielt, und dass er uns hier alleine lässt, gehört zu seinem Plan.«

»Bist du sicher?« Sie wirkte so jung, so unschuldig und noch immer wie verloren in einem Traum.

»Todsicher«, sagte Frank traurig. »Vermutlich hofft er, dass wir versuchen werden zu entfliehen.«

»Aber warum denn? Er hat doch alles, was er braucht, gegen mich in der Hand.«

»Wenn wir fliehen, hat er statt einer einzigen

Verdächtigen zwei«, sagte Frank und zuckte die Schultern. »Vielleicht gefällt es ihm besser, sich ein Paar von Komplizen als Mörder vorzustellen, und das Motiv stellt sich dann auch eindeutiger dar. Wer weiß schon, was in dem Menschen vor sich geht.«

Mit einem Schlag erwachte May aus ihrem Traum. Ihr Gesicht wurde ernst.

»Oh, Liebster!«, rief sie erschrocken.

»Was ist?«

»Du glaubst doch nicht etwa, dass ich den Mord begangen habe!«

Innerhalb von Sekunden prüfte Frank fieberhaft seine Gedanken und sein Gefühl. Er war sich sicher, dass er sie liebte. Er war sich sicher, dass er für diese Liebe bis ans Ende der Welt gehen und jedes Risiko, jede Strapaze auf sich nehmen würde. Einer entscheidenden Sache aber war er sich nicht sicher: Er wusste nicht, ob sie den Revolver genommen und ihren Mann erschossen hatte. Er hätte alles Erdenkliche dafür gegeben, in diesem Punkt Gewissheit zu haben, wie in all den anderen, aber er hatte sie nicht.

Er konnte es einfach nicht wissen.

»Miriam«, sagte er und sah ihr über die Entfernung hinweg eindringlich in die Augen. »Hast du es getan?«

»Nein«, rief sie, ohne zu zögern, »nein, das schwöre ich dir. Wie kannst du das nur von mir denken?«

Einen Augenblick lang schwiegen sie beide, dann fügte sie leise hinzu: »Denk doch an unsere Nacht.

316

Glaubst du wirklich, all das wäre möglich gewesen, wenn ich nur Stunden zuvor einem Menschen das Leben genommen hätte? Ich war doch so glücklich mit dir. So glücklich ...«

»Warst du glücklich, Miriam?«, fragte er, weil er Gewissheit brauchte, und doch spürte er bereits, wie die Zweifel von ihm abfielen. Sie waren so vertraut miteinander, einander so nahe, als hätte es zwischen ihnen niemals Fremdheit gegeben.

Begegneten sie sich heute wirklich erst zum zweiten Mal?

Es war nicht möglich, dass sie einander erst drei Tage kannten. Es fühlte sich an, als kannten sie einander ihr ganzes Leben!

Tausend Jahre ...

»Du weißt es«, sagte sie. »Du weißt, dass ich glücklich war.«

»Und du liebst mich?«

»Ja, ja, ja!«, schrie sie auf. »Ich liebe dich, wie ich nie zuvor einen Menschen geliebt habe.«

»So liebe ich dich«, sagte er. »Ganz genau so.«

»Und du glaubst mir, dass ich meinen Mann nicht getötet habe?«

»Ja«, erwiderte Frank vollkommen ruhig und überzeugt. »Ich glaube dir.«

Sie lächelten einander entgegen, noch immer durch mehrere Schritte voneinander entfernt und doch vereint.

»Warum hast du mir nicht alles erzählt?«, fragte er.

»Wie hätte ich das denn tun können?«, kam es von ihr zurück.

»Es gibt nichts, das du mir nicht hättest sagen können«, erwiderte er. »Ich hätte dich verstanden. Aber stattdessen bist du einfach weggefahren.«

»Ich weiß«, sagte sie. »Und ich werde mir nie verzeihen. Mein Herz war so schwer wie ein Bleiklumpen, und alles in mir wollte bei dir bleiben. Ich versuchte, mich damit zu trösten, dass unsere Liebe auf diese Weise vollkommen bleiben würde. Ungetrübt. Ich kann nicht fassen, wie dumm ich war.«

»Das warst du in der Tat«, sagte Frank ernst. »Du wirst lernen müssen, Vertrauen zu haben, Miriam.«

»Das will ich.« Miriams Stimme war nicht viel mehr als ein Flüstern. »Ich will es so gern, Liebster. Ich will es so unendlich gern.«

»Dann hab Vertrauen zu mir und zu unserer Liebe«, sagte Frank.

»Ich hatte solche Sehnsucht nach dir«, sagte Miriam. »Darf ich … Darf ich dir bitte jetzt einen Kuss geben?«

Nur allzu gern hätte Frank dazu ›ja‹ gesagt, hätte laut ›ja‹ gejubelt und wäre zu ihr gelaufen, um sie endlich in seine Arme zu schließen. Doch er musste vernünftig sein – um seinet- und noch viel mehr um ihretwillen.

»Es wäre nicht klug«, sagte er mühsam. »Wir werden beobachtet.«

Miriam warf ihren schönen Kopf zurück und lachte

freiheraus. »Das macht doch nichts, Liebling. Ich habe dich endlich wieder, und ich gebe dich jetzt nicht noch einmal her, um eine Farce aufzuführen, die ohnehin jeder durchschaut. Lass uns mit dem Lügen aufhören und dem Inspektor alles gestehen. Ich glaube, hinter seiner strengen Fassade ist er ein ziemlich netter Mann, der mit sich reden lassen wird. Und wir würden alles nur noch schlimmer machen, wenn wir noch länger versuchen würden, ihm die Wahrheit zu verheimlichen.«

»Du hast recht.«

Mehr Worte waren nicht nötig. Frank und Miriam stürmten, ja flogen geradewegs aufeinander zu und schlossen einander in die Arme. Ihre Lippen fanden sich ganz ohne ihr Zutun, und sie versanken in einem Kuss, in dem all ihre Sehnsucht, ihre Zärtlichkeit und ihre Leidenschaft lagen.

Dass die Tür schlug, nahm Frank höchstens am Rande seines Bewusstseins wahr. Also hatte der Inspektor sie tatsächlich beobachtet, hatte vermutlich auf der vorderen Terrasse gestanden und war hereingekommen, sobald er glaubte, sein Ziel erreicht zu haben.

Frank und Miriam ließen sich nicht stören. Sie hatten so lange auf diesen Augenblick gewartet, dass sie sich jetzt unmöglich sofort wieder trennen konnten. Sie nahmen sich die Zeit, ihren Kuss auszukosten und einander durch die Liebkosungen zu versichern, dass alles gut werden würde, dass von jetzt an keiner von ihnen mehr allein war und sie dieses Martyrium zusammen durchstehen würden.

Dann erst lösten sie sich voneinander und drehten sich Seite an Seite zu Inspektor Henderson um.

Der spreizte die Hände. »Tut mir leid, dass ich stören muss«, sagte er. »Wie ich sehe, haben Sie sich recht schnell angefreundet.«

»Wir haben Sie angelogen, Inspektor«, bekannte Frank geradeheraus.

»Ach tatsächlich?« Spöttisch hob Henderson eine Braue. »Was Sie nicht sagen.«

»Frank und ich sind uns an dem Abend begegnet, an dem ich von der Plantage geflohen bin«, sagte Miriam. »In Monsieur Faurés Gasthaus. In der Aufregung hatte ich vergessen, den Benzinstand des Chevrolets zu kontrollieren, und so war ich gezwungen, unterwegs zu tanken. Dabei traf ich Frank. Es war Schicksal, denke ich.«

Frank legte den Arm um ihre Taille. Sie kam ihm so zart und verletzlich vor, und er hätte sie gern beschützt und dieses Gespräch mit dem Inspektor allein geführt. Sie aber schien entschlossen, ihren Teil beizutragen.

»So etwas wie Liebe auf den ersten Blick?«, fragte Henderson.

Frank und Miriam nickten, denn so war es ja tatsächlich gewesen. Liebe auf den ersten Blick. Ohne Wenn und Aber und wider alle Vernunft.

»Wie hübsch«, bemerkte Henderson. »Es freut

mich, dass Sie sich nun endlich etwas mitteilsamer geben, Mrs. Brandon. Es gibt da allerdings ein kleines Problem.«

»Ich bin sicher, es lässt sich ausräumen«, sagte Miriam. »Worum handelt es sich.«

»Nun, Monsieur Fauré, den ich bei all seinem Geschnatter dennoch für einen aufrichtigen Mann halte, hat ausgesagt, dass Sie einander bereits kannten, als Sie sich an dem Abend in seinem Gasthaus trafen. Zu meinem Bedauern widerspricht das Ihrem durchaus romantischen Bericht von der spontan entflammten Liebe.«

»Monsieur Fauré war nicht dabei, als wir uns an jenem Abend begegnet sind«, sagte Frank. »Wir haben uns wirklich auf den ersten Blick ineinander verliebt und saßen vermutlich beieinander wie ein vertrautes Liebespaar, als er kam, um uns das Abendessen zu servieren. Ich kann nicht leugnen, dass das vollkommen unglaubwürdig klingt, aber ich schwöre, so ist es gewesen. Ich denke, wir haben es Ihnen deshalb verschwiegen, Inspektor – weil es einfach zu schön, zu wunderbar und zu unfassbar war, um geglaubt zu werden.«

»Das ist das Problem mit diesem ganzen verdammten Fall«, brummte Henderson. »So manches scheint allzu weit hergeholt, um der Wahrheit zu entsprechen, während anderes völlig folgerichtig und glaubhaft daherkommt. Und doch ist am Ende alles umgekehrt und erweist sich als eine Kette von Fehlschlüssen. Dass

Sie beide nichts besser gemacht haben, indem Sie mir all diese Lügenmärchen auftischten, brauche ich Ihnen wohl nicht noch einmal zu erklären.«

»Ich habe Ihnen nur diese eine Lüge aufgetischt«, unterbrach ihn Miriam. »Ich wusste nicht, in welcher Situation sich Frank befand, und ich wollte ihn nicht mit hineinziehen. Alles andere, was ich Ihnen erzählt habe, ist jedoch die Wahrheit, Inspektor.«

»Und das soll ich Ihnen so einfach abnehmen«, konterte Henderson. »Das Sprichwort ›*Wer einmal lügt, dem glaubt man nicht*‹ ist Ihnen ja sicher bekannt.«

»Ja, es ist mir bekannt, aber Sie sollten mir trotzdem glauben!«, rief Miriam aufgebracht. »In Ihrem eigenen Interesse. Sie würden dann nämlich viel schneller auf die richtige Spur stoßen und den Mord an Richard aufklären können.«

»Ich verstehe.« Der Tonfall des Inspektors war noch immer spöttisch, aber er klang nicht feindselig. »Sicher werden Sie mir auch gleich noch sagen, wo ich nach dieser ominösen richtigen Spur zu suchen habe, oder?«

»Nein«, erwiderte Miriam. »Ich habe Ihnen gesagt, was ich weiß, und auch, was ich denke. Weiter kann ich Ihnen nicht helfen. Die richtigen Schlüsse ziehen und die Beweise dafür finden können nur Sie.«

»In der Tat«, antwortete Henderson. »Sie haben mir in ziemlicher Deutlichkeit gesagt, dass Sie entweder Olga Kenneth oder aber deren Vater für den Täter halten. Ihr Freund Bender hingegen setzt auf Philipp

Monterey, Sanjah oder beide gemeinsam. Da hätten wir dann ja fast das gesamte Personal versammelt. Fehlt nur noch Dick Stanley. Möchte mir den nicht noch einer von Ihnen als Verdächtigen vorschlagen?«

»Mir ist an dem Mann nichts Verdächtiges aufgefallen«, sagte Frank. »Was aber nichts heißen muss. Schließlich kenne ich ihn ja kaum.«

»Ich wüsste auch nicht, was Dick dazu hätte treiben sollen, Richard zu erschießen«, sagte Miriam. »Soweit ich weiß, kamen die beiden problemlos miteinander aus, und Dick ist ohnehin ein verträglicher Mensch. Wäre er hier auf der Plantage nicht mehr zufrieden gewesen, hätte er sich leicht anderswo Arbeit suchen können.«

»Also schön, streichen wir Dick Stanley von der Liste«, sagte Henderson, ging zu Kenneths Schreibtisch und ließ sich auf den Stuhl fallen. »Dann machen Sie beide es sich mal bequem und erzählen mir noch einmal in allen Einzelheiten, wie das war mit Ihrer wundersamen Liebe auf den ersten Blick. Aber keine Lügen mehr, haben wir uns verstanden? Selbst die allerkleinste wäre eine zu viel.«

16

Der Inspektor ließ nichts aus, sondern bestand darauf, dass Miriam und Frank ihm jede Kleinigkeit, die sich in jener Nacht ereignet hatte, genau schilderten. Als sie endlich fertig waren, räusperte er sich, zündete sich eine Zigarette an und rauchte eine Zeit lang schweigend.

»Nun bräuchte ich nur noch jemanden, der mir garantiert, dass das, was Sie beide mir erzählt haben, der Wahrheit entspricht«, brummte er schließlich.

»Sie wissen, dass wir Ihnen denjenigen nicht liefern können«, sagte Miriam eindringlich. »Für das meiste gibt es ja keinen Zeugen. Wir können Sie nur beschwören, uns zu glauben. Sonst nichts.«

»Und ich kann Ihnen nur noch einmal raten, ein Geständnis abzulegen«, sagte Henderson. »Sie würden mir das Leben erheblich erleichtern. Und sich selbst letzten Endes auch.«

»Dann halten Sie Miriam immer noch für die Täterin?«, fuhr Frank auf. »Nach allem, was wir Ihnen erzählt haben, und nachdem Sie Miriam jetzt erlebt haben, können Sie ihr doch nicht ernsthaft einen kaltblütigen Mord zutrauen?«

»Die wenigsten Morde werden kaltblütig begangen«, erwiderte Henderson trocken. »Dass Ihre Bekannte eine leidenschaftliche Frau mit heißem Blut ist, entlastet sie nicht. Leider muss ich Ihnen sagen, dass eher das Gegenteil der Fall ist.«

Frank kam nicht umhin einzugestehen, dass der Inspektor recht hatte. Schließlich hatte auch er Miriam die Tat zugetraut.

Ich traue sie sogar mir selbst zu, erkannte er verwundert. *Hätte ich miterleben müssen, wie dieser Widerling Brandon Miriam quält, wie er sie demütigt und zur Verzweiflung treibt, wäre ich zum Tier geworden und hätte nicht mehr gewusst, was ich tue.*

»Ich würde Ihnen das Leben wirklich gern erleichtern«, sagte Miriam. »Es tut mir leid, dass wir Sie getäuscht und Ihnen damit die Arbeit erschwert haben, aber das lässt sich nicht mehr rückgängig machen. Ein Geständnis ablegen kann ich nicht, weil ich die Tat nicht begangen habe. Ich habe so manches getan, auf das ich nicht stolz bin, aber was den Mord an meinem Mann betrifft, bin ich so unschuldig wie ein neugeborenes Kind.«

»Dass Kinder unschuldig sind, bezweifle ich schon aus Prinzip«, erwiderte der Inspektor. »Aber davon abgesehen lasse ich das jetzt erst einmal so stehen und kümmere mich um den Rest meiner Verdächtigen.

Damit habe ich schließlich mehr als genug zu tun. Sie werden sich drüben in Ihrem Bungalow etwas ausruhen wollen, nehme ich an?«

»Vor allem würde ich mich gern umziehen und ein wenig frisch machen«, erwiderte Miriam. »Ich habe jetzt seit sechs Tagen dieselben Kleider am Leib, und um ehrlich zu sein, ist das kein allzu angenehmer Zustand.«

Der Inspektor nickte. »Dagegen ist nichts einzuwenden. Natürlich könnten Sie sich denken: Dieser Inspektor ist ein gutmütiger Trottel, dem ich die Suppe versalzen werde, und sich neuerlich aus dem Staub machen. Aber ich halte Sie eigentlich für vernünftiger. Wir würden Sie im Nu wieder einfangen. Es wäre kein großes Problem, die gesamte Umgegend nach Ihnen durchkämmen zu lassen.«

Frank wusste, dass das nicht ganz den Tatsachen entsprach. Der Urwald war undurchdringlich, und wenn ein Flüchtender sich auskannte, hatte ein Suchtrupp wenig Chancen. Dem Inspektor war das zweifellos selbst klar. Er vertraute Miriam, und das erfüllte Frank mit Erleichterung. Henderson hätte ihr wohl kaum gestattet, sich frei und unbeaufsichtigt auf der Plantage zu bewegen, wenn sie noch immer seine Hauptverdächtige gewesen wäre.

»Nein, so unvernünftig werde ich nicht noch einmal sein«, sagte Miriam mit einem dankbaren Lächeln. »Ich verspreche Ihnen, dass ich diesmal nicht wieder davonlaufe, sondern hierbleibe und Vertrauen habe.«

Sie nahm Franks Hand und drückte sie. Er wusste, dass ihre Worte auch ihm galten, und bedankte sich dafür, indem er den Druck ihrer Hand erwiderte.

»Ich würde mich auch gern umziehen«, sagte Frank. »Ich bin ziemlich verschwitzt, und es ist bald Zeit zum Essen.«

»Nur zu«, sagte Henderson. »Aber vergessen Sie vor lauter Liebe nicht, sich wirklich umzuziehen.«

Sie lachten beide. Frank fühlte sich leicht und frei, als sie Hand in Hand hinaus in das strahlende Sonnenlicht liefen. Sie hatten sich wieder. Alles andere würde sich finden. Und wenn diese Feuerprobe erst überstanden war, stünde ihnen der Weg in ein neues Leben offen.

In ein Leben, in dem nichts und niemand sie mehr trennen würde.

Ohne sich miteinander abzusprechen, gingen sie einträchtig gemeinsam zu Franks Bungalow.

Chari, sein Diener, erwartete sie an der Tür. »Oh, Herr«, war alles, was er herausbrachte, während Verwunderung sich auf seinem Gesicht abzeichnete.

»Bitte häng mir nur rasch einen frischen weißen Anzug heraus und lass ein Bad ein«, bat ihn Frank. »Alles andere mache ich heute selbst. Du hast für den Rest des Tages frei.«

Das ließ Chari sich nicht zweimal sagen. Er beeilte sich mit den paar zu erledigenden Handgriffen und lief dann los, um die unverhofft freien Stunden mit seiner

Familie zu verbringen. Kaum hatte die Tür sich hinter ihm geschlossen, schob Frank den Riegel vor und schloss Miriam in die Arme. Sie schmiegte sich an ihn, um mit ihm zu einem einzigen Wesen zu verschmelzen. In ihren Küssen war auch dieses Mal all die Sehnsucht der vergangenen Tage und Nächte enthalten, aber ebenso das Versprechen kommender Seligkeit.

War das wirklich er, der dieses überwältigende Glück empfand? War das noch derselbe Frank Bender, der vor nicht mehr als einer Woche aufgebrochen war, um der Welt den Rücken zu kehren, weil das Leben ihm zur Last geworden und die Menschheit ihm verhasst war?

Nach Atem ringend, löste er sich von ihr, nur um sie sofort wieder an sich zu ziehen. »Wie herrlich das Leben ist«, brachte er aus tiefster Überzeugung heraus. »Und es wird noch viel schöner werden, mit jedem Tag, den wir zusammen verbringen. Ich bin so glücklich, meine Miriam. So unbeschreiblich glücklich.«

»Ich auch«, sagte sie, vergrub ihr Gesicht an seinem Hals und setzte kleine Küsse auf das Stück bloßer Haut, das sein offener Hemdkragen frei ließ. »Alles, was ich habe, was ich kann und bin, will ich dafür einsetzen, dass du immer ein solches Glück empfindest, solange du bei mir bist.«

Und die Frau, die so sprach und jetzt mit leuchtenden Augen zu ihm aufblickte, war noch immer dieselbe, die vor erst sechs Tagen überzeugt gewesen war, sie könne eine Liebe nur vollkommen und frei von Leid erhalten, indem sie vor ihr floh.

Sie waren noch immer die alten, und doch waren sie zwei neue Menschen, voller Glauben, Mut und Vertrauen, als wären sie noch einmal jung und entdeckten die Liebe zum ersten Mal.

Sie entdeckten sie zum ersten Mal.

Ich habe nie zuvor geliebt, stellte Frank mit nur leichter Verwunderung fest. *Ich habe vierzig Jahre auf dieser Welt verbracht, ohne zu wissen, was Liebe ist.*

Die Träume von der Zukunft, die sich strahlend und verheißungsvoll vor ihnen zu erstrecken schien, hielten sie umfangen. Sowohl Miriam als auch Frank hatten Mühe, ins Hier und Jetzt zurückzukehren und sich daran zu erinnern, dass sie sich diese Zukunft erst noch erkämpfen mussten.

»Du wirst dich tatsächlich umziehen müssen, mein Liebling«, sagte Miriam und zupfte mit einem spitzbübischen Schmunzeln, das er unwiderstehlich fand, an seinem durchgeschwitzten Hemd.

»So richtig taufrisch siehst du auch nicht mehr aus, meine Königin«, erwiderte er und zupfte seinerseits am Revers ihrer Kostümjacke. Die zarte, helle Seide hatte eindeutig einiges hinter sich. »Auch wenn du natürlich selbst in Lumpen die gesamte Welt mit deiner Schönheit blenden würdest.«

Ihr Lachen war hell wie das eines jungen Mädchens. »Ich liebe dich so sehr, Frank, ach Gott, ich liebe dich so sehr! Beeil dich nur mit deinem Bad, in dem inzwischen kein einziges Flöckchen Schaum mehr sein wird, und ich beeile mich auch, weil ich dich unbedingt sofort wiederhaben muss.«

»Ich dich auch«, sagte er. »Und dann muss ich unbedingt diesem Inspektor beweisen, dass du unschuldig bist, damit er dich nicht wieder von mir wegnimmt. Das halte ich nicht aus.«

»Ich auch nicht. Ich schon gar nicht.« Sie hängte sich an seinen Hals und küsste ihn noch einmal.

»Dann lass uns zwei Schmutzfinken jetzt zusehen, dass wir uns wieder in respektable Menschen verwandeln«, sagte er und machte sich zärtlich von ihr frei. »Je schneller wir all das hinter uns gebracht haben, desto eher können wir beginnen, Pläne für unser gemeinsames Leben zu schmieden.«

Er setzte ein paar Schritte in Richtung Badezimmer, wo Chari ihm vorhin ein Schaumbad eingelassen hatte, das in der Tat nicht mehr allzu einladend sein würde. Aber das war ihm gleichgültig. Er würde sich darin nur rasch waschen, frische Kleider anziehen und dann zum Essen gehen, um dort hoffentlich mehr in Erfahrung zu bringen.

Er zog die Tür auf. Die süßen Duftschwaden der Badezusätze, die Chari verwendete, wallten ihm entgegen. Miriam, die offenbar noch nicht bereit war, ihn gehen zu lassen, tänzelte hinter ihm her.

Ehe er erfasst hatte, was vor sich ging, schrie sie

schrill auf und packte ihn mit schmerzhafter Festigkeit am Arm.

»Komm zurück, Frank! Mach die Tür zu. Mach sie
doch zu!«

Hart stieß sie ihn zur Seite, sprang vor und warf die
Tür des Badezimmers mit einem Knall ins Schloss.

Der letzte Blick, den er auf das Geschehen im Raum
erhaschte, enthüllte ihm den Grund für ihre Erregung.
Aus den Schwaden ragte der dreieckige, grünliche
Kopf einer Schlange, die ihm mit gespaltener Zunge
entgegenzüngelte.

Frank schwang herum und blickte in Miriams von
Angst verzerrtes Gesicht. Sie fiel ihm um den Hals und
hielt ihn mit aller Kraft fest.

»Großer Gott, Frank. Ein einziger Biss von dieser
Schlange, und ich hätte dich für immer verloren.«

»Ist sie so giftig?«, fragte er und versuchte, sachlich zu bleiben, doch sein Herz jagte nicht weniger
als ihres.

»Sie ist die giftigste von allen«, sagte Miriam. »Und
sie ist scheu, lebt zurückgezogen. Freiwillig begibt sie
sich nicht in menschliche Behausungen.«

»Du meinst …«

Er konnte das, was ihn durchfuhr, kaum aussprechen, und das war auch nicht nötig, denn sie nahm es
ihm ab: »Ja. Ich meine, jemand hat sie hierhergebracht,
nachdem du Chari weggeschickt hattest. Und dieser
Jemand hat es getan, um dich zu töten.«

Frank kombinierte blitzschnell: Das Badezimmer ging auf eine zweite, kleinere Terrasse hinaus, und die Tür hatte offen gestanden, um in dem Raum für Belüftung zu sorgen. Das Moskitonetz zu durchschneiden war eine Kleinigkeit, und er hätte seinen letzten Penny darauf verwettet, dass es in Fetzen hing, während die Tür dahinter geschlossen worden war. Somit musste jemand beobachtet haben, wie er mit Miriam hereingekommen war, wie Chari ihm ein Bad bereitet hatte und wie der Diener kurz darauf das Haus verlassen hatte.

Alles andere war ein Kinderspiel gewesen: Der Täter hatte die Schlange in dem Raum ausgesetzt, hatte die Tür zur Terrasse geschlossen, damit das Tier nicht entweichen konnte, und hatte dann die Hände in den Schoß legen können: Es war lediglich eine Frage der Zeit gewesen, bis das verängstigte Reptil zum Angriff überging.

Hätte Miriam ihn nicht gewarnt, so wäre Frank ahnungslos ins Bad gegangen. Ehe er sich der tödlichen Gefahr bewusst geworden wäre, hätte das Reptil zugebissen. Hier in der Einöde, fern aller Kliniken, Ärzte und Gegengifte hätte er keine Chance gehabt zu überleben.

»Miriam.« Mit bebenden Fingern strich er über ihr Haar.

Sie griff nach seiner Hand und hielt sie fest. »Ich muss Chari holen«, sagte sie. Ihr Tonfall schien sachlich und beherrscht, aber Frank entging nicht, dass ihre Stimme zitterte.

»Wozu brauchen wir Chari?«

»Er muss die Schlange erschießen. Das Tier kann nichts dafür. Aber jetzt, wo es derart aufgebracht ist, gibt es keine andere Möglichkeit mehr.«

Frank nickte langsam. »Ich gehe selbst und hole ihn«, sagte er. »Du setzt dich so lange vorn auf die Veranda und wartest, ja? Bleib nicht hier im Haus.«

»Durch Wände können Schlangen nicht gehen«, sagte Miriam, doch das Lachen misslang ihr gründlich.

Sie sahen sich an. In ihren Augen fand er seinen eigenen Schrecken gespiegelt.

Rasch küsste er sie noch einmal. »Bleib vorn auf der Veranda sitzen, ja? Oder noch besser – geh hinüber zu deinem eigenen Bungalow, der näher am Platz ist, zieh dich um, so schnell du kannst, und warte dann vor dem Haus, wo jeder, der vorbeikommt, dich sieht. Ich bin so schnell wie irgend möglich bei dir, und dann reden wir mit dem Inspektor. Wer auch immer die Schlange in meinem Badezimmer platziert hat, wird es wieder versuchen, Liebste.«

Miriam schluckte so heftig, dass Frank ihren Kehlkopf an ihrem schlanken Hals auf und ab zucken sah. »Ich weiß«, sagte sie, ihre Stimme wie erstarrt. »Aber der Anschlag galt ja nicht mir.«

»Das können wir nicht wissen«, warf er schnell ein.

»Doch«, erwiderte sie fest, »wir wissen es. Der Täter musste davon ausgehen, dass ich über kurz oder lang aufbrechen würde, um mich in meinem eigenen Bungalow umzuziehen. Er rechnete damit, dass du ins Badezimmer gehen und dort der Schlange zum Opfer fallen würdest. Er hatte es auf dich abgesehen, Frank, auf dich!«

Ihre Finger krallten sich in den Muskel seiner Schulter.

»Ich halte es nicht aus, wenn dir etwas passiert.«

Sachte zog er sie an sich und küsste sie aufs Haar. »Mir passiert nichts, das verspreche ich dir. Jetzt geh in dein Haus, warte besser nicht auf mich, sondern geh hinüber zum Verwaltungsgebäude, sobald du fertig bist. Ich hole Chari, und wir sehen uns beim Abendessen, ja?«

Sie nickte, küsste ihn noch einmal und lief davon. Er hatte sich alle Mühe gegeben, ihr die Angst zu nehmen, und hoffte, es war ihm gelungen. Sein eigenes Herz aber schlug bis zum Hals: Jemand hatte versucht, ihn ums Leben zu bringen.

17

Frisch gewaschen und in saubere, angenehm duf-
tende Kleidung gehüllt, machte sich Miriam
auf den Weg zum Verwaltungsgebäude. *Miriam.* Das
war der Name, mit dem sie geboren worden war und
den sie sich jetzt, nach all den Jahren, zurückerobert
hatte. Ihr Name. Wenn Frank ihn aussprach, so zärtlich und fließend wie den Titel eines Liedes, spürte sie,
dass allein sie damit gemeint war.

Sie hatte ihn wieder, ihren Liebsten, ihren über alles
geliebten, einzigen Mann. Aber er schwebte in höchster Gefahr. Wer auch immer den Mord an Richard begangen hatte, er fühlte sich von Frank bedroht und war
entschlossen, auch ihn ums Leben zu bringen.

Es war Miriam schwergefallen, die Ruhe zu bewahren und zu tun, was sie vereinbart hatten: sich zu waschen, die Kleider zu wechseln, in dem Bungalow, den
sie mit Richard geteilt hatte, umherzugehen und zu
agieren, als wäre nichts geschehen. Als sie sich schließlich hergerichtet und das ruinierte Kostüm gegen ein
schlichtes, weiblich geschnittenes Kleid aus hellem

Leinen getauscht hatte, machte sie sich unverzüglich auf den Weg zum Verwaltungsgebäude.

Zum einen wollte sie Frank seinen Wunsch erfüllen und sich dort aufhalten, wo sie von anderen Menschen gesehen werden konnte. Zum anderen wollte sie Inspektor Henderson eine Rückversicherung geben: Falls er bereits dort war und wartete, würde er erleichtert sein, sie pünktlich zum Abendessen vorzufinden.

Der Inspektor hatte sich ihnen gegenüber so fair wie nur möglich verhalten. Sie wollte Fairness mit Fairness vergelten, und außerdem brauchten sie Henderson dringend als ihren Verbündeten.

Sie fanden sich einem Feind gegenüber, der sichtlich vor nichts zurückschreckte, und sie hatten keine Ahnung, wer es war. Wenn sie in dieser Situation noch den Repräsentanten der Polizei gegen sich aufbrachten, waren sie so gut wie verloren.

Als Miriam jedoch in den Saal trat, in dem die Bewohner der Plantage sich zum Essen trafen, fand sie dort lediglich Dick Stanley vor. Der erste Assistent, der immer nett zu ihr gewesen war, saß vor einem Glas Whisky, neben dem die angebrochene Flasche stand, und brütete vor sich hin.

»Guten Abend, Dick«, sagte Miriam freundlich.

Dick zuckte zusammen und fuhr herum. »May!«, rief er aus, »Ich meine natürlich, Mrs. Brandon! Sind Sie es wirklich? Sind Sie wieder hier?«

Miriam bemühte sich um ein Lächeln. »Ja, die

Mörderin ist an den Ort ihrer Schandtat zurückgekehrt. Ich hoffe, Sie fürchten sich nicht allzu sehr vor mir.«

»Vor Ihnen?«, rief er aus. »Nie im Leben.« Der Ausbruch erfolgte so stürmisch, dass sie an dessen Aufrichtigkeit keinen Zweifel hegte. Im Grunde hatte sie das ohnehin nicht getan. Es war ihr nicht verborgen geblieben, dass er für sie schwärmte, er hatte ihr einmal sogar ziemlich eindeutige Avancen gemacht, aber er hatte sie nie ohne Respekt behandelt.

»Wie können Sie so etwas denken?«, rief er jetzt. »Ich freue mich so sehr, Sie wiederzusehen, ich hoffe, dieser Albtraum hat für Sie bald ein Ende.«

Dass er ihr derart vehement seine Solidarität bekundete, rührte sie. Wenn sie auf dieser Plantage überhaupt einen Verbündeten hatte, dann war es Dick.

»Das ist sehr nett von Ihnen«, sagte sie.

»Ach was«, wehrte er ab, »es ist nichts als selbstverständlich. Für mich sind Sie eine wunderbare Frau, und das werden Sie immer bleiben. Ganz egal, was andere reden. Sie sind die Schönste, May. Die Allerschönste.«

Sie versuchte zu lachen. »Ich werde ja rot, wenn Sie so reden.«

»Das glaube ich nicht. Eine Frau wie Sie muss an Komplimente doch gewöhnt sein.«

Er stand auf und trat vor sie hin. »War es schlimm?«, fragte er mit gedämpfter Stimme. »Die Tage im Gefängnis – hat man Sie schlecht behandelt?«

»Es ging«, antwortete Miriam vage. »Natürlich gibt es angenehmere Erfahrungen im Leben, aber wie Sie sehen, habe ich es überlebt.«

»Und jetzt?«, fragte er. »Hat man Sie freigelassen, haben Sie es überstanden?«

»Leider noch nicht«, erwiderte sie. »Inspektor Henderson ist sich seiner Sache nicht sicher. Soweit ich weiß, hat er mich hier herausbringen lassen, weil er hofft, hier am Tatort werde ich die Nerven verlieren und doch noch ein Geständnis ablegen.«

»Verdammt«, fluchte Dick. »Ich hatte gehofft, er hätte Sie aus seinen Klauen gelassen.« Er ging noch einen Schritt auf sie zu und stand nun so dicht vor ihr, dass sie auf ihrer Wange seinen Atem spürte. »May, hören Sie mir zu. Die anderen werden gleich hier sein, und wir dürfen keine Zeit verlieren.«

»Was reden Sie denn?«, fragte May verstört und wich zurück. Würde er ihr ausgerechnet jetzt noch einmal seine Liebe erklären? Einen weniger passenden Moment konnte es kaum geben. »Dick, ich bitte Sie«, begann sie, doch er bat sie durch eine Handbewegung, zu schweigen.

»Ich habe wieder und wieder an Sie gedacht«, sagte er. »Ich bin kein gläubiger Mensch, aber ich habe gebetet, dass man Sie nicht erwischt, dass es Ihnen gelingen würde, mit der Sache davonzukommen.«

»Damit davonzukommen?«, wiederholte sie. »Sind Sie denn davon überzeugt, dass ich die Tat begangen habe?«

»Wer ihn umgebracht hat, spielt doch überhaupt keine Rolle«, reagierte er erregt. »Ich bin nur froh, dass er tot ist. Er hat Sie so sehr gequält, er hatte eine Frau wie Sie nie im Leben verdient.«

»Hören Sie, Dick, Sie haben selbst gesagt, die anderen werden gleich hier sein«, versuchte sie, ihn zu unterbrechen. Beklommenheit packte sie, sie wollte ihn um jeden Preis hindern weiterzusprechen, er aber ließ sie gar nicht erst richtig zu Wort kommen.

»Ich habe hier Tag für Tag miterlebt, wie furchtbar Sie leiden mussten, wie todunglücklich dieser Unmensch Sie gemacht hat«, fuhr er fort. »An dem Morgen, an dem wir zusammen ausgeritten sind, habe ich Sie mit tieftraurigem Gesicht im Sattel sitzen sehen und bei mir gedacht, ich halte das nicht länger aus. Sie waren so allein, so schutzlos, und ich habe mir nichts auf der Welt so sehr gewünscht, wie Ihnen endlich zu helfen.«

Von dem jungenhaften, stets gut gelaunten Burschen war nichts mehr übrig. Vor ihr stand ein verzweifelter, aufs Höchste erregter Mann, der ihr wie ein Fremder vorkam. Er streckte die Hände aus, um sie bei den Armen zu packen, und versuchte, sie an sich zu ziehen.

Sie kämpfte sich heftig frei und wich von Neuem zurück. »Dick, was ist denn mit Ihnen los? Haben Sie in der Hitze zu viel getrunken? Sie sind ja nicht mehr Sie selbst.«

»Ich war nie so sehr ich selbst wie in diesem Moment«, kam es mit dumpfer, fremder Stimme von ihm. »Lass mich dir helfen, May. Süße May. Ich habe alles viele Male durchdacht, und wenn es um dich geht, schrecke ich vor nichts zurück: Wir fliehen von hier. Entweder jetzt sofort, solange die anderen beim Essen sitzen und einfach annehmen werden, wir hätten uns verspätet. Oder heute Nacht, wenn sie alle schlafen. Wir verlassen das Land. Vertrau dich mir an, und ich verspreche dir, dass ich dich heil hier herausbringe.«

»Aber Dick, das geht doch nicht! Wir haben kein Verbrechen begangen, also haben wir auch keinen Grund zu fliehen, und ich habe dem Inspektor mein Wort gegeben, dass ich die Plantage nicht verlasse. Und Sie? Sie haben mit dem Ganzen nicht einmal etwas zu tun. Allmählich glaube ich wirklich, Ihnen ist in der Hitze etwas zu Kopf gestiegen.«

»Ja, mir ist etwas zu Kopf gestiegen«, raunte er, sprang vor und griff wieder nach ihr. Diesmal zog er sie mit einer Kraft an sich, gegen die sie machtlos war. »Ich liebe dich, May. Du weißt es doch längst. Ich habe dich von dem Moment an geliebt, in dem ich dich zum ersten Mal gesehen habe. Und ich würde alles für dich tun. Wirklich alles.«

»Dick«, stieß Miriam entsetzt hervor und kämpfte vergeblich, um sich aus seiner Umklammerung zu lösen.

Er umschlang sie nur noch fester mit seinem

eisernen Griff. »Und jetzt ist der Augenblick gekommen, auf den du doch genauso gewartet hast wie ich: Du bist das Ungeheuer los. Du bist frei, May. Hier, wo wir beide allein sind, brauchen wir nicht so zu tun, als wären wir über seinen Tod nicht froh.«

»Um Gottes willen, Dick, Sie reden sich ja um Kopf und Kragen«, rief Miriam. »Natürlich sind wir nicht froh, dass jemand meinen Mann ermordet hat, natürlich sind wir …«

Weiter kam sie nicht. Er presste ihr eine Hand auf den Mund. »Niemand hört uns, süße May. Es gibt keinen Grund zu heucheln. Der alte Satan ist tot, und wir beide sind darüber froh. Lass uns fliehen, ehe dieser gottverdammte Inspektor auf eine seiner Ideen kommt. Und dann sind wir für immer zusammen! Du und ich. Nichts kann mehr zwischen uns kommen.«

»Lassen Sie mich los!« In Ihrer Verzweiflung schrie sie auf. »Dick, Sie sind nicht bei sich, Sie sagen lauter Dinge, die Sie später bereuen werden …«

»Ich bereue nichts!«, rief er. »Wenn ich dich nur endlich bei mir habe, gibt es nichts, das ich bereuen könnte.«

Ehe May noch eine Erwiderung herausbekam, waren von draußen Schritte zu vernehmen, die die Stufen hinaufkamen. Dick erschrak und war eine Sekunde lang abgelenkt. Diese Sekunde machte sie sich zunutze und riss sich los. Sofort wollte er ansetzen und sie von Neuem packen, doch in diesem Moment betrat Phil

Monterey den Raum. Er trug einen makellosen weißen Anzug, hatte sein Haar penibel gescheitelt und wirkte wie immer – sauber, kühl und undurchschaubar.

Höflich grüßte er, gab sich, als hätte er von dem Geschrei nichts mitbekommen, und wenn Miriams Anwesenheit Erstaunen in ihm auslöste, so ließ er es sich nicht anmerken.

In Miriams Kopf hingegen hämmerten noch immer die Worte, die Dick mit verzerrtem Gesicht und weit aufgerissenen Augen aus sich herausgeschrien hatte: *Es gibt keinen Grund zu heucheln. Der alte Satan ist tot, und wir beide sind darüber froh. Lass uns fliehen, ehe dieser gottverdammte Inspektor auf eine seiner Ideen kommt.*

Was hatte er damit gemeint? Wie Miriam seine Worte auch drehte und wendete, ergaben sie immer wieder nur einen einzigen furchtbaren Sinn, an den sie beim besten Willen nicht glauben konnte.

Mit zitternden Fingern zog sie eine Zigarette aus ihrem Etui. Augenblicklich war Phil zur Stelle und gab ihr zuvorkommend Feuer.

»Danke, Phil«, rang Miriam sich ab und hörte, wie unsicher ihre Stimme klang.

»Keine Ursache«, erwiderte er. »Gut, Sie zu sehen, Mrs. Brandon. Der Verdacht gegen Sie ist damit ausgeräumt, nehme ich an?«

»Das weiß ich leider selbst nicht«, erwiderte Miriam wahrheitsgemäß. »Um ganz ehrlich zu sein, weiß ich gerade überhaupt nicht mehr, was ich denken soll.«

Philipp nahm ihr gegenüber Platz und gab sich, als bekäme er von ihrer Erregung und Verstörung nichts mit. »Nun, soweit ich weiß, gilt Inspektor Henderson ja als tüchtiger Mann. Also wird er früher oder später wohl Licht in das Dunkel bringen.« Seine Worte klangen unbeteiligt und wenig interessiert, als würden sie ein Gespräch über das Wetter oder das Menü für das Abendessen führen.

»Das hoffe ich auch«, erwiderte Miriam, um denselben Gleichmut bemüht.

»Und dann sind Sie ja auch nicht ohne Verbündeten«, fuhr Philipp fort, und auf einmal schlich sich in die eben noch so ruhige Stimme ein beißender Unterton. »Mr. Bender, unser wackerer neuer Verwalter, hat sich zu Ihrem Verteidiger aufgeschwungen und kämpft wie ein Löwe, um Ihre Unschuld zu beweisen. Wen er dabei in Schwierigkeiten bringt, ist ihm völlig gleichgültig, solange er nur den Verdacht von Ihnen abwälzt.«

Miriam erfasste den Sinn seiner Worte kaum, weil die Erwähnung von Franks Namen Furcht in ihr wachrief: Wo blieb Frank so lange? War die Tötung der Schlange etwa nicht reibungslos vonstatten gegangen, war es dem Tier gelungen, sich zu befreien und Frank doch noch etwas anzutun?

Oder hatte der Mörder, der für den Anschlag mit der Schlange verantwortlich war, noch einmal zugeschlagen und diesmal Erfolg gehabt?

Das durfte nicht sein! Sie würde es nicht ertragen, wenn ihrem Liebsten etwas geschah.

Plötzlich spürte sie außerdem den Blick Dick Stanleys, der auf ihr ruhte und sich auf der bloßen Haut an ihrem Hals wie eine körperliche Berührung anfühlte. Der erste Assistent war aufgestanden, lehnte an der hinteren Wand und rauchte. Miriam schüttelte sich, doch das widerliche Gefühl wollte nicht verschwinden.

Sie riss sich zusammen.

»Das ist sehr nett von Mr. Bender, auch wenn er dabei Ihrer Einschätzung nach über das Ziel hinausschießt«, sagte sie zu Phil. »Ich werde mit ihm sprechen und ihn bitten, keine Unbeteiligten in die Sache zu ziehen. Dennoch bin ich froh, denn wie wäre es wohl um mich bestellt, wenn nicht einmal meine Freunde an meine Unschuld glauben würden?«

»Sie zählen Mr. Bender zu Ihren Freunden?«, kam es blitzschnell von Phil. »Ich dachte, Sie beide kennen sich überhaupt nicht.«

»Doch«, erwiderte Miriam entschlossen, »Mr. Bender und ich kennen uns.«

»Das habe ich mir gedacht«, sagte Phil.

Dick, der den Unbeteiligten gemimt hatte, horchte auf und kam einen Schritt näher. Seine Asche rieselte auf den Boden. »Sie und Frank Bender?«, stieß er heraus, und seine Miene verfinsterte sich. »Sie sind miteinander bekannt?«

»Ja«, sagte Miriam noch einmal, nicht bereit, ihre

Liebe noch länger wie ein Verbrechen zu verschweigen.

»Ja, ich kenne ihn, und er steht mir sehr nahe.«

»Steht Ihnen nahe? Was soll das heißen?«, blaffte Dick.

»Dass er mir näher ist als jeder andere Mensch«, erwiderte Miriam fest. »Und ich ihm.«

»Das ist nicht Ihr Ernst!«, rief er, »May, das kann nicht dein Ernst sein.« Im nächsten Augenblick besann er sich darauf, dass sie nicht allein im Zimmer waren. »Zum Teufel«, entfuhr es ihm. Dann atmete er tief und hörbar durch und griff nach der Whiskyflasche, die noch immer auf dem Tisch stand, um sich einzuschenken.

»Interessant«, murmelte Phil.

»Und was soll das nun wieder heißen?«, fuhr Dick auf. »Was ist daran verdammt noch mal interessant, wen Mrs. Brandon kennt und wen nicht.«

Phil zuckte die Schultern. »Nichts Besonderes. Mir wird nur allmählich so einiges klar.«

Unvermittelt fühlte sich Miriam von Feindseligkeit umgeben. »Ich bitte Sie darum, keine falschen Schlüsse zu ziehen und die Ermittlungen der Polizei zu überlassen«, sagte sie hastig zu den beiden Männern. »Die Bekanntschaft zwischen Mr. Bender und mir hat mit meinem Mann nichts zu tun – geschweige denn mit dem Mord an ihm.«

Phil gab keine Antwort, sondern ignorierte sie und blickte auf seine Taschenuhr. »Ich frage mich, wo die anderen bleiben«, sagte er.

Dick hatte den Whisky wie Wasser hinuntergestürzt und schenkte sich noch einmal nach. »Ich jedenfalls weiß jetzt, woran ich mit Ihnen bin, Mrs. Brandon«, sagte er und spuckte ihren Namen voll Verachtung aus. »Und ich frage mich, warum ich so ein Idiot war und sämtliche gut gemeinte Warnungen in den Wind geschlagen habe.«

»Warnungen über mich, Dick?«, fragte Miriam. »Haben wir uns nicht immer gut verstanden? Müssen wir das denn zerstören, nur weil diese ganze aufgeladene Situation an unseren Nerven zerrt? Die Dinge, die Sie vorhin gesagt haben, will ich gerne vergessen. Wir alle sagen so manches, das wir nicht meinen, wenn wir aufgebracht sind.«

Dick öffnete den Mund, um noch etwas zu sagen, doch gerade in diesem Moment schwang die Tür auf und brachte ihn zum Schweigen. Der Inspektor trat zusammen mit Frank und Sergeant Field in den Raum.

Miriam atmete auf. Ihr Liebster war am Leben und augenscheinlich gesund. Das war das Wichtigste. Sie tauschten einen raschen Blick.

»Guten Abend, die Herrschaften«, grüßte Inspektor Henderson mit einem flüchtigen Blick in die Runde. »Ich hatte schon Sorge, wir könnten die Letzten sein und Sie warten lassen, aber wie es aussieht, sind wir ja noch nicht einmal vollzählig. Wo steckt denn unsere illustre Familie Kenneth?«

»Wenn man vom Teufel spricht«, murmelte Dick.

Miriam wandte den Kopf und sah, wie Olga in einem eng geschnittenen, blutroten Cocktailkleid und reichlich glitzerndem Schmuck den Raum betrat.

»Einen guten Abend allerseits«, erwiderte sie hoheitsvoll, trat vor Miriam hin und reichte ihr die Hand. Die Geste hatte etwas von der Überheblichkeit, mit der Großgrundbesitzer zu Weihnachten die Kinder ihrer Bediensteten beschenkten. »Herzlich willkommen zurück, Mrs. Brandon. Ich hoffe, Sie haben hier bei uns alles zu Ihrer Zufriedenheit vorgefunden.«

Obwohl die Worte mit zuckersüßer Stimme vorgetragen wurden, lag keine Spur von Freundlichkeit darin. Olga Kenneths Begrüßung klang, als wäre sie die Eigentümerin der Plantage, Miriam hingegen ein unwillkommener Gast.

»Vielen Dank, ich habe nichts zu beanstanden«, erwiderte Miriam kühl. »Wo ist Ihr Vater? Sollten wir mit dem Essen auf ihn warten?«

»Nein, keineswegs«, gab Olga eilig zurück. »Mein Vater wird sich uns zum Dinner leider nicht anschließen können. Es geht ihm nicht gut. Ich muss sogar befürchten, dass er einen weiteren Herzanfall erlitten hat.«

»Das tut mir leid«, sagte Inspektor Henderson, doch in seinem Ton schwang kein Hauch von Mitleid. »Aber natürlich helfen wir Ihrem Vater ja nicht, indem wir hungrig zu Bett gehen. Wenn wir uns dann also zu Tisch setzen könnten?«

»Selbstverständlich.« Olga klatschte in die Hände, um ihren Diener zu rufen. Ihre schweren Ohrringe klirrten, und der Mund, der in der Farbe ihres Kleides geschminkt war, glich einer üppigen, wilden Blüte. Sie setzte sich auf ihren Platz, und das Licht der Deckenlampe, das sie umfing, verlieh ihr einen gefährlichen, erregenden Reiz.

Das Essen wurde serviert. Bereits bei den Vorspeisen langte der Inspektor mit gutem Appetit zu, ließ sich reichlich Wein einschenken und plauderte mit Sergeant Field wie auf einem geselligen Beisammensein. Miriam aber ließ sich nicht täuschen. Dieser Mann, der sich so harmlos und ein wenig einfältig gab, war aufmerksam wie ein Luchs, behielt sie alle gleichzeitig im Auge und ließ sich nicht die kleinste Bewegung entgehen. Sein intelligentes, lang geschnittenes Gesicht strafte das belanglose Geschwätz Lügen und verriet die Schwerstarbeit, die hinter seiner Stirn vor sich ging.

Dick hingegen aß so gut wie gar nichts, trank stattdessen abwechselnd Wein und Whisky und wirkte zerstreut und in düstere Gedanken versunken. An den ohnehin stockenden, mühsam in Gang gehaltenen Tischgesprächen beteiligte er sich nicht, sondern behielt stattdessen Frank und Miriam, die nebeneinandersaßen und gedämpft und vorsichtig ein paar Worte wechselten, unentwegt im Auge.

Unter dem Blick seiner glasigen Augen hätte sich Miriam am liebsten gewunden.

Auch Philipp Monterey sprach wenig, was bei ihm jedoch nichts Ungewöhnliches war. Anders als sonst wirkte er jedoch nicht ruhig und unbeteiligt, sondern fahrig und nervös, und auch er ließ das Essen auf seinem Teller so gut wie unberührt.

Olga hingegen redete laut und schrill, versuchte abwechselnd, einen der Anwesenden ins Gespräch zu ziehen, und lachte beim kleinsten Anlass übertrieben heftig auf. Ihre Nervosität vermochte sie damit nicht zu überspielen. Ebenso wenig entgingen Miriam die Ströme der Feindseligkeit, die Olga direkt gegen sie richtete, ohne dass diese auch nur ein Wort zu ihr sprach.

Sie wünschte sich, sie hätte alle Aufmerksamkeit allein Frank zuwenden können, der frisch gewaschen und in einem gut geschnittenen weißen Anzug neben ihr saß und seinen Blick nicht von ihr wandte. Bewunderung und Liebe lagen darin und schenkten ihr ein Gefühl, das sie seit Jahren nicht mehr gespürt und für immer verloren geglaubt hatte: das Gefühl, eine schöne, begehrenswerte Frau zu sein.

»Dieses Kleid steht dir wundervoll«, raunte er leise. »Und wie du dein Haar trägst, wie es dein schönes Gesicht betont – ich kann mich nicht daran sattsehen.«

Miriam hatte mit ihrem Haar nichts Besonderes gemacht, hatte es nur in ihrem Nacken hochgesteckt, weil diese Frisur bei der Hitze bequem war. Sein Kompliment machte sie so glücklich, dass sie am liebsten wie Olga laut aufgelacht hätte.

Sie beherrschte sich und drückte unter dem Tisch seine Hand. »Ein bisschen Mühe muss ich mir ja wohl geben«, gab sie leise und mit einem Lächeln zurück. »Ein schöner Mann hat schließlich eine schöne Frau verdient.«

Ihre Augen lachten einander zu. Dass er geschmeichelt und verlegen unter der Sonnenbräune ein wenig errötete, ließ ihr Herz höherschlagen. Mit aller Kraft wünschte sie sich den Tag herbei, an dem sie sich vor nichts und niemandem mehr zu verstecken oder zu fürchten brauchten, sondern einander in die Arme fallen konnten, wann immer ihnen danach war.

Der Hauptgang, von dessen Fleisch- und Fischgerichten ungewöhnlich viel übrig geblieben war, wurde abgeräumt, und kurz darauf brachten die Diener den Kaffee, eine Schale mit frischem Obst und mehrere Etageren mit Gebäck.

Olga Kenneth griff nach einer Orange, die sie mit langsamen, geradezu lasziven Bewegungen zu schälen begann. Der Duft der ätherischen Öle erfüllte den Raum, als sie ein Segment vom Rest der Frucht trennte und es sich mit scheinbar großem Genuss in den Mund schob.

Den Tropfen Fruchtsaft, der an ihrer Unterlippe hängen blieb, wischte sie nicht weg, als sie sich von Neuem an Inspektor Henderson wandte. »Ich habe also richtig gehört?«, fragte sie mit überzogenem Bedauern. »Sie und der reizende Sergeant wollen heute noch aufbrechen und uns hier wieder unserer Einsamkeit überlassen?«

Der Inspektor, der während der Mahlzeit so gesprächig gewesen war, ging jetzt auf ihren jovialen Ton nicht ein. »Ich wüsste nicht, was dagegensprechen sollte«, erwiderte er stattdessen leicht boshaft.

»Nun, immerhin gab es hier ja einiges für Sie zu tun«, erwiderte Olga und wandte sich dann zu deren Überraschung an Miriam. »Und wie steht es mit Ihnen, Mrs. Brandon? Werden Sie uns dann auch gleich wieder verlassen?«

Miriam hatte nicht die geringste Ahnung, was sie darauf antworten sollte. »Ich weiß es nicht«, erklärte sie schließlich aufrichtig und wandte sich dem Inspektor zu. »Diese Entscheidung liegt nicht bei mir.«

»Ach, richtig, ich vergaß.« Wieder lachte Olga auf, als hätte sie einen kolossalen Witz gemacht. »Sie sind ja von den Wünschen und Entscheidungen des Herrn abhängig.«

Sie schob sich noch ein Segment der Orange in den Mund. Dann spuckte sie das Stück Frucht abrupt aus, als hätte sie auf etwas Gallebitteres gebissen, und steckte sich stattdessen eine Zigarette an. »Ist es nicht furchtbar, dass wir Frauen unser ganzes Leben lang den Entscheidungen von Männern unterworfen sind?«, fragte sie. »In Ihrem Fall scheint es besonders grotesk: Da haben Sie armes Geschöpf sich gerade der Fessel des einen entledigt, schon steht ein anderer da und bestimmt über alles, was Sie tun und lassen.«

Die gesamte Gesellschaft verfiel in erschrockenes Schweigen. Niemand schien fassen zu können, dass sich Olga tatsächlich zu einer derart taktlosen Bemerkung hatte hinreißen lassen.

Olga aber hatte das Spiel noch nicht weit genug getrieben, den Bogen noch nicht bis zum Letzten überspannt. »Und diesmal befinden Sie sich lediglich in schnödem Polizeigewahrsam«, fügte sie mit einem spitzen Lachen hinzu. »Ihr Gefangenendasein wird Ihnen also nicht einmal von den Freuden der Liebe versüßt.«

Miriams Herz hämmerte. Sie wünschte, irgendwer hätte dieser Person etwas entgegengehalten, doch die Übrigen schienen kaum weniger entsetzt als sie.

Einzig Frank nahm zärtlich und beruhigend ihre Hand. »Ich denke, damit ist es genug, Olga«, wies er die Frau in festem Ton zurecht.

Auf Inspektor Henderson hatte in der Aufregung niemand mehr geachtet. Als er sich jetzt ausgiebig räusperte und damit alle Blicke auf sich zog, zeigte er sich bequem in seinem Stuhl zurückgelehnt und nippte genussvoll an seinem Kaffee. »Da ich von Miss Kenneth ja mehr oder minder offen beschuldigt wurde, Mrs. Brandon als eine Art Privatgefangene zu halten, über die ich nach Lust und Laune verfügen kann, sollte ich mir vielleicht erlauben, ein paar Worte in der Sache zu sagen«, erklärte er und schien geradezu belustigt.

»Es lag mir fern, Sie zu beschuldigen, bester Inspektor«, flötete Olga, aber Henderson ließ sie nicht weitersprechen, sondern wandte sich an Miriam.

»Soweit es Sergeant Field und mich betrifft, steht es Ihnen frei, zu tun und zu lassen, was Ihnen beliebt, Mrs. Brandon«, sagte er. »Natürlich sind Sie herzlich eingeladen, uns in die Stadt zu begleiten, wenn Sie das wünschen. Sie können jedoch genauso gern hierbleiben, wenn Ihnen das lieber ist. Ihr Verbleib ist nicht länger eine polizeiliche Angelegenheit. Ich gebe hiermit bekannt, dass der Haftbefehl gegen Sie aufgehoben ist und Sie nicht mehr unter dem Verdacht stehen, Ihren Mann Richard Brandon getötet zu haben.«

18

ie Erklärung des Inspektors schlug ein wie eine Bombe.

So unauffällig, wie es ihm möglich war, ließ Frank seinen Blick von einem zum anderen schweifen und stellte fest, dass er offenbar der Einzige war, den diese neue Entwicklung nicht überraschte. Unter dem Tisch streifte er sachte Miriams Oberschenkel mit dem seinen, um ihr Mut zu machen. Sie wirkte so furchtbar verstört, durcheinander und hilflos. Innig wünschte er sich, sie hätte all dies endlich hinter sich.

»Na, das nenne ich aber mal einen Coup!«, kam es von Olga, die sich als Erste zu fassen schien. »Wer hätte denn damit gerechnet? Dann darf man Mrs. Brandon ja wohl gratulieren. Und ist es auch gestattet, sich zu erkundigen, wer nun stattdessen auf der schwarzen Liste der Verdächtigen steht?«

»Sich zu erkundigen ist immer gestattet«, erwiderte der Inspektor unbeeindruckt. »Ob man auch immer eine Antwort erhält, steht dagegen auf einem anderen Blatt. In diesem Fall gebe ich Ihnen jedoch eine mit dem größten Vergnügen: Auf dieser sogenannten schwarzen Liste stehen Sie alle, meine Herrschaften. Und zwar ganz oben.«

Olgas Lachen klang geradezu hysterisch. »Sieh einer an! Bis eben bestanden an der Schuld von Mrs. Brandon meines Wissens überhaupt keine Zweifel, und nun auf einmal sind wir alle Ihnen als Verdächtige lieber?« Sie wandte sich Miriam zu, ihr Gesicht gerötet und glänzend vor Schweiß. »Alle Achtung, meine Liebe. Verraten Sie mir, wie Sie es fertiggebracht haben, die Herren von Ihrer Unschuld zu überzeugen? Es muss ein grandioser Trick gewesen sein, und wer weiß, vielleicht kann man so etwas in Zukunft ja mal brauchen.«

Frank wollte aufbegehren und empört für Miriam in die Bresche springen, doch in der nächsten Sekunde erkannte er, dass das nicht nötig war. Miriam selbst, seine eben noch so verstörte, verunsicherte Liebste, übernahm aus eigener Kraft ihre Verteidigung:

Sie straffte den Rücken, und auf ihrer hohen Stirn bildete sich eine steile Falte. »Sagten Sie Trick, Mrs. Kenneth?«, fragte sie von oben herab. »Ich nehme an, ich habe mich verhört, denn ansonsten müsste ich dies wohl als Beleidigung auffassen und entsprechend handeln.«

»Entsprechend handeln?«, platzte es aus Olga heraus. »Und was bitte soll das bedeuten?«

»Nun, ich denke nicht, dass ich eine Frau, die mir derartige Ungeheuerlichkeiten unterstellt, auf meiner

Plantage noch länger dulden kann«, erwiderte Miriam schneidend. »Dass es Ihren Vater ebenso trifft, tut mir von Herzen leid, doch ich denke nicht, dass die Atmosphäre hier nach einem solchen Zerwürfnis noch länger zuträglich für ihn ist.«

»Aber meine Liebe, ich bitte Sie!«, rief Olga schrill. »Ich habe Sie doch nicht beleidigen, sondern Ihnen im Gegenteil ein Kompliment für Ihre Geschicklichkeit aussprechen wollen. Wenn ein Mensch in einer Lage wie der Ihrigen tatsächlich noch einen Ausweg findet, dann scheint mir das in höchstem Maße bewundernswert.«

Jetzt konnte Frank sich nicht länger beherrschen, sondern sprang von seinem Stuhl auf. »Ich rate Ihnen, sich zu mäßigen, Miss Kenneth. Wir alle wissen, wie Ihre an Mrs. Brandon gerichteten Worte gemeint waren. Sie werden sich bei ihr entschuldigen und fortan in Ihrer Ausdrucksweise mehr Vorsicht walten lassen. Andernfalls sehe ich nicht, was Mrs. Brandon davon abhalten sollte, die angekündigten Konsequenzen in die Tat umzusetzen.«

»Wie herzig«, flötete Olga. »Unser Mr. Bender als Ritter ohne Furcht und Tadel, der sich beherzt vor die bedrohte Jungfer stellt. Glauben Sie übrigens, dass es mich überrascht hat, von Ihrer, nun sagen wir, Freundschaft mit unserer Mrs. Brandon zu erfahren? Weit gefehlt, mein Lieber. Ich hatte von Anfang an so ein Gefühl, und als Sie dann noch anfingen, sich mit dieser erstaunlichen Vehemenz für die Unschuld der Dame zu verwenden, war für mich die Sache klar. Und ich denke, ich liege auch nicht falsch, wenn ich annehme, dass die Sinneswandlung bei Inspektor Henderson auf Ihre Kosten geht.«

»Ich mag dem Inspektor nach bestem Wissen und Gewissen geholfen haben, Licht in diese dunkle Sache zu bringen«, gab Frank mühsam beherrscht zurück. »So wie hoffentlich wir alle. Da ich Mrs. Brandon kannte, stand für mich fest, dass sie eine solche Tat nicht begangen haben konnte, aber natürlich konnte der Inspektor sich nicht auf meine rein emotionale Einschätzung verlassen. Zu seinen Schlüssen ist er ganz ohne meine Hilfe gekommen. Das ist schließlich sein Beruf, nicht der meine, und Mrs. Brandon gilt nun als unschuldig, weil sie unschuldig ist.«

»Hört, hört! Der heimliche Liebhaber der Ehebrecherin als Entlastungszeuge! Wie überzeugend!« Olgas Stimme schraubte sich weiter in die Höhe, und sie schien regelrecht von Sinnen. Frank hatte Derartiges in den Tropen schon mehrmals erlebt, wenn auch nie in diesem Ausmaß: Die Hitze, die ständige drückende Schwüle, die die Wirkung von Alkohol verstärkte, und die Abgeschiedenheit, die Menschen unterschiedlichster Temperamente zwang, miteinander auszukommen, steigerte Leidenschaften ins Ungesunde und Exaltierte.

Bei Olga Kenneth mochten Jahre der Enttäuschung hinzukommen, die sich in ihr angestaut hatten wie ein

Stapel Feuerholz, unter dem die schwelende Glut eines Tages unaufhaltsam ausbrach.

»Dieser Liebhaber, der also plötzlich aus dem Nichts auf der Bildfläche erscheint, nachdem der bedauernswerte Ehemann aus dem Weg geräumt wurde, gilt als Beweis für die Unschuld der Dame!«, wütete sie weiter. »Das ist doch wohl nicht Ihr Ernst, Inspektor! Verlieren denn sämtliche männlichen Wesen ihren klaren Verstand, sobald dieses aufgeputzte Flittchen hilflos mit den Wimpern klappert?«

Zornentbrannt schoss Frank vor und hätte Olga um ein Haar gepackt, hätte Miriam nicht seinen Arm ergriffen und ihn sanft zu sich zurückgezogen. »Lass, Liebster. Bleib ruhig, und setz dich wieder hin«, sagte sie leise. »Sie kann mich ja nicht treffen, egal wie viel Gift sie versprüht. Jetzt nicht mehr. Nicht mit dir an meiner Seite.«

So schwer es ihm fiel, tat Frank, worum sie ihn gebeten hatte, und setzte sich wieder hin.

Miriam wandte sich an Olga: »Ich denke nicht, dass dem Inspektor ein so offensichtlicher Umstand entgangen ist«, sagte sie. »Er hat zweifellos triftige Gründe, die ihn dazu bringen, jemanden anders zu verdächtigen als mich.«

»Triftige Gründe?«, schrie Olga. »Ach so nennt man das heute. Was Sie mit den Männern machen, um sie in Marionetten zu verwandeln, die ohne Sinn und Verstand an Ihren Fäden tanzen, weiß ich nicht, und ich will es auch nicht wissen. Aber bei mir funktioniert Ihr fauler Zauber nicht, meine Liebe, da beißen Sie auf Granit. Ich werde nicht dulden, dass noch mehr unschuldige Menschen verdächtigt werden, weil Sie und Ihr Geliebter sie mit irgendwelchen an den Haaren herbeigezogenen Behauptungen belasten. Genügt es Ihnen nicht, dass mein Vater einen Herzanfall hatte, nachdem er sich gegen die Anschuldigungen wehren musste, die er Ihnen zu verdanken hat?«

»Es tut mir sehr leid, dass es Ihrem Vater schlecht geht«, sagte Miriam. »Was ich damit zu tun haben sollte, wüsste ich allerdings nicht.«

Frank konnte sich vor Bewunderung für sie kaum halten. Sie ließ sich von Olga Kenneth nicht provozieren. Im Gegenteil, sie war souverän, blieb ruhig und gefestigt, und sie zeigte ihnen allen auf eindrückliche Weise, dass sie eine Frau mit einem reinen Gewissen war.

»Was Sie damit zu tun haben, wollen Sie nicht wissen?«, fuhr Olga auf. »Sie scheuen sich nicht, einen alten, kranken Mann zu belasten, der sich nicht wehren kann, um von sich selbst abzulenken? Und dann besitzen Sie die Frechheit zu behaupten, Sie wüssten nicht, was Sie damit zu tun haben? Lassen Sie Ihre Spielchen. Ich bin keine Ihrer Handpuppen, die darauf hereinfallen. Ich durchschaue Sie. Und ich durchschaue auch die billigen Tricks Ihres Liebhabers. Sie hätten sehen sollen, wie er nach allen Regeln der Kunst mit mir geflirtet hat, um etwas aus mir herauszubekommen.«

Ein hasserfüllter Blick traf Frank. »Haben Sie geglaubt, ich bin Ihrem albernen Geturtel aufgesessen, Mr. Bender? Weit gefehlt. Eine Frau, die von einem Mann wie James Sutton-Bowles geliebt worden ist, fällt auf derart klägliche Versuche nicht herein. Sie hat es schlichtweg nicht nötig, mein Bester. Männer ohne Format waren mir von jeher zuwider, und wenn ich jemals ein Musterexemplar dieser Gattung zu Gesicht bekommen habe, dann sind es Sie.«

Damit fuhr sie herum und konfrontierte Henderson. »Lassen wir diese Kindereien und kommen zum Ernst der Lage«, sagte sie. »Wer der Mörder ist, kann ich Ihnen sagen, Inspektor, denn ich war Zeugin der Tat.«

In der Stille, die den Raum erfüllte, war nichts zu vernehmen als ihrer aller Atemzüge. Ein paar Sekunden lang schwieg auch der Inspektor.

»Ich höre, Miss Kenneth«, sagte er dann.

»Die Mörderin ist niemand anders als diese Frau!«, schrie Olga und wies mit ausgestrecktem Finger auf Miriam. »Sie waren anfangs durchaus auf der richtigen Fährte, weshalb ich es nicht für nötig hielt, etwas zu sagen. Aber Sie haben sich von der oberflächlichen Schönheit dieser Verbrecherin blenden lassen. May Brandon hat ihren Mann erschossen, und ich habe sie dabei gesehen.«

»Das ist nicht wahr!« Mit Miriams Fassung war es vorbei. In ihren dunklen Augen flackerte pure Angst auf, und sie klammerte sich an Franks Arm. »Ich habe es nicht getan!«, rief sie verzweifelt. »Ja, wir haben uns gestritten, ja, wir haben einander am Ende gehasst, aber ich habe ihn nicht ums Leben gebracht. Ich wollte ihn verlassen! Ich wollte, dass wir beide halbwegs in Frieden weiterleben können.«

Auch Dick und Phil und sogar der sympathische junge Sergeant wirkten von der Nachricht erschüttert. Inspektor Henderson aber ließ sich nicht aus der Ruhe bringen. »Interessant, Miss Kenneth«, sagte er. »Und darf ich dann bitte auch noch erfahren, warum Sie in sämtlichen Vernehmungen, die ich mit Ihnen durchgeführt habe, kein Wort davon haben verlautbaren lassen?«

»Ich wollte Mrs. Brandon nicht schaden, Sie nicht noch schwerer belasten«, erwiderte Olga, ohne mit der Wimper zu zucken. »Sie waren ja ohnehin auf der richtigen Spur, also nahm ich an, dass meine Zeugenaussage nicht obendrein noch notwendig war.«

»Sie wollten mir nicht schaden?«, rief Miriam außer sich. »Sie schaden mir doch, wo Sie nur können, Sie lassen keine Gelegenheit dazu aus.«

»So ist es keineswegs, Inspektor«, sagte Olga, ohne Miriam eines Blickes zu würdigen. »Ich mache keinen Hehl daraus, dass Mrs. Brandon keine Freundin von mir war. Ihre Handlungen und deren Motivationen mussten einer Frau von meinem Charakter zwangsläufig zuwider sein, aber ich habe ihr niemals mutwillig geschadet. Ich hätte auch jetzt nichts gesagt, aber Sie werden verstehen, dass ich in dieser Situation nicht mehr anders kann. Mein Vater wird verdächtigt. Da bleibt mir nichts anderes übrig, als alles zu sagen, was ich weiß.«

»In der Tat, Miss Kenneth«, erwiderte der Inspektor noch immer in schönster Ruhe. »Also lassen Sie uns hören, was Sie gesehen haben. Immer der Reihe nach und bitte ohne Auslassungen, wenn es recht ist. Fangen wir also mit der Frage an, wie es dazu kam, dass Sie sehen konnten, was sich im Bungalow der Brandons abgespielt hat.«

»Ich stand auf der Terrasse«, erwiderte Olga ohne Umschweife. »Von dort aus kann man direkt ins Zimmer sehen und alles beobachten, was geschieht.«

Wieder senkte sich Totenstille über den Raum. Alle Blicke richteten sich auf Miriam, die totenbleich geworden war und sich an Franks Hand klammerte.

»Weshalb haben Sie auf dieser Veranda gestanden?«, fragte Henderson nach.

»Ich wollte Mr. Brandon Abrechnungen bringen, die mein Vater fertiggestellt hatte. Er hatte tagsüber vergessen, sie ihm zu geben. Sobald ich auf die Veranda trat und an die Tür klopfen wollte, hörte ich den Streit.«

»Und was geschah dann?«

»Ich kann Ihnen nicht erklären, warum ich so gehandelt habe«, antwortete Olga. »Natürlich hätte ich mich zurückziehen sollen, schließlich ging es um eine Privatangelegenheit. Etwas trieb mich jedoch, vor das Fenster zu treten und in das Zimmer zu spähen. Es war kein gewöhnlicher Streit. Er machte mir Angst. Ich denke, ich habe gespürt, dass dieses furchtbare Geschrei nicht im Guten enden würde.«

»Haben Sie verstanden, was geschrien wurde?«, fragte Henderson.

»Oh ja, ich konnte jedes einzelne Wort verstehen«, versicherte Olga eifrig. »Nicht nur das Fenster, auch die Tür zur Veranda war lediglich angelehnt. Mr. Brandon warf seiner Frau ins Gesicht, dass sie ihn lediglich seines Vermögens wegen geheiratet hatte. Und dass sie nun nicht einmal bereit sei, sich dankbar zu erweisen und ihm zu geben, was er doch für sein Geld rechtmäßig erworben hatte. Ich glaube nicht, dass Mrs. Brandon wagen wird, das zu leugnen.«

»Nun, Mrs. Brandon?« Der Inspektor drehte sich nach Miriam um.

Diese schwieg.

»Fahren Sie fort, Miss Kenneth«, bat Henderson Olga, die sich das nicht zweimal sagen ließ.

»Mrs. Brandon schrie zurück, sie ertrage es nicht länger, mit ihrem Mann zu leben. Sie wolle sich scheiden lassen. Auch das wird Mrs. Brandon wohl kaum abstreiten.«

»Vergessen Sie für den Augenblick, was Mrs. Brandon tun würde und was nicht«, wies Henderson sie an.

»Wie hat Mr. Brandon auf den Wunsch seiner Frau nach einer Scheidung reagiert?«

»Er lehnte rundheraus ab«, erwiderte Olga. »Mrs. Brandon wurde daraufhin pathetisch und verkündete, sie wolle lieber sterben, als noch einen Tag länger mit ihm zu leben.«

Wieder richteten sich aller Blicke auf Miriam.

»War es so, Mrs. Brandon?«, fragte Henderson.

Miriam nickte und hielt den Blick zu Boden gesenkt.

»Weiter, Miss Kenneth«, kam es von Henderson. »Was hat Mr. Brandon daraufhin getan?«

»Er wollte sich ausschütten vor Lachen«, antwortete Olga. »Und dann ging er zu seinem Wandschrank, zog eine Schublade auf und nahm einen kleinen Revolver heraus. ›Darf ich dir behilflich sein, meine Liebe?‹, hat er sie gefragt. ›Hier nimm, es ist für alles gesorgt. Er ist sogar geladen.‹«

Frank rang nach Atem. Wer immer den Mann ums Leben gebracht hatte, hatte die Welt von einem Satan befreit. Natürlich entschuldigte das keinen Mord, aber Frank empfand für den Täter ein gewisses Verständnis.

Miriam schlug die Hände vors Gesicht und schluchzte unterdrückt auf. Ihr ganzer Körper zitterte. Frank legte ihr den Arm um die Schultern und streichelte ihr beruhigend die Hand. Er zweifelte nicht daran, dass jener furchtbare Abend sich genau so abgespielt hatte, wie es Olgas Schilderung entsprach.

Miriam aber hatte ihm versichert, dass sie den Mord nicht begangen hatte, und er glaubte ihr.

»Bitte fahren Sie fort, Miss Kenneth«, forderte Henderson Olga auf. »Was geschah, nachdem Mr. Brandon den Revolver aus der Schublade genommen hatte?«

»Er legte ihn so hin, dass seine Frau ihn sehen konnte«, sagte Olga. »Sie hob die Waffe auf, starrte sie an und brach in Tränen aus. ›Aber meine Liebe!‹, rief Mr. Brandon. ›Was ist denn nun schon wieder los mit dir? Ich wollte dir doch nur helfen.‹ Er trat auf sie zu, und im nächsten Augenblick hob sie den Revolver, zielte auf seinen Kopf und drückte ab.«

»Nein!«, schrie Miriam auf. »Sie lügt, Inspektor! Ich war es nicht, die geschossen hat! Alles andere hat sich genauso abgespielt, wie sie es geschildert hat, und ich bin wahrlich nicht stolz darauf. Aber geschossen habe ich nicht.«

»Einen Augenblick Geduld, Mrs. Brandon«, rief Henderson sie streng zur Ordnung. »Im Augenblick ist Miss Kenneth mit ihrer Aussage an der Reihe, auf die wir schließlich lange genug haben warten müssen. Danach können gerne Sie uns noch einmal Ihre Version des Ablaufs schildern, aber im Moment schweigen Sie bitte und warten ab. Miss Kenneth? Bitte fahren Sie fort. Was geschah nach dem Schuss?«

Olga Kenneths Augen funkelten. »Mrs. Brandon hatte perfekt getroffen«, sagte sie. »Der arme

Mr. Brandon stieß nur noch einen röchelnden Laut des Entsetzens aus, taumelte und stürzte in den Sessel. Dort stammelte er noch ein paar letzte Worte, ehe er auf den Boden niederrutschte. Dann war er tot. Mrs. Brandon wirkte erschrocken. Sie ging zögernd zu ihm, blieb jedoch vor ihm stehen, ohne ihn zu berühren. Gleich darauf machte sie auf dem Absatz kehrt, stürzte aus dem Haus und sprang ins Auto, um in höchster Eile davonzufahren. Das ist alles, Inspektor. Den Rest kennen Sie ja selbst.«

»Ich danke Ihnen, Miss Kenneth«, sagte der Inspektor. »Zwar erschließt sich mir noch immer nicht ganz, warum Sie mir diese Geschichte erst jetzt erzählen, aber lassen wir das vorerst auf sich beruhen. Nun zu Ihnen, Mrs. Brandon. Was haben Sie zu Miss Kenneths Bericht zu sagen?«

»Sie lügt, Inspektor!«, rief Miriam noch einmal mit aller Verzweiflung. »Sie müssen doch wissen, dass sie lügt, dass sie mich hasst und mich zerstören will.«

»Hmm«, machte der Inspektor und sah sie zweifelnd an. »Muss ich das wirklich? Klingt ihre Version nicht ziemlich stimmig und deckt sich in weiten Teilen mit dem, was Sie selbst mir erzählt haben?«

»Ja, das tut es«, gab Miriam zu. »Ich bin sicher, sie hat wirklich auf der Veranda gestanden und unseren Streit belauscht. Aber dann muss sie doch auch gesehen haben, dass ich nicht geschossen habe.«

Sie drehte sich zu Olga herum. »Warum lügen Sie?«,

fuhr sie sie an. »Was habe ich Ihnen getan? Sie waren dabei, Sie müssen doch wissen, dass ich meinen Mann nicht getötet habe.«

»Sie haben ihn getötet, Mrs. Brandon«, antwortete Olga und erwiderte kalt Miriams Blick. »Und da ich es gesehen habe, bin ich nun einmal verpflichtet auszusagen. Mit meinen Gefühlen Ihnen gegenüber hat das nichts zu tun.«

Inspektor Henderson zündete sich ohne Hast eine Zigarette an. Dann wandte er sich noch einmal an Olga: »Sie kamen also zu Mr. Brandons Haus, um ihm Abrechnungen Ihres Vaters zu übergeben. Ich nehme an, Ihr Vater kann das bestätigen?«

»Das weiß ich nicht«, stieß Olga heraus. »Er hatte die Papiere für Mr. Brandon hingelegt, aber er wird sich wohl kaum erinnern, wann und wie sie zu ihm gelangt sind.«

»Schön und gut.« Der Inspektor machte sich auf seinem Schreibblock eine kurze Notiz. »Lassen Sie uns bitte den Moment Ihrer Ankunft noch einmal durchgehen. Sie gingen also mit diesen Papieren die Stufen zum Bungalow der Brandons hinauf, blieben kurz stehen, weil Sie erregte Stimmen hörten, und begaben sich dann zum Fenster. Ist das richtig?«

»Ja, so ist es richtig«, bestätigte Olga.

»Ein wenig ungewöhnlich, oder?«, hakte Henderson nach. »Ich meine, normalerweise würde man sich doch eher zurückziehen und zu einem späteren Zeitpunkt wiederkommen, wenn man feststellen muss, dass der Moment nicht günstig ist.«

»Ich habe Ihnen bereits gesagt, ich kann Ihnen diese Frage nicht mit letzter Sicherheit beantworten«, erwiderte Olga. »Etwas an der Heftigkeit der Auseinandersetzung machte mir Sorge. Ich bildete mir wohl ein, ich könnte zur Not eingreifen und helfen.«

Frank hörte, wie Miriam neben ihm wütend schnaufte. Wieder berührte er ihre Hand. »Bleib ganz ruhig«, flüsterte er ihr zu. »Es wird sich alles klären.«

»Haben Sie sich auf der Veranda versteckt?«, fragte Henderson. »Ich meine, beim Lauschen möchte man ja nicht allzu gern erwischt werden.«

Olga nickte. »Sie wissen ja selbst, wie groß diese Veranda ist. Es gibt mehrere Stühle und Tische, die Deckung boten. Ich verbarg mich in einer Ecke im Schatten, von der aus ich einen guten Einblick in das Zimmer hatte. Das Fenster war nur angelehnt, und ich verstand jedes Wort. Wenn Sie es wünschen, kann ich Ihnen das gesamte Gespräch noch einmal wiedergeben.«

»Vielen Dank, Miss Kenneth, aber das wird nicht nötig sein. Und Sie, Mrs. Brandon, geben zu, dass Miss Kenneths Angaben, Ihren Streit betreffend, richtig sind?«

»Ja«, sagte Miriam tonlos. »Bis auf das Ende. Ich habe meinen Mann nicht erschossen.«

»Sie bleiben aber bei Ihrer Behauptung, dass es

Mrs. Brandon war, die geschossen hat?«, sprach Henderson nun wieder Olga an.

»Es ist keine Behauptung«, gab diese zurück. »Sie hat ihn erschossen.«

»Wo hat Mr. Brandon den Revolver hingelegt, nachdem er ihn aus der Schublade genommen hatte?«

»Auf seinen Arbeitstisch«, sagte Olga. »Zwischen sich und seine Frau.«

»Mrs. Brandon?« Henderson hob die Brauen.

»Das ist richtig«, sagte Miriam.

»Und es war hundertprozentig Mr. Brandon, der die Waffe dort hingelegt hatte?«

»Hundertprozentig«, wiederholte Olga. »Er hatte ihn herausgeholt, nachdem sie ihm gesagt hatte, sie wolle lieber sterben, als noch länger mit ihm zu leben.«

»Angst, dass sie die Waffe nehmen und gegen ihn richten könnte, hatte er augenscheinlich aber nicht?«

»Nein. Wohl nicht.«

»War das nicht leichtsinnig von ihm?«, fragte Henderson weiter. »Dass es um seine Ehe nicht gut stand, wusste er ja, und dass er seine Frau gekränkt und gequält hat, dürfte ihm auch bewusst gewesen sein. Sie wünschte sich, frei zu sein, und er verweigerte es ihr. Musste er nicht fürchten, dass sie sich den geladenen Revolver schnappte und in einer Kurzschlusshandlung auf ihn schoss?«

»Das musste er nicht fürchten«, rief Miriam, ehe

Olga zu einer Antwort kam. »Wir hatten immerhin vier Jahre zusammengelebt. Er kannte mich gut genug, um zu wissen, dass ich nicht in der Lage wäre, einen Menschen zu töten.«

»Das sagt sich leicht, Mrs. Brandon«, erwiderte der Inspektor. »Tatsächlich sind mir in meiner Laufbahn schon eine ganze Menge Mörder begegnet, die es nie für möglich gehalten hätten, eine solche Tat zu begehen. Ihre Verzweiflung war sehr groß, Ihre Lage erschien Ihnen aussichtslos. Ihr Mann hörte nicht auf, Sie zu verhöhnen und zu provozieren. Lag es da nicht nahe, dass Sie an irgendeinem Punkt die Nerven verloren und die Gelegenheit ergriffen, sich ein für alle Mal von Ihrem Peiniger zu befreien? Sie sind schließlich auch nur ein Mensch.«

»Ich nehme an, Sie haben recht«, gab Miriam zu. »Vielleicht wäre ich in der Lage gewesen, es zu tun, aber ich habe es nun einmal nicht getan. Stattdessen kam ich endlich zu dem Schluss, dass alles, was mir nach einer Scheidung bevorstehen könnte, besser ist, als in dieser Hölle von einer Ehe gefangen zu bleiben. Ich wollte ihn verlassen. Nicht ums Leben bringen.«

»Soso, Madame wollte ihn also verlassen«, höhnte Olga. »Ohne einen Penny in der Tasche. Ausgerechnet ein verwöhntes Luxusgeschöpf wie unsere zarte Prinzessin May.«

»Ja, ganz recht«, versetzte Miriam zornig. »Auch das verwöhnte Luxusgeschöpf hat irgendwann begriffen, dass Freiheit und Selbstachtung mehr wert sind als ein Leben in materieller Sicherheit.«

Unvermittelt wandte sie sich Frank zu. »Glaubst du das auch von mir?«, rief sie verzweifelt. »Dass ich zu zart und zu verwöhnt bin, um mir ein eigenständiges Leben zu erkämpfen.«

»Wir erkämpfen es uns zusammen«, sagte er und legte alle Zärtlichkeit, die er empfand, in seinen Blick. »Und du hast bereits bewiesen, was in dir steckt. Ich glaube nur das Beste von dir, und du brauchst keine Angst zu haben.«

»Ganz so sicher wäre ich mir da nicht, Mr. Bender«, unterbrach ihn der Inspektor. »Nun, wo eine Augenzeugin sich gemeldet hat, stehen die Dinge für Mrs. Brandon nicht allzu gut. Und sosehr ich Ihren Wunsch, sie zu beschützen, nachvollziehen kann – meine Pflicht ist es, die Wahrheit herauszufinden und daraus die Konsequenzen zu ziehen, gegen wen auch immer sie sich richten.«

»Genau das will auch ich«, sagte Miriam. »Finden Sie die Wahrheit heraus, Inspektor. Ich habe sie nicht zu fürchten.«

»Kommen wir also zurück zu Ihrer Schilderung, Miss Kenneth«, sagte Henderson. »Der Revolver lag auf dem Arbeitstisch, haben Sie gesagt, und von dort nahm Mrs. Brandon ihn auf, ist das richtig?«

»Vollkommen richtig. Sie nahm ihn in die Hände, starrte ihn an und brach in Tränen aus.«

»Mr. Brandon zeigte jedoch noch immer keine Angst?«

»Nein, das tat er nicht. Im Gegenteil, es schien ihn zu amüsieren, dass sie sich nicht länger beherrschen konnte und weinte. Ich habe Ihnen ja schon geschildert, was dann geschah: Er trat auf sie zu, machte eine Bemerkung, und als er noch ungefähr zwei Schritte von ihr entfernt war, hob sie plötzlich die Waffe und feuerte sie ab.«

»Das ist nicht wahr«, rief Miriam dazwischen, »ganz egal, wie oft Sie es noch wiederholen – es ist nicht wahr.«

Einen Augenblick lang herrschte Schweigen. Frank sah, wie der Inspektor seinen Blick in die Runde schweifen und kurz auf Dick Stanley ruhen ließ. Der erste Assistent schien seit Beginn der Vernehmung ununterbrochen Whisky zu trinken und sich eine Zigarette an der anderen anzuzünden. Gerade in diesem Augenblick hielt ihm Philipp Monterey ein Glas hin und ließ sich ebenfalls einschenken. Das war ungewöhnlich. Soweit Frank es bisher hatte beobachten können, hielt sich der zweite Assistent mit dem Trinken zurück und lehnte sogar den leichten Tischwein meist ab.

Der Blick des Inspektors wanderte weiter zu Olga, die mit kokett übereinandergeschlagenen Beinen auf ihrem Stuhl saß. Dann fasste er Miriam ins Auge, die sichtlich am Ende ihrer Kräfte stand, und schließlich traf sein Blick den von Frank. Eine Weile lang sah er ihm schweigend und regelrecht prüfend in die Augen, dann wandte er sich rasch ab und erhob sich.

»Ich möchte mir den Tatort noch einmal ansehen«, sagte er. »Und zwar diesmal zusammen mit den Beteiligten. Ich fordere Sie alle auf, mich zu Mr. Brandons Bungalow zu begleiten. Auch Ihren Vater hätte ich gern dabei, wenn es sich irgendwie einrichten lässt, Miss Kenneth.«

Olga erhob sich. »Ich gebe ihm Bescheid«, sagte sie, ohne den angeblich so angegriffenen Gesundheitszustand des alten Mannes noch einmal zu erwähnen.

»Sie kommen bitte auch mit, Sergeant«, sagte Henderson zu Field. »Ich brauche Sie in der Rolle des Mordopfers.«

»Wir spielen die Mordnacht nach?«, rief Miriam entsetzt. »Das kann ich nicht, Inspektor, das dürfen Sie nicht von mir verlangen.«

»Ich fürchte, ich muss es«, erwiderte Henderson.

Frank legte den Arm um ihre Schultern und zog sie kurz an sich. »Du schaffst es, Liebste. Wenn es hilft, endlich die Wahrheit ans Licht zu bringen, dann schaffst du es.«

Sie schmiegte sich an ihn, als wollte sie sich in seinem Arm verkriechen.

»Mr. Stanley und ich werden wohl nicht benötigt, oder?«, ergriff Philipp Monterey das Wort. »Wir waren in der Mordnacht ja nicht dabei, haben also auch keine Rolle.«

»Es wäre mir lieb, wenn auch Sie uns begleiten würden«, sagte Henderson. »Vielleicht haben Sie ja eine Beobachtung gemacht oder erinnern sich an eine Einzelheit, wenn Sie die Szene vor Augen sehen.«

Proteste überhörte er. Sobald Olga in Begleitung ihres Vaters erschien, brach die Gruppe auf.

19

Draußen herrschte bereits tiefe Nacht. Der Himmel war heute verhangen, nur hier und da zeigten sich zwischen eilig fliehenden Wolkenschichten einige Sterne. Die Hitze aber war noch immer schweißtreibend. Schweigend machten sich die acht Menschen auf den Weg zu dem großen Bungalow, in dem vor wenigen Tagen ein Mann ums Leben gekommen war.

Henderson betrat als Erster das Haus und schaltete das Licht ein, bis es Olga und Miriam zufolge genau der Beleuchtung von jenem Abend entsprach. Dann wies er Miriam und Sergeant Field an, wie Schauspieler auf einem Filmset ihre Plätze einzunehmen. Die Übrigen sollten als Zuschauer auf der Veranda bleiben. Olga, die nun doch ein wenig nervös wirkte, erhielt die Anweisung, sich ans Fenster zu stellen, so wie sie in der Mordnacht gestanden hatte, während ihr Vater sich in einen der Liegestühle setzen durfte. Phil und Dick hielten sich im Hintergrund, und Frank stand in zwei Schritten Abstand für sich allein.

Der Inspektor schob seinen Kopf in den Türspalt.

»Sagen Sie bitte meinem Sergeanten, was er zu tun hat, Mrs. Brandon?«, forderte er Miriam auf.

Frank sah den Schauder, der Miriam über den Rücken lief. Dennoch hielt sie sich tapfer und erklärte Field leise, in welchen Sessel er sich setzen sollte. Dann ging sie auf die andere Seite hinüber und lehnte sich an die Wand einer Anrichte.

»Ist das die Szene, die Sie gesehen haben?«, erkundigte Henderson sich bei Olga.

»Das ist sie. In der Tat«, erwiderte diese.

»Wunderbar. Dann fangen wir jetzt an. Mrs. Brandon, Sie standen in diesem Winkel, als der Streit seinen Höhepunkt erreichte. Bitte beginnen Sie.«

Miriam straffte die Schultern. »Ich würde mich lieber töten, als noch länger mit dir zu leben«, sprach sie mit rauer, gepresster Stimme.

Trotz der schier unerträglichen Anspannung musste Frank flüchtig lächeln. Zur Schauspielerin taugte sie wahrhaftig nicht, seine süße, so sehr geliebte Miriam.

Sergeant Field besaß noch weniger Talent. »Ich will dir dabei gern behilflich sein«, stammelte er unbeholfen und legte seine Dienstwaffe vor sie auf den Tisch.

Miriams Blick war starr auf die Pistole gerichtet. Frank spürte förmlich, wie sie die Welt um sich vergaß und in das Grauen jener Nacht zurückkehrte. Schritt um Schritt zwang sie sich vorwärts und griff hastig nach der Waffe. Als sie darauf starrte, brach sie in Tränen aus, und als sie wieder aufblickte, sah Frank genau wie sie nicht länger Sergeant Fields freundliches, junges Gesicht, sondern das großflächige, verlebte, vom Alkohol gerötete Gesicht von Richard Brandon.

»Haben Sie jetzt geschossen, Mrs. Brandon?«, drang Hendersons Stimme scharf durch den Raum.

»Nein, nein!«, rief Miriam. Ihr Gesicht war totenbleich, und die dunklen Augen flackerten, doch sie beherrschte sich. »Ich werde die Szene zu Ende spielen«, sagte sie. »Um jeden Preis. Sergeant Field muss jetzt bitte aufstehen und um den Schreibtisch herum auf mich zukommen.«

Frank warf einen raschen Blick auf Olga. Sie stand noch immer am Fenster, vorgebeugt und wirkte höchst angespannt.

Drinnen im Zimmer hob Miriam die Hand mit der Waffe und warf sie zurück auf den Tisch. Dann lief sie zur Tür, blieb dort stehen und wandte sich um. »Ich bin noch einmal in mein Zimmer gegangen und habe wahllos ein paar Sachen in einen Koffer gestopft, ehe ich das Haus verließ«, sagte sie. »Soll ich das jetzt auch machen?«

»Nein, danke, das wird nicht nötig sein«, erwiderte Henderson. »Vielen Dank für Ihren Einsatz. Und, Miss Kenneth? Was sagen Sie zu der Darstellung?«

Olga riss sich aus ihrer Erstarrung. »Das wissen Sie doch. Das Ende ist falsch. Mrs. Brandon erschoss ihren Mann, ehe sie floh.«

»Sie bleiben also dabei?«

»Selbstverständlich.«

»Haben Sie das Zimmer betreten?«

»Ich?«

»Nun, wenn Sie schon die Mörderin entkommen ließen, hätten Sie doch zum Beispiel nachsehen können, ob Mr. Brandon wirklich tot war«, sagte Henderson. »Oder ob man ihm noch hätte helfen können.«

»Er war tot«, erwiderte Olga. »Daran bestand kein Zweifel. Ich habe das Zimmer nicht betreten. Ich wollte mit der Sache nichts zu tun haben.«

»Finden Sie nicht, dass das ein wenig unglaubwürdig klingt?«, fragte Henderson. »Wenn man einen Mord beobachtet, versucht man dann nicht, den Mörder aufzuhalten? Kommt man nicht dem Opfer zu Hilfe, auch wenn man fürchtet, dass es zu spät ist?«

»Ich weiß nicht, was man tut«, rief Olga scharf. »Ich weiß nur, was ich getan habe: Ich war starr vor Entsetzen und habe das Haus nicht betreten.«

»Was geschah eigentlich mit der Waffe?«, setzte Henderson die Befragung fort. »Hat Mrs. Brandon sie mitgenommen?«

»Das weiß ich nicht«, kam es von Olga. »Ich habe Ihnen schon gesagt, ich war starr vor Entsetzen und gar nicht in der Lage, auf solche Einzelheiten zu achten.«

»Aber dass Mrs. Brandon geschossen hat, wissen Sie mit Sicherheit?«, fragte er. »Sie sind es nicht zufällig selbst gewesen?«

Schier hysterisch lachte Olga auf. »Was für einen

Grund hätte ich gehabt, Richard Brandon zu töten? Und selbst wenn ich einen gehabt hätte, weshalb sollte ich dann so dumm sein, Ihnen zu erzählen, ich hätte hier auf der Veranda gestanden?«

In diesem Augenblick vernahm Frank ein Geräusch hinter sich. Einen leisen, vollkommen verzweifelten Klagelaut, der nicht von einem Tier, sondern von einem Menschen stammte. Er fuhr herum, sah die Gestalt im Schatten stehen und begriff in einem einzigen Atemzug, was geschehen war. Was er von Anfang an geahnt, ja befürchtet hatte, bewahrheitete sich.

In jener Nacht hatte sich weniger eine Untat als eine Tragödie zugetragen.

»Wir können mit dem Spiel jetzt aufhören, Inspektor«, sagte Frank, trat von der Veranda herunter und streckte der Gestalt seine Hand entgegen. »Hier haben wir die wahre Täterin.«

Willenlos ließ sich das weinende Mädchen von ihm die Stufen zur Veranda hinaufführen. »Sie ist in jener Nacht noch einmal zurückgekommen«, erklärte er. »Als sie den Revolver auf dem Tisch liegen sah, sind die Nerven mit ihr durchgegangen. Sie hat den Mann, der sie bis aufs Blut gequält und missbraucht hat, erschossen.«

»Ist es so gewesen, Sanjah?«, fragte der Inspektor.

Das Mädchen senkte den Kopf. »Ja, Herr«, murmelte sie.

»Bist du von Sinnen?«, rief Philipp Monterey,

drängte sich an allen vorbei und versuchte, zu Sanjah zu gelangen. »Wie kannst du denn so etwas sagen, weißt du nicht, in welche Lage du dich damit bringst?«

Sanjah hob den Kopf und blickte mit angsterfüllten Augen zu ihm auf. »Es ist wahr, Herr.«

»Unsinn.« Philipp fuhr herum und baute sich breitbeinig vor Henderson auf. »Was soll dieses Theater, Inspektor? Sie wissen, dass das hanebüchener Quatsch ist.«

»Ich weiß nicht, warum Sie sich so aufregen«, erwiderte Henderson. »Wenn Sanjah ein Geständnis ablegen möchte, muss ich es entgegennehmen. Ich gebe offen zu, dass ich von der Entwicklung selbst überrascht bin. Aber man kann ja nicht immer richtigliegen.«

»Hier geschieht ein Unrecht!«, rief Philipp. Er fuhr herum und starrte Frank hasserfüllt ins Gesicht. »Mr. Bender hat Sanjah eingeschüchtert. Er hat vom ersten Tag an versucht, sie zu belasten, um Mrs. Brandon freizubekommen. Sanjah ist nicht in der Lage, dem Druck standzuhalten. Sie dürfen ihre Worte nicht für bare Münze nehmen.«

»Was haben Sie zu diesen Anschuldigungen zu sagen, Mr. Bender?«, erkundigte sich der Inspektor.

Frank wurde es abwechselnd heiß und kalt. Er wusste nicht mehr, was er glauben sollte. Lag er mit seiner Vermutung richtig, oder hatte er sich getäuscht? »Ich habe das Mädchen nicht wissentlich unter Druck gesetzt«, sagte er schließlich. »Ich denke aber, dass

Sanjah tatsächlich unter Druck steht. Und dass sie uns vielleicht tatsächlich nicht die Wahrheit sagt, sondern mit ihrem Geständnis jemanden schützen will.«

»Dann hören wir dazu doch am besten unsere Augenzeugin«, sagte Henderson. »Miss Kenneth – was können Sie uns zu dem eben gehörten Geständnis sagen?«

»Ich habe zu alledem überhaupt nichts mehr zu sagen!«, rief Olga aufgebracht und wollte von der Veranda stürmen.

Inspektor Henderson aber hielt sie hart am Arm fest. »Sie werden es müssen, Miss Kenneth. Andernfalls werde ich nicht zögern, Sie wegen einer Falschaussage verhaften zu lassen. Also überlegen Sie sich gut, was Sie mir antworten: Bleiben Sie bei Ihrer Aussage, dass Mrs. Brandon ihren Mann erschossen hat?«

»Nein«, flüsterte Olga, deren Gesicht aschfahl geworden war.

»War es Sanjah, die geschossen hat?«, fragte der Inspektor weiter.

Olgas Körper zitterte. »Nein«, presste sie mühsam heraus.

»Wer hat geschossen, Miss Kenneth? Wer?«

Im nächsten Augenblick schoss eine geschmeidige Gestalt an ihnen vorbei, stürzte in den Raum und packte Fields Pistole. Blitzschnell versuchte Frank, ihm den Ausgang zu versperren, doch der Mann stieß ihn mit einem schmerzhaften Hieb mit der Pistole aus dem Weg. Ehe er sich gefangen hatte, sah er den anderen die Veranda hinunter in Richtung Wald entfliehen. Obwohl sich das Ganze innerhalb von Sekunden abgespielt hatte, war zweifellos allen Beteiligten klar, dass Philipp Monterey seinen Arbeitgeber Richard Brandon getötet hatte. Betroffenheit und Schweigen breitete sich unter den Anwesenden aus. Die Stille wurde durch einen deutlich zu vernehmenden Schuss durchbrochen. Olga und Sanjah schrien auf.

In den Schatten zwischen Siedlung und Waldsaum brach Philipp Monterey zusammen.

20

Mithilfe einer Trage, die zwei der Einheimischen herbeibrachten, trugen sie Philipp ins Haus und betteten ihn auf das Bett in Brandons Schlafzimmer. Kenneth eilte in sein Büro, um einen Arzt zu verständigen, doch ob dieser rechtzeitig eintreffen würde, war mehr als zweifelhaft.

Auch wenn der junge Mann sich selbst schlecht getroffen hatte, blutete seine Brustwunde sehr stark, und alle Versuche, die Blutung zu stillen, schlugen fehl. Er war bei Bewusstsein und schien die Menschen, die sich um sein Lager scharten, zu erkennen.

»Wo ... Wo ist Sanjah?«, stammelte er.

Inspektor Henderson, der neben dem Bett auf einem niedrigen Hocker saß, berührte seine Hand. »Sie dürfen sie gleich sehen. Sie lieben sie, nicht wahr?«

»Mehr – als mein Leben«, stammelte Phil zwischen keuchenden Atemzügen. Auf seine Unterlippe trat blutiger Schaum. »Sie ist mein Ein und Alles, der einzige Mensch, den ich auf der Welt habe. Der einzige Mensch, der gut zu mir war und dem ich vertrauen konnte.«

»Aber Richard Brandon nahm Ihnen diesen Menschen weg«, sagte Inspektor Henderson. »Er quälte Sanjah, missbrauchte sie, trieb sie zur völligen Verzweiflung.«

»Er hatte sie so weit, dass sie nicht mehr leben wollte«, erwiderte Phil bitter.

»Und deswegen haben Sie ihn erschossen?«

Phil nickte mühsam und spuckte einen Schwall Blut aus.

»Fühlen Sie sich stark genug, um weiterzusprechen?«, fragte Henderson. »Können Sie uns erzählen, was in jener Nacht geschehen ist?«

Noch einmal nickte Phil. Keuchend und mit immer größeren Pausen begann er zu berichten: »Ich wollte nicht, dass Sanjah noch einmal zu ihm gehen musste. Ich wollte mit ihm reden, ihn irgendwie dazu bringen, sie in Ruhe zu lassen. Im Grunde wusste ich aber, dass es sinnlos war. Er war ein Ungeheuer. Es machte ihm Freude, wenn andere Menschen seinetwegen litten. Als ich vor seine Veranda trat, hörte ich, wie er sich mit seiner Frau stritt. Mein Denken setzte aus. Ich habe mich versteckt, und als Mrs. Brandon aus dem Haus gestürmt kam, bin ich hineingelaufen, habe die Waffe genommen und ihn erschossen.«

Der Inspektor wartete einige Augenblicke, ehe er sich nach Olga umdrehte, die noch immer aschfahl an der Wand lehnte. »Ist es so gewesen, Miss Kenneth?«, fragte er überraschend sanft. »War es das, was Sie gesehen haben?«

Olga Kenneth nickte.

»Sie mögen Mr. Monterey gern? Sie wollten nicht, dass er wegen Mordes verurteilt wurde?«

Wiederum konnte Olga nur nicken.

»Und was war mit dem Schuss? Warum hat ihn niemand gehört?«

»Mrs. Brandon ließ gerade den Chevrolet an«, krächzte Olga. »Das Motorengeräusch hat den Knall übertönt.«

»Danke«, sagte Henderson. »Das wäre alles. Mr. Bender, bitte lassen Sie das Mädchen herein.«

Frank brauchte Sanjah, die im Vorraum wartete, nur zu winken. Geräuschlos eilte sie in den Raum und fiel vor Philipps Lager auf die Knie.

»Sanjah.« Sein schmerzverzerrtes Gesicht hellte sich auf. »Meine Sanjah.«

Das Mädchen weinte und nahm seine Hand. Ein frischer Schwall Blut quoll aus der Wunde. Phil stöhnte und war sekundenlang nicht fähig weiterzusprechen.

»Wir müssen von irgendwo Hilfe holen!«, rief Miriam verzweifelt. »Diese Blutung muss gestoppt werden, oder …«

»Nein, Mrs. Brandon.« Mit größter Anstrengung presste Phil die Silben heraus. »Mir ist nicht mehr zu helfen. Und das ist auch gut so. Mit dem Gedanken, meinen Vater getötet zu haben, hätte ich trotz allem nicht leben können.«

»Ihren Vater?«

Er nickte. »Brandon war mein Vater. Er hat meine Mutter misshandelt, wie er Sanjah misshandelt hat. Dennoch wuchs ich in Ehrfurcht vor ihm auf. Der Missionar unserer Siedlung zog mich auf, nachdem meine Mutter elend gestorben war, und brachte mir bei, dass es eine Ehre war, der Sohn des großen Richard Brandon zu sein. Ich kannte keinen größeren Wunsch, als ihn aufzusuchen, sobald ich erwachsen war, und mir seine väterliche Liebe zu verdienen. Ich wollte lernen, studieren, ihm beweisen, was in mir steckte. Er aber lachte mir ins Gesicht und erklärte mir, dass ich nichts mehr war als ein dreckiges Halbblut, das er im Leben nicht als seinen Sohn anerkennen würde.«

Er musste husten und seine Rede unterbrechen. Sanjah tupfte ihm mit einem Tuch das Blut vom Mund und strich ihm mit bloßer Hand über die schweißnasse Stirn. Alle Farbe wich aus seinem schönen, ebenmäßigen Gesicht.

»So lernte ich, mich meines Blutes zu schämen«, fuhr er endlich fort. »Mein Vater aber machte sich einen Witz daraus, mir eine Stellung als zweiter Assistent auf seiner Plantage anzubieten. Dafür müsse einer wie ich ja wohl dankbar sein, erklärte er mir. Ich hatte keine Wahl, und das Verrückteste an der Sache ist, dass ich ihm eine kleine Weile lang tatsächlich dankbar war:

weil ich auf der Plantage Sanjah traf und mit ihr das einzige Glück meines Lebens kennenlernte. Aber auch das hat er mir genommen. Er hat es zerstört, wie er meine Mutter zerstörte.«

Von Neuem sprudelte ihm Blut aus dem Mund, und Frank bezweifelte, dass er noch ein Wort herausbringen würde. Er aber fasste sich ein letztes Mal und umklammerte die Hand des Mädchens an seiner Seite. »Bleib bei mir, Sanjah«, flüsterte er. »Bleib bei mir bis zum Schluss.«

21

Es war lange nach Mitternacht, als sie das Haus der Brandons verließen. Philipp war tot. Er lag in demselben Haus aufgebahrt, in dem vor ein paar Tagen sein Vater gelegen hatte. Sanjah blieb bei ihm, wie er sie gebeten hatte. Miriam hatte versucht, das erschöpfte, erschütterte Mädchen mitzunehmen, aber Sanjah hatte darauf bestanden zu bleiben.

Erschöpft und erschüttert waren sie alle. Jetzt, wo die ungeheure Spannung nachließ, fühlte Frank sich regelrecht benommen. Olga weinte leise vor sich hin. Sie hatte versucht, sich bei Miriam zu entschuldigen, hatte jedoch kein Wort herausgebracht. »Es ist gut, Miss Kenneth«, war alles, was Miriam gesagt hatte.

»Ich brauche jetzt einen Whisky«, sagte Dick Stanley. »Ich nehme an, damit bin ich nicht der Einzige?«

»Damit könnten Sie richtigliegen«, brummte Henderson. »Nehmen wir alle einen Abschiedstrunk im Verwaltungsgebäude?«

»Ich würde mich lieber verabschieden, wenn Sie nichts dagegen haben«, erwiderte Miriam hastig. »Ich bin sehr müde. Wenn ich jetzt noch Whisky trinke, macht nicht nur mein Magen schlapp, fürchte ich.«

»Das kann Ihnen wohl kaum jemand verdenken«, sagte Henderson. »Und ich nehme an, Ihr edler Ritter begleitet Sie?«

Frank nickte. Er hatte den Arm um Miriam gelegt und wünschte sich nur noch eines: mit ihr allein zu sein.

»Dann also gute Nacht«, sagte der Inspektor. »Alles Weitere lässt sich in der Frühe regeln.«

Sie verabschiedeten sich voneinander. »Mrs. Brandon«, stammelte die weinende Olga noch einmal, aber Miriam schüttelte den Kopf. »Lassen wir es dabei«, sagte sie. »Ich möchte am liebsten von alledem nichts mehr hören und Sie vermutlich auch nicht.«

Sie wandte sich Dick Stanley zu, der verlegen auf seiner Unterlippe kaute. »Was ich vorhin zu Ihnen gesagt habe, May ... Ich meine natürlich, Mrs. Brandon«, murmelte er. »Können Sie das bitte vergessen?«

»Ich habe es schon vergessen«, sagte Miriam mit einem versöhnlichen Lächeln. »Gute Nacht, Dick.«

»Gute Nacht.«

Miriam und Frank wandten sich um und gingen Arm in Arm durch die Nacht, die inzwischen wieder windstill und vollkommen sternenklar war, den Weg zurück in seinen Bungalow.

»Du bist wirklich der edelste Mensch, der mir je begegnet ist, meine Liebste«, sagte Frank. »Diese Leute hätten dich, ohne mit der Wimper zu zucken, über die Klinge springen lassen.«

Sie drängte sich noch enger an ihn. »Sie sind unglücklich«, sagte sie schlicht. »Gerade Olga hat ihr Leben lang nichts als Pech gehabt, und die letzte Hoffnung, die sie überhaupt hatte, habe ich ihr zerstört. Ich dagegen bin die glücklichste Frau auf der Welt. Da ist es leicht, großzügig zu sein.«

Lächelnd beugte er sich zu ihr und küsste sie auf das Haar, in dem sich die Düfte der Tropennacht gefangen hatten. Sie hatten seinen Bungalow erreicht. »Hat die glücklichste Frau der Welt heute Nacht schon etwas vor, oder ist sie frei?«

Hell lachte Miriam auf. »Frei? Soll das ein Witz sein? Ja, frei bin ich wohl von all der Düsternis und Schwere meines Lebens. Aber davon abgesehen fühle ich mich so gefangen wie nie zuvor.«

»Das will ich auch hoffen«, brummte Frank. »Ist es sehr schlimm.«

Sie reckte sich auf die Zehenspitzen und küsste ihn. »Es ist mehr als schlimm. Es ist derart unerträglich, dass ich mein Leben lang nicht genug davon bekommen werde. Außerdem wird mein Aufpasser mich heute bei sich übernachten lassen müssen, denn ich wüsste sonst nicht, wohin ich gehen sollte.«

Frank erwiderte ihr Lächeln und schloss die Tür des kleinen Hauses auf. »Gnädige Frau – betrachten Sie meine schäbige Behausung als die Ihre. Ich werde mir alle Mühe geben, Ihnen den Aufenthalt so angenehm wie möglich zu machen.«

»Oh«, kam es in jenem spitzbübischen Ton, den er bereits lieben gelernt hatte, von Miriam zurück. »Daran hege ich keinen Zweifel.«

Sie traten ein, zogen hinter sich die Tür zu und fielen einander noch im Dunkeln in die Arme. Frank entfuhr ein Schmerzlaut, als sie seine Schulter berührte, die nach dem Schlag mit der Pistole vermutlich grün und blau werden würde.

»Oh Gott, mein Liebster!«, rief Miriam erschrocken. »Deine Schulter habe ich ja ganz vergessen. Tut es noch sehr weh?«

»Nicht, wenn ich dich anschaue«, sagte er lächelnd.

»Du gehörst auf der Stelle ins Bett und liebevoll gepflegt«, entschied sie, führte ihn resolut hinüber ins Schlafzimmer und half ihm aus Jackett und Hemd. Zärtlich streichelte sie die verletzte Haut. »Du hast so viel auf dich genommen, mein Liebling. Ich weiß nicht, was ich ohne dich getan hätte. Ich hätte das Ganze nie und nimmer durchgestanden.«

»Und ich würde ohne dich den Rest meines Lebens nicht durchstehen«, erwiderte er und meinte es aufrichtig. Der Mann, der vor acht Tagen voller Lebensüberdruss und Hoffnungslosigkeit hier angekommen war, war nur noch eine vage Erinnerung, und das verdankte er ihr. Nie zuvor hatte er sich so zu Hause gefühlt wie in diesem kleinen Bungalow, und um sich an eine Geborgenheit zu erinnern, wie er sie jetzt in ihren Armen empfand, musste er bis in seine frühste Kindheit zurückdenken.

»Philipp tut mir leid«, murmelte Miriam, die ihre Kleider ebenfalls abgelegt hatte, zu ihm ins Bett kroch und sich in seinen gesunden Arm schmiegte. »Ich wünschte, ich hätte die Kraft gehabt, ihm zu helfen. Dann hätte meine Ehe mit Brandon wenigstens ein Gutes gehabt. Stattdessen sind sie nun beide tot, Brandon und sein unglücklicher Sohn.«

Behutsam beugte er sich über sie und küsste ihr die Augen. »Wir aber leben, Miriam. Wir beginnen jetzt erst richtig zu leben.«

»Ja, Liebster.« Sie hob den Kopf und küsste ihn auf die Wange. »Du hast recht, wir beginnen zu leben. Mir kommt es vor, als warte morgen früh auf uns unser erster gemeinsamer Tag.«

»So ist es auch«, sagte er. »Der erste Tag von unserem größten Abenteuer.«

»Von einem Abenteuer, das nie endet?«

Er küsste sie noch einmal. »Dessen kannst du sicher sein, meine Liebste. Von einem Abenteuer, das niemals endet.«